U0878549

南开学者书系 第一辑

主编 宁宗一 冯尔康

走进老舍的世界

曾广灿 著

河北出版传媒集团
河北教育出版社

图书在版编目（CIP）数据

走进老舍的世界 / 曾广灿著 . -- 石家庄 : 河北教育出版社 , 2023.2

（南开学者书系 / 宁宗一 , 冯尔康主编 . 第一辑）

ISBN 978-7-5545-6913-9

Ⅰ . ①走… Ⅱ . ①曾… Ⅲ . ①老舍（1899-1966）- 文学研究 - 文集 Ⅳ . ① I206.6-53

中国版本图书馆 CIP 数据核字 (2022) 第 010545 号

南开学者书系　第一辑

走进老舍的世界

ZOUJIN LAOSHE DE SHIJIE

丛书主编　宁宗一　冯尔康

作　　者　曾广灿

策　　划　董素山　王艳荣

责任编辑　姬璐璐　王　哲

装帧设计　郝　旭

出版发行　河北出版传媒集团

河北教育出版社　http://www.hbep.com

（石家庄市联盟路705号，050061）

印　　制　河北新华第一印刷有限责任公司

开　　本　787毫米×1092毫米　　1/16

印　　张　24.75

字　　数　350千字

版　　次　2023年2月第1版

印　　次　2023年2月第1次印刷

书　　号　ISBN 978-7-5545-6913-9

定　　价　68.00元

自　　序

在决定编撰本书之初，我设想出的架构是分上下两编：上编遴选学习研究老舍的心得文章，下编拟编入关于茅盾、沙汀等作家的论作，对这些作家的资料和论文我都有一定的积累，尤其对于茅盾，我更有底气，不但有多篇关于他的文章发表，而且我读研时的毕业论文就选择了茅盾，还就《子夜》的创作方法等问题写信请教过他。时任文化部部长的茅盾以沈雁冰的本名写信回复了我（见《中国现代文学研究丛刊》1981 年第三辑）。

但对于本书的架构我反复思考，最后接受了一位老友的建议。他直言我的强项是研究老舍，与其分散笔力，不如集中目标效果会更好。言之有理，没说的，我听取了这位朋友的建议，割舍了原设想的下编内容。

说起老舍，我与先生还真是有点缘分。首先，我真真是先生的学生。1934 年 9 月到 1936 年暑假前，他是山东大学中文系的讲师、教授，上课的主要地点是青岛鱼山路校内中文系的专属楼——文学馆。二十年后考入山大中文系的我是踏着先生的足迹每天出入文学馆，虽无缘当面受教，但同校同系，老舍是我的老老师是没错的呀！ 1981 年春，跟着老舍夫人胡絜青先生寻访济南、青岛故居，我又有机会重走了先生足迹遍布的山东大学文学馆，对于这份师生缘我是很感荣耀的。

其次，接受老舍先生作品的哺育，我真真是一位老师的忠实读者、追慕者、后学研究者。从 20 世纪 50 年代初上中学零散接触老舍先生的作品，到 50 年代中后期 60 年代前期读本科和研究生，较多接触了先生的创作。我至今还保存着研究生时读《老张的哲学》等作品的笔记，作业谈祥子典型性格的文章，还曾受到业师诗人高兰先生的赞赏。但这时期对老舍先生的倾慕仍是自发、不稳定，受着时潮影响。真正学习研究老舍先生还得从时轮转到 20 世纪 80 年代开始。

1980年9月在黄山召开中国现代文学研究资料会议，我有幸分到编撰老舍先生专题。从那时开始，去北京，走山东，下四川，四年之中跑了无数个大小图书馆、资料室。我不会忘记，在青岛市档案馆里发现短篇小说《牛老爷的痰盂》的奇遇；不会忘记在天津图书馆、北碚图书馆里逐年逐月逐日翻阅《益世报》《大公报》《新蜀报》等值得记忆的经历；更不会忘记一天下午，在山大图书馆因忘了时间被锁在书库里，直到晚上八九点钟才被援救出来的遭遇。有付出就会有回报，这结果就是被称为“铺路者的劳作”《老舍研究资料》（上、下）的诞生，还有给日本汉学家中山时子先生主编的《老舍事典》编撰了七万字的《老舍年谱》，陆续出版了《老舍研究纵览》《永恒的老舍》《老舍代表作》《老舍新诗选》《老舍》（小型评传）等专著和七种作品选本（内四种为合编），另约有四十万字的长短文章刊于国内报刊上。1987年11月，应日本老舍研究会之邀成功进行了短期学术访问。这时期，作为后学研究者，我是有意识把自己和老舍先生绑在了一起。

本书编选了新时期以来我撰写的大部分文稿，小部分为未刊稿。文章长短不一，叙论兼有，但均为有感而发。高深不敢想，但自说自话，真真是按自己的想法写成文稿不会假。为了不至嫌太无序，按内容我把文章分成五组，亦即五个层面，包括思想、创作、生活、战时足迹及老舍研究。老舍是一座宝库。走近老舍，走进老舍的世界，被这座宝库深深地吸引、震撼，只是所识甚浅，所获甚微。设若有读者借此对老舍先生增加几分新认知和敬仰，那就是我的渴望了。

末了要说明的是，编成本书蓝本依据了十六年前出版的《永恒的老舍》，此书印数很少，国内市场几乎没有流传。能使曾经散落的文稿再次有机会集中面对读者，我要衷心感谢丛书的策划者和河北教育出版社。耄耋之年回首编校近四十年自己过手的文稿，心里已然涌现出相撞的两种感情：一是由于才识学浅，欠缺理论向度，限制了走近老舍的步伐和亲近度，深感不安；另一则是欣然坦荡想对先生高喊一声：老师，学生不懒，我努力了！

目录

第一编

思想观念点视

老舍早期的思想信仰

老舍的童年和青少年时代是在非常狭窄闭塞的北京胡同里度过的，这种充满浓厚市民气息的旧北京胡同社区文化环境，一方面使他保持了同穷苦下层市民的深刻联系，为他日后成为一位卓越的“市民诗人”打下了基础；另一方面也影响和限制了他的思维空间拓展和对时代思潮的接受。进入社会后，老舍颇受教育救国思想影响，但政界学界的黑暗与腐败，很快轰毁了他在教育界施展抱负的梦，决计不再与魑魅为伍。国家的贫弱和同宗同族的旗人的衰落，使他既愤懑又充满心理矛盾。为着生存发展，他慨叹着过去，思考着未来。生逢在20世纪之初中国社会转型期的老舍和他的同代英贤们一样，正在以躁动不安的情怀和思绪寻觅着国家、民族的前途和个人的出路。

爱国，这是近代贤人圣哲们人格的共同表现，老舍自然也不例外。不过老舍的爱国是和他爱故乡北京的感情熔炼在一起的。这种爱国思想几乎是和他的意识觉醒同时萌生，或者说，老舍爱国思想的播种，从他牙牙学语之时就开始了。老舍在《吐了一口气》一文中说：“自从我开始记事，直到老母病逝，我听过多少多少次她的关于八国联军暴行的含泪追述……母亲的述说，深深印在我的心中，难以磨灭。在我的童年时期，我几乎不需要听什么吞吃孩子的恶魔等等故事。母亲口中的那些洋兵是比童话中巨口獠牙的恶魔更为凶暴的。”正因为自幼受到这种高尚思想情感的熏陶，他对侵略者无不充满仇恨。为了促使祖国富强和民族发展，他热心教育，打算从教育入手培养人才。他接受“五四”新思潮的乳养，追求民主与科学，强调婚姻自主和独立人格的养成。他更试探着寻找到一种能真正引领自己奋斗的思想信仰，使自己更好地为社会贡献力量。老舍奋力挣扎着走出狭窄的北京胡同，他的思想也开始摆脱胡同文化的羁绊。但是，老舍寻觅的道路并不是直线的。当20世纪初，马克思主义作为真理传入中国后，老舍并没有立即认同、抓住，而是走入了一个小小的误区。

1922年初，老舍在北京缸瓦市福音堂受洗加入了基督教。在此前后，他频频参加教会举办的一些活动，诸如担任该福音堂的儿童“主日学”主持，翻译并发表牧师宝广林的文章《基督教的大同主义》，撰写了《儿童主日学与儿童礼拜设施的商榷》论文，为北京缸瓦市中华基督教会成立草拟《现行规约》，参加教会办的服务团。到南开中学后，还曾任该校青年会晨更团“主领”，为查经班讲解《圣经》。他能到英国去任华语讲师，也主要得力于在华基督教传教人士的荐举。究竟应该怎样看待老舍早期生活中的思想信仰呢？要回答这个问题，就不能不与此前及当时基督教在中国传播、影响的文化背景联系起来研究。

基督教在16世纪中叶由意大利人利玛窦传入中国北京，18世纪初曾因传教士的越轨行为被禁止在中国传播。鸦片战争后，西方传教士大量来华，中国的政治、经济、文化、社会生活各方面都受到基督教的一定影响。革命先驱孙中山等及文化教育先驱鲁迅、陈独秀、周作人、闻一多、郁达夫、冰心、许地山等，都曾不同程度地接受过基督教的熏染。总的文化背景，曾经使他们一度力图借用基督教的语言、形式和一些精神来帮助中国人民摆脱封建文化带来的精神及实际生活的桎梏。由此可见，基督教是怎样曾经吸引过20世纪初的一代中国人。

五四运动开启了中国历史的新纪元。从总体上说，当中国新民主主义革命已经开始，人民大众已经找到真能解放自己和拯救民族的思想信仰——马克思主义时，再把宗教活动当作救人救世的可信赖途径，把宗教信仰当作改造世界的思想武器，无论如何不能说是进步可取的。比起五四运动之后，大批激进知识分子接受马克思主义及西方社会的社会思潮来，老舍的选择从一般意义上讲无疑是落后于时代了。但事物的复杂性，又使我们不会忘记马克思主义对待事物要具体情况具体分析的科学方法。比如像孙中山那样的先行者和五四运动后不少思想文化名宿都信仰过基督教，我们是不能简单地说他们就相信冥冥宇宙中就有一个上帝存在的。教育家张伯苓在回答学生问他为什么信仰基督教时说："我有我的信法。"这正如鲁迅之接受进化论、郭沫若喜欢泛神论、巴金信仰过无政府主义一样，都有自己的接受基点，都是从自身要求出发，对原来的信条、教义做了取舍，针对自己和客观现实吸收了一些合理部分融会到自己的思想中去的。事实上，五四运动时期作家接受基督教影响也是各有不同特点的：一种情况是在顺境中，在较为美满与和谐的生活中与基督教宣传的信、爱相吻合，从而更加巩固了自己的"爱的哲学"，通过文学的力量向世界传播，冰心就是这样的；另一种情况则相反，在坎坷曲折的人生道路上反观基督精神，强烈的反差产生了强烈的抗争意识和破坏抨击意识，他们也信基督，企望由基督教精神库里寻找出一种结束黑暗、不平，走出困境、开通未来的武器，老舍就属这一种情况。

老舍信仰基督，实际上是把它当作一种救国拯民的手段或武器，尽管这武器已经落伍和太无力，但在纷纭万端的社会大观园中，一个追求者一时迷离于缭乱喧闹之中并不见奇，只要他不固守残缺，不有意用之与进步潮流作对，那是不必过分计较的。更何况，老舍没有被死捆在宗教十字架上，而是当他施之于实践，感到"上帝"无力无用时，他就不再讲"神学"，而竭尽心力专注"人学"了。进入20世纪30年代后，老舍自动脱离了宗教，一边教书，一边创作了大量抨击社会黑暗、同情劳动人民的小说。抗战爆发之后，他更以勇猛献身精神，毁家纾难，投身抗战大潮中。"上帝"与他已经无缘了，而他在《灵的文学与佛教》一文中对佛教则讲过一番意味深长的话："人不只是这个'肉体'的东西，除了'肉体'还有个'灵魂'的存在。""中国的佛教，已宣传了将近两千年，但未能把灵的生活推动到社会去，送入到人民的脑海去，致使中国的社会乱七八糟，人民的心理卑鄙无耻，这点我们不能不引为遗憾！而一些信佛的老公公老婆婆，大都存着一个老佛爷来保佑他或她的一切的观念；这样的信佛，佛学怎能推动？社会岂能不糟？而佛教又何能不衰？我们要告诫他们，佛不是一个保险公司的老板，他不能保险你的一切！我们对于这种不正确的信徒，要他来干吗？"由这段话所表现的老舍对佛教的看法，我们可以想见老舍在20世纪20年代信仰基督教的基本态度。

1924年9月，老舍乘德万哈号客轮到达伦敦，任伦敦大学东方学院的华语讲师，开始了五年的异域生活。起初老舍住在伦敦北郊的一个叫巴尼特的市镇上，与在英国留学的许地山在一起。过了一个冬天之后，他就搬到伦敦西郊霍兰公园附近的圣詹姆斯广场31号，和英国一位叫克莱门特·埃杰顿的失业知识分子同住一起。二人情趣相投，友谊日深，一住就是三年。而后老舍又在托林顿广场14号住过半年公寓。在伦敦最后半年则是在南部的蒙特利尔31号一家英国小市民家租房度过的。除了住宿，老舍的五年英伦光阴大都奉献给了位于菲斯波里圆形广场的伦敦大学东方学院的课堂与图书馆。他在十分丰富的西洋名著中找到自己，又在一个与中国完全不同的环境中接受着一种异质的新文化。

结束二十四年老北京的生活，老舍一下投入最发达的老牌资本主义大英帝国的首府——伦敦，地域文化、民族生活习惯、社会制度都发生变化，老舍的眼界开阔了，思想和事业追求也随之发生变化。贫困、狭窄的小羊圈已经圈死了默默无闻的多少代平庸人？！独独厚待老舍，推他跳出小天地，走进一个缤纷的大千世界，这可以说是老舍的幸运和时代给他的机遇，虽然这个机遇也同时给了他那么多的痛苦。

伦敦大学是一所由散设在伦敦各处的五十二所学院、书院、研究院所组成的综合大学。东方学院仅是其中的一个小型书院，只有二三百名学生，学习华语的也不过几十人，中文教职员有三四人，教学主力是老舍。但薪水老舍最少，一年三百五十镑。而当时伦敦一个普通大学生一年费用就是三百镑，剑桥、牛津大学学生则至少要四五百镑以上。收入少，生活上就不得不处处节省着。有钱人家穿衣，单是单，棉是棉，而老舍穿的是一身冬夏常青的哔叽青色西装，屁股上、袖口及肘部都磨得生出亮光。为了省钱，曾长期与失业的埃杰顿同租一套房。甚至有时给在国内的老母多寄几个钱，自己连房租和饭钱都付不出来了。

伦敦，这个靠资本剥削和殖民地人民的膏血喂养发达的城市，许多人不仅被金钱铜臭蚀透了灵魂，一切行动无不以金钱为中心，而且民族优越感、种族歧视及绅士风度特别露骨。穷人，特别是黄色人种的中国人，最为他们瞧不起，时常遭受冷遇和奚落。生活在这样一个老牌帝国都城的老舍，对生活上的穷困并不觉得什么，使他难忍和不平的是，为什么仅仅因为肤色黄，因为是一个中国人，就要低人一等？！英国是最早使用炮舰政策打开中国大门的老牌帝国主义国家，又是 1900 年洗劫北京的八国联军的主要元凶之一，它是欠着中国人民的债的。现实的体察不能不勾起老舍对历史的记忆，所以在他唯一描写英国生活的长篇小说《二马》及《英国人》等几篇散文中多以贬斥批评的笔调写他们，甚至说“对于英国人，我连半个有人性的也没写出来。他们的褊狭的爱国主义决定了他们的罪孽，他们所表现的都是偏见与讨厌，没有别的”[①]，实非偶然。英国人的民族歧视不但没使老舍产生自卑感，相反却从反面更刺激了老舍的爱国心，更增强了反帝的信念。老舍沿着“五四”时期形成的反帝反封建思想继续前进，他除了教课之外，就整天泡在东方学院的图书馆里，贪婪地阅读狄更斯、哈代、劳伦斯、乌得豪斯、梅瑞狄夫、康拉德、威尔斯、但丁及古希腊戏剧大师们的作品和英文译本。他从这些作品中得到的不仅是艺术的技巧，还吸收了进步的思想营养，如狄更斯的同情下层市民、但丁的诅咒地狱、康拉德赞扬大海的威力，以及希腊古典剧作的悲剧精神和大量作品中的民主思想等，都曾经给老舍的思想和创作带来或明或隐的深刻影响。他在伦敦连续创作的《老张的哲学》《赵子曰》《二马》三部小说，典型地记录下他的爱国反帝思想心迹。对于基督教，老舍不期然而然地疏离了，而且在小说《二马》中，还对英国人信仰的基督教表现了鲜明强烈的理性批判精神。

如果以为老舍到英国后就只看到英国人的褊狭与种族歧视和等级观念等消极

① 老舍：《我怎样写二马》，载《老牛破车》，人间书屋，1937。

一面，那是错怪了老舍。老舍首先承认英国社会的进步，技术发达，物质繁荣。炮舰用于侵略当然可恶，但那可是真家伙，不是靠吹牛能占有的。其次，老舍十分佩服英国人的独立精神、办事认真态度和人人自重的品格。“他们的正直使他们对人不客气，可也使他们对事认真。你不能拿他当作吃喝不分的朋友，可是一定能拿他当个很好的公民或办事人。”他们务实，“不好讲理想”，“不爱听世界大同，四海兄弟，或那顶大顶大的计划”。[①]而且在老舍的体察中，英国妇女，甚至老年人都有这种实干劲头，不像中国人还不到五十岁就准备养老赋闲；更不像某些中国人满脑子做官往上爬，就是不想如何把事情做好，如《二马》中所刻画的老马（马则仁）那样的人物。中国的落后与中国人受到的那种过熟的文化教养分不开，这正是老舍走出国门看到的差距，也是他在以后创作中持续不断对中国文化批评审视反思的中心点之一。一个智者与凡人的最大不同就在于他不但不为凡俗的生活世象所蛊惑、所淹没，而且能在沸沸扬扬中独立思考，把握自己，能够从纷乱中有睿智发现，并从而救出自己。老舍在伦敦五年，非但没有被“异化”，做“上帝”的俘虏，反而使自己的思想、人格和文学观念有了更高、更明确的立脚台阶，显现出鲜明的中国色彩，并为他的更大进步和为国家、民族做出贡献注入了新的活力。老舍走出了小羊圈，走出了狭窄的北京胡同文化，同时也走出了教育救国、宗教救国的误区，在现实中苦行，在苦行中修炼自己更坚实的本色英雄的骨架。

① 老舍：《英国人》，《西风》1936 年第 1 期。

老舍文学思想的内核：现实主义

老舍，作为小说家和剧作家是世人皆知的，但很少有人从文学理论家的角度谈论老舍。的确，老舍不是一位单纯的理论家。他的创作生涯正式开始于20世纪20年代中期，到1930年前已完成四部长篇小说，但却没有一篇谈文学的理论文章。进入20世纪30年代以后，老舍结束在英国和新加坡的异国生活回到中国，在创作和理论上则很快进入一个同步时期——思考现实问题并予尖锐批评的狂潮期。这一情况的出现，究其原因，一是从发达资本主义的西方一下到了穷困而充满变革思想的殖民地东方，巨大的社会反差给了老舍强烈的刺激，糟糕的社会现状距他的理想追求太远，他失望太深，郁积了太多的愤懑；二是生存要求、吃饭需要，不想教书也得上讲台，对理论不感兴趣也得强打精神写文学概论讲稿。同时又受到20世纪30年代文学理论思潮复杂多变的推动和诱发，他不能视而不见，充耳不闻，不能不在创作的同时开始塑造“理论家老舍”的自我角色。成书于1930年至1934年的《文学概论讲义》（以下简称《讲义》），是他走入理论期的主要标志。老舍理论思考的触角较多伸向域外及中国古代文学的历史传统，但其基点则不离中国社会现实，其作用则主要用于对自我创作的省察、反思。因此接着《讲义》之后，老舍便陆续产生了一系列谈自己创作经验历程的文章，并于1937年4月结集为《老牛破车》，由人间书屋出版。除《讲义》和《老牛破车》外，同时期老舍还发表了《论创作》《谈巴金的〈电〉》《臧克家的〈烙印〉》《一个近代最伟大的境界的创造者——我所最爱的作家康拉德》等论文和部分评画的短论及序文。这些著述为我们检视老舍的文学思想提供了直接材料。

一

《讲义》是老舍最有分量也是他唯一的一部系统的理论专著。全书约十一万字，是老舍为齐鲁大学文学院学生授课用的讲稿，曾由齐鲁大学内部印刷，1984年6月由北京出版社初次公开出版。《讲义》共分十五讲，分别对中国文学的创作和文学批评发展，文学的特质、创造和起源，文学的风格、体裁、形式等进行了考察论述。从今天的高度来看，《讲义》并没有建立起一个科学严密的文学理论体系，而且有的观点受时代限制，明显表现出局限性，甚至含有某些错误。但认真阅读全书，你却不能不佩服老舍思辨的灵动及对理论思考的新颖与独特，尽管老舍曾表示过对文学理论不该有的轻蔑（这显然是偏见），说“读一本伟大的创作，便胜于读一百本关于文学的书。读过几段《红楼梦》，便胜于读十几篇《红楼梦》考证的文字”①，而在这本《讲义》之后也再没拉开架势倾心理论著述，但《讲义》和其他的那部分理论文字，依然显示出老舍自己的特色和理论跋涉最初的脚印。

大概因为是服务于大学讲堂的教材，必须扎实，有学术性，所以资料的丰富、广博、翔实，是《讲义》的一大特点。具有中西文化的丰富素养，治史有据，论理通达，踏着前辈人筑成的台阶而超越先人发出新声，这是一大批中国现代文学主将的共同优点。他们常常是既做学问又搞创作，学识丰富了他们的艺术积累，而创作又给他们提供了阐释理论的经验感受。因此，理论、学识与创作实践体验的结合，使他们无论在理论或创作上都较单一地具备一方面特长者显得更丰厚、坚实。鲁迅、郭沫若、茅盾、闻一多、朱自清等人莫不如此，老舍也不例外。在《讲义》中，老舍基于解答现实问题的需要而回溯中国历代文论及文学现象时，西方的理论著述及创作成为他重要的参照系。据统计，十余万字的讲稿中，被引述作为评论例证的中国历代作家、文论家及著作达七十七人（部），西方各国的共六十三人（部）。旁征博引当然是知识渊博的表现，而老舍的更可贵之点还在于不堆砌炫耀，不掉书袋，能在比照中做到“得失分明，体认确当”。

① 老舍：《论创作》，《齐大月刊》1930年10月创刊号。

他不泥古，不崇洋，不生吞活剥、随声附和，而是融会、化解，然后导出自己的结论，落到对现实问题和自己的创作的思考与应用上。例如，他对中国文学倾向三个大潮的分法：秦汉以前称为“正潮”，它“有气力而没得充分发展”；自秦汉至清代称为“退潮”，它“大锣大鼓地干而始终唱那出老戏”；“第三个潮流是个暗潮”，指“非常姣好而终居妾位”的词、戏曲和小说，“几百年中这些发展的真文艺是埋藏在残退的摹古潮下”，“不言不语的自行发展”。老舍不但肯定地把戏曲小说“这暗潮作为文学进展的正轨”，而且由此指出中国文学史上的变迁“多是些小的波动”，没有“热烈的革命”，结论出“中国文学的大革命恐怕要以前几年的白话文学运动为第一遭了”，“中国文学经过这番革命，新诗、小说、小品文、戏剧等才纷纷作建设的尝试”。老舍在援引了胡适在文学革命中提出的“八不”主义后，指出胡适主要解决的是“工具上的问题”。即使如此，“不用典”“不做‘言之无物’的文字”“不做‘无痛呻吟’的文字”，在不少新文学作品中也没能办到。[①] 又例如，在1932年春，老舍用英文发表一篇题为《唐代的爱情小说》[②] 讲演稿，文章从小说在中国文学史上的地位及其发展谈起，重点讲唐代爱情小说，有概述，有理论，有生动的事例，谈锋犀利、幽默，且能从伦理学、宗教学、游侠和民间文艺的影响等多种视角进行剖析，并指出唐小说对元明杂剧的深刻影响，可以说这是继鲁迅先生的名著《中国小说史略》之后，出现较早且具颇多新见解的关于古代小说的论作。

如果说对中西文化传统名著的博览与思考给老舍后来致力于创作带来不容忽视的诱惑与技巧，那么他不断以自己的创作实践经验充实丰富自己的理论阐发，无论谈别人还是说自己无不浸润着个人创作经验的汁液，则又赋予他的理论以实践的特色，这也正是这册讲义在20世纪80年代出版后颇得一批北京作家好评的一个重要原因。比如，在谈论文艺创作中的作家主体、客观生活和作品三者之间

---

① 老舍：《文学概论讲义》，北京出版社，1984，第106—108页、38—39页。

② 原载“Cheloo University”，Tsinan，1932年2—3月。

关系时，老舍这样写道：

> 假设文学家的心是甲，外物是乙，外物与心的接触所得的印象是丙，怎样具体地写出这印象便是丁。丁不仅是乙的缩影，而是经过甲的认识而先成为丙，然后成为丁——文艺作品。假如没有甲，便一切都不会发生。再具体一点地说，甲是厨子的心，乙是鱼和其他材料，丙是厨子对鱼与其他材料的设计；丁是做好的红烧鱼。鱼与其他材料是固定的，而红烧鱼之成功便全在厨子的怎样设计与烹调……以粗喻深，文学也是这样，人们全时时刻刻在那里试验着表现，可是终于是等别人做出来我们才恍然觉悟：啊，原来这就是我所要表现而没有办到的那一些。假如我们都能与物直接交通，艺术家便没有用了；艺术家的所以可贵，便是他能把自然与人生的秘密赤裸裸的为我们揭示开。[①]

这段讲文艺创作过程的话既具体又生动形象。在这里，老舍既强调了客观生活的重要作用，又特别突出了作家主体这个“加工场”的主导作用，真可以说是深入浅出，句句在理。不懂创作三昧、没有创作体验的纯理论家是很难设喻得这样细致、形象而得体的。

二

最高深的理论应当是最具有实践性的理论。反思文艺历史传统也好，批评现实文艺状况也好，援引诸多古今中外名家著述，或者谈本人的创作体验也好，老舍都有一个最基本的出发点，围绕一个基本核心：文艺应当表现现实，揭示自然与人生奥秘。换言之，老舍在 20 世纪 30 年代的创作实践和理论主张所表现出来的文艺思想的核心内容是现实主义的，或者说现实主义倾向和方法是他的追求，

---

① 老舍：《文学概论讲义》，北京出版社，1984，第 62 页。

是他批评别人和检视自我的尺度砝码。在这一点上老舍完全达到了自觉程度。

我们知道，老舍以长篇小说《老张的哲学》一炮打响以后，由郑振铎介绍参加了现实主义文学团体文学研究会。他最初的四部长篇小说都是在文学研究会的机关刊物《小说月报》上发表的，而后又作为文学研究会丛书出版单行本，这都绝非偶然。文学研究会张扬的文学“为人生”的大旗，他们的写实主义主张和反对消遣、游戏的文艺观，无疑都为老舍所赞同。1930 年 10 月，老舍发表了一篇题为《论创作》的文章，强调创作是一种创造，因沿、抄袭决然写不出活的文学来，而创造又绝不是天马行空、胡编乱造。文章认为，文学家写作必须眼盯现实中的“问题”，因为“没有问题，文学便渐成了消闲解闷之品”。显然，这是明确地对文艺“消遣、游戏”说的否定，也与浪漫主义的重主观不同。

那么注意现实中的什么“问题”呢？回答说：“我们的国家已经破产，我们还甘于同别人一块儿做梦吗？我们忠诚于生命，便不能不写了。在最近二三十年我们受了多少耻辱，多少变动，多少痛苦，为什么始终没有一本伟大的著作？不是文人只求玩弄文字，而精神上与别人一样麻木吗？我们不许再麻木下去，我们且少掀两回《说文解字》，而去看看社会，看看民间，看看枪炮一天打杀多少你的同胞，看看贪官污吏在那里要什么害人的把戏。看生命，领略生命，解释生命，你的作品才有生命。看，看便起了心灵的感应，这个感应便是生命的呼声。看，看别人，也看自己；看外面，也用直觉；这样便有了创作的训练。”也便有了“活的文学”，而这种文学是“以生命为根，真实做干，开着爱美之花”。[①] 这番话极富有激情，又具有理论色彩，它带有老舍的个性特点，又与 20 世纪 30 年代文艺思潮的主脉相应和。

鲁迅先生在《文艺和革命》一文中说“文艺是一种社会现象，是时代的人生记录”。左翼文艺家们为了配合正在激烈进行的革命斗争，鼓励和号召作家必须

① 老舍：《论创作》，《齐大月刊》1930 年 10 月创刊号。

抓取反帝题材、反军阀地主资本家及军阀混战的题材，写苏维埃运动，写农村经济变化，写白军杀人放火，等等。老舍的主张在精神实质上与左翼作家们的倡导是一致的。第一，它阐释了文学的任务必须反映现实社会中的“问题”，不如此，文学作品便有沦为“消闲品”的危险。第二，这“问题”不是花鸟鱼虫，不是指某些人的吃喝、恋爱、无痛呻吟，而是指国家民族的耻辱、民生的艰难和贪官污吏的罪行。第三，作家反映这些社会问题时不是纯客观，不痛不痒，不是表相录制，不是玩文字游戏，而是要揭示出“自然与人生的秘密”，作家必须有“自己的思想”，要真正对“问题”“抱着批评的态度”，也就是作家在创作中要充分用“心”，发挥“加工场”的主导作用。第四，为了获取“问题”，作家要真正置身社会生活中去观察，即老舍说的要“看”，用“直觉”参与、感受，然后才可能创作出“以生命为根，真实作干”的“活的文学”。

《论创作》中阐述的现实主义要义在《讲义》中得到更精密充实的解释。老舍强调，文艺不但要表现“人生”，“还要解释自然与人生”；作家解释自然时，心中“必须有个一切全是活着的世界”；解释人生时，又“能像预言家似的为千秋万代写下一种真理：‘古时丧乱皆可知，人世悲欢暂相遣’”。[①] 为了强调文艺必须贴近生活，文艺是“社会时代的命脉”，老舍还列举了中外文学史上大量的文学流派和作家作品做证，从而说明，文学产品是“时代的动力的表现，不仅由时代产生作品，也由作品产生新时代”[②]的辩证关系。很明显，主张真实地描写“自然与人生”，揭示出现实生活中“丑的暗的与兽欲”[③]，使他同浪漫主义划出分界；主张解释自然与人生，并且要体现出作家“心的奔驰，思想的远射”[④]，则使老舍与自然主义区别开来；而明确强调由“作品产生新时代”，则使他的主张具有了

① 老舍：《文学概论讲义》，北京出版社，1984，第 58—59 页。
② 老舍：《文学概论讲义》，北京出版社，1984，第 59 页。
③ 老舍：《文学概论讲义》，北京出版社，1984，第 117 页。
④ 老舍：《文学概论讲义》，北京出版社，1984，第 59 页。

“五四”后“写实主义”的新的时代特点。特别是在《讲义》中老舍还曾明确提出并运用“时代意识”和作家的“社会自觉”与“革命的理想”等词语，透露出他接受唯物主义和左翼文艺思潮影响的信息。

老舍回国后的几年正是中国无产阶级革命文学披荆斩棘蓬勃发展的几年，他当时身处京、沪两大文艺思潮漩涡的中间地带的山东，以旁观者的态度关注着一个新兴文学思潮的态势。旁观者“清”，使他看到了无产阶级革命文学发展过程中的偏颇，产生了一些抵牾；旁观者“清”，又同时使他发现了革命文学的优长。老舍以他出身庶民阶层的文艺家的正直品格，迥异于当时某些资产阶级文艺家的顽固观念，接纳左翼文艺思潮中的正确部分原是十分自然的。老舍说：“对当时的普罗文艺作品的长短，我心中都有个数儿。我以为它们的方针是对的，而内容与技巧都未尽满人意。”理论上如此，创作上不也明显留下了这一痕迹吗？小说《黑白李》就是鲜明“受了革命文学理论的影响”的产物。[①]

老舍的现实主义主张还鲜明地表现在他的评论文字中。他曾高度赞赏臧克家的诗集《烙印》所表现的社会人生的真切、艰难，尤其佩服作者以吃八豆的虫的艰苦磨炼的生活态度和精神去生活去写诗。[②]而对巴金“爱情三部曲”之一的《电》把人物写得如天使一般过分理想化提出不客气地批评。老舍说：“《电》——像水晶一般的透明，而显着太透明了。这里的青年男女太简单了，太可爱了，可是毛病都坏在这个‘太’上。”像主人公佩珠，“简直不是个女人，而是个天使；我真希望有这样的女子！可是哪儿去找呢？”老舍十分钦佩巴金这个“理想者”的敦厚品格和漂亮文风，却不敢苟同作品中让人“只得到高尚的希冀，而得不到实际的教训与指导”。因此，老舍坦诚地告诫巴金：“我真希望他再让步一些，把雪里搀上点泥！”[③]

---

① 老舍：《老舍选集·自序》，载《老舍选集》，开明书店，1951。

② 老舍：《臧克家的〈烙印〉》，《文学》（月刊）1932 年 11 月第 1 卷第 5 号。

③ 老舍：《读巴金的〈电〉》，《刁斗》1935 年 4 月第 2 卷第 1 期。

1934年5月，老舍给友人画家桑子中画集写过一篇序，序中说，一幅好画，必须将“一色一景一木一石在自然中的意义与画家眼中的价值与了解”都体现出来。他非常赞赏桑画不求表现“火炽”，而意在“深厚”，“厉害得可怕，雄悍得可怕”。老舍说，他画“棱角全露着”的北方的冬山，也画雾、烟、雨等迷离景色，他很能把粗细、刚柔调和起来，“在这种调和里，他老使人看到觉到他不完全是写实，也不完全是印象；他实在是要写实，可是他的诗心使他得到真实以外的一点什么。于是他捉到真实，而不被真实将他拴在地上，依写实的所及，他能保持着自由”[①]。写实，融合着印象；写实，又不被真实拴在地上，叫人能从真实描写中还要体认到“真实以外的一点什么”，一种艺术应当负载的神韵、弦外之音，这就是老舍所理解的现实主义的本质特点。

在历时性上，如一般理论著述一样，老舍是把“写实主义”当作代替风靡一时的浪漫主义而出现的一种文艺思潮来描述的。在《讲义》中他认真分析了19世纪西欧现实主义思潮产生的原因：政治上，中等阶级代替了贵族执有政权。学问上，科学成了解决宇宙之谜的总钥匙。社会上，资本家与劳动者成了仇敌。宗教上，旧的势力已消失殆尽，新的信仰还没有成立。惊人的学说日有所闻，新的发明日进一日。浪漫派用想象表现自我的梦境时代已经过去，人们睁眼就看见充满“惊疑变动”的社会——它的美与丑、明与暗、道德与兽欲。关注这些，解决社会问题便成为人们的要求，于是抛开幻想、直看社会的写实主义便应运而生了。

在解释现实主义的特点时，老舍实际上是把它当成了批评欧洲文艺思潮的标准。他以现实主义做轴心，称赏但丁作品中描写天堂地狱与净业界，在艺术上开启“新文学的基础”“文艺复兴的先声”的贡献。他肯定浪漫主义运动兴起的意义，但批评“浪漫主义又太重自我，而失之夸大无当”。老舍说，追求“新奇不凡”，这固可“满足人们的好奇心与想象，但在另一方面，文艺渐渐成为茶余酒后的消

① 老舍：《老舍文集》第15卷，人民文学出版社，1990，第281—282页。

遗品，忘了真的社会”。

至于新古典主义的弊端，老舍认为则主要在于作者缺乏表现“心神向往的精神”，而醉心“摹拟”。“自然主义是决定主义”，全由“天然律”决定人物的命运的做法，老舍是否定的。他批评唯美主义“主张为艺术而艺术，而嫌与现实的生活相距太远”，理想主义“在文艺上根本不成立”，而象征主义也不应是脱离现实的“幻想”或“寓言”，“它是一种心觉”，但这“心觉”是心与物的结合，“心会给物思想，物也会给心思想”。他援引鲁迅先生翻译的厨川白村的论著《苦闷的象征》中的话，非常赞赏厨川白村关于现实主义的见解，认为作家创作不能“离了现在……如果能描写现在，深深地彻到仁核，达到了常人凡俗的目所不及的深处”，亦即“文艺只要能够对于那时代那社会尽量地极深地穿掘进去，描写出来，连潜伏在时代意识社会意识里的无意识心理都把握住，则这里自然会暗示着对于未来的要求和欲望”，“这同时也就是对于未来的大启示的预言”。老舍甚至说对厨川白村关于现实主义的释义“我们无须再加什么多余的解释了”[①]。凡此，无不说明老舍所竭力主张、实践并加阐释的以真实为干、以生命为根、以写“问题”为目标，而自然暗示着未来理想的现实主义在他的文学思想中的核心位置。

三

文学思想上现实主义观念的确立，无疑主导着老舍创作的发展方向。而作家“社会自觉”意识的提出，则表明老舍带着对文学自身和作家对外界关联思考的感悟材料，重新把握文学与认识自己达到一个新的高度。时代发展到今天，作家只忠于文学自身是不够的。地球上之所以有“社会”存在，是因为有人这个主体存在。那么人的思想行为便不可能脱离社会在真空中进行。作家要看社会，要解释自然与人生，他要批评别人，也要不断检视自己，他必须立足社会，“不能脱离他的时代”，如果陷入盲目就很难适应这种要求。“社会自觉”概念的提出标

① 老舍：《文学概论讲义》，北京出版社，1984，第 117—131 页。

志着老舍已走出理论迷宫，这一点对老舍来说十分重要。可以说，有了这个较高的理论超前意识，才使他在抗战开始后创作与理论都很快进入一个明朗自觉阶段而获得合理的解释。老舍在20世纪30年代对于现实主义的确认和阐释，实际上可以认为是对他后来创作的《骆驼祥子》的理性预告，而这部杰作的完成又可看作是他的现实主义文学观的实践和具体化。20世纪40年代完成的百万字长卷杰作《四世同堂》，则在更充分意义上兑现了老舍以“社会自觉”面对现实社会、写真的人、反映和解决社会人生问题的现实主义主张。

综观老舍四十余年的创作生涯，不管从创作实践上或理论阐发上看，老舍都是贴近中国社会的现时代的，他以他的全人格和全部创作充实丰富了中国现代文学的忧患意识和批判精神这一宝贵传统。他没有成为一个单纯的理论家，但他的理论正和他的创作一样都有一个鲜明的“自我”。除了《讲义》及一小部分论文外，他的理论大多都以谈经验体会的方式出现。从他的第一部长篇小说《老张的哲学》开始，老舍对他的所有重要作品都有一个写作说明，用意都不在张扬自己，而是反思，自己挑自己的毛病，揭自己的短处，把教训提供给后人。

比如关于幽默的话题，可以说，幽默是老舍进入创作过程中无意中（不自觉）获得的一顶桂冠。在早期创作中，幽默在几个层面上困扰着老舍。首先，作为一种世界观，在对待某些社会敏感问题上有失偏颇，譬如轻搔新人物的痒痒肉；其次，作为一种艺术手段与方法，有时失了分寸，缺乏控制，比方幽默了还想幽默，夸张了还想夸张，便难免滑向趣味与油滑；最后，作为一种气韵格调，老舍选择它，与中国的特殊国情对文艺的要求不协调。他在“我怎样写”那组反思文章中不止一次意识到早期运用幽默的“过火”“讨厌”。于是他决心正正经经写，放下幽默。不想，过分“正经”，又失了特长，于是被迫又“返归幽默”。“返归”，自然不是重复既往，而是对幽默有了高层次自觉，实践成功的收获便是优秀现实主义小说《离婚》的诞生。幽默实际上是老舍创作风骨的表现，但老舍真正得到它是付出了代价的，他从实践到认识上都走了一个“之”字形路线。他在《我怎样写〈猫城记〉》一文中这样总结自己的经验教训："我故意的禁止幽默，于是《猫城记》就一无可取了。《大明湖》失败在前，《猫城记》紧跟着又来了第二次。朋友们常常劝我不要幽默了，我感谢，我也知道自己常因幽默而流于讨厌。可是经过两次的失败，我才明白一条狗很难变成一只猫。"失去幽默，对老舍来说仿佛产生了一种失去功能的恐慌感。实践的正反面经验使他意识到幽默是属于自己的性格、自己的风骨，属于与个人所熟悉的故都文化和人文景观密不可分的特殊色调。捡起幽默，"求救于北平"，老舍走上了一个新台阶。《离婚》的成功似乎是意料之中的，而《牛天赐传》的创作更使他坚定了这种信念："幽默与伟大不是不能相容的，我不必为幽默而感到不安"[①]。

老舍肯定《离婚》《牛天赐传》运用幽默创作成功，但他并不否定《大明湖》所开辟的创作倾向，事实上也不应当否定。《大明湖》《猫城记》一方面使他明白幽默对他的创作的重要性；另一方面，对重大题材的尝试和紧密关注社会现实的矛盾与问题，正体现着他所主张的文艺是社会"时代的命脉"的现实主义命题。《大明湖》所展现的创作目标，在他抗战时期的创作与新中国成立后的剧作中得到了延续和发扬。

当我们肯定了老舍在20世纪30年代以《讲义》为代表的理论著述所反映的他的文学思想的核心——现实主义对他的创作的积极意义时，我们无意讳言老舍文学思想的局限性一面。他对问题的思考与见解时常是新颖独特的，但有时结论也显出偏颇。例如，当他通过回溯文学传统与省察自己的创作，力图寻找一种批评的砝码时，他就片面强调了"感情""美""想象"（结构、处置、表现）这些文学固有的表征、特质。从自己建立的一种自足的标准出发，他否定了中国文学的一个重要传统，认为肇始于孔子的非文学的外在批评标准扼杀了中国文学的自由和繁荣发展，使文学误入歧途。

① 老舍：《我怎样写〈牛天赐传〉》，载《老舍文集》第15卷，人民文学出版社，1990。

20世纪二三十年代，在以京、沪两地为中心的中国新文坛发生的多次文艺论战中，老舍实际上是置身其外的。如果从积极方面看，这使他没有把精力虚掷，赢得了时间得以专心致志写作，从而迎来了他创作生涯中最辉煌的一个季节。同辈的几位文坛名宿如巴金、沈从文、曹禺等似乎都经历了类似的情况，他们多游离于一场又一场的纷争、论战外，而都留下了无可替代的优秀精神产品；而某些弄潮激烈的文艺家除了一些论争文字，在创作上则显然苍白薄弱，这实在是一个令人深长思之的文坛矛盾现象。

著名的现代文学研究家樊骏先生在考察了老舍创作的前后变化差异后曾提出，“不能不更多地从他的自觉的自我调整上寻求解释”[①]。的确，老舍的自省意识是很强的，这特别突出地表现在《老牛破车》中。他在理论上坚持现实主义，并提出作家的“社会自觉”命题，在创作上扎扎实实实践理论主张，一步一个脚印，都与他的自我反省，调整分不开。

自然，世间事物是复杂的，老舍当然也并不那么单纯，如果把他所有的进步都评价为自觉进步、自我调整追求的结果，那也不切实际。事实上，作家不一定对自己的每一进步都能明确意识到。因为换一个角度看，创作实践与理论阐发往往在两股道上进行，而不相重合。对一些作家来说，某种尚未上升到清醒自觉阶段的感悟是可以改变或是促成新作品产生的，比如老舍对幽默的反思过程就属于这种情况。他于无意中得到一顶幽默家的桂冠，而幽默一旦在一个作家那里成熟，就成为自在自足的成长过程。于无意中获得，也可于无意中运用自如。不过历史发展到今天，我们是看重作家的自觉社会意识的。老舍的文学反思意义，一者在于从创作自身，寻求本体的创作经验技巧，以使著述更完美、和谐；一者也在于创作本身之外，思考文学与社会的关系，文学的客观作用。虽然纯文学是力图摆脱文学功利观念的影响，老舍起初也不例外，但实际上既然作为文学作品制

① 樊骏：《老舍的寻找》，《文史哲》1987年第4期。

造者的人无法抹去社会时代烙印在心灵上的印记，文学的功利作用是本来就无法抹杀掉的，正如老舍本人所说，作家“不能脱离他的时代；时代色彩在他的作品中是不自觉而然的；有时候是不由他不如此的”①。时代色彩就是思想，就是倾向，就会在实际生活中起作用，影响人，因而也就产生了功利。理论的自觉是作家进步的动力，杰作的产生时常要借助于这种自觉与反思来调整。今天，我们评价和看重老舍的反省反思意识，其意义也正在于此。

① 老舍：《文学概论讲义》，北京出版社，1984，第103—104页。

抗战时期老舍文艺思想述要

抗战前，老舍过的是一种教授兼写家的生活。由于生活环境和思想见解的限制，他对中国革命实际缺乏了解，对于革命现实向文艺提出的迫切问题也是有隔膜的，对发生在中国文坛上的几次重要论争及事件，他取了一种旁观的态度，几乎都没有公开系统地发表过个人的意见。老舍的创作从一开始就表现了鲜明的现实主义倾向，但浏览一下他这一时期的论著，我们会发现其在现实主义文艺观为主的文艺思想中色彩并不是单一的。抗战爆发，打破了中国作家常规的生活。老舍走出了狭窄的生活天地，投身到时代的洪流里，在抗战烽烟中，他的创作和文艺观发生了明显的转折，表现出从未有过的时代特点和新的高度。本文主要对他在抗战时期的文艺思想略做述评。

一、文艺家联合起来，筑成笔阵

一切爱国的文艺家联合起来，在反对日寇侵略的血肉长城里筑起一座笔阵，这是老舍的抗战文艺观形成的思想基础。

早在1936年夏秋，在关于国防文学和民族革命战争的大众文学两个口号论争中，就已明显表现出中国共产党的抗日民族统一战线政策在文艺家中的深刻影响。七七事变以后，迫于救亡图存的新形势，一切爱国同胞团结起来共同战斗，更是迫在眉睫。中国共产党察国情、顺民心，在事变发生后次日即发表宣言，号召全国一切爱国力量团结抗日。8月，中国共产党又发布了《抗日救国十大纲领》。9月，以国共两党第二次合作为标志的政治上的统一战线结成。随之，全国文艺界的大联合经过一段时间酝酿，也在1938年3月实现。爱国作家老舍，正是接受了中国共产党的这个伟大战略思想的影响和指导，在积极促成文艺界抗日统一战线实现，并使其发挥作用方面起了巨大的作用，他与中华全国文艺界抗敌协会（简称“文协”）关系的始末，就是具体表现出老舍这个思想和贡献的有力证明。

在“文协”成立以前的三个月，即1938年1月1日，老舍就发表一篇题名《写家们联合起来！》[①]的文章，重点阐明了在暴敌侵略面前“合则胜，分则亡”的思想，热诚希望和要求各地方的写家、全国的写家迅速“联合起来，组织起来”，以“服从时代与社会的紧急命令”，更有效地发挥文艺在抗战中的激励民心的作用。接着，老舍就在行动上积极参加了“文协”的一系列筹备工作。从1938年3月27日“文协”正式成立起，到抗战结束，老舍一直是这一全国文艺家团结抗日大本营的常务理事，兼打里又打外的总务部主任——“文协”实际上的当家人。“文协”的基本宗旨正如《发起旨趣》中所说的：“把分散的各个战友力量，团结起来，像前线将士用他们的枪一样，用我们的笔，来发动民众，捍卫祖国，粉碎寇敌，争取胜利。”[②]“文协”的这一指导思想充分体现了包括老舍在内的一切爱国文艺家的心愿。因此，“文协”成立后，老舍为全国文艺家实现了空前大团结欢欣鼓舞。他说，为了国家民族，我们必须参加时代斗争，共同上前打倒日本侵略者。今天文艺家在“文协”旗帜下的大集合，排成队伍，正是战士归营，把个人的一切放在集团里去，在全民族抗敌的血肉长城前筑起了我们的一座笔阵，值得狂喜！[③]

团结起来，打败日本侵略者，保卫民族的独立尊严，是我党抗日民族统一战线政策的核心思想。“文协”的成立及其宗旨、行动，正是党的这一战略思想在文艺战线上的具体落实，而老舍的思想、行动和工作，是完全浸透在“文协”的宗旨和工作中的，和党的抗日民族统一战线政策思想保持了一致。目标的一致和党的政策路线的正确，调动了文艺家们的极大积极性。老舍的“联合起来”的思

① 见《文艺月刊·抗战特刊》1938年1月第1期。

② 老舍等：《中华全国文艺界抗敌协会发起旨趣》，《自由中国》1938年4月1日创刊号。

③ 见《贺中华全国文艺界抗敌协会成立》《快乐得要飞了》《入会誓词》《我们携起手来》等文，依次分别载1938年《文艺战线》第2卷第1期，《人公报》3月27日，《文艺月刊》第1卷第9期，《弹花》创刊号。

想之明朗坚定，工作的忘我精神，他的宁可委曲个人而维护整体利益的宽厚的胸怀，曾经感动了许多党内外的文艺家。正如1944年4月17日《新华日报》在一篇祝贺老舍创作生活二十年的评论中所写的，老舍“在抗战七年来为文艺界团结所尽的力量是值得人们永远追忆的”[①]。

联合团结的思想，即统一战线的思想，是我党长期进行革命斗争的法宝之一，在抗战时期尤其显示了这个制胜法宝的威力。这种思想对于老舍来说是怎样产生的呢？从一向习惯于个人教书、写作的自由生活，进到热烈地追求团体行动——不是一般的同人结社，而是具有现代革命思想质素的进步组织——并竭诚为其牺牲个人的一切，乍看起来似有些突然，但是，如果回溯一下老舍的思想和生活历程，这个转变发展的线索其实是并不模糊的。概括地讲，有三方面的因素塑造了老舍在新的历史阶段上的形象，决定着他的思想表现：一是一贯的热烈的爱国主义，二是舍弃个人生活的小天地投身于现实的社会斗争，三是在实际行动中思想上弃旧图新的主观要求与矢志不懈的努力。

还在孩童时代，老舍的爱国思想就得到了培养。在母亲的怀抱里，在小学的课堂上，他懂得了侵略者的杀人放火罪恶，知道了李鸿章之流的卖国行径可耻。进入社会以后的所见所闻，又使他进一步增加了对祖国爱、对侵略者恨的感情。但是，直到20世纪30年代前半期，老舍的这种爱国主义还主要建立在质朴的个人观察上，还不能说已突破前人仅从民族主义立场出发要求国家富强的局限。因此，他的爱国虽因其独特经历比某些人更热烈更带感情色彩，但还缺乏同代人中那些已经接受了马克思主义的知识分子爱国者的自觉程度和思想高度。出现这种情况的原因，是和老舍那时对中国现实社会力量和前途的分析估量不甚清楚分不开的。怎样救国？依靠谁来使国家富强？老舍回答不准。因此，如何将个人的爱国与现实的进步力量融合，使其提高到时代的高度，也就不能不感到茫然。

---

① 《作家的创作生命——贺老舍先生创作生活二十周年》，重庆《新华日报》1944年4月17日。

抗战爆发以后，老舍的生活道路改变了，思想也出现了转折。时代推动他，他积极迎着时代召唤上前，他的爱国在思想和行动上都与无产阶级领导的人民大众的爱国主义有了结合的机会。他那在青年时代为了改造国家民族就显现出来的社会活动家的才华与兴趣，那种热蒸蒸的服务精神，虽曾在一段相当长时间里被压抑、被痴心的艺术追求所掩遮，到抗战时期却得到了最快的复苏和最大的发挥。

急剧多变的中国现代社会现实，已经促使知识分子有过多次的分化与选择。当抗战来临的时候，也并不是所有文艺家都能一呼即应地投向抗战的行列；即使同在抗战阵营中，其思想行动上的表现因种种不同条件也存在各种差异。如果说，抗战提供给所有文艺家爱国的机会与时代环境条件是相同的，那么靠拢共产党人，真诚接受党的政策思想领导，并不遗余力地把所获得的认识付诸行动，就使老舍前进的步伐大大超过了原来同一思想水平上的一些文艺家。

党关于建立抗日民族统一战线的呼声，七七事变之前已在文艺界广为传播，一直密切关注着中国命运的老舍，当然不可能无所闻。从九一八事变之后，老舍就不断用诗文揭露日寇的侵略罪行和政府当局的不抵抗主义。七七事变以后，他在青岛、济南时，一方面关切抗战的“民气”，另一方面对当局在国家危亡之时不组织民众抗战也表示了极大愤慨。在济南他还积极参加了地下党组织领导的抗日救亡组织的活动。到武汉后，他住在冯玉祥的公馆里，这里经常有共产党人工作和来往。他参加筹备“文协”是由周恩来提名的，而在开展抗战文艺运动中他经常接触共事的是郭沫若、茅盾、阳翰笙、冯乃超等革命同志。在重庆，他是周恩来工作居住的曾家岩五十号的常客。1939 年下半年，他随全国慰劳总会北线慰问团曾两访延安，聆听过毛泽东对于抗战形势的分析。他对延安及八路军驻地充满赞颂之情。在抗战后期，他住在北碚，连案头的报纸也换成了共产党办的《新华日报》。所有这一切都说明，在抗战时期，老舍与共产党的联系变得亲和密切了。这一转变不但革命同志看得清楚，就是国民党的右派人物如张道藩之流也不无察觉，他不惜用恐吓手段，企图阻止、迫害老舍。

总之，党的统战思想和方针路线影响和武装了老舍，构成了他思想中决定性的新因素。这种崭新的思想，不但使他的爱国主义升华到一个新阶段，而且指导着他建立起符合时代要求的文艺观——抗战文艺观。

二、建设应该用红字标出的抗战文艺

如何对待和评价在民族解放战争土壤中产生的抗战文艺，是区分一个文艺家对抗日的态度和辨别他的文艺观的重要标志。当抗战文艺刚有三年历史的时候，老舍说："三年来的文艺是该用红字标出的抗战文艺。在全部中华历史上，甚至在世界史上，还没有过与它相同的运动。"[①]这段话可以代表老舍对整个抗战文艺的基本态度。

中国新文艺经过"五四"初期的文学革命和稍后的革命文学阶段，进而发展到抗战文艺兴起的新时期，是既有现实社会基础，又有其自身必然性的。但是，当抗战文艺以它特有的面貌出现时，肤浅的理解和因其存在不足而持怀疑态度的人也不是绝无仅有。一种偏见认为，抗战文艺即打仗文艺，只能写打仗；另一种意见则公然否定抗战文艺的应当和实际存在。这样，为了维护和推动抗战文艺的健康发展，从理论上总结和探讨抗战文艺的经验，阐述它的特点，就非常必要。作为抗战文艺运动主要组织领导者之一的老舍，当仁不让，以其鲜明而深刻的见解及时回答了上述两种偏见。

抗战文艺仅仅是打仗的文艺，或者只是出自一些人主观鼓吹和提倡的结果吗？老舍的回答是否定的。他认为，抗战文艺绝不是一种死的形式规定或程式化的套子，"它绝不是任何一种文章义法，任何一种文艺主张所能支持起来的"[②]。老舍自豪地说："自抗战以来，值得称赞的是文艺已找着它的正路。"从消极方

① 老舍：《三年来的文艺运动》，《大公报》（七七纪念特刊）1940 年 7 月 7 日。
② 老舍：《血点》，《大公报》1938 年 12 月 7—20 日。

面看，造谣、攻讦、吹捧的文字没有了，吟风弄月、香艳肉感以博虚名的文字没有了，荒诞武侠或者欧化倾向的作品少见了；从积极方面说，这种文艺“把抗战建国的伟业放在自己肩头上”，它无情揭露民族敌人日本侵略者的罪行，而大赞抗战英雄和中国人民。它不模仿，“它有自己的光荣战绩，而且可以用自己的语言风格形式写作出来；它的民族是正在争取自由独立，它自己也正在争取自由独立”。①

老舍在高度重视抗战文艺的同时，多方面探讨了它产生的原因。首先，老舍认为是时代的奇伟造成了抗战文艺的盛况空前。神圣抗战的时代，是中国历史上空前未有过的大时代，这样的时代，要求着与其相配合相适应的文艺。“今天的抗战比以前的危患，无疑的比以前的大时代的呼声是微弱的多了；无疑的，伟大文艺之应运而生的心理也比以前更加迫切而真诚了。”②他说，时代的进步，推动人们心智的发展，文艺家们不仅能从眼前，而且能从长远，不仅能看到四海之内，而且能看到四海之外，从而确定自己应立在什么基点上写作。“一百年前，不会有此种抗日的战争，亦不会有此等抗战文艺。时代给心灵以活动的机会，在今日而不错过机会，即必成为抗战的文艺。”③老舍认为，神圣的时代，孕育和催生了不平凡的文艺。

其次，老舍认为，既然抗战文艺是应抗战的呼唤和需要产生的，战争的正义性质，便决定了抗战文艺的鲜明倾向和内容。他说，抗日战争绝非列国或五代大大小小的战争可比，它是正义人民反对侵略者的伟大举动，“是民族的灭亡或解放的选择与决定，战则生，降则亡，故必战，既战，我们有制胜的方法与决心。文艺，在这时候，必为抗战与胜利的呼声。此呼声发自民族的良心”④。正义的民

① 老舍：《略谈抗战文艺》，《抗战四年》1941 年 8 月。
② 老舍：《大时代与写家》，《宇宙风》1937 年 12 月第 53 期。
③ 老舍：《三年来的文艺运动》，《大公报》（七七纪念特刊）1940 年 7 月 7 日。
④ 老舍：《三年来的文艺运动》，《大公报》（七七纪念特刊）1940 年 7 月 7 日。

族解放战争要求文艺的配合，而作家作为一个公民，他义不容辞地应为民族解放贡献力量，用自己手中的武器——文艺，激发民众抗战的热情，坚定全民族抗战必胜的信念。强烈的思想倾向是抗战文艺富有生命力的基础，也是它有别于某些所谓“与抗战无关”的作品的最本质特征。

再次，老舍认为抗战文艺是中国进步文艺发展的一个必然阶段。新文艺是具有战斗传统的。老舍说：“文艺的革命与革命的文艺心苦已久，习于战斗。”他认为，“五四”新文艺，为中国新文学的发展奠定了基石。北伐时期，随着革命的热烈，文艺活跃起来，宣传尽了最大力量，文艺与军事一同前进，它“自自然然的便找到它的路途”①。老舍的意思很鲜明，就是说，为革命斗争服务，“习于战斗”，起到宣传效果，是新文艺的属性和传统。然而，新文艺前二十年发展中的一个突出弱点是未能解决走入群众与人民结合的问题。老舍认为，抗战文艺是“承继五四运动的新文艺”②，而在与群众与战争的结合上有了显著进步，文艺家们都“死心塌地地咬定牙根争取民族的自由与存在，文艺必须深入民间”③。正是因为抗战文艺开始了较广泛地深入农村和战地，才使新文艺的道路越走越宽广。“这里与军民手拉手的奔赴前方，这将奠定了比‘五四’与北伐两时期更结实更纯真的文艺。这文艺在目前就成为军民必需的精神食粮，这文艺也将自成一格，渐进而为真正的民族之声，为全人类呼唤着和平与自由，并报告了争取和平与自由的经验与方法。”④

抗战文艺是抗战爆发以后新文艺的主流。老舍认为，这种文艺在“九一八”之后就存在了。作家的痛苦经验及责任心铸成时代的文艺。血泪的文字，产生于暴敌对我们民族的践踏的血泊中，这是“民族的心声，革命的前导，在卢沟桥

① 老舍：《一年来之文艺》，《民意》1938 年第 30 期。
② 老舍：《抗战以来的中国文艺——在内江沱江中学讲演》，《文化动员》1939 年第 1 卷第 3 期。
③ 老舍：《一年来之文艺》，《民意》1938 年第 30 期。
④ 老舍：《保卫武汉与文艺工作》，《抗战文艺》1938 年 7 月第 12 期。

事变以前，它已经以‘九一八’及‘一・二八’的退与抗，在歧路上给全民族树立起指路牌——降则亡，战则存。它警告，它激励，怒吼的文艺是不会代民族写下降表的”。而“卢沟桥事变后的文艺，用不着说，是紧跟着‘九一八’及‘一・二八’后的呼号而要激壮切实的。它不用再单单描写那可爱的东北，怎样在暴敌的刀刃下悲吟；它用最大的呼声，唤醒想苟安的人们，保华北，杀上前去！”①

最后，社会民众迫切需要抗战文艺。老舍指出，某些脱离实际的人“以为抗战文艺是文艺拉住了抗战死不放”，“事实上，却是前方的将士，兵院里的受伤的弟兄，政治的宣传，民众的教育，敌后方的争取民众……都急切的需要文艺”。② 抗战发生，要求着中华民族的每个人都要关心国家的危亡，而政治宣传的普及不够，文艺理所当然地应分担教育宣传的责任，让人民通过艺术的形式觉悟感奋起来。老舍十分深刻地指出：“当社会需要软性与低级的闲话与趣味，文艺若去迎合，是下贱；当社会需要知识与激励，而文艺力避功利，是怠职。抗战文艺的注重宣传与教育，是为尽职，并非迁就。”③

为回答社会上某些人对抗战文艺怀有偏见，甚至持以否定的态度，老舍在他的许多文章中不但系统探讨了抗战文艺产生的社会历史及文艺自身发展的原因，而且从与抗战前的新文艺的比较中，对抗战文艺的特点做了四点概括：其一，抗战文艺是“清醒的”，就是说它清楚自己的地位，目标非常明确。它毫不迟疑地认定自己为民族解放斗争服务是“责无旁贷”，是应尽的“天职”。“抗战与文艺不能分开，正如抗战与军队之不可离异。”为了做到这一点，文艺者必须和军民打成一片，深入他们中间，把自己的力量与抗战的整体行动配备起来，使笔与枪、锤、锹一样，都能充分发挥杀敌的力量。其二，抗战文艺是“乐观的”。老

① 老舍：《一年来之文艺》，《民意》1938 年第 30 期。

② 老舍：《二年来的文艺运动》，《大公报》（七七纪念特刊）1940 年 7 月 7 日。

③ 老舍：《三年来的文艺运动》，《大公报》（七七纪念特刊）1940 年 7 月 7 日。

舍说，它既不是“无家对寒食，有泪如金波”的伤感眼泪文字，也不是“塞上长城空自许”的希冀与失望，更不是替谁来讲排场，而是“看准了民族的出路在此一战，看准胜利必来，而与全体同胞齐去应战，一直到同唱凯歌。抗战文艺就是胜利的信心，在中国历史上是几乎没有前例”。其三，抗战文艺是“直接的”，就是说，它绝不是那种抒情自娱以博同道欣赏谀读，更不是什么要藏之高阁，以待知音的离开现实给予将来的什么“伟大”作品。它直接服务于国家民族最高利益，“除了百姓士兵它概不伺候。因此，它把军歌送到军队中，把唱本送给老百姓，把戏剧放在城中与乡下的戏台上”，收到立竿见影的效果。其四，抗战文艺是“行动的”。文人的行动决定着文艺的行动，“文协”的出现，表明文人携手抗敌，笔尖遂一齐朝外。由于文艺家分赴战地与民间活动，“文艺随着事实的接触而渐渐地与军民相亲；书斋中的哼唧，与个人有病或无病的呻吟，遂一齐息止……文艺的本质乃由虚浮的修辞变为朴诚的记录与激励”。老舍总结头三年的抗战文艺时说，它虽然还没产生一个杜甫或陆放翁，但它具有一师笔兵，敢于杀上前线，不但为士兵百姓写剧作诗，而且写信，它有组织，完全“忘了自己——在庆祝胜利那一天而将抗战文艺付之一炬，亦无可惜，要紧的倒是良心无愧！”①

总之，老舍认为抗战文艺是现实的，它必须紧紧抓住现实，把抗战放在作品里，不但要表现必胜的信念，并且要有胜利后成立新中国的理想。为了达到目标，文艺家必须做到让自己的心与社会一起跳动，克服认识上的片面性和生活素材的间接性，综合观察、分析抗战现实。

三、为抗战服务是抗战文艺的“天职”

文艺与抗战的紧密结合——“抗战需要文艺，文艺必须抗战”，这是抗战文艺的基本特点。但是，抗战初期，在这个问题上的分歧是尖锐的，文艺与抗战关系的辩论，构成了当时文艺思想领域里最重要的内容。1938 年冬，在关于“与抗

① 老舍：《三年来的文艺运动》，《大公报》（七七纪念特刊）1940 年 7 月 7 日。

战无关”论的论战中，打响第一枪的就是老舍。他在梁实秋提出“与抗战无关”文艺的论调后，立即以中华全国文艺界抗敌协会的名义给刊载梁实秋文章的《中央日报》写了公开信，信中严厉批评梁实秋“破坏抗战以来一致对外之文风，有碍于抗战文艺之发展”的行为。老舍针锋相对地指明，“目前一切，必须与抗战有关”，“值此民族生死关头，文艺者之天职在为真理而争辩，在为激发士气民气而写作，以共同争取最后胜利”。[①]老舍认为，抗战需要文艺，文艺必须抗战，“这二者在今天已然不仅是一种理论或理想，而是明显的普遍的在事实上有了证明”。“文艺并没走错路，而是找到了正路，正还须多走、快走！”[②]

老舍的“文皆抗战”的态度是十分明朗而坚决的。抗战爆发以后，他毅然舍弃了正在写作中的两部长篇小说。现实需要短文，他写短文；群众需要通俗文艺，他写通俗文艺；抗战急需戏剧，他又去苦心孤诣创作剧本。他对祖国挚爱的态度和一贯的现实主义文学主张，使他关切抗战，也因此更关切文艺。他认为，“文艺之所以不离抗战，正因抗战少不得文艺”[③]。他一再表明，文艺是社会民族的良心。文艺家弄文艺，首先应考虑自己是国家的一个公民，假若连做个公民的资格都没有了，还谈什么文艺呢！因此，国家民族危患之时，文艺家用文艺的武器为抗战尽责是理所当然的。“文艺不能，绝对不能，装聋卖傻，设若我教文艺装聋卖傻，文艺也尽教我坠入魔道。”[④]老舍认为，文艺必须关切它的社会，否则它便是温室中的花草，一见风雨便马上枯萎。

鉴于“与抗战无关”论调的迷惑性，老舍一有机会即给予批驳。他在重庆《大公报》上连载的《血点》一文中指出，抗战文艺“是全民抗战的产物，也是全民抗战的支持力量之一”，“假若一二文人以为文艺不必死死拉着抗战，它并

① 罗荪：《〈抗战文艺〉回忆片断》，载《中国现代文艺资料丛刊》第一辑，上海文艺出版社，1962。

② 老舍：《文艺成绩》，《新蜀报》1940 年 1 月 4 日。

③ 老舍：《三年来的文艺运动》，《大公报》（七七纪念特刊）1940 年 7 月 7 日。

④ 老舍：《三年写作自述》，《抗战文艺》1941 年 11 月第 7 卷第 1 期。

没有成为，且永远不能成为文艺上的一个有力的理论”，假若是一个有良心的文人，在自己国家民族遭到危难的时候，就绝没有谁会“把神圣的抗战放在一旁”。1939 年下半年，他参加全国慰劳总会的北路慰问团，所到之处都可听到他鼓励文艺家们用笔服务于抗战的讲演。9 月，他在第二战区兴集一次文化工作座谈会上发言，严厉批评那种脱离现实、总想当莎士比亚和托尔斯泰，而瞧不起写抗日唱本的理想主义者：“有人说有这样的伟大的时代，应该有很多伟大的作品，于是想上峨眉山去隐居，去慢慢儿地准备写作，这种逃避现实，上峨眉写作的人，只有听其自便；因为抗战已经很久，到今天还有主张写‘与抗战无关’的人，我们不应该去学他们。”[①]

1941 年秋，老舍在昆明西南联大的讲演中又再次强调，我们绝不能因为抗战文艺还存在某些缺点，“而想发展一种与抗战无关的文艺。因为抗战文艺的所以空洞标语化，并不是抗战文艺没有可写的，而是因为我们对抗战的认识太少，现在我们的生活没有一件是与抗战无关的，想找一件与抗战无关的事可谓绝不可能，除非你自己不愿意抗战，绝没有一件事可以和抗战完全脱离关系的”[②]。

某些错误的论调是借了抗战文艺的缺点而企图抹杀抗战文艺的。如有人说抗战文艺“贫困”。老舍回答说，如果客观地考虑到战争的艰苦环境和作家自身遭到的困难，抗战中的文艺作品并不少于或弱于抗战前的作品，甚至比抗战前还多；它在群众中的广泛动员作用和活跃程度更大大超过了战前。他认为，时代给予文艺家的是一件开新路的艰巨工作，战争和急剧变化的现实既使他无法安下心来写作，又使他需要有一个认识把握过程，还要考虑用何种文学形式才能适应新的读者对象，等等。从这个意义上看，初期阶段的抗战文艺都算作“试验品”也未尝不可。[③]不错，老舍说，抗战文艺一时还没有什么伟大作品出现，但“这并不

① 老舍：《老舍先生谈战时文艺工作诸问题》，《西线》1939 年 9 月第 2 卷 4 期。

② 老舍：《抗战以来文艺发展的情形》，《国文月刊》1942 年第 14—15 期。

③ 老舍：《略谈抗战文艺》，载军事委员会政治部编《抗战四年》，1941。

是因为文艺不可抗战，而是因为我们对抗战一切还知道的不够”[①]。面对现实，我们不幻想“三天之内写成一部《战争与和平》，而愿今天打今天的仗直到胜利”[②]。他认为，刚刚兴起的一种时代潮流难免夹带着一些浑浊东西，我们不怕它浑如黄河，目前不是急盼浊流澄清的时候，而是如何使潮流更波澜壮阔的问题。因此，对抗战文艺的一切否定批评和过苛要求，等于虚无，既损己又不利他，应大力扫除。

又有人贬责抗战文艺是“八股”，是粗劣的宣传品。老舍认为，这种论调是艺术至上心理的反映。他鄙薄那些在国家民族遭受涂炭时，还劝人“为了艺术，大家都须藏起来”的习于住在象牙塔里的艺术家。老舍说，这种人“心中没有国家，没有民族，只有自己，与自己那点闹着玩的艺术”，“今天的一个艺术家必须以他的国民的资格去效劳于国家，否则，他既不算个国民，还说什么艺术不艺术呢？”[③]抗战的文艺可因为努力渐近成熟，成为真正的抗战文艺；而抛开抗战内容的功名八股专玩弄文字技巧游戏，这是抗战时期的八股，它与科学时代的八股同为“死魂灵”，是永难再立起来的僵尸。抗战文艺作者尽心抗战的热情，不是某些所谓“文艺不得抗战”或“文艺不得宣传”论者所能理解的。[④]懂得了这点，也就更看清，“抗战八股毕竟强于《小上坟》……睁开眼睛看看老百姓，则认识了宣传品的粗劣亦自有其客观的需要在”。再看看青年一片赤心，更是“情有可原，功有所在，尤胜于开口艺术，闭口灵感，而永不动笔者也”。老舍并且认为，当代世界文豪无不是“宣传而于艺术”的。[⑤]

---

① 老舍：《五年来的文协》，《抗战文艺》（“文协”成立五周年特刊）1943 年 3 月。

② 老舍：《保卫武汉与文艺工作》，《抗战文艺》1938 年第 1 卷第 12 期。

③ 老舍：《艺术家也要杀上前去》，《新华日报》1940 年 2 月 10 日。

④ 见《制作通俗文艺的苦痛》《未成熟的谷粒》《血点》，依次载 1938 年《抗战文艺》第 2 卷第 6 期，《新蜀报》1940 年 2 月 5、9、14 日，《大公报》1938 年 12 月 7、14、15、21 日。

⑤ 老舍：《三年来的文艺运动》，《大公报》（七七纪念特刊）1940 年 7 月 7 日。

四、描绘大时代，塑造抗战英雄的形象

为抗战服务既然是抗战文艺的“天职”，那么，它怎样才能尽好这个“天职”？写什么，怎么写就不能不是一个重要问题。早在1931年，老舍就曾激情满怀地这样写道：文艺作家们，应当走出象牙塔、艺术馆，“看看社会，看看民间，看看枪炮一天打杀多少你的同胞，看看贪官污吏在那里要什么害人的把戏。看生命，领略生命，解释生命，你的作品才有了生命”[①]。这段话至少道出了两个要点：一是文艺必须关心社会，过问民众的疾苦，抨击和揭露给人民带来灾难的帝国主义及贪官污吏的罪行，才可能获得生命；二是要做到这一点，作家们必须跳出个人的生活小圈子，深入社会民间。老舍的这一深刻的现实主义主张至抗战时期表现得更为明朗自觉。

在一次诗歌座谈会上，老舍曾对抗战诗歌提出三项要求：一是感情上要能激发民众的抗战情绪；二是技巧上应当为民众所普遍接受；三是思想上要正面发扬抗战意识，反面抨击汉奸罪行。扩大来看，老舍对抗战诗歌的这些要求，也正是他希望整个抗战文艺都能达到的目标。怎样才能取得这样的效果呢？归纳老舍多次发表过的意见，可以看到他主要强调了下述四点：

其一，老舍主张，抗战文艺必须从描写现实的刀光血影中反映出大时代的真面目来。抗战时代是旧中国历史上从未有过的大时代，而“血光杀声里有大时代的真面目”，如果我们的文艺能以热情的文字写出面前的血光杀声及呼号来，就足以动人。[②]他认为，敌人的侵略罪行和正义人民的反抗斗争是这个时代的主要特征，文艺要反映社会必须抓住它，假若我们的文艺家不及时抓住，让这样的时代内容溜走，那就永远难再找回来，而成为憾事。因为，他说，对于一个有责任心的文艺家来说，“写失败了一本书事小，让世界上最大的事轻轻溜过去才是大

---

① 老舍：《论创作》，《齐大月刊》1930年创刊号。

② 老舍：《一年来之文艺》，《民意》1938年第30期。

事”[①]。

曾经有人因为抗战文艺多写了一些战争题材说它“单调”“贫困”。老舍驳斥这种观点，他绝不认为只有写打仗才算抗战文艺，相反，他在总结抗战文艺的经验教训时曾明确指出，写后方抗战建国方面内容的作品太少了。但是，老舍说，中国历史在抗战这一阶段，战争是它的主音，全中国的人、事无不与抗战发生关系。因此，抗战文艺要反映这个时代就不能避开这个重要的时代内容。不错，一段时间里以描写战事为内容还没有什么名作出现，但这绝不是因为战争不当写。老舍从文艺是现实社会生活的反映的现实主义主张出发指出，假若社会上一切都可以作为文艺写作的材料，是没有道理单单把战争除外的；“假若文艺是含有奖善惩恶的目的，那么战争正是善与恶的交锋，为什么不可以写呢？”“我们今天不写战争和战争的影响，便是闭着眼过日子，假充糊涂。”[②]

对于怎样写战争，老舍是反对客观主义或和平主义的态度的。他深刻指出，战争有正义与非正义之分，抗战文艺作家必须站在反侵略的人民大众的立场上写作。“我们的笔也必须作战，不是为提倡战争，颂扬战争，而是为从战争中掘出真理，以消灭战争。”他还结合自己描写战争的小说《火葬》进行分析，指出这部小说所以没有写好的原因，在于不熟悉抗战的作战生活，这绝不说明应该放弃战争不写，不是的，“我不能因此而便把抗战放在一边，而只写我知道的猫儿狗儿。失败，我不怕。今天不去试写我不知道的东西，我就永远不想知道它了”[③]。老舍的这个热心追求，他勇于抓取重大题材反映时代生活的努力和可贵精神，至今仍值得我们思考和学习。

其二，老舍认为，抗战文艺应当努力写为民族解放献身的英雄形象。因为从他们身上才最集中闪烁出抗战大时代的精神。这里包括像著名的八百壮士那样为

① 老舍：《火葬·序》，载《火葬》，上海晨光出版公司，1948。

② 老舍：《火葬·序》，载《火葬》，上海晨光出版公司，1948。

③ 老舍：《火葬·序》，载《火葬》，上海晨光出版公司，1948。

国捐躯的英雄人物，包括伤病员痊愈后再赴战场的事迹，也包括摆脱农民狭隘意识或从市民行列中脱出而走向抗日战场、成为一名民族解放战士或国际战士的成长过程。战争动员了全中国人民，它使中华大地各个角落里的生活都染上了战争的色彩，都与抗战发生关系。因此，老舍在强调抗战文艺应当着重写战争、写英雄的同时，认为单写前线或战争本身是远远不够的。只注意军事，而忽略后方物质建设及其他更广的社会生活，正是抗战文艺初期存在的一个不小缺点。所以，他认为，抗战文艺要克服单薄、单调，必须注意从大时代社会的多方面，来反映这个复杂的时代：既写前方，又写后方；既大赞抗战的英雄，又暴露日寇、汉奸、敌特的罪行；既写人民的苦难与反抗，也要鞭挞发国难财的贪官污吏、投机绅商之流的丑行恶德；等等。只有这样，才能使抗战文艺丰富多彩。

其三，老舍认为，抗战文艺无论是写英雄还是写敌人，要把大时代的足音收录到作品中，关键仍在作家自身。还在抗战之初，老舍就对作家提出这样的要求：一个真正的文艺家，必须具备一颗伟大的心，有一个伟大的人格。伟大作品与伟大人格一同降生，一个心小如豆的人，是写不出伟大的作品的。老舍认为作家这样的心和人格来自他对社会的深刻同情与了解，而要获得这样的同情与了解，作家却非做到“实际的去牺牲”——“实际的参加时代所需的工作”不可，而且“他入世越深，他对人事的了解也越深”。“体验，把自己放在大时代的炉火中，把自己放在地狱里，才能体验出大时代的真滋味，才能写出是血是泪的文字。”[①] 在这里老舍强调提出了作家深入生活的重要命题，并在同一篇文章中强调要真正理解英雄们的内心，写出他们的真实感情，必须做到与战士共同生活，做他们做的事情，在理想与信仰支配下，从具体的实践中捉摸住时代普遍的感情，来加以表现。只有这样，才能写出作为时代纪念碑的作品。

老舍的上述观点是在1937年冬天写的文章中表达出来的，他对于文艺与生

① 老舍：《大时代与写家》，《宇宙风》1937年12月第53期。

活、作家与创作、作家要参加革命实践，要有高尚心灵与人格等的观点的阐述，应当说立足点是相当高的，也是老舍文艺思想发展到一个新阶段的鲜明表现。

其四，关于如何写的问题，老舍坚持要考虑如何更好地发挥抗战文艺在群众中的作用的一贯主张，认为抗战文艺应以“宣传抗战为主题，以简明清楚为格调”，要做到这一点就必须注意选取群众易于接受和乐于接受的方法及艺术样式，要去除“五四”以来新文艺的欧化倾向，要吸收中国古典传统的艺术经验，合于群众的欣赏习惯，文字一定要清浅简明。他反对那种借口“文艺性”而让人以不懂为高雅的为艺术而艺术主张，认为“《水浒传》的俗浅并无害于它的伟大呀！……不扔掉旧的传统（起码须说中国话），也不忽视了世界的新潮（不关上大门打仗啊），这不是最自然最光明的中国新文艺——或新中国的文艺——的道路吗？”①总之，老舍在理论主张和创作实践上，都在致力抗战文艺的大众化道路上做出了自己应有的贡献。

综上所述可以看到，党的革命统一战线思想是指导老舍抗战文艺思想的理论基础，文艺必须为抗战服务则是他的抗战文艺观的核心。老舍高度重视和评价抗战文艺，他倾心致力于推动抗战文艺运动的发展和抗战文艺创作的实践，其贡献是杰出的。总结老舍这一时期的文艺思想，不但可以看出老舍的思想在怎样向更高阶段转变，而且可以合理地解释，他在抗战后期和解放战争时期创作出《四世同堂》《鼓书艺人》那样显示了巨大进步的优秀作品，以及新中国成立后不久即获得“人民艺术家”的光荣称号，实非偶然。

① 老舍：《三年来的文艺运动》，《大公报》（七七纪念特刊）1940年7月7日。

理想化人物塑造与老舍的思想变化

文学作品不一定非塑造正面直接体现作家社会理想的人物形象不可，但是，作为先进、英雄人物既是生活中存在的事实，又具有在反映时代精神和时代面影上别的类型人物不可替代的激动人心的力量，文学作品既要贴近生活反映时代，就不能对他们视而不见。正因为如此，我们才一直鼓励并高度称赞那些带着极大热情创造我们时代的先进、英雄者形象的文艺家们！

老舍，这位以成功地塑造市民系列形象群著名的人民艺术家在这方面也有着可贵的追求和探索。它主要表现在两个方面：一是由新中国成立前大量描写旧市民的生活和精神遭遇，到新中国成立后用大力气塑造新市民、人民警察、建筑工人、志愿军战士的性格，这个变化是一般熟悉老舍作品的读者都能感觉到的；二是在他20世纪20年代至40年代的小说创作中，在成功、大批地塑造“绝望型”的市民形象性格的同时，始终贯穿着一组被着意安排、描写的理想化人物。这组人物在数量上不多，在作品中也几乎不曾占据过主角地位，但细细研读就会发现，它们于作品的主题、于作品中其他人物的命运却时常具有点拨灵魂和选择人生道路的示范作用。设若我们从对老舍早期作品《赵子曰》到20世纪40年代末完成的长篇小说《鼓书艺人》中的这一类型人物做一巡视，不但可以加深对作品本身思想价值的理解，而且大大有助于认识老舍一生创作思想的一些特点，理清他创造这类人物形象的变化轨迹，使他何以在一进入新中国时期即热情难抑地为新生活、新人物大唱赞歌的倾向得到解释。

一

检视老舍的前期小说创作会发现，直接寄托着作家美学理想、从正面体现出他的社会思想和改革观念的这组人物形象主要有李景纯(《赵子曰》)、李子荣(《二马》）、白李（《黑白李》）、堵西汀（《蜕》）、钱默吟和祁瑞全（《四世同堂》）、孟良（《鼓书艺人》）等，《猫城记》中未曾出场的大鹰亦可算在其中。从文学形象的塑造来看，这组形象大多是欠缺血肉而显得苍白无力的；若就形象的思想意义来看，它既表示了作家可喜的追求和进步，又显露出作家在探求中的局限与不足。下面让我们循着时间顺序，沿着老舍创作的轨迹对作家笔下的这一类型人物做一巡视。

1925 年创作的长篇小说《赵子曰》中的李景纯，是老舍所塑造的正面理想化人物群像中出现最早的一位。在一群浑浑噩噩的大学生中，他是最清醒、最有理想和实干精神的一个人。“学习、品行、见解，全第一”，不仅与纨绔子弟、流氓学生欧阳天风判若天壤，在一般学生中，他也是堪为良师与益友。平时他埋头苦读，连过年也不回家，除夕还读书到深夜。他为获取知识废寝忘食，甚至牺牲恋爱。他反对一些人“乱嚷嚷这个主义那个问题”，倡导“实干”。在行为上，他勇于主持正义，为受辱的女青年排忧解难、打抱不平。最后，他要杀掉作恶多端的京畿司令，结果没成功，自己被捕。在被处决前他还以自己的牺牲教育赵子曰改邪归正。他曾给赵子曰指出了两条路：“一条是低着头去念书，念完书到民间做一些事，慢慢地培养民气；一条是破命杀坏人……这两样事是该平行并进的，可是一人不能兼顾。”他还曾力劝赵子曰“回家去种地”，买些新农书农具去办实验农场，并且“顺手在地方做些事，教导教导我们那群无知无识的傻好乡民”。他一再嘱咐同学武端：要努力学习，然后到国外去看看，因为将来建设，专门的人才是必需的。他又曾一再忠告同学莫大年，“打算革命事业是由各方面做起”，只有各行各业的人都“有充分的知识，破出命死干，然后才有真革命出现”。他还提倡“教导国民”，“国民觉悟了，便是革命成功的那一天”。

李景纯的上述理论和救世药方充满真诚，但改良和空想色彩浓重，显露出十足的书生气。慢慢开导民智，教育好“傻好乡民”，显然是知识分子对劳动人民的一种偏见；破命杀坏人救好人，曾在其第一部小说《老张的哲学》中的车夫形象赵四身上有所体现。李景纯本人也正是在盲目的暗杀行动中丢掉了性命。这显然不是什么革命行动，至多不过表现了传统中的那种路见不平、拔刀相助的义侠品格而已。朱自清早在《赵子曰》刚问世时就曾看到，李景纯是《赵子曰》中唯一没有缺点的英雄，他体现了作者的“理想的光辉”。的确，在李景纯身上，渗透着老舍个人温和的民主思想和正义感。在长期的中国传统文化熏陶和封闭的四合院式的人际关系与经济条件下形成的市民性格在审视事物时，往往只从眼前利益出发。他们固然也要求改变穷困地位，希望过平安日子，但在实现这个目标的过程中，他们害怕打破盆盆罐罐，主张克己守业，主张各尽其责，凭良心办事；对于社会上的坏人，他们认为最好是劝其改恶从善，真不行再由侠客义士出来剪锄。李景纯便是从这种土壤中成长起来的英雄。老舍本人也较长时间受过这种思想意识的影响。所以他曾明确说，他的理想永远不和现实相距太远。①

文学批评家李长之早在20世纪30年代就曾指出，老舍小说中的人物往往是理念很重而“老舍化”了的。②作家如果急于找一个表达个人见解的人物，使他变成一种理念的化身，那么这样的人物一定是没有生命的；假使作家将理念的成分和他对生活的观察体验以及感情交融一起，理念成为作家对事物和人的深刻认识理解的结果，那么这种理念往往会化成一种深刻哲理，对表现主题起着强化作用，人物性格也就有可能摆脱“传声筒”的危险而趋向鲜明、个性化了，可惜李景纯仅仅达到的是前者。李景纯没能完成自己追求的目标便被军阀杀害了——他的落后于时代潮流和错误的社会改革方式，使他的行为不能不演为悲剧。但李景纯并未绝后，他的魂灵在老舍的第三部小说《二马》中的人物李子荣身上又得到了复活。这两个几乎可说是孪生兄弟的形象重复出现并不奇怪，因为两部作品前后脚完成，老舍的思想基础并无变化。

借用《二马》主人公马威的话说，李子荣是个“一百成的好人！”我们知道，

---

① 老舍：《我怎样写〈赵子曰〉》，载《老牛破车》，人间书屋，1937。

② 李长之：《〈猫城记〉（书评）》，《国闻周报》1934年第1卷第2期。

在《赵子曰》中，李景纯曾给武端指出过好好学习，出国留学的一条路。可以说，李子荣便是按照李景纯的指引而出国深造的“武端”。他家境贫寒，靠官费留美，又转到英国学习。国内战争使他失去经济支柱，不得不在马家古玩店当一名伙计，以赚钱交纳学费。他刻苦攻读的精神不在李景纯之下，也很有成绩，写出了论述中国劳工近况的论文。他襟怀坦白，富于实干精神：在马家古玩店主人死后，他仍能把店中一切料理得一清二楚，最后交给继承人马威父子，并继续帮助马威父子维持小店经营。他像李景纯一样，有一双哲学家的眼睛，接触马家父子不久即能看清老马的致命弱点：“官迷”，懒！而小马单恋上温都姑娘后，李子荣便立即劝阻，并以自己亲身的观察和体验坦率告诫道：“没有英国青年男女爱中国人的，因为中国人现在是给全世界的人作笑话的！”普通人都瞧不起中国人，叫英国姑娘真心爱中国男人，妄想！

李子荣想以自己的思想行为感化马威。他告诉马威，自己为了事业，如何决心不和念了几本小说的摩登女郎谈恋爱：“我不能够为一个女人把事业牺牲了！”他欣然接受在国内的母亲包办给他订婚。他很得意并自信自己的“一片傻理儿”；他认为，中国现实没有做事的机会，应该“叫女人都能帮助男人料理家事！有了快乐，稳固的家庭，社会才有起色，人们才能享受有趣的生活！有一点知识是最危险的事，今日的男女学生就是吃这个亏，只有一点知识，就把事实轻轻地一笔勾销。念过一两本爱情小说，便疯了似的讲自由恋爱……男女间相互责任，没想，快乐，不会有的！我不能说我恨他们，但是我宁可要个会做饭、洗衣裳的乡下佬，也不去和那位‘有一点知识’、念过几本小说的姑娘去套交情！”

这段现身说法，不妨认为是老舍借了李子荣之口说出自己对中国现实婚姻、家庭和爱情与事业的关系的看法。一个青年人无疑应以事业为第一位，不应为了个人，包括为爱情而忘记更神圣的责任。要改革社会，作为社会整体一个细胞的家庭的改革固然重要，但在压迫束缚人性的现实社会制度未被打碎的情况下，不是要女子都回到家中辅助男子，建立所谓稳固家庭，首要任务应当是打碎阻碍人享有自由幸福的最大障碍——旧社会制度，扫除一切封建伦理道德。不完成这个基本工程，家庭就不具备稳固、快乐的最基本条件与环境。“五四”之后不久的中国“娜拉”不是应当回到家庭，而是尚未完全走出！如果不进行彻底革命，不但回家是一条死路，像鲁迅《伤逝》中女主人公子君的悲剧不可避免，即使走到社会上来，也不过是从一个狭的笼转到了一个空间稍大一点的笼而已。显然，李子荣还不能明白这些。作为一个被完全肯定的理想化人物，自然也就暴露了老舍社会思想的局限性。

老舍对学生的看法也明显存在偏见。任何时候学生中都不能说没有害群之马，但就整体和本质来看，他们并不是仅懂一点知识就将事实抹杀，更不是只会讲恋爱而忘了义务和责任的浮夸和轻薄青年。历史一再证明，血气方刚的青年学生的思想和行动时常具有超前意识，是一场变革或新思潮涌来的先兆，虽然有时也不免过激。大概正由于老舍温和的求稳怕乱的思想成分和某些市民意识影响与激进的学生运动难以合拍，他在几部（篇）作品中，都有过对学生的贬抑性描写。

在小说《二马》中的青年主人公马威身上本来寄寓着作家的希望，但在老舍看来，他还不够完美，所以就又造出李子荣这一人物作“补充”[①]。马威对李子荣十分佩服，他说：“李子荣是个豪杰，因为他能自己造出个世界来！他的世界里只有工作，没有理想；只有男女，没有爱情；只有物质，没有玄幻；只有颜色，没有美术！然而他快乐，能快乐的便是豪杰！”“他只看着事情，眼前的那一丁点事情，不想别的，于是也就没有苦恼。”李子荣确实是一个“能造出个世界来”的实际主义者、实干家，但不是革命家。然而说他只有实际也不对，他明明就曾这样设想：“我希望成个财主，拿出多少万来，办图书馆，办好报纸，办博物院，办美术馆，办新戏园，多了！多了！好事情多了！”要怎样才能成个财主，拥有钱财？只靠埋头苦干行吗？办那么多美好公益事业要有怎样的社会条件与环境？

---

① 老舍：《我怎样写〈二马〉》，载《老牛破车》，人间书屋，1937。

李子荣都茫然无知。因此他的“希望”不具备理想性质，而实则是廉价的幻想，是不能兑现的乌托邦。

由李子荣的表现看来。他至多不过是一个有务实精神的社会改良者。假若在先进的社会制度下，他的这种精神也许可以结出物质成果，不幸的是他所处的时代，决定了他的说教、他的改良方案和设想都只能是空中楼阁。我们在《赵子曰》中看到，在作者的安排下，李景纯的思想品行曾使得赵子曰、武端、莫大年等学生走向了正路，赵子曰甚至含泪发誓，以后立身行事都要对得起李景纯；而李子荣的作为和规劝则折服了青年马威，他也是要下决心打起精神做事，以求对得起李子荣，以至最后由于与父亲的分歧和爱情挫折不得已出走时，他的佩服和感激李子荣的泪水把被子都沾湿了。老舍笔下的李景纯、李子荣这一对头上闪着光环的“似乎没有什么缺点”的理想“英雄”（朱自清语），实际上不过是镜中花，并无济于实际生活中的真正社会改革。老舍设计这两个人物，并高度加以赞颂，正表明老舍在进入20世纪30年代之前，其社会思想既具有变革社会的良好愿望，又流露出温情脉脉的改良色彩。

李景纯、李子荣的时代随着20世纪20年代的过去而逝去了。结束五年异域生活回到祖国的老舍有了更多机会察看和体验现实社会人生。他笔下的人物群正在悄悄发生变化：一是更多注意城市底层社会人群的描写，另一则是对理想化人物的探求有了新的明显进步。其一是长篇小说《大明湖》中女主角结交的几个男人中的一个“非常精明而有思想的人。他虽不是故事中的主要人物，可是由他口中说出许多现在应当用 ×× 画出来的话语”[①]，也就是出现在《月牙儿》中的女主角的“新爸”。老舍曾说：“在《月牙儿》的前身《大明湖》里，我居然描写了一位共产党员，他是《月牙儿》中的女主角的继父。”[②]《大明湖》被大火烧掉未曾问世，从《月牙儿》中又看不出这个“共产党员”的具体表现，但从作家申

① 老舍：《我怎样写〈大明湖〉》，载《老牛破车》，人间书屋，1937。

② 老舍：《老舍选集·自序》，载《老舍选集》，开明书店，1951。

述可知，他是用了肯定的笔墨描写这一新人形象的。其二是《猫城记》中的大鹰。在上下糊涂、举国灰暗的猫国社会里，在人人“都承认做坏事是人生大道，做好事与受苦是假冒伪善”，人人都丧失人格和没有知识的情况下，大鹰是一朵“孤独的大花”、仅有的“一片红云”，是猫国第一位“有骨气的猫人”、有人格的“好人”。作者欣赏他“以知识及人格作为政治的基础”的主张，赞美他的良心“比太阳，比一切，都大！”他是个“替一切猫人雪耻的牺牲者”。但显然，这一人物太超俗，脱离大众，因此牺牲后未能为众人理解，反而成为被围观示众的材料。

另一个被作家歌颂的人物是短篇小说《黑白李》中一个叫白李的青年。作品在对洋车工人的集体抗争行动做肯定性描写同时，以赞美的笔调歌颂了这位组织工人行动的大学生。虽然小说写这一人物时多用侧笔，正像老舍所说“我没敢形容白李怎样的加入组织，怎样的指导劳苦大众和怎样的去领导斗争”[①]，但从思想意义来看，他比李子荣、李景纯、大鹰等都高。白李的形象性格虽欠缺丰满，但确实表明老舍在新兴的无产阶级革命文学影响下，对社会生活中的积极进取力量的摄取和描写有了显著进步，那就是由赞颂改良色彩浓厚的人物，进而对为被压迫的人们改变命运做积极斗争的人物给予了充分肯定，赞扬他们为“砸地狱的门”而行动，否定再劝人埋头实干的“好人”。作品在对比中描写：黑李只可怜洋车工人的腿，注意自己当个好主人，“黑李该死！”白李劝洋车工人站起来做人，不做牲口，“凭什么人应当拉着人呢？”集体起来“揍！”他应当留在世上，继续“砸地狱的门”！虽然从严格意义上看，白李这一人物很难称是自觉完整的现代工运和革命的组织者，表明作者对当时共产党领导的工人运动还不够了解，但老舍对先进或革命弄潮儿的注意摄取和描写有了实质性的进步则是无疑的。应当说，白李的形象与20世纪30年代革命作家笔下的工人运动者形象是合拍的。

① 老舍：《老舍选集·自序》，载《老舍选集》，开明书店，1951。

二

神圣的抗战把老舍从宁静的书斋引向了轰轰烈烈的民族解放斗争的洪流。生活的实践促进了作家的思想发展变化，他把描写和表现的视线更多地集中到脚踏着时代鼓点前进的人物身上了。在 1938 年至 1939 年初创作的未完成的长篇小说《蜕》中，他不仅塑造了厉树人等热血爱国青年学生的群像，还刻画了一个叫堵西汀的地下抗日工作者形象。此人在阴城秘密做抗日工作，锄奸杀敌，组织爱国青年奔赴战场，并经常和青年朋友在阴暗小屋里聚会，研究和讨论怎样破坏赶制太阳旗与五色旗的准汉奸的计划。他对于有名无实的假革命者孟道邨之流瞧不起，他说，他和孟的最大区别在于“他看见阴影就认为是永久的黑暗；我要用火把将黑暗赶了跑”。他说，他是在现实环境的逼迫下“只能在黑影里端枪。不积极，没有建设性，一点不错，可是一个人恐怕也只能做一样事……你不能拿理想来看轻你实际的工作，也不能用做不到的事来限制你做的事”。的确，堵西汀是实际的，他没有一点李景纯所有的空想与改良色彩。他把近距离的目标对准那些作威作福的警察，为逃避追捕常一天换三次住处，又将矛头指向社会上层人物及政府当局，因此当局“共同的仇敌不是日本，而是堵西汀”。在小说中，老舍对这一人物的行为做了肯定性描写，只可惜整部小说情节还未曾充分展开就夭折了，这一人物的性格也就没得到应有的发展。

然而老舍的寻找是持之以恒的。抗战后期，他在巨著《四世同堂》里塑造了另外两个颇具理想色彩的人物——钱默吟和祁瑞全，代表了他在 20 世纪 40 年代前期对理想化人物塑造的水平。我们先看看祁瑞全，这是一位热血沸腾的抗日青年。他出身于市民家庭，抗战一开始他就逃亡出城寻找抗日队伍去了。他走过很多地方，开阔了视野，最后又被指挥机关作为特工人员派到家乡北平，冒死做抗日锄奸工作，并且剪锄了他曾恋爱过后来却当了日本特务的冠晓荷的女儿冠招弟。无疑，祁瑞全代表了市民阶层中觉悟最早的一代，老舍满怀希望地让他走出北平接受锻炼。然后，又把他拉回家乡接受考验，给他机会发展。显然，这一人物性格格调鲜明而爽朗。只可惜，在我们几年后再看到回到北平的祁瑞全时，仍感到他身上还存在着李景纯、李子荣的某些影子：李子荣曾表示有钱后，他要办戏园、图书馆等福利事业，为助成事业实现他宁肯娶个会做饭洗衣的乡下姑娘做老婆，而不去“自由恋爱”。祁瑞全呢，他打算在抗战胜利后“永远住在乡下，娶个乡下姑娘，生几个像小牛一般结实的娃娃。为教育自己的娃娃，他顺手儿办一个学校，使村中老幼男女都得到识字的机会。他将办一个合作社，一个小工厂，一个医院，一个……”相隔二十年的这两代青年人的打算如此相似，岂不正反映了老舍本人的思想在他所希望热爱的角色性格上烙下的深刻印记吗！

再看钱默吟。这是《四世同堂》所塑造的老一代市民知识分子摆脱旧士人传统束缚而走上抗日道路的代表。严格讲，这一人物很难说是老舍着意创造的理想化人物，因为这个人的缺欠与局限是明摆着的。但读过《四世同堂》的人你得承认，钱默吟的一切，包括他特具的传统士人的吟诗弄草、洁身自爱、风流自赏等，老舍都是大为欣赏的。从小说的描写看，他的生活道路可分为前后截然不同的两个阶段。前期的钱默吟，完全一副传统旧士人的面目：埋头诗书、孤芳自赏，几乎完全与外界隔绝，借用冠高弟的话说，“钱先生好像一本古书似的，宽大，雅静，尊严”；后期的钱默吟则变成激烈的抗日地下工作者，旧士人的影子一扫而光。对于钱默吟来说，从足不出户到抗日地下工作者，这是一个巨大的思想转弯和实践跨度。在小说第八十四章，祁瑞全从外地潜入北平，钱默吟见到他后有一段长长的自我介绍，他把自己从家出走后的道路分作三个阶段：第一阶段是搞暗杀——他名之为“个人的英雄主义与报仇主义”；第二阶段是“朋友”叫干什么就干什么，做“抗战机器”——名之曰“合作的爱国主义”；第三阶段是得到不主张杀生的明月和尚的指引，“更看远了一步——由复国报仇，看到整个消灭战争”。

小说明确表现了钱默吟对“自我”的自觉清醒认识，只可惜未能具体而入情入理地展示出钱诗人的这一性格变化过程。第一阶段搞复仇，实质上是冒险、暗杀行动，它不能从根本上打击敌人，反而会造成敌人更大的恐怖活动。在这一点上，我们又仿佛看到曾经有类似行动的李景纯、堵西汀等人行为的影子。第二阶段所谓“合作的爱国主义”，来龙去脉缺乏明确的线索，集体力量并未得到明显的显示。第三阶段，钱默吟得到明月和尚指引，思想境界升高到无产阶级要消灭战争，争取人类永久和平的高度。如此高的目标与钱默吟独来独往的孤零零行动不相称；如此高的境界，对于一个被旧传统文化熏染了大半辈子的人来说绝不是一蹴而就的。因此，上述观点与其说是人物的自我认识，不如说是老舍对这一人物的理念设计。总之，前后期的钱默吟判若两人，后期的人物被作家赋予了全新的意义，过分神秘和理念化色彩使人物的真实程度受到损害。由这一人物的塑造再联想到老舍描写先进理想化人物的努力，给人的启示是发人深省的：当作家本人的思想境界距离先进理想化人物较远时，他难以准确写出和把握人物的思想境界，因此要成功刻画这类人物的性格是困难的；当作家思想认识有了提高与升华，但由于生活实践的限制，以及对人物的选择和艺术上的设计构思等原因，也仍然未必能准确写出这类人物的性格来。但是，耐心探求和持之以恒的实践终会得到良好的回报。一个思想逐渐趋于成熟、生活与创作实践积累日渐丰厚的作家，正像一棵成年的果树，结出成熟果子的时机和条件已经具备了。

三

社会革命是群众的事业，是整个社会机制或机构的变更，它既非靠个人义侠行为、冒险暗杀可办到，也在本质上不同于心存良好愿望的社会改良。在新思想和时代潮流推动下，老舍逐渐接近革命，并对现代社会变革有了较准确的理解。当他能把代表时代思潮走在大时代前端的人物置于时代的大背景下，着重从时代与人民、个人与时代、个人与群众的关系中加以描写时，他所长期探索寻找的完全新型的理想人物才真正站立起来，使他在人物塑造上跨上一个新台阶，这个标志便是完成于1948年的长篇小说《鼓书艺人》中的革命文艺工作者孟良形象的塑造。

一个真正的现代革命者的主要标志是什么？简单回答便是坚定的马克思主义信仰及其为之奋斗的实践行动。在实现理想过程中，他能动员群众，和他们一起干着推翻旧世界开创新天地的事业，创造属于人民大众的新生活。他能认清自己的位置，摆正个人与革命、群众的关系，依靠坚定的信仰和严密的组织纲领去行动工作。可以说，孟良就是老舍笔下第一个具有这样真正革命者品格的新人形象。他的本职工作是编导戏剧，他运用这一武器积极参加抗日宣传，组织群众，表达对不能代表人民大众利益的当局政府的反抗。他说他“是个新派，一向反对政府的那一套，也反对老蒋那种封建势力”。他的言行触犯了当局，因此曾被捕下狱。

在现实斗争面前，孟良不但表现了无私无畏的坚强意志，而且表现出高度自觉的犀利眼光和崇高的理想信念。例如，在一次和艺人方宝庆谈话时他有一段关于时局的分析：“中国现在打着的这场抗日战争，可不是件简单事儿，问题复杂着呢。我们现在既有外战，又有内战。新旧思想之间的冲突，并没因为打仗就缓和了。现在虽然已经是民国，可封建主义还存在。我们现在正打着两场战争，一场是四十年前就开始了的；另一场呢，最近才开始，是跟侵略者的斗争。”一个人能对民族矛盾和民主斗争交织存在的复杂现实做出如此明晰透彻分析，没有先进的世界观和理论武器是很难想象的。又如，抗战胜利后，方宝庆一家复原，孟良出狱，二人又邂逅在出川的轮船上。孟良再次对老朋友倾吐肺腑之言：他先以船过三峡比喻革命胜利、人民得到幸福，“险滩多得很”，但有经验的舵手总能平安地把船驶出险境。接着他又表示自己为理想献身的决心：他预测到时局还会有艰险，但绝不会因一时受缧绁之苦向恶势力投降。“他们一天不把我抓起来，我就会继续工作下去。只要能迎来人民的解放，哪怕是把我的骨头磨碎，拿去肥田，我也不怕。……新时代会到来的，不过，在新时代到来之前，很多人会牺牲。”不是一个有坚定信仰理想的人，很难会发出这样有金石声的语言。

在作者笔下，孟良不但有清醒的头脑、崇高的理想信念和思想境界，而且能脚踏实地的工作，能和群众同甘苦共患难。当艺人方宝庆感到走投无路时，是孟良给他指引道路，亲自谱写歌词给了他生活的信心；他义务担任方秀莲的老师，教她学文化，教她在人生道路上学迈步。秀莲迷惘在爱情的圈子里了，孟良体谅她、开导她，而且劝导宝庆夫妇一起来关心她，从而正确引导方秀莲走上健康道路。总之，孟良作为老舍笔下的一个成功的革命文艺工作者形象，大大不同于此前他笔下的同类形象。这是一个有鲜明时代感和历史感的人物。在这一形象身上，我们清楚地看到老舍早期作品中塑造理想人物形象的思想偏颇及时代局限得到了克服。只是由于作家给予这一人物活动的机会还少，缺少从更多方面和层次上来丰富他的思想性格，致使人物个性的鲜明和丰满度受到限制。

孟良，作为老舍在民主革命时期创作的最后、也是最成功的一个理想化人物形象，首先是与作家本人的生活变迁分不开的。抗战期间，老舍以一个革命文艺家的身份与广大爱国艺人保持着密切的联系。孟良与方家的关系，很多来源于老舍本人与抗战著名艺人富少舫（艺名山药蛋）一家来往的生活。其次是老舍的思想在抗战开始后逐渐有了新的提高，到 20 世纪 40 年代末写《鼓书艺人》时，其思想信仰体系已明显向社会主义倾斜了。

从以上的考察中，我们除了看清老舍在民主革命时期的创作中描写先进的理想化人物的具体得失外，还有两点启示值得认真思考：一是，一般来讲，一部文学作品价值的高低，从根本上说并不取决于塑造没塑造先进理想化人物，但综合考察一个作家对这类人物形象的描写和处理，无疑是验证创作思想发展水平的一条重要渠道。从李景纯、李子荣到孟良的过程，是老舍在成功地塑造大批“绝望型”市民形象同时，积极探索描写先进理想化人物由幼稚到基本成熟的过程，这一过程在新中国成立后的创作中进一步得到延伸和提升；老舍由对中国革命的隔膜到逐步了解，思想发展从具有改良、温和色彩的民主主义，到具有社会主义性质的迹象也在这一过程中得到清晰呈现。二是，我们说一部艺术作品价值的高低不取决于写没写先进理想化人物，但并不意味着可以不重视或对描写这类人物表示轻蔑。对于一个新时代的作家来说，要深刻地反映出他所处时代的变革本质面貌，选写并努力写好这类人物形象无疑是十分重要的。老舍一生的创作没有放弃自己所熟悉的人物世界，同样他又坚持捕捉、追求新的和先进的人物加以描写，特别是新中国成立后的创作，歌颂新人物的占了大多数，这是难能可贵的。探寻总会有曲折。老舍是总结了正反两方面的经验而使他的寻求终于获得了收获，如果要学习老舍，那么这种追求开拓和表现新生活、新人物的精神，是理应得到继承和发扬的。

老舍的现代文明观

假如我们认定鲁迅是浙东绍兴文化的符号，那么我们就无法不承认老舍是京城文化的一张名片。众所周知，文化是一个人文事项含蕴至丰至广的名词，中国人群社会上下五千年，从衣食住行，到政治、经济、伦理、宗教、教育、礼俗等等都在其中，这从泛文化概念理解，就是所谓中华文化。京城文化是这种文化在历史时空下的现代形态。

老舍对于京城文化的贡献在于，他竭尽一生以文艺的形式生动形象地从多视角、多侧面、多层次表现了京城近现代社会人群的方方面面，他的表现的成功、杰出和丰富深广性在现代还找不到第二人。所以我们可以确认，老舍是名副其实的京城文化的符号或名片。认知老舍无疑是认识京城文化的重要窗口和路径。然而由于文化所含事项繁复深广，当我们从老舍这张名片切入认知京城文化时，也只能像通过一粒砂看大千世界一样，由一两个点的切入解读窥见面；要穷尽、要全面只能是一种奢望想象。

本文所选取的是老舍对都市社会人群文化建设——精神文明的关注。他通过自己的部分小说作品明确表达了他对某些人所追求、攀附和自诩的“现代文明”的看法与批评。

文明，这是一个崇高闪光的字眼，文明程度高低是社会进步与否的标志。愚昧、落后、懒惰、野蛮……人人唾弃，文明进步永远为人们所追求、向往。社会发展历史表明，物质文明提高，要求精神文明同步建设；精神文明昌茂，一定会大大助推社会和谐与物质文明更大发展。

老舍前半生生活在一个物质极其贫困、人的精神世界又被扭曲的旧社会。在广大市民和劳动人民都只能用血汗换窝窝头吃，用“梦欺骗着饥肠”的时代，似乎没有什么文明不文明可谈。但是，诚如老舍所说，“人不仅是这个‘肉体’的东西，除了‘肉体’，还有个‘灵魂’的存在”[①]，就是说，人超越动物的本质标志就在于他有脑子能思考，有灵魂，有高于动物的精神表现。只是，这种精神表现又因社会人群对社会事项的态度、所处地位及关系不同而呈现出高尚和低俗、圣洁与卑污的不同。我们赞赏高尚、圣洁，憎恶和批判假、丑、恶。老舍就是用他那支如椽大笔将京城社会一大群人，特别是中下层市民阶层人群的灵魂展现给人看，对他们中一些人所表现出的不文明行为和精神状态予以了鲜活的描写和批评，诸如崇洋媚外、阿谀奉承、敷衍塞责、因循守旧、灰色慵懒、追逐名利、假公济私、低级粗俗、不学无术、不讲卫生、不求进取，等等，笔锋所至，无处不显示出一个伟大作家的睿智和强烈的社会责任感。

那么，老舍是怎样看待和描写“文明”的呢？我们试图从几个例证加以分析。

“文明是三孙子”，这是老舍在小说《柳家大院》中通过算卦先生之口对“文明”屡屡发出的咒语和判言。如果说这篇小说的基本主题是表现对贫困市民群体生活命运的极大关切，那么“文明是三孙子”便是它的副主题关键词。以人伦辈分喻比，文明之崇高应在最高位置，如果落在“孙子”位置则低了三级，而沦到了“三孙子”地步则更惨，毋宁成了一句骂人的话。文明、现代文明是何等光耀的事情，老舍何以如此唾弃、不惜痛斥呢？我们姑且不说以能识两字、会看晚报而自嘲为“文明”人的算卦先生，先看看“文明”人老王。

老王大字不识，甚至连晚报都不会看，怎么称得上“文明”？原因很简单，他混的是洋事，给洋人剪草皮，是一位沾洋气的不一般的花匠。他以能够着洋人自命不凡，时常摆着“文明人”的架势派头待人接物，他把洋人、洋事与文明等量齐观。

应当看到，洋人、洋事进入中国给古老的中国带进了一股现代文明气息；但

---

① 老舍：《灵的文学与佛教》，《海潮音》1941 年第 22 卷第 2 号。

从另一面看，洋人的“文明”侵占又时常是建立在“不文明”人的血汗之上的。老王实际上是资本主义“文明”入侵的受害者。可是老王于此无认识，相反由眼前的一点既得小利，成为三孙子“文明”的崇拜者。他卑躬屈膝，奴才相十足，因能给洋人过几句话尾巴就翘上了天，又因能给洋人太太下跪借来钱，自以为高人一等，鼻子眼睛都不在原来位置。他自恃“文明”，一手制造了儿媳妇的上吊悲剧，并将逼死儿媳妇的责任转眼嫁祸给邻居张二嫂；为了继续“文明”下去，老王又不惜卖女换钱，好再为儿子续娶。

如果说老王的“文明”带有几分本土性特点，那么老王的女儿二妞是洋人资助的工读学生，洋学生比因吃不饱长得像窝窝头的嫂子似乎更有资格“文明”。但“文明”并未教她进步，反使她助纣为虐，直接参与了逼死小“窝窝头”的罪行。

文明是从动物到人类的进步，文明是人自身文化精神的一步步升华，文明是人性的解放和健康发展，但是，老王的“文明”、二妞的“文明”都是人性被扭曲的文明，既害人又害己，仿佛是一杯毒酒，成为罪恶渊薮。算卦先生骂它是“三孙子”，形象而恰切。

我们再来看第二个例证。

博士，是含金量何其高的诱人头衔啊！与老王、二妞的“文明”略带土著性的特点不同，短篇小说《牺牲》和长篇小说《文博士》中的主人公毛博士和文博士可以说是真正的“文明”人，他们是在美国得到学位，多年受美国文明浸染的“文明人”。常理的解释是头衔为博士的人在学识上要比常人有专长，有真正可贡献给社会和自己国家的真知识、良好品性。但此二人不然。留学多年并没学到真正的文明，而是只看到人家的皮相，学到了享受，学到了自私，学到“没有女人，什么也不能干”，甚至把人家的垃圾、渣滓都拿来了。毛博士，“哈佛的博士”，回国了他似乎只记得美国家家有澡盆，出门坐汽车，“除了女人和电影”，他心里什么也没有。最后结论是“他生在中国，最大的牺牲”。几年哈佛熏陶出来的毛博士念念不忘的所谓“美国规矩，美国精神”，就是“金钱、洋服、女人、结婚、美国电影”，就是在“美国精神”装饰下，要女人早睡觉，甚至把女人圈起来不让出门；至于工作业务，除了计较工薪外则稀松了了。

文博士呢，在美国留学五年，学教育行政却捞取个“美国哲学博士”头衔。他回国没有去踏实做事，而是百般钻营，不惜卑躬屈膝，利用种种手段攫取金钱和势力，先是娶了自己不爱的一位富家姑娘，接着又猎取到一个有政治背景的什么明导会的明导专员。他“一个寒士中了状元，妻财位禄一概俱全”，行动作为“不知不觉地就发出博士的洋酸味儿来”。在《文博士》中还顺便讽刺了另一位走上层路线的富家女婿——留英硕士卢平福，他钻营走私，甚至贩卖鸦片。

老舍对诸如上述由资本主义文明社会培育出来的“文明”人不但未加恭维，相反都给予了远超对老王、二妞“文明”的嘲讽与批判，他以充满喜剧色彩的笔调画出这类“文明”人的嘴脸，刻画出他们的灵魂。20 世纪 20 年代在英国及 20 世纪 40 年代在美国期间，老舍接触过不少中国的留学生，他赞美那些茹苦立志攻读的人，而对某些专为镀金留洋者则抱有极为轻蔑的态度。

再来看看第三个例证。

短篇小说《善人》中的主人公穆女士是个“文明”人—— 一个有家资、有社会地位的阔太太，她自诩救世是她的“天职”。她为了表示自己思想开放进步，在家中树起了两块招牌：给家中两个女佣人起名，一个叫“博爱”，一个叫“自由”。这是资本主义文明最响亮、最耀眼的两个标志口号，居然变为人名时时被叫喊，真是“文明”得可以。佣人时时被穆女士支使，何谈自由，哪里有爱存在？文明在这里变成沽名钓誉的手段，被当成可以随意竖起又放下的旗子。“自由”与“博爱”被叫得越勤越响亮，越显示出穆女士追求享受的寄生生活本质，其假文明的欺人本质也更加暴露无遗。老舍还鞭挞过一位“文明”税务高官——有着博士、监督头衔的牛老爷（《牛老爷的痰盂》）。此人为讲“文明”，力倡在轿车里安装痰盂，并为此怒打办事不力的税务科长耳光。他为沽名钓誉，不惜订购大批华贵镶银痰盂分送有车族友人，然后把单据用公款报销。

对于穆女士、牛监督这样的“文明”人，老舍的笔锋嘲讽是尖酸辛辣而不留情面的。它不但有别于对略带悲剧韵味的老王、二妞“文明”的描写，而且也甚于对二位博士的批评和讽刺。

文明在某些人那里变了样，变成欺骗和不文明的同义词，老舍对此予以嘲讽与否定。但文明的本义本质是好的，是助推社会人类进步的不可少的巨大力量，老舍又满腔热情地给予肯定和赞颂。他早期的长篇小说《赵子曰》中，那个充满理想色彩的青年李景纯最提倡实干，反对虚浮，自己力行，又规劝同学努力学习，做个有充分知识的“专门的人才”；《二马》中的李子荣先后留学美国和英国，同样被描写成一个诚实、吃苦、肯干肯学的青年“豪杰”：“他能自己造出个世界来……只有工作没有理想；只有男女，没有爱情；只有物质，没有玄幻；只有颜色，没有美术！”短篇小说《铁牛与病鸭》和《不成问题的问题》中，老舍又特别高调地赞颂了两位学农的归国留学生：一位外号叫铁牛，留英学农业多年的学子。他回国实干，不穿洋服，不会跳舞，不因街上脏而堵上鼻子，不必一定吃美国产包着白纸的橘子，更不把自己看得比别人高一等，不自居为学者而工作干得比谁都出色。另一位叫尤大兴，在美国学农多年，回国后被委派接办一个濒临破产的农场，实行科学管理，身体力行，一丝不苟，很快扭转残局。老舍赞美他们学到真知识，是真正的文明，是真正国家社会所需要的有用人才。

综上可见，老舍不断从正反两方面关注着社会人群的灵魂建设，为人类文明进步做出了独有的贡献。他实践了他在青年时代立下的志愿：为消除旧的文化积弊与像大烟瘾样有毒的文化和创造新的社会文化。

悠久丰厚的中华文明血脉和明朗先进的西方文明营养融合造就了老舍厚重、坦荡而又人性十足的文化品格。平民百姓出没的京城四合院、大杂院、皇城根下的街巷茶馆胡同是成就他这种性格的文化环境。老舍对中华文明无比热爱，他的性格的大量优质质素无一不与中华传统美德相契合；他同时接受西方文明的科学、民主、自由、平等等思想文化内核，但他又注意到东西两种文化的多项内容及传承吸收过程中的偏颇，如上所述作品中对社会人群中的假文明批评与批判就是例证。

改革开放以来，随着我国社会城镇化进程的加快，城镇市民人群的数量迅猛增加，出国留学、旅游、工作的人员也大批增加，随之物质与精神文明的需求就成为急迫与必需。一个真正文明的社会不能只有物质追求，精神文明建设必须跟上。精神文明与物质文明是人类社会发展进步的双翼。文化学者、作家、艺术家当仁不让，投笔文化文明建设，创造社会主义新文化。作为先辈作家，老舍不愧为后继者的榜样，他为传承中华文明呕心沥血，他熟知并赞美她；同时他关注现代文明，让优美的传统文化在现代生根且更放光彩，让现代文明在中华大地上生长不变形，不被邪恶玷污。老舍毕其一生都在为京城文化繁荣和市民人群的精神健康发展百般努力，他的全部作品就是证明。

“方圆”性格与原则底线

对于老舍的为人交往和政治态度，历来颇多议论。的确，乍看起来，老舍的政治色彩似乎不像一些人那么鲜明。一个人的政治态度鲜明不鲜明如何加以判断呢？当然不能仅仅理解为较为外露的口头表现或一时行动表现，必须看他在正义与邪恶、判断与斗争上的基本的一贯立场和态度，这样才能不至失之偏颇。如果这个道理能成立的话，我们从历史发展和联系中看一看老舍的作为，特别是抗战期间的表现，那就不能不承认老舍的态度和倾向性一直是毫不含糊的。可以说，他是在以他特有的方式和政治品格为中国的民族民主革命和解放事业做着自己的贡献。

在民主革命时期，要考察一个人的政治倾向如何，莫过于看他如何对待国、共两党的态度了。老舍既非共产党，也非国民党，他的态度如何呢？他既不盲目追随，也不轻率反对；他以自己的原则标准做着实地判断，随着时间推移，他的政治倾向愈益鲜明了。

假如说，由于生活条件和环境，在抗战前老舍对于共产党及其所从事的革命斗争，还不能有一个明确的本质的认识，那么，民族危亡的加深，全面抗战爆发，便给老舍认识和追随共产党创造了机会和条件。

1937 年 11 月，为一腔爱国激情所驱使，老舍毅然别家出走武汉、重庆。从此，他摆脱了课堂和家庭写作室的狭小天地，和政界、军界、文化界，乃至农民、士兵等各方人士有了广泛接触。大浪淘沙，实践锻炼了智慧，事实使老舍把忠佞奸邪看得了了分明。一些共产党人的高尚气节和行为感染了他，如周恩来、郭沫若、茅盾等同志，还有许多他所接触的党的文艺家都给了他这样那样的影响。面对一些共产党人的高洁品行，老舍常以赞美的口吻说：“看，这就是共产党，没说的！”他还曾经对夫人胡絜青说：“有事我会找周公馆和郭老、茅公他们商议，有他们的支持和协助，张道藩的那一套就叫作螳臂当车，自找现眼。这几年，我别的长进也许不怎么大，是非曲直总算看清楚了，救中国还得靠这个——”他用手比画了个“八”字。

在抗战时期，老舍逐渐接受共产党影响，向共产党靠近。鉴于老舍的一贯品格和威望，我们党也是完全信赖他能够担当重任把工作做好的。例如，标志着全国文艺家大团结的进步文艺组织——中华全国文艺界抗敌协会的实际工作，我们党就主动提出由老舍出面主持。十分清楚，“文协”的领导权如果交给国民党的一帮文化头目，那无疑败坏了这个组织，不会起什么好作用；假如由共产党的文艺家或表现稍激烈的一些文化人出面来主持，又不利于团结各种派别、各个阶层和不同思想政治倾向的文艺家。要应付当时特殊的复杂的形势，又不使该组织仅仅是一块招牌，那是需要有一位具有“特殊”身份和声望的人出马的。我们党充分看到了这一点，周恩来同志推荐了老舍。老舍不肯，他坦诚地说：“我算个老几？！”我们党做了工作。请老舍“出山”，这表现了远见卓识的政治家的聪明智慧。实践表明，老舍没有辜负党的信任。他的忠厚热情，他的声望和重友谊，使许多不同派别的人信赖，乐于接近；他的无党派的身份掩护着他越来越接触共产党的思想倾向；靠着这样的身份和思想倾向，他上下周旋，里外应付，既敲锣又打鼓，使“文协”在十分险恶的形势下坚持了八年！

有人说，老舍缺少斗争精神。这是误解，他们没有看清老舍进行斗争的那种特殊的艺术手段。关于这一点，以群同志在庆贺老舍创作生活二十周年时说过一段很精当的话：

> 谈到老舍的为人，常常有人拿“面面俱到，不得罪人”来说明他的特点，这只道出了老舍性格的一面。因为老舍虽然善于以他深沉的涵养和老练来待人处世，但是，他的“面面俱到”却有个限度的。他的朋友们，纵然有时免

> 不了一些他所不悦的鲁莽或幼稚的行动，但只要是出于善意，他都能谅解；反之，如果是出于一种卑鄙的私图或不光明的动机，纵然善于花言巧语，他也必正言厉色，给对方一个“下不去”。在几年来“文协”工作的经验中，我们所看到的这样的事例是并不少的。因此，如果说老舍为人“面面俱到”，那不是为他自己，有得罪人的地方，也不是为他自己，而是为着工作的坚持。
>
> 几年来，为了文艺界的团结，为了“文协”的工作，他不知费去多少心力。奔走，求情，乃至叩头，作揖，只要是为了“文协”，他不推辞；碰到困难也从不退避。[①]

或许有人怀疑，老舍与国民党的军队、文化、政界要人有不少联系，社会关系复杂。确实，老舍的朋友是多而广，并且有不少任职国民党上层机关的。如果利用这些“关系”给自己谋高位、去营私舞弊，那必会遭到人民的唾弃。但这种复杂“关系”对老舍来说，恰恰不是他的缺点，而是造成他为我们党工作的方便条件。我们党的一些工作开展，常正是借助于老舍的这点“特殊”社会关系，否则事情就不会那么顺利。举例说，笔者曾亲访过在抗战时期与老舍有过几次工作和社交接触的焦敏之，他当时在苏联驻中国大使馆新闻处工作。焦先生说了这样一件事情：1941 年皖南事变后，由于国民党顽固派加剧了法西斯独裁统治，出版受到很大阻碍，印行任何一种宣传品都要交图书杂志审查委员会的老爷们审查，而一送上去，不是被拖延，就是根本通不过，或者删得不成样子。1943 年春，苏联大使馆新闻处为宣传反对日本法西斯，准备印行斯大林关于卫国战争的报告的小册子，送审后一直被拖延，得不到允许。这时，他们便想怎样才能达到目的。直接找上去，那无济于事，只有请既是“自己人”，又能和国民党有关要人说上话的人去“讲情”，才有可能顺利通过。他们找到了老舍，老舍欣然前往，利用

① 以群：《我所知道的老舍先生》，《华西晚报》“艺坛”1944 年 4 月 17 日第 135 号。

他的“复杂”社会关系开展工作，结果事情很快得到解决，苏联大使馆拿到了准予出版的证件。老舍所做这类工作当然不只两三次，如申请进步书刊的出版印刷，文化团体活动经费的请批，援救被捕及贫病作家，组织进步文化节目的宣传演出，纪念文化名人的正义集会，开展诸种文化问题讨论的座谈会、漫谈会、茶话会，等等，许多需要出面与国民党官方人士周旋的“讲情”的麻烦事情，常常都是由老舍完成的。他的威望，他的正派，他的无党派身份，他的交友广泛，与军界、政界、文化界上层某些要人都能说得上话，拉得上“关系”，这一切正构成了他的特殊地位与社会关系，在国、共两党微妙的合作又斗争中，老舍是尽了自己特殊的责任和作用的。

说到老舍的为人处世，有人用“面面俱到”四个字来形容，这显然带有某些贬义在其中，起码包含着“滑”或者不够诚实的成分在里头吧。笔者认为，这实在是一种表面的片面的看法。老舍为人处世的特点，恰恰不是“虚假”应付，不是“油滑”，而是“真”，一种难能可贵的真诚！同老舍相识的老一辈人都知道，老舍最注重友情，他说过没有朋友几乎无法生活的话。老舍广泛交友，并且能做到“深交”，正是因为他特有的率真性格，有一颗纯真善良的心。很难想象，假如老舍对人仅仅是“面面俱到”的虚以应付，他会得到那么多友谊深厚的朋友！文艺批评家胡风在祝贺老舍创作生活二十周年时，专就老舍“这个人不同，很真”的特点讲了一段话，可以说是中的之谈，揭示到问题的本质方面的。他说：

> 舍予是经过生活的酸甜苦辣的，深通人情世故的人，但他的“真”不但没有被这些所湮没，反而显得更凸出，更难能可贵可爱。所以他的真不是憨直，不是忘形，而是被复杂的枝叶所衬托着的果子。在他的客客气气，谈笑风生里面，常常要跳出不知道是真话还是笑话的那一种幽默，现在大概大家都懂得那里面正闪耀着他的对于生活的真意，但他有时却要为国事，为公共

事业，为友情伤心堕泪，这恐怕是很少为人知道的。[①]

老舍真诚的心和友谊，是被时代环境造成的复杂枝叶所掩饰着的，在那样特殊的社会里，过分憨直有时反而达不到目的。他对人对事始终在自己内心保持着个人的权衡，以一种持重的态度对待之，企望能取得多方面周到的收获，这不应当被责备，而应当被理解，甚至于说是可贵的。诚如以群所说，老舍为人，对于朋友，即使由于幼稚对他有所冒渎，他也不计较；对朋友以外的人，他则严守限度，有时也不免登门求情，乃至磕头、作揖，这都不是为个人，而是为了问题的解决。而且更绝非一味屈辱忍让，绝不丢了原则而换取事能办成。

那么，老舍为人处世的原则界限包括什么内容呢？他本人没说过，但综观他的行为言论，不是不可以触摸到的：第一，国家民族的最高利益；第二，“文协”工作的开展；第三，文艺家之间的团结和友谊。笔者认为，老舍不计个人荣辱得失的“面面俱到”的交际，正是以这样的原则界限为基础为准绳的。运动不是目的，方式方法的选择应用是为了目的的实现，在这一点上，抗战时期的老舍是既抱有牺牲精神，又有他为达目的而使用的特殊手段的。用所谓“面面俱到”来概括老舍的为人是不妥当的；有人用“外圆内方”四个字来表述他的处世方法和性格特点，倒是颇为形象而且有道理的。

① 胡风：《祝老舍先生创作二十年》，《新华日报》1944年4月17日。

老舍的书画收藏和理念

老舍曾一再说，在各种艺术中，他“很喜欢看画”“特别喜爱图画”。[①]“在穷苦中，偶尔能看到几幅好画，精神为之一振，比吃了一盘白斩鸡更有滋味！”他甚至把欣赏到好画称作是一种“幸福”。[②]老舍又一再说，他“不懂画”“不懂绘事”，是“外行”；这“喜爱”与“外行”的字眼有时出现于同一篇文章中。外行能说出真正内行的话吗？外行假充内行的人世上不少见；一时假冒也往往能蒙人，但要几十年甚而至于一辈子说内行话是不可能的。所以上面看似矛盾的话，除表明老舍的谦恭品格和慎重态度，怕说错了给别人带来不好影响外，正足道出他对绘画这门专业性极强的艺术品种的分外看重和特别珍爱的感情。老舍不会画画，但他爱画，酷爱，爱积藏画，爱交画家朋友，爱看画展，爱发表观画感，是一位真正的画家知音、诤友，真正的“内行”，高水平的绘画鉴赏批评家。绘画之于文学家的老舍绝不单单是情趣嗜好、怡情把玩而已，而是他生活、情感甚或生命的重要内容。它是情性的、个人的、生命的，又是理性的、社会的、事业的。

一、老舍与书画终生结缘

老舍究竟从何时开始与书画结缘的呢？资料表明，学龄前他能接触到的绘画作品就是父亲留下来的那张《王羲之爱鹅》画匠画，和年年更新的灶王爷像、门神一类的通俗画品了。读北京师范时他受到了正规美术课训练，并接受过方还校长的书法条幅。师范毕业后担任劝学员和通俗教育研究会会员期间，负责审核取

---

① 老舍：《假如我有那么一箱子画》，载《老舍全集》第15卷，人民文学出版社，1999，第453页。

② 老舍：《看画》，载《老舍全集》第17卷，人民文学出版社，1999，第89页。

缔过有伤风化的画报、画片等，并在 1921 年与同班绘画特长生、挚友、后成为画家的颜伯龙合作编印了练体操的教本《舞剑图》。在英国任教及在 1929 年归国途中，他参观过欧洲一些著名画廊和博物馆陈列的名画，其中包括被劫掠到英国的那套“每一笔都像刀刻”般“画得硬”的“举世钦敬的杰作”——东晋画家顾恺之的《烈女图》，[①] 并购买过一些零星画片和画报等。

20 世纪 30 年代，老舍任教于齐鲁大学，他频繁参加济南文化界的活动，看画展，推介画界朋友的作品，给他们出版的画集和办画刊撰写序言或发刊词是其重要内容，他的绘画收藏也逐渐增多。老舍公开发表观画感或评论也由这时开始。1931 年，老舍与擅画的胡絜青结婚，从此与绘画更加亲密。老舍从英国回国之前是他与绘画结缘的培养准备阶段，在山东时期则可看作他主动参与绘事的第一个活跃期。

抗战开始至 20 世纪 40 年代，是老舍参与绘事活动的第二个活跃期。由于他担任全国“文协”的总管家，社交活动很多，与画界朋友交往更频繁，结识了一大批新老画家，如张善子、李可染、徐悲鸿、林风眠、赵望云、丰子恺……都成了他的朋友。“文协”举办书画义卖，画家举办画展，老舍必到，每每乐此不疲，一看就是两三个小时，并尽力为之推介、鼓噪。《沫若抱石两先生书画展捧词》就是这一时期最有分量和代表性的一篇书画论作。

新中国成立到 20 世纪 60 年代最初几年是老舍关注和参与书画活动的第三个活跃期。比较以前，老舍此期活动范围更广、密度更大。新中国成立初始，他关心画家生活，调理老画家们的思想情绪，还经常亲自开列贫困画家名单，送赈济款或自掏腰包给予照顾，并与老画家们交谈中国画的出路与创新等问题，一起建立了北京中国画研究会及北京中国画社。[②] 除此前交下的一大批老画家朋友外，老

① 老舍：《沫若抱石两先生书画展捧词》，《云南日报》1945 年 1 月 6 日。

② 王松声：《老舍在北京市文联》，载舒济编《老舍和朋友们》，生活·读书·新知三联书店，1991。

舍又结交了许多年轻的画家。他频频走进绘画展览馆，发表赏画心得观画感，对新中国绘画事业的发展和创新成绩予以称赞，对其中不足提出改进意见和希望。他还为许多画家的画稿题词赠诗。这一切都很自然让人想到：身为文学家的老舍是新中国绘画事业的铺路者和园丁。

据粗略统计，从1933年初为《海岱画刊》写发刊词，到1963年登岳阳楼题胡絜青《三秋图》画稿诗，三十年间，老舍公开发表的评画文章和画集序文达二十三篇，还有数篇有关绘画的散文；为画家画稿题词赠诗已发表的达几十首；被老舍评论或点评到的有名有姓的画家足足在四十人以上，像傅抱石、李可染、齐白石等每人被指评都有数次之多；老舍结交的画界朋友，从老一代的齐白石，到新中国成立后的青年绘画工作者，从北方的徐悲鸿、李可染、于非闇、叶浅予、陈半丁、黄胄，到南方的傅抱石、黄宾虹、林风眠、丰子恺、关山月……其数量无法说清。老舍爱画，爱一辈子画，真爱、酷爱，完全称得上是一个“画儿迷”（舒乙语）。他极其看重和尊重这个艺术的特殊品种，在他生命的活跃期，除对小说、戏剧、曲艺等倾注心血外，对绘画一直关爱有加。他有一位相濡以沫相伴终生的画家妻子，以拥有许多美的图画为欣悦为幸福，老舍终生与绘画结缘。

二、老舍的书画收藏

老舍对自己着意珍藏绘画不叫收藏，叫“积藏”。老舍说，他喜爱画，“可不是收藏”，原因有三：一是“不会鉴别古画的真假”，二是“没有购置名作的财力”，三是“不爱那纸败色退的老东西”。[①] 这三条注定老舍成不了收藏家，却不因此减弱了他对书画的爱好与“积藏”。概括地说，老舍对书画“积藏”特点在于：（一）中外古典的名画几乎没有。他自己坦诚地说，在他的“积藏”里“没

① 老舍：《假如我有那么一箱子画》，载《老舍全集》第15卷，人民文学出版社，1999，第453页。

有苏东坡与王石谷”[①]，几乎都是中国现代书画家的作品，包括一大批最优秀的画家如齐白石、傅抱石、李可染、徐悲鸿、林风眠、丰子恺、关山月、黄宾虹等的作品。这些藏品绝大多数都是画家朋友借老舍活动的各种时机，诸如结婚、出国、过生日、过节时作为纪念礼品赠送的，像桑子中的《大明湖》，傅抱石的《美人图》《浓荫读书图》即例；少数是非常机遇下出少量钱资购得，如许地山转赠的齐白石的《雏鸡图》、李可染的《耕牛图》等。还有由老舍命题请白石老人照题画的《蛙声山泉》《凄迷灯火》等两组八幅命题画，都是有钱也无法购得的稀世珍品。（二）“积藏”不以经济升值为目的，藏品的艺术质量等级有差别，但每幅画所蕴含的“友谊的价值”分量都同样的重，许多藏品都有来历故事，主人欣赏时常常重温画外之情与景的人文内容，增加了画作的珍贵度与含金量。如许地山转赠的齐白石的《雏鸡图》、颜伯龙的《牧豕图》、桑子中的油画《大明湖》，关松坪转赠清末画家松小梦的一小幅山水画，以及北师校长方还于 1932 年去世前不久书赠的对联等，对老舍来说都是字画外友谊不亚于字画本身价值的例子。（三）老舍积藏的字画除个别藏品外都不长时间悬挂，也不集中展示，但绝不秘藏，不“私有”，而是有“美”与友人共享。在他的客厅或书房里，每每朋友到访，他会从书案里、瓷缸里一轴一轴取出展示赏鉴，恰如曾在老舍身边工作的王松声所说：“等于让你看了一个小小的流动画展。”[②]

老舍一生究竟积藏了多少幅书画作品，已经是个很难回答的问题了。以他对绘画的长久喜爱，他的名望和社会关系，他的积藏肯定比一般文化人士多得多，应当是有相当数量和价值不菲的一笔精神财富，要知道件件都是现代名家的孤本真品啊！但是，这些画作一大部分都在两次浩劫中损失掉了。最惨的一次是抗战爆发，老舍由济南南下，隔年家属北上，“书籍、字画，全打了箱，存在齐大图

① 老舍：《“四大皆空”》，载《老舍全集》第 14 卷，人民文学出版社，1999，第 336 页。

② 王松声：《老舍在北京市文联》，载舒济编《老舍和朋友们》，生活·读书·新知三联书店，1991。

书馆里”[①]，结果除齐白石那幅《雏鸡图》保存下来外，其余皆随济南陷落荡然无存。这里包括老舍从欧洲带回及山东七年积藏的全部书画作品，有他始终念念不忘的老校长方还去世前书赠的那副对联：“四世传经是谓通德，一门训善唯以永年。”第二次浩劫是“文革”，抗战时期及20世纪40年代至新中国成立后，老舍又继续积藏了相当数量的书画文物。劫后余生，一批画作有幸被大部分保存下来。无法挽回的是，他积藏的一二百件由众多名伶画家题词签署的艺术折扇全部散失掉了。

遭第一次浩劫后老舍曾说，全部家产荡尽，最使他“连日感到不快者”就是“历年所积藏的一些字画”的丢失。[②]是啊，这些书画的作者、赠者，有的云散难以再见，有的如方还、关松坪等赠作品后不久就离开了人世，那么绝版原画作品的丢失，就不但是艺术无法弥补的损失，而且是对老舍重情谊、珍爱艺术心灵的巨大打击，他怎能不痛心呢？

三、老舍的观画感——画论

老舍没有关于绘画的系统理论专著，其评画论画主要是以观画感及画集序言的形式与读者交流。老舍教过文学概论，并印刷过讲义，但他对理论实在不感兴趣，所以他对文学大多只对自己的创作发表创作感想和经验，很少评论别人，给别人出集子作序也寥寥无几。但对绘画则情有独钟，有画展闻讯必看，看后必有感想发表；画界友人请为画集作序、画刊作发刊词，“他慨然应允”[③]。尽管老舍在多篇文章中说自己是“外行”“不懂绘事”，但独到而精辟的见解，恳切而中肯的评论，仍不能不叫人佩服他睿智慧眼和对画作的深刻理解。从画家桑子中对老舍的回忆可知，他不但把请到老舍为他创办《海岱画刊》作发刊词，为他出版

---

① 老舍：《“四大皆空”》，载《老舍全集》第14卷，人民文学出版社，1999，第336页。

② 老舍：《“四大皆空”》，载《老舍全集》第14卷，人民文学出版社，1999，第336页。

③ 桑子中：《我记忆中的朋友老舍先生》，载舒济编《老舍和朋友们》，生活·读书·新知三联书店，1991。

画集作序引以为荣，而且十分认可老舍对他画作的指评，他的回忆文章引述了老舍的评论话语。比照一些术语满天飞和八股气浓又总带些阿谀味的画论文章，老舍的观画感实在是独具特色的、少有的引领读者观画赏美的理论指导。老舍的观画感或画集序文涉及绘画艺术的方方面面。这里仅就三个问题提出一些看法。

其一，关于老舍的画论文字。

若就某些惯作遑遑大论的人看来，老舍的这些谈画小文会被视为“零碎”，缺少理论系统，不以为然。其实，理论的本质在于应用，谈到理论文字，浅入浅出、深入深出、或浅入而故作高深唬人都不是好文章，它达不到应得的效果；只有深入浅出，以极简约浅易文字达到与读者交流的才是真正的好文章。老舍的观画感正属这类论画经典。它篇幅短小，少者三五百字，长者不过千把字、两千多字，感发笔到，笔到意显，语语中的，不枝不蔓，恰到好处，拒绝使用那些用烂了的术语叫人看不明抓不住。它看似少理论色彩，实则有血有肉，观点鲜明，理论的阐释也极为深刻。让我们以《沫若抱石两先生书画展捧词》一文为例做一说明。这篇文章全文仅两千字多一点，不但极精要准确地概括了当代两位杰出的书画家为人、为书、为画的成就特点，而且简直称得上是一篇对中国 20 世纪 40 年代书画研究的杰作，其内容含量之丰厚、对评述对象理解之深和把握之准，令一些平庸的长论甚或专著相形见绌。文章用不过三百字高度精当地评述了郭老的人格、书法后，又从直击傅抱石的国画起笔，把赵望云、丰子恺、关山月、林风眠、谢趣生等同时代有代表性的画家全拉出来论列比较一番，用极其简括的话语，不但精确点评了各家的特点、优势，而且恳切指出各家的弱项软肋。老舍确实是站在时代的高点上，从对诸位有代表性的画家比照中导出中国画的出路何在和创新前进的关键何在的结论，有据、有理、有情，言简意赅，新颖、独到、深刻，借用老舍评断桑子中画的一句话，真是“厉害得可怕，雄悍得可怕”[①]，厚

① 老舍：《〈桑子中画集〉序》，载《老舍序跋集》，花城出版社，1984。

重得可怕。没有广博的对书画的理论知识，没有一双穿透力极强的读画慧眼，没有对同时代书画界及画家们的全面了解和深刻观察研究，没有对中国画的一腔热情，绝写不出这样既扎实又富理性色彩和充满激情的“捧词”——炉火纯青的书画论作。其实老舍的许多文章，包括他的观画感，都是在看似随意的行文话语中，生动、准确地传达出深刻的理论题旨，它超越了干涩的八股论列式，这是老舍理论文章的风格和他的优长。

其二，关于老舍的审美意识和审美观。

老舍曾说：“活的文学，以生命为根，真实做干，开着爱美之花。”[①] 这句话与其说是对文学精义的概括，不如说是老舍审美观念的表现。美是一个既现实又神秘、既具体又抽象的概念。在各种艺术门类中，绘画似乎与美的距离更直接更近些。老舍爱书画与爱美分不开。一幅好画，当它映入眼帘的时候，首先带给人的是欣悦，是美。那么什么样的画才是美的？或者一幅能带给人欣悦与启迪的画作来自何方？在老舍的观画感里容易得到答案。正如上面引述的老舍论文学那句话所揭示的，绘画这枝美丽之花的绽放，其根在生命，其干在真实，即真实的社会人生、真实的自然景观，才使绘画永生。

叶圣陶在评及画竹的画家取材时指出有两派，一派是上莫干山实地观竹，然后“胸有成竹”，描绘在纸上；一派则是从文字中或郑板桥画里找到竹来画。叶圣陶高度赞赏莫干山画竹派，而摒弃仿古取材的作法。[②] 老舍的观画感读画记一再明确显出的是他也属于莫干山画竹派。他认为，真正美的，能感动人、愉悦人的好画，都离不开时代人生，都是社会人生或大自然景观融会了画家的顿悟而创作出来的。所以，从 20 世纪 30 年代直到 1949 年以后，老舍始终态度鲜明地鼓励和推动画家们走向社会，走向民间，走向大自然，广览祖国山川美景，以获得创作

---

① 老舍：《论创作》，载《老舍全集》第 15 卷，人民文学出版社，1999。

② 叶圣陶：《刘海粟艺术文选·序》，载朱金缕、袁志煌编《刘海粟艺术文选》，上海人民美术出版社，1987。

的素材和灵感景象。请看老舍为桑子中画集作的序文，开篇第一句话便是“这本画集的作品不是温室里烘养出来的花草，是与自然为友的结果”。至文末，老舍又热情鼓励画家远行写生。广览才能更多获得客观形象，由客观映象方才能引发灵感顿悟，景观与顿悟交融具象化，形成创作，恰如老舍评桑子中画所说，“一色一形一木一石在自然中的意义与在画家眼中的价值与了解都在这里”——带给人美感愉悦的美丽图画。老舍高度赞扬桑子中画的“深厚”，称赞他“捉到真实，而不被真实将他拴在地上”，都是肯定画家走向大自然追求真实的努力。

你再看抗战时期老舍为冯玉祥泰山石刻拓片出版写的序，[①] 开篇几乎用了全文一半的篇幅大大嘲讽了历代都有一些人把“艺术只当一种玩意儿”，只顾“潇洒出尘”，脱离现实，背离最广大人民只为少数人享用的不良倾向。另一半则盛赞冯玉祥作诗刻文替百姓说话，画家赵望云“抓住民间的现实生活，使艺术不永远寄存在虚无缥缈之间”的可贵努力，老舍的提倡旨归十分鲜明。还有，老舍肯定李可染对中国画传统的继承，更称赞他“敢于描画真景，给山水画开辟了新的途径”[②] 的努力；肯定赵望云历经十年探索，做到了脱开江上渔叟、山中隐士，而把现代人放到山水画里的“很大的成绩”；肯定邵恒秋和许多新老画家敢于“抓住了现实”[③]，勇于采取以前不敢想的现实题材，促进中国画“现代化”的探讨。为鼓励画家深入时代生活，他甚至还在话剧《归去来兮》中塑造了以画为生命的老画家吕千秋由追求纯艺术，而终于走向抗日前线画英雄的形象。总之，老舍热爱时人画作，他强调绘画的愉悦功能，同时又揭示和强调，画山水的要广览祖国山川秀景，画人物的要广泛深入时代生活、民间社会去观察体验，尤其是新时代的画家，更应从日新月异的现实变化中取材和获得灵感，以使画作充满生活气息和

---

① 老舍：《老舍序跋集》，花城出版社，1984。

② 老舍：《首先做一个社会主义的人》，载《老舍全集》第 14 卷，人民文学出版社，1999，第 705 页。

③ 老舍：《邵恒秋先生画展》，载《老舍全集》第 17 卷，人民文学出版社，1999，第 120 页。

时代感。美的理念随时代在改变，老舍说空山不见人并非绝对的美。绘画美源自自然，活力来自真实生活和生命，好作品永远在自然、人生与画家心灵的交汇交融中产生，这就是老舍审美观念的最基本之点。

其三，老舍对中国画革新发展充满期待。

中国画的历史源远流长，高峰迭出，后来模仿者甚众，要求变革者呼声也很高。老舍深懂死水终究会发臭，过熟的文化会走向反面，绘画亦然。老舍深受传统熏染，又走出国门，他的读画眼界正如他读文学的眼界一样开阔。他长期关注古今中外各种形式、各种门类流派和众多民族的绘画艺术，最多也是最爱的还是中国画。他很推崇西洋画的画法技巧，但他也明确表示，不管技术上如何讲究，永不喜看“河漂子”式的“光身的胖女人”画。[①]从他给齐白石老人出题索画的题目“蛙声十里出山泉”“芭蕉叶卷抱秋花”“凄迷灯火更宜秋”“几树寒梅映雪红”等看，老舍更钟爱有意境的画，实际上他对中国山水画、人物画、禽鸟花卉画等都很喜爱。

叶圣陶在评述刘海粟画论时曾明确表示，他对某些人以“仿石谷”等为荣的鄙弃，老舍也不例外。他的观画感里也曾把某些绘画者只是把山水在构图上搬来挪去的作法讥为绘画“八股”。“中国的山水，一看便看出是画家在那儿作八股，弄些个起承转合，结果还是那一套。”山峰松林夹一水，改一下把水置于左边，或变更为右边，这绝不是创造。老舍说“给山峰与瀑布搬搬家就算一张新画”，这是画家“懒惰，只从画谱与古人作品中取稿”。那些公然在画幅上题上“仿王石谷，或拟大涤子法等等”，甚至“画家竟以此自夸”，就更令人对中国山水画的前途“大为可虑”。[②]

模仿照搬是没有出路的。中国画要发展必须革新，画家必须树立自己的风格，要勇于创造新风格的新中国画，这是老舍一再表明的观点。他说，他“喜欢

---

① 老舍：《观画记》，载《老舍全集》第15卷，人民文学出版社，1999，第290—291页。
② 老舍：《观画》，载《老舍全集》第17卷，人民文学出版社，1999，第578页。

一切艺术上的改造与创新，因为保守便是停滞，而停滞便引来疾病”[1]。那么中国画的出路何在呢？这是老舍关注中国画的真正落脚点，或者说目的。

老舍认为，中国画要发展要获得新生命，基础在于画家置身时代生活，从时代生活和祖国的山川秀景中抓取题材和灵感。说到绘画本身，老舍认为中国画发展的途径有两条：“凡是有意改进中国绘画的都应当第一去把握到中国画的笔力，有此笔力，中国画才能永远与众不同，在全世界的绘画中保持住她独有的优越与崇高；第二，去下番功夫学西洋画。有了中国画的笔力，和西洋画的基本技巧，我们才真能创造现时代的中国艺术。”[2] 十分清楚，老舍认为，要发展中国画，必须在继承中国画优良传统基础上，融会西洋画的优长，亦即走以我为主，中西结合的路，经过众多画家之手，把“固有的与外来的东西细细揉弄，揉成个圆圆的珠子来”。这其中的关键在于“保留什么旧的，采用什么新的”，“假若他们能把莎士比亚与元曲揉在一处，也许成为不十分难看的东西。不幸，他们把小五义与侦探小说拉在一处，恐怕就糟心了”。[3]

那么，什么是应当继承的中国画传统的精髓？老舍精妙地概括为“笔力”，一种像顾恺之《烈女图》所显现出来的强悍的“画得硬”的“笔力”——“艺术的一种根本力量”和原动力。他说：“真正的中国画，是每一笔都够我们看好大半天的。”老舍认为，现代画家中傅抱石是继承了中国画这种“笔力”传统的代表，说他的画每一幅都是“一首诗”，他的“笔力”是每一个有志于中国画改革发展的画家都应当具备的。“有此笔力，方才有了美的马达，腾空潜水无往不胜矣。”[4] 其实，老舍还在早于此论的两年前也肯定过傅抱石的传统画笔墨精髓的优点：“国画以善用笔墨为主，笔坚墨晕，体韵双妙，得为上品。近代画家，独抱

① 老舍：《沫若抱石两先生书画展捧词》，《云南日报》1945 年 1 月 6 日。
② 老舍：《沫若抱石两先生书画展捧词》，《云南日报》1945 年 1 月 6 日。
③ 老舍：《观画偶感》，载《老舍全集》第 17 卷，人民文学出版社，1999，第 51—52 页。
④ 老舍：《沫若抱石两先生书画展捧词》，《云南日报》1945 年 1 月 6 日。

石能之。”[①]老舍在特别赞赏傅抱石“笔力”优势的同时，坦诚指出赵望云、丰子恺、关山月、谢趣生等画家朋友在这方面不同程度的欠缺，语中无不满含激情、希望和爱意，可见老舍的用心全在对中国画的改革发展和未来上充满期待。

四、老舍影响了一代画人

不错，老舍不是画家，也不是收藏家，甚至也难称得上绘画理论家，但是我们不能不承认，他影响了一代中国画人。他对绘画终生酷爱，看过那么多画展和古今中外名画，交了那么多各种风格的画界朋友，直接在私人场合或公开点评过几十位现代时人画作，试问，在现代中国文艺圈内，包括绘画界的艺术家们，还能再找到第二人吗?

老舍对中国现代画人的影响集中表现在三个方面。一是人格的。老舍以他柔而刚的性格和高修养的文化品格吸引着众多画人。画家们无不以能交上这样一位真诚朋友而感到荣幸。二是生活的。远在抗战时期，老舍担任中华全国文艺界抗敌协会总管家时就曾为许多穷困多病的艺术家不辞辛劳呼吁、奔波、相助；新中国成立初始一些老画家方向不明、生活陷于困顿时，老舍又尽其所能特加关照，致使“许多老画家非常感动，认为送来的不仅是一点薄仪，而是党和人民政府的温暖！在这股温暖的巨流中，画家们不断地学习改造，改进和提高创作技巧，使古老的中国画出现了新面貌”[②]。第三点，也是最重要的一点，老舍影响一代画人的，是他对绘画的真知灼见和独到、深刻、行之有效的指点批评。

老舍对于多个画科都有过专门精辟的评论，如关于漫画、中国版画、连环图画，当然更多的还是对中国画，包括古典的、现代的，包括人物画、山水禽鸟花卉画、油画水彩等。

---

① 老舍：《傅抱石赠赵清阁〈著书图〉题词》，载高天星等《赵清阁文艺生涯年谱》，《新文学史料》1995 年第 3 期。

② 王松声：《老舍在北京市文联》，载舒济编《老舍和朋友们》，生活·读书·新知三联书店，1991。

老舍指名道姓对几十位画家做过评论，最多的是对傅抱石、李可染、齐白石等人。他不但对画界有宏观把握综论，而且对每个人的特长和风格都能十分精当点出，这恐怕就是令那么多画家都把老舍当成真正朋友而亲近他的主要原因。例如，他评齐白石是“变而不幻，新而不怪”[①]。齐白石的“功绩不是在画了鱼、虾、螃蟹，而是在于他画出了前无古人的鱼、虾、螃蟹！”[②]他评傅抱石的画真正继承了中国画的“笔力”，“这是真正的中国画”，“每一张都是诗”，“他已经完全把握住中国画特有的技巧，所以他敢放笔泼墨，用最高的技巧遮盖住技巧”。[③]他说李可染的国画能“温故知新”，“在理法上兼中西之长，信笔写来都能左右逢源”。[④]他说邵恒秋“写画山水，取眼前实景，弗拘古人成法，运笔设图咸多创造”，“他的人物，据我看，胜于山水”。[⑤]他说丰子恺的画“永远会抓到很好的题旨……不落俗套”，但用墨“没有深浅”，“失去了作画的线条之美”。[⑥]他说关山月用笔“非常的泼辣”，可他“能奔放，而不能敛。‘敛’才足以表现力量”。[⑦]他说林风眠的画是“真正的西洋画”[⑧]，而关良、李平、赵望云、关山月四人的画“都是既非中国画，也非西洋画。我管它们叫作新中国画”[⑨]，因为他们顺乎世界潮流，正在走中西结合的路子。他赞赏赵望云对新山水画的努力，但也指出他缺少中国画特有的“笔力”。他称赞桑子中的“深厚”，肯定关友声山水画的真正功夫、才力与见识，也十分赏识山水花鸟画家惠孝同、林冠明、王雪涛、娄师白

① 老舍：《白石夫子千古》，载《老舍全集》第14卷，人民文学出版社，1999，第688页。
② 老舍：《首先做一个社会主义的人》，载《老舍全集》第14卷，人民文学出版社，1999，第705页。
③ 老舍：《读画小记》，载《老舍全集》第17卷，人民文学出版社，1999，第118页。
④ 老舍：《入城》，载《老舍全集》第15卷，人民文学出版社，1999，第487页。
⑤ 老舍：《邵恒秋先生画展》，载《老舍全集》第17卷，人民文学出版社，1999，第120页。
⑥ 老舍：《沫若抱石两先生书画展捧词》，《云南日报》1945年1月6日。
⑦ 老舍：《沫若抱石两先生书画展捧词》，《云南日报》1945年1月6日。
⑧ 老舍：《沫若抱石两先生书画展捧词》，《云南日报》1945年1月6日。
⑨ 老舍：《观画偶感》，载《老舍全集》第17卷，人民文学出版社，1999，第51页。

等人“各有各的立意，各有各的风格”，“都有强烈的时代感与生活气息”的新国画。他说惠孝同“一向以清丽秀润见称于世”[①]，对于周元亮打破旧山水画框框、费尽心血“如何把新人新事与传统的山水境界统一起来”的努力，也给予高度肯定。[②]他说王绍溶的山水油画“喜欢用鲜明的色彩”，“他是宜于画春夏景物”，“他能画得干净而活泼”。[③]他称赏于非闇“特精绘事，尤精于花卉翎毛”[④]。无须再多列举，这些指评显然不是一个绘画“外行”说得出来的。老舍对他的指评对象（许多都是他的画界朋友）无不有着深刻理解，而这些画家又都是同时代画界的骨干、精英、领军人物；他们景仰老舍的为人品格，或当面或通过文字接受老舍对画品的批评。

可毫不夸张地说，老舍对一代中国画人的影响是直接的，又是潜移默化的，不可小觑。

---

① 老舍：《看迎春画展》，载《老舍全集》第18卷，人民文学出版社，1999，第92页。

② 老舍：《观画短记》，载《老舍全集》第18卷，人民文学出版社，1999，第108—109页。

③ 老舍：《观画记》，载《老舍全集》第15卷，人民文学出版社，1999，第290页。

④ 老舍：《悼于非闇画师》，载《老舍全集》第15卷，人民文学出版社，1999，第35页。

第二编

创作蕴涵品读

老舍小说的选材与人物

题材，对于作家的创作来说，虽不具有决定性意义，但却有不容忽视的重要性。当我们着意从选材角度考察一个作家创作的特点时，就会自然发现，作家们在各自生活领域中的特殊选材是那样紧密地与作家所要表现的主题，与作家个人的艺术风格结合得难以分割。外国作家的例子不必说，单就中国现代作家而论，就比比皆是。鲁迅的《呐喊》《彷徨》中的小说，大多取材于辛亥革命至五四运动前后浙东乡镇市民、农民及知识分子的生活，从而反映了旧中国一代儿女的历史命运和思想性格，为后人认识那一时代社会生活留下一面镜子；茅盾的小说，一部分描写了现代中国革命潮流中多种类型的小资产阶级知识分子的面貌，更富有特色的是突出创造了一群民族工商业资本家的形象，从对这个阶级人物生活命运的再现，描绘了新民主主义革命时期的社会风貌；巴金笔下表现的最集中、最有声色的部分，不是工人、革命者，而是在民主革命的激流冲击下迅速解体的封建大家庭的生活画面和几种类型的现代知识青年的性格及他们的生活……他们的实践表明了下述一条道理：每一个作家都只能从一个方面、一个独特角度去接近、深入他所要反映、揭示的社会生活；这个方面和角度是作家所特别熟悉和感兴趣的，是他感到最方便、合适的角度。

老舍，作为中国现代一位杰出的作家，有着不同于上述各作家的独特的题材领域，那就是他集中地描写着从旧北京到新北京不同时期的市民生活，特别是中下层市民群众的形形色色的生活、思想及命运，更占据了他的艺术画卷的中心。老舍在这个题材领域流下的汗水和得到的收获，至今没有一个作家可与他相比。老舍创作的成就，他的创作个性及他的小说的思想、艺术的发展，都与他的这种选材不可分割地胶结着，以至于人们只要一提到描写市民生活的作家作品，就不能不首先想到老舍。

老舍的创作实践表明，最能表现他的风格的几部最成功的作品，无不得力于描写了他所熟悉的感兴趣的那部分平凡人物的生活和性格，当他力图对自己多次描写的人物生活有所突破，而去试探反映一个新的题材领域时，却未能获得预期的成功。他在 1940 年检讨自己创作的情况时曾说："在抗战前，我已写过八部长篇和几十个短篇。虽然我在天津、济南、青岛和南洋都住过相当的时期，可是这一百几十万字中十之七八是写北平。我生在北平，那里的人、事、风景、味道，和卖酸梅汤、杏儿茶的吆喝声音，我全熟悉。一闭眼我的北平就完整的像一张彩色鲜明的国画浮立在我的心中。我敢放胆的描画它。"①

确实，老舍的十四部长篇小说，除了《小坡的生日》《文博士》《牛天赐传》《火葬》《无名高地有了名》等几部以外，都可以说是以描写北京为主的（《二马》的背景在英国，但主人公却是地道北京市民的性格；《鼓书艺人》故事发生在重庆，主角方宝庆一家恰恰是从北京流浪过去的）。就是1949年后写的十多部话剧，除《西望长安》和《神拳》（这两个戏也各有一幕是写北京的）外，其余也主要是反映北京社会生活的。中篇小说《我这一辈子》及不少短篇小说也多以北京为背景。北京，北京人，北京的建筑，北京的山水、一切风物、世俗和变迁，给老舍提供了写之不尽的源泉。熟悉的北京生活，加上老舍独特的艺术调度和创造，便使他的作品具有了十足的"北京味儿"。正如一位研究者所指出的，在艺术创作世界里，他当之无愧是一位最为人所称赞的北京市民社会的表现者和批判者。他的创作正是以北京为基地迈步走向世界的。

那么，老舍的小说在表现北京市民生活题材上，究竟有些什么特色呢？这是我们要进一步探讨的中心问题。

---

① 老舍：《三年写作自述》，载《老舍论创作》，上海文艺出版社，1980，第 109 页。

一、渗透到作品骨子里的“北京味儿”

20 世纪 20 年代中期，中国文坛上曾出现过一批作家，他们的创作多从各自记忆中的家乡生活取材，绘制出个人目睹过的乡镇生活的一幅幅风俗画和普通人的苦难生活情景，因此被人称为“乡土作家”，诸如许钦文、沈从文、蹇先艾、台静农、王鲁彦、许杰、彭家煌等都是代表。这支文学新军的出现，使“文学为人生”派的创作在现实主义道路上有所开拓、有所深化，也把一股清新之气——乡土气息——带到了文坛上。假如我们把乡土文学不仅仅规定为作家对村镇生活的回忆描绘，那么创作起步于同一时期的老舍，他基于对故都社会生活的回忆，而创作的《老张的哲学》等作品，列入“乡土文学”也是不能算作勉强的。

乡土文学最显著的特点是为读者绘制出一幅幅生动可感的充满地方色味和民族风光、民族文化传统特点的风俗画。作家对社会人生的本质认识和哲理评价，都渗透在这些画面中。历史，如卢梭所说：“它感兴趣的只是革命和巨大的动机”[①]，而对于民间琐屑平凡的风俗生活是不屑顾及的；民俗学的研究可以提供民间风情的丰富知识，但流传范围受到限制。文学则不然，它弥补了上述两方面的欠缺，跨越时间和空间，把具体、生动的民间风情呈现在读者眼前。正是在这个意义上，恩格斯给了把自己的《人间喜剧》称为“风俗史”的巴尔扎克以极高的评价，认为在他的《人间喜剧》里，给予人们一部法国“社会”的卓越的现实主义的历史，“在这个中心图画的四周，他安置了法国社会的全部历史，从这个历史里，甚至在经济的细节上（如法国大革命后不动产和私有财产的重新分配），我所学到的东西也比从当时所有专门历史家、经济学家和统计学家的全部著作合拢起来所学到的还要多”[②]。

老舍似乎并没自觉到要创作一部巨大的“北京风俗史”的“人间喜剧”。但

① 卢梭：《爱弥儿》上卷，商务印书馆，1978，第 331 页。

② 马克思、恩格斯：《马克思恩格斯论艺术》，人民文学出版社，1960，第 10 页。

综观他的大部分创作，我们却不能不承认，老舍的作品绘出了一部从清末到1949年后半个多世纪的北京社会风俗画长卷，提供了一部相当完整的北京风情的演变史和社会风貌的发展史。

北京是五代帝王的都城。长期的历史发展形成了它作为中华民族政治文化中心的地位，也使它成为一个多民族的民风民俗的集汇点，大量的民族生活内容、生活方式、心理素质和仪表特征等，在北京市民的生活中长久地被保留下来。因此，北京市民的风俗性情有相当的典型意义。了解它，可以帮助我们理解中国历史的发展和社会生活变化的特点，可以帮助我们认识中华民族的文化特点和它对一代又一代人在心理、思维上产生的积极或消极的影响。从文学的角度给我们提供了这方面极为丰富内容的，莫过于老舍的一系列创作了。例如，北京市民的日常生活方式、生活习惯、思维特点、感觉方式、交往礼仪、节日风情、婚丧嫁娶、服装衣饰、语言习惯、起居吃穿特点、住房格式、信仰志趣等，都在老舍的作品中得到了具体而生动的表现。北京的特殊历史地位，北京的风俗和文化在整个中国及世界的个别性与代表性，使人们对老舍的创作越来越表现出格外的兴趣和重视。人们已经看到，一些外国读者、研究者，就是企图通过老舍创作的窗口来窥见和认识中国社会生活的一些方面的。

请看一看《四世同堂》中描写北京风情的一段文字，它写北京人过中秋节时的各种水果的丰盛香甜、鲜美，简直要逗引出你的馋涎来。

> 各种各样的葡萄，各种各样的梨，各种各样的苹果，已经叫人够看够闻够吃的了，偏偏又加上那些又好看好闻好吃的北平特有的葫芦形的大枣，清香甜脆的小白梨，像花红那样大的白海棠，还有只供闻香儿的海棠木瓜，与通体有金星的香槟子，再配上为拜月用的，贴着金纸条的枕形西瓜，与黄的红的鸡冠花，可就使人顾不得只去享口福，而是已经辨不清哪一种香味更好闻，哪一种颜色更好看，微微的有些醉意了！

这段描写传达给我们的不但是一个充满诱人醉人色香的瓜果丰收的景象，而且是一幅糅合着中华民族历史风俗习惯及文化嗜好的民风图画，瓜果的色香融会着彼时彼地北京人的感情与兴趣。如果说从这段文字的字面上再现的还只是中秋节令的水果街市，那么你再看下面一段描写：

在街上的“香艳的”果摊中间，还有多少个兔儿爷摊子，一层层的摆起粉面彩身，身后插着旗伞的兔儿爷——有大有小，都一样的漂亮工细，有的骑着老虎，有的坐着莲花，有的肩着剃头挑儿，有的背着鲜红的小木柜；这雕塑的小品给千千万万的儿童心中种下美的种子。

…………

同时，那文化过熟的北平人，从一入八月就准备给亲友们送节礼了。街上的铺店用各式的酒瓶，各种馅子的月饼，把自己打扮得像鲜艳的新娘子；就是那不卖礼品的铺户也要凑个热闹，挂起秋节大减价的绸条，迎接北平之秋。

中秋节是中国人的传统节日。老舍在《四世同堂》中竭力渲染沦于敌手的北京人往日的风俗，意在勾起人们的思乡爱国之情，不管是色、香、味俱佳的各种瓜果，或是铺户的装饰、小摊上的兔儿爷，都使人们自然而然地把先辈们享有的民族风情的醉酒，与眼前敌寇铁蹄践踏我们国土的惨象相对照，产生和激发了热爱中华民族而痛恨侵略者的感情。

除了中秋节，北京人祭灶（即过小年），过春节、端午节的风俗，也是老舍作品中多次描写过的。《正红旗下》对北京旗人过小年、大年的情景有出色的描述。他的第二部长篇小说《赵子曰》则对北京人过端午节做过生动的描绘。小说一面渲染五月节到来之时的自然风光之美：那粉团儿似的蜀菊，那像美女披散的头发的柳条，那城墙上弯脖树下的牵牛花，那在净业湖、什刹海、北海、南海的

“绿波上点着诗的句读”的嫩蜻蜓，那净业湖里抽着黄色蒲棒的蒲子、什刹海的嫩荷、北海里和小野鸭挤来挤去的渔船，那白的塔、蓝的天，塔与天之间飞翔着的野灰鸽……织成一幅何等优美诱人的风景画！

再看街上：小妞儿们黑亮的发辫上戴着各色绸子做成的小老虎，笑窝一缩一鼓地吹着小苇笛儿。光着小白脚丫的小孩子，提着一小竹筐虎眼似的樱桃，娇嫩地吆喝着：“赛了李子的樱桃哐！”铺户和人家的门上插上一束两束的香艾，横框上贴上黄纸的神符，或是红色的判官。路旁果摊上摆着半红的杏儿，染红了嘴的小桃，虽然不好吃，可是看着多么美！

老舍也清醒地观察到街上的另一面：“社会上的真相并不全和诗人的观察相符”，“流血”的现实和“过节”的印象是同时并存的。作品写了端午节的风情美景后，接着描写了屠户门前挂的滴着血的肉与带着粪的肠；拉车的舍着命跑，讨债的汗流浃背，卖粽子的扯着脖子吆喝，买樱桃桑葚的一个赛着一个地嚷嚷……

拉车的一口鲜血喷在滚热的石路上，死了。讨债的和还债的拍着胸膛吵闹，一拳，鼻子打破了。秃着脑瓢的老太太和卖粽子的为争半个铜子，老太太骂出二里多地还没消气。市场上卖大头鱼的在腥臭一团之中把一盘子白煮肉用手抓着吃了。……

这些个混杂污浊也是北京的端阳节。

不管是美还是丑，老舍笔下的端午节是那么富有北京味儿。二十年后，老舍把北京的端午节风情再次绘声绘色地再现于《四世同堂》里。节日到，家家户户怎样“必须用粽子、桑葚、樱桃，供佛”，叫喊着“黑白桑葚大樱桃”的小贩怎样一个接一个地不断，满汉馍馍铺怎样及时陈列上应节点心“五毒饼”，各家各派的卖粽子的又怎样你来我往穿街走巷……还有，除了吃的东西外，家家又怎样把黄纸印着红色钟馗或五个蝙蝠的“神符”贴在大门上，把白纸上黏着剪刻的“五毒儿”图案贴在门框上，男孩子脑门上要用雄黄涂王字，女孩子要佩带用小老虎、樱桃、桑葚（均用绒线缠成）等串成串儿的葫芦……多少年多少代，诚笃、安分、善良的北京市民们就是这样津津有味地过着自己的节日。

读过描写清王朝“残灯末庙”的杰作《正红旗下》，你会感到它对于居住在北京的旗人的特殊习俗和生活方式的惟妙惟肖的逼真描写。小说写旗人家庭的婚丧嫁娶、礼尚往来，辈分、男女之间，生男或生女之后，都要有一定的说道，甚至连一切生活的细节中都贯串着程式化了的礼节。礼仪，成为人们生活中必备的内容，仿佛礼仪不周，或一事缺了礼，一个体面人家就会觉得无地自容，社会责难的舆论就会降临到他的头上。因此，不管有条件无条件，人人家家那套程式化了的繁缛礼节却是万万少不得的。“有钱的真讲究，没钱的穷讲究”，是一句道出个中真谛的警譬语言。例如，小说中描写的给新生婴儿“洗三”的仪式，本来主人家穷得叮当响，但仍得硬着头皮招待贺礼的亲友，只好给来客喝那掺水掺到喝多少也不会醉的“酒”来表示意思。整个“洗三”的过程更充满了风趣和喜剧色彩：七姥姥八姨们陆续到来后，每人都要在预先准备好的一铜盆槐枝艾叶水里丢铜钱，谓之“添盆”，还要往盆里放几个花生、大枣或红、白鸡蛋，口里念叨着“早生贵子”的吉利话。开洗了，主洗老太婆边动手边念念有词：“先洗头，做王侯；后洗腰，一辈倒比一辈高；洗洗蛋，做知县；洗洗沟，做知州！”另外还要用姜片艾团灸孩子的脑门及身上的重要关节，用新青布沾清茶用力擦孩子的牙床——孩子痛得大哭，这叫“响盆”，是大吉大利的兆头。最后再用大葱打孩子三下，口念“一打聪明，二打伶俐！”这棵葱还必得由孩子的父亲扔到房顶上才能灵验。围绕一个婴儿降生的礼俗真是够繁缛了！这是旗人特有的民风民俗，其中虽不乏祈福求官的迷信成分，但那种充满盎然生趣的欢快与追求，还是给人以充实、向上的精神鼓舞的。

由于长期驳杂历史文化的熏染，旧北京市民中形成了自己特有的民风民俗，其中有的真是如老舍所形容的：散发着一股酸牛奶味道。比如《离婚》中写男女成家，从保媒到掐算庚辰八字，到换贴、迎娶的一套仪式，可说烦琐到家了。旧式结婚坐轿子，新式结婚坐汽车，以“男性媒婆”张大哥为代表的一派旧北京市民，则因为生活在一个新、旧交替的时代，创造了一种古、今结合，“中西合璧”式的迎娶方式：“彩汽车里另放一座小轿”——“用彩车迎娶，已是公认为可以行得通的事。不过，大姑娘一辈子没坐过花轿，大小是个缺点”。这种风俗人情里，隐含着一种可怕的历史文化的惰性：人们被一种旧礼俗缚住，难以进步。老舍着意于北京风情的描绘，给人的启示是多方面的。

历史表明，民间风情与节日礼俗的流传，往往是一个民族自信力、向心力、凝聚力的表现。当今的日本及欧美一些先进资本主义国家，都在提倡或恢复、保留着往日的民间祭祀、游艺、节日的风俗；一些被侵略者凌辱的弱小国家民族，也常依赖于本民族的固有民风民俗和信仰，保存下不灭的民族之气，埋藏下复国和争取民族独立的火种。老舍对故都民风习俗的生动描绘，固然一部分批评了中国历史文化的惰性，更多的则是为了唤起和鼓舞民族奋斗前进的正气。《四世同堂》如此，《正红旗下》也不例外，作品让我们从大姐婆婆这个一代王朝的武官家庭的生活画面中看到，老少都一律沉浸在“生活的艺术”里，“每天要玩耍、玩得细致，考究，入迷”，他们的一生像做着个“细巧的、明白而又糊涂的梦”，正揭示和反映了统治中国近三百年之久的清王朝濒临崩溃的衰颓和必然灭亡的命运。

老舍作品的“北京味儿”当然不只表现在他对北京市民特有的风俗画面的描绘上，在人物性格塑造上也鲜明存在着。比如他所塑造的老一代的北京市民形象，特别是像张大哥之流的“京油子”，是只有在北京那种被老舍称之为过熟的传统文化气氛中才能铸成的特有性格；在十里洋场的上海或充满资本主义腐臭的旧天津土壤中，决然产生不出这样的人物。还有，老舍作品的语言几乎是清一色的北京口语，也是构成他的作品的浓厚的地方色彩——“北京味儿”的重要因素，这需要另做论述。总之老舍紧紧抓住北京和北京人的生活方式、习惯、文化、风俗，他们特有的生活内容和情趣，加以细腻描写，这种取材的固有特点，是形成他的创作个性的一个最突出的表现。他的创作所以获得了引人注意的世界性，正是与这一特点紧紧相连的。

二、从平凡、平庸的人和事中见真谛

老舍说：“我不熟悉政治舞台上的高官大人，没法子正面描写他们的促进与促退。我也不十分懂政治。我只认识一些小人物。”所以他就去写“小人物”。他又说：“作家总是选择与他的创作风格一致的题材来写。我就写不出斗争比较强烈的戏。因为天性不是打架的人，而且又没有参加革命斗争，所以写起逗笑、凑趣的东西就比较方便一些。”①

早在20世纪30年代就有人指出，老舍作品中的人物有一种特殊风味：不是天才的夸张，而是平庸的可爱而可怜悯的人物。这是很有见地的批评。的确，在老舍全部有影响的小说中，是既找不到叱咤风云的英雄人物，也没有巨大社会变革的正面描写的。即使他的几本着意表现时代变革的巨大主题的作品（如《四世同堂》《鼓书艺人》和《茶馆》等），他选择描写的也仍然是十分平庸、细微到近乎琐碎的城市“小人物”的生活种种。

高尔基曾经指出，小市民为了“便于适应任何环境，——便于‘拟态’”，增加了一种“复杂性”。“复杂性，这是在小市民社会的生活条件下，由于不断地为生活中的有利的安逸境遇做烦琐的斗争，因而引起的‘心灵’极度分裂的、可悲的和不正常的结果。正是这种‘复杂性’说明了下面的事实：在千百万人当中，我们很难得看见性格非常明朗的大人物，完全被热情所征服的人物——大伟

① 老舍：《题材与生活》，载《老舍论剧》，中国戏剧出版社，1981，第77页。

人。”[①]这就告诉我们，以市民形象为描写对象的这种题材的平庸性，是由市民生活本身的平庸性所决定的。而老舍的本领在于，他能够通过再现市民卑琐、灰色的生活，发掘有意义的社会主题。

比如家庭生活中的柴米油盐、婚丧嫁娶、过生日、生娃娃等，是老舍作品惯常描写的题材。但只要是一个常识以上的读者，读了老舍的作品，谁也不会有听一个老太婆无聊絮叨的厌倦，而总觉得更有一种真谛在。像《离婚》，乍看，似是写老李、张大哥等做事的旧财政所机关，实际上着重点乃在老李等几位科员的家庭生活。张大哥是旧北京市民圈子内一个典型的庸人——一个出色的“京油子”。他一生的业绩不在财政所里的任职，而在于做“男性媒婆”和弥合世人夫妻间的裂缝。社会灰色、畸形，张大哥却连半句呛着说的话也没有，而是每根汗毛都是顺着那个灰色社会长的。大学毕业的老李比张大哥强点，他毕竟与社会多了点矛盾和个人痛苦，但也仍是一个遇事敷衍、不敢决断的庸人，总想摆脱旧式婚姻带给他的痛苦，终于没有勇气，仍然忍着痛苦敷衍生活下去。其他人物，如饭桶兼把式匠的吴太极，流氓兼北平俗语搜集者的孙先生，“苦闷的象征”的邱先生等，也都各有一本家庭生活的“经”。凡俗、卑琐、无聊的生活，是这帮科员们日复一日的生命的内容。可怕的是这帮灰色、麻木的人所代表的不是少数，而是一群人，一个阶层，他们仿佛生活在时代激流的冲击圈外。小说通过对这帮灰色小人物无聊生活的再现，提出的问题是严肃的。张大哥的油滑，老李的敷衍，其他人物的无聊，是灰色的社会所养成，要剜掉这些劣根性，首先是这个社会要不得；他们没勇气解脱无聊、庸俗的缠绕，或者想着法子磨掉与社会的矛盾（如张大哥），或者饮忍痛苦随着灰色生活的浊流沉落（如老李），或者跟着制造窒人的灰雾（如邱先生等）。这样的社会，这样的人生，便是小说借助对一系列的庸人生活琐事描写所要批判的对象。

① 高尔基：《论剧本》，载《论文学》，人民文学出版社，1983，第63—64页。

《四世同堂》以百万字的宏伟结构和巨大的思想深度震慑读者的心灵，但作品所具体描写的也不过是一条名不见经传的小胡同——旧北京西城小羊圈（现为小杨家胡同）——几户贫穷市民的吃、穿、住，婚丧嫁娶，喜怒哀乐，迟钝的觉醒与反抗等。小说虽也涉笔到抗战大时代的形势变化，但这幅反映中国人民坚持抗战艰苦生活和斗争的历史长卷图，其中心画幅却是对许许多多市民琐细生活的描绘，作品题材是这样平凡，人物又多是备受蹂躏的普通市民，然而，当它们经过艺术的折光，呈现在我们眼前时，就都显示出它们对于表现作品巨大主题的价值。

我们再看一篇短篇小说《柳家大院》。这里描写的也是一个下层市民居住的大杂院，以下述三家为主：一家曾是小商贩，现为算命先生，儿子拉洋车；一家姓王的，老子是花匠，儿子是石匠，媳妇生生被公公、小姑虐待死；还有一户以拉车为生。在这里，糊口延命是人们争取的目标，“一天到晚为嘴奔命”。穷，出苦力卖命，然后死——就是这里每一个生命的程序。生活是如此痛苦、沉滞、平庸，生、死、喜、哀无人过问，你也感受不到有任何一点社会风云的气息传到这里。但是，老舍的艺术雕刀是如此逼真细腻地把这群人生活的真相活托给我们，让人从这平庸、痛苦的生与死的画面中看到人物各自的精神世界，看到容他们生却不容他们活下去的社会，呼唤人们予以关注——不要遗忘了这似乎是存在于大时代潮流冲击圈以外的社会一角里的人们啊！

过去，人们往往带着较大兴趣欣赏那种情节曲折惊险、斗争激烈、表现英雄气质的作品，对于如老舍这样的作家写的专从市民平庸卑琐生活中挖掘生活底蕴的作品表现冷淡。这当然是一种偏见。老舍说：“在平凡的事中看出意义，是最要紧的……由妓女的虚情假意而看到社会的罪恶，便深进了一层；妓女的狡猾应由整个社会负责任，这便有了些意义。”[1]艺术家的生活圈子只提供给他这样平

① 老舍：《事实的运用》，载《老舍论创作》，上海文艺出版社，1980，第90—91页。

凡的人物和平庸的生活，而他的敏锐的观察和思想及艺术表现力的不平凡，使他从平庸中深掘出了不平庸的社会主题——一种以苦笑的幽默表现出的悲剧主题。如果说一些名家的悲剧作品的主人公，常常是那些位高势尊或叱咤风云的英雄好汉，那么老舍笔下表现出来的社会人生的悲剧和痛苦，则普遍地渗透在城市社会中下层市民及劳动者的每个家庭、每个个人及其生活的一切平凡的细节中，这正是属于老舍的现实主义的一个重要特征。

三、表现出市民性格的鲜明层次性

市民是一个具有复杂性的社会阶层。这种复杂性，从纵向上看，由于时代、年龄、经历之不同，形成人物不同的思想见解和思维方法；从横向上看，由于经济地位、文化程度、职业状况等的不同，人们的个性、精神和理想追求必然有别，特别是由于经济状况和政治目标的不同，人们的思想意识和行动就产生了明显的差异。在艺术创作上要表现出市民者群的这样的鲜明层次性，艺术家首先必须熟悉他们，必须严格遵循现实主义创作原则去描写人物性格，其次应具备机智明锐的观察力、思考力和表现才能。老舍的创作表明，他完全具备这样的生活积累、思想素质和艺术修养。

老一代的市民人物接受传统文化思想的影响较深，勤谨、诚笃、善良是他们的美德，但守旧、怯懦、因循、狭隘，甚至愚昧得可笑，绝少有脱出旧轨迹追求新生活的想法，又是他们普遍存在的精神思想弱点。这些人相信祖先就是这样生活，自己也如此没错，而且顽固地安排和约束后辈人也要照样走下去。老舍的小说中写得最成功的便是这个层面的人物。如《老张的哲学》中的赵姑母，多么善良的一个老妇人啊！只因她压根儿没见过男女自己找对象的事，所以当她侄女李静想自己做主嫁给好青年王德时，她就坚决反对，而由她做主嫁给市井坏蛋老张做妾，这叫“合情理”；《牛天赐传》中的牛老者夫妇是一家颇为殷实的小有产者，他们具有更浓厚的自私、褊狭的思想意识；《抱孙》中王老太太希望有孙子的心情不能不说真诚之至，但由于落后、固执、愚昧，不但孙子未抱成，连媳妇也坑害了；《柳家大院》中的在洋人家做花匠的老王，虐待儿媳妇简直超过最厉害的婆婆，其封建落后意识之重，也只有老一代市民者层中才能见到；《四世同堂》中刻画了一组老一辈的市民形象，本分、善良、义气、楞受穷也不取不义之财，但守旧、狭隘，苟安于眼前的卑琐生活，则是他们共有的思想品行，祁老人及其儿子天佑夫妇、李四爷夫妇、程长顺的外婆、钱诗人的老伴等都是这类人物。老舍对这个层次的人物表现的重点，是既肯定他们的好品质，又突出写出他们身上积存的市民意识的尘垢和庸弱的精神特点，以引起人们警觉。

上述人物，在经济上还多不是赤贫到无以为炊的市民，甚至像祁老人、牛老者还是他们中较为殷实的人家。因此，他们安于现状、自私守旧的心理就更为突出。而对市民中另一层面的人物，老舍的态度则有显著不同，如《月牙儿》中的母女，《我这一辈子》中的“我”——“臭脚巡”，《骆驼祥子》中的祥子等车夫，《四世同堂》中的小崔、孙七、小文夫妇、刘棚匠、程长顺，《鼓书艺人》中的方宝庆等艺人形象，他们是城市社会中最被压榨、贱视的赤贫者。老舍在写这些人物时，并未忽略他们在市民社会环境中沾染上的不同程度的市民意识。但很明显，作家通过对这个层面人物的生活命运的描写，向他们倾注的是巨大同情，昭示给读者的是劳动者的命运出路问题：等待社会的安排，只能被榨干血汗、揉搓而死（如那些洋车夫、妓女、艺人、低等巡警及各种出卖劳力的个体劳动者等）；个人奋斗，也绝无出路，结果不是死亡，便是向社会屈服，变为行尸走肉（如祥子等）；出路是有的，那就是像白李教给车夫王五（《黑白李》）的那样，集体起来“揍”，砸开“地狱”的门，像祁瑞全、刘棚匠（《四世同堂》）那样，跳出小市民的生活天地去寻找生存和求解放的道路，像方宝庆（《鼓书艺人》）一家那样，按照革命者孟良的指引去生活、前进。

除了上述两组人物外，在市民阶层中还有一帮被极端个人欲火烧迷了心窍的市井无赖、流氓、汉奸之流，老舍在创作中对这类社会渣滓、恶人的痛恨和鞭笞是辛辣而有力的。

老舍对市民人物的刻画，不仅在大的形象系列上层次是鲜明的，即在同一组合中的人物，也把他们由于出身、教养不同形成的不同性格，描写得十分清晰。如同为市民知识分子，书香之家出身的钱默吟（《四世同堂》）完全是个旧式的有操守的知识分子；曹先生（《骆驼祥子》）则是个较有正义感的大学教授，乐于支持进步学生；老李（《离婚》）虽受过大学教育，但仍不能摆脱旧思想意识影响，因此思想苦恼、行为矛盾可笑；祁瑞宣（《四世同堂》）生活在民族解放战争的环境中，尽管他也接受过像老李所受过的那样的熏染，甚至旧教育与新教育的作用在他身上开始还是参半地存在着，思想行动也充满矛盾，但他在时代推动下，终于前进，甩掉因循的包袱，参加了抗战斗争；收藏家庄亦雅（《恋》）太贪恋字画，以致忘却了对国家民族的责任，而被敌人所利用；老范（《一封家信》）虽然至死心思总绕在小家庭上，但他在行动上终究逃出沦陷区，去做抗战工作，仍然值得称赞；而那位当了大学讲师仍不失学生本色的阚进一（《一筒炮台烟》），宁可不管即将住院生产的老婆，却慷慨地把钱资助了困难中的学生，尤应表彰；孟良（《鼓书艺人》）是一位作家，又是一位革命文化战士，是他引导了艺人方宝庆一家的正确道路，老舍给了他最高的赞美。所有这些人物的塑造，都表明了作家观察力的明敏性和现实主义的严格创作态度。

塑造庞大的中国现代市民的形象系列，又把这个形象体系组合的人物层次描写得十分完整而鲜明突出，这是老舍的成就与功劳，是同时代作家中没有一位可与之比肩的卓然贡献。

四、纵横结合的市民生活画卷的丰富内容

作为中国社会整体人群中一个组成部分的市民群众究竟从事着多少行业？他们的生活、思想、行为、性格各有什么特点？成功地表现了这些内容的老舍的作品，可以当之无愧地称作是一部中国市民社会生活的“百科全书”。我们不必将

其全部作品综合起来计算，单就《四世同堂》一部作品来看，它所展示的旧北京市民社会的五光十色的生动画面就够使人眼花缭乱的了。

就人物所从事的职业看，小说提供给读者的可谓五行八作，三教九流，无所不包，其中有教书的（包括大、中、小学），拉洋车的，开汽车的，搭棚架的，打鼓儿的，窝脖儿的，说相声的，唱戏的，摆台的，剃头的，行医的，当兵的，看坟的，“马路行走”——巡警，律师，妓女，交际花，流氓打手，汉奸特务，青年学生，外国侨民，作科长、处长、局长的“官”，赋闲诗人，天真无邪的稚儿幼女，无任何职业的老少市民妇女，家庭及街坊长者，从事抗日活动的爱国分子，等等。从这些人物之间的关系来往，从他们的行动、思想和他们对日本侵略者的不同态度，我们不仅认识了各层次市民人物的生活哲学、性格特点，而且几乎看到了整个正在受难中的北京社会和那个充满灾难、死亡和刀光血影的不平常年代。比如，随着各类人物的活动，我们从狭窄的小羊圈，走到北京的街头、广场、戏院、古庙、学校、商店、旅馆、公园、刑场、妓院、家庭、监狱、大使馆、特务基地及日伪机关，以至乡村、城郊、遥远的抗战后方……多么广阔、丰富的社会生活画面啊！在近现代文学史上，迄今没有一个文学家为我们提供过这样真切丰富的认识中国市民社会生活的画面，更没有任何一部史书或经济学著作能像老舍的作品那样真实而生动地再现了中国市民社会的现实生活。

老舍对市民社会生活的描绘不仅极为广阔丰富，从横向上展现了这个社会阶层的各个方面，而且他的这种描绘是带连续性的，从纵向上记录下这个阶层人们生活思想的发展变化。我们不敢断言老舍是否曾立志要写下一部巨大而形象的中国市民生活发展史，但是，从他的第一部作品《老张的哲学》，到他最后一部未完成的杰作《正红旗下》（其间把这两部作品连起来的是一系列长篇小说、话剧及一些中、短篇小说佳作），我们看到的是一部半个多世纪的北京市民社会发展变化的不朽长卷：

《正红旗下》《茶馆》《神拳》《我这一辈子》等反映了清末民初北京社会

的动荡不安和处在不同层次中的市民们的生活态度及命运；

《老张的哲学》《赵子曰》等反映了五四运动前后北京社会生活的一些侧面及学生生活；

《离婚》《骆驼祥子》《大悲寺外》《我这一辈子》《柳家大院》等，再现的是20年代至30年代北京市民社会的现象、中下层市民的生活命运及性格；

《四世同堂》《鼓书艺人》《一封家信》及剧本《谁先到了重庆》《茶馆》等，描绘的是抗战时期及胜利后北京市民的生活遭遇、思想变化和社会的不安；

剧本《方珍珠》《龙须沟》《女店员》《全家福》《红大院》及一些散文作品，则着重反映了跨到新时代之后北京的社会风貌和市民们的生活地位、精神世界的巨大变化。

随着时代的发展和老舍的思想认识的提高、艺术经验的丰富，我们看到老舍处理市民题材的熟练程度及由此出发而对作品思想主题的开掘也日见深刻。早期作品写市民人物虽也生动、逼真，但显然存在着静止和孤立运笔的缺欠，愈到后来，他的立脚点便愈见增高了。他不仅生动描绘出人物自身的命运，而且有意识地把人物置于时代的背景上加以刻画，从而展现出他们在时代推动下，生活变化和性格成长的历程。如果说，老舍20世纪20年代的创作，在处置他的人物与时代的关联上还存在脱节的缺欠的话，那么20世纪30年代的许多作品，虽未能完全克服这一缺憾，但显然有了很大进步，即已不只是孤立拮取市井人物的一些可笑可悲的行为来渲染描写，或孤立颂赞其中一些善良人物的正派、义侠等品行，而是开始“抄着根儿”提出探索人物行为、命运的社会原因了。到了抗战时期，在老舍作品中我们看到，那些曾经在沉滞、猥琐的生活中销蚀着生命的人们，逐渐被一场民族的巨大灾难所唤醒了。1949年后，老舍则完全以新的创作方法，以昂扬的基调描绘着新时代的市民大众，并热情地赞美新时代造就了一代城市社会的新风尚，新制度开辟了城市建设的坦途。在这里，我们套用恩格斯评价巴尔扎克的《人间喜剧》的那句名言，也许并不是生硬的。在老舍的丰富多彩的创作里，给予了我们一部中国市民社会，特别是北京市民社会的卓越的现实主义历史。要认识旧北京，要感知北京市民阶层的种种生活、思想，至今没有哪一位历史家、经济学家、社会学家、民俗学家所提供的著作能比老舍在艺术创作里给我们的那样更丰富、生动、具体！

高尔基说："必须知道和记住，小市民的某些阶级品质蔓延极广，已发展到了全人类普遍具有的程度，这些品质甚至也是无产者所常有的。因为观点是一回事，品质又是另一回事。"[①] 市民的意识和品质在现代社会的蔓延及其普遍性，提高了老舍作品的思想艺术的社会价值和现实意义。他对市民生活题材的卓越描写，确立了市民形象在现代文学创作中的地位，开拓了现代文学创作的题材领域，丰富了中国现代文学的宝库。我们为现代文学史上出现老舍这样杰出的表现和批判市民生活的艺术大师而感到骄傲！

① 高尔基：《论剧本》，载《论文学》，人民文学出版社，1983，第61页。

老舍创作的哲理蕴涵

一

依照传统的分法，老舍应当是属于“文章合为时而著”这一派的，他写的是现实，为的是“时”的需要。那么，如果时过境迁了，不再有洋车，不再有大杂院，不再有洋人打进城，不再有老舍笔下穷人们的日子，而且什么时候都慢慢现代化了，老舍的作品是不是还值得读呢？对于不少作家来说，是经不起这样一问的，而对老舍，可以放心，他“速朽”不了。他的很多作品能长久地活下去，因为那是一个时代的镜子，因为他独到的语言功夫，因为它特有的美学价值，也因为本文下面所谈的作品的哲理性。

但凡老舍比较成功的作品，在它的社会性主题之上往往有它的哲理性主题或哲理蕴涵，因而就具有超时空的思想和文化的永恒价值，有长久的思想魅力。人们之所以在不同的时候不同的境遇不同的心境中读它，常常都不断地感悟出一些新的东西，就因为它有哲理性内核。老舍似乎早就对哲学感了兴趣，明摆着的一个证据是他的第一本小说就起一个“老张的哲学”的书名，但这里所谓哲学不过是老张损人利己的人生哲学，与我们所说的哲理性不是一个范畴，从全书看也说不上有什么深刻的哲理。他的老朋友罗常培当年看这部书稿时就感觉“思想没有哲学基础”[①]。而老舍却反驳说：“狄更斯又有什么哲学基础来着。”[②]这个批评他好像没当一回事。这是他初涉创作时的态度。而后来，与此显然地大不相同了。

不过，综其一生来看，老舍并没有十分专注地从哲学角度研讨他所描写的人

---

① 罗常培：《我与老舍》，《扫荡报》副刊 1944 年 4 月 19 日。

② 罗常培：《我与老舍》，《扫荡报》副刊 1944 年 4 月 19 日。

生，也没有形成自己完整的哲学理论体系，自然不是我们通常所说的哲学家。有人曾经惋惜过：如果老舍是个哲学家，说不定在“文革”风暴袭来的时候，就会有足够的冷静活下去，等待事态的结果。可是话说回来，万一老舍真的成了哲学家，大概也就没有现在这位我们喜爱的作家老舍了。尽管如此，在老舍的创作当中，哲理性却有着不同寻常的位置。

从他的创作思想看，进入 20 世纪 30 年代，哲理性的追求已经相当明确。这在他的《文学概论讲义》里有准确而完整的阐述，表现了他的理论自觉，涉及这方面的文字，多达 3500 字以上。

他的主要见解：

一是哲理性的必要。他说：“伟大的文艺自然须有伟大的思想与哲理。”他认为“小说的发达是社会自觉的表示……社会自觉含有极大的哲学意味。每个有价值的小说一定含有一种哲学”，“一个没有哲学的故事是没有骨头的模特儿”。

二是用艺术的手段表现它的哲理尤其重要。老舍说：“文艺中怎样表现这思想与哲理是比思想与哲理本身价值还要大得多；设若没有这种限制，文艺便与哲学完全没有分别。”因此他特别强调要通过文艺的特质——感情、美、想象——引导与表现这些哲理。“这是哲学而带着音乐与图画的感动；能做到这一步，便是艺术，小说的目的便在此。”

三是“观察人生和自然”是得到和表现哲理的前提，是创作的必由之路。

看得出，老舍在强调需要哲理性的时候，有一些担心，或者说他已经看到了现实当中的教训，那就是哲学的思维方式表达方式与艺术的思维方式表达方式不是一码事，如果追求哲理性而导致思维的抽象化，把创作变成了说教，对一个艺术家来说是很危险的事。而老舍自己却把这个使很多作家困惑，一些人甚至走入误区的问题，处理得比较完美。

所以能够如此，固然因为他有着全面而清醒的理解，但也许更决定于他的艺术个性。他虽然并非通常意义上的思想家和哲人，而是诗人。但他却不满足于对生活现象具体的浮面的把握，总想透过现象看到那里面蕴含的“意义”，找出点儿哲理来。可是他并不习惯也不善于进行哲理式的思辨，进行抽象思维。这个“弱点”反而成全了他，使他的很有哲理意味的思维始终与生活融合在一起：没有让哲理飘在空中或抽象得发了干而失去了血肉。胡絜青讲得很好，她在谈《四世同堂》的时候说：“在曲折的故事后面藏着许多哲理，在老舍那里，它们是从作品中自然地‘流’出来的。”老舍的高明就在那个“藏着”和“自然地‘流’出来”。

《文学概论讲义》是1930年至1934年间写的。这个时候他的创作进入了成熟期，也是高峰期。这部作家的文学概论凝聚着作家本人创作的体会，现在看来，它不仅教给人一般的文艺理论知识，而且也启示我们怎么读他的作品。这部书里关于哲理性的论述，表明了哲理性是老舍自觉的艺术追求、风格追求。这就提示给我们一个重要的角度，告诉我们在读老舍作品的时候，不能仅停留在一般社会学主题的认识上，要从他那有声有色的叙述与描写背后去体味、去参悟、去发现那“藏着”的更深更广的东西，以及琢磨老舍是用什么办法让这些哲理“流”出来的。

伊藤敬一曾经写过一篇《〈微神〉小论》，很有见地。他把文中的每个意象和意象间的关系一个一个都不放过，都琢磨出个究竟来。据他说，对《微神》他冥思苦想了几年。对比之下，我们得承认自己的功夫不到。老舍的不少作品在表层下面所具有的深层哲理内涵，或围绕主题那意在言外的东西，迄今笔者还有很多没有弄懂，没有参透，需要下功夫。

根据我们粗浅的体会，老舍创作的哲理蕴涵大致有这么几种情况：

一是，有一批作品，其中的哲理老舍主观上是明确而自觉的，尽管他常常不是明白地谈出来，如《猫城记》《骆驼祥子》《月牙儿》等。

二是，又有一类作品的哲理内涵作者未必明确，或有时只是意在提出问题，让读者去想。可是它的形象性强，而形象的丰富性、启示性就给读者留下开放的、灵动的思考空间，可以发挥作为阅读主体的判断力和创造力。见仁见智的多义性是其特点，也是让人最有兴味的，如《断魂枪》《我这一辈子》等。

三是，还有一批作品或许作者完全无意赋予它们什么哲理内涵，可是丰厚的生活现象自身就包含着无穷哲理，这就给读者获取这些营养提供了最坚实的基础，《离婚》最典型。

当然，还有不少的创作是出于各种需要赶出来的，我们犯不着好心地拔高它。这在他抗战期间尤其是1949年后的创作中不难找到，无须举例。

老舍对自己的有些作品做过一些阐释，但作品已经成了客观存在，接受者在重视这些阐释的同时，不应该也不可能让这些话框住。作者的解说从来不是定论。而且，老舍谈他的创作，有时因为谦虚或幽默，有时因为打上了形势影响的印记，有时他的认识也有待发展和完善，更由于他的创作往往感情触发先于理性领悟，所以尤其需要读者的独立思考，避免盲目跟在作者的说明后边跑。再有，哲理性之说并非想强调它多么深奥。老舍式的哲理未必是带着玄机深不可测的，也许有时看来相当浅显，要紧的是它藏着某种规律性的东西，而又是活在丰富的形象与生活中的，是生活的哲理，这是其价值所在。

二

老舍的作品，写得最出人意料、与众不同、不合常规的地方，往往大有深意。他写到这个节骨眼儿，到底是什么深意，又常常地故意留一手，不往明白里说。他曾借《我这一辈子》里老警察之口放下一句话：“我总得把问题提出；提出来放在这里，比我聪明的人有的是，让他们自己去细咂摸吧！”老舍撂下的题目，真够“聪明的”你我他“咂摸”一辈子的。就谈谈《我这一辈子》吧，可以说这部书是《骆驼祥子》之外“最老舍”的一部。一辈子，事情极多，但主人公告诉我们，有两件是“永远忘不了的事”，一是丢老婆，一是兵变。兵变的描写，那真是惊心动魄的人生一幕，它的价值很不一般。“这次变乱是多少万人的事，要我想一想，我便想到大家，想到全城，简直的我可以用这回事去断定许多的大事。”大兵（这次是辫子兵）烧店铺，抢劫，“就棍打腿的杀些人玩玩”，不新鲜。老舍的不同凡响是接下来写大兵过后老百姓上街的那场抢劫。“街上，只有火光人影，没有巡警，被兵们抢过的当铺与首饰店全大敞着门！……这样的街市叫人们害怕，同时也叫人们胆大起来；一条没有巡警的街正像是没有教师的学房，多么老实的孩子也要闹哄闹哄。”一家开门，家家开门，跟着抢吧，谁不抢谁吃亏！“平日，谁能想到那些良善守法的人民会去抢劫呢？哼！机会一到，人们立刻显露了原形。”男人，随后是女人、孩子。苦人出来了，中等人家也不落后，没抢过的铺户的门也拦不住谁了，一律砸开，什么东西也是好的。“全红着脸，全拼着命。”“背着，抱着，扛着，拽着，像一片战胜的蚂蚁”。而且，切菜刀也拿出来了，立在巷口等着掠夺别人抢来的东西——吆喝“放下！”

别的作家，真没见有这么写过的。在众多的作品里，老百姓或者是任人宰割的牛羊，因为善良；或者是鲁迅笔下的看客，因为愚昧；或者是很多作家写过的反抗斗争，因为他们有革命性。可是老舍在这儿写的是人性里边潜藏的兽性，人是“从野兽中提拔出”的，平时老实巴交的百姓，一旦有了适当的土壤、气氛，有了一种足以把他们煽惑起来的思想的驱动，多年的礼法教化，不管是仁义是博爱是慈悲都压不住心底蛰伏的那个鬼，一转眼“显露了原形”，人可以变成恶兽。而且，看见没有，“咱们的良民打抢的时候才真正彻底呢”，不在大兵之下！

这才叫老舍呢！老舍的大量作品表现了中国老百姓的苦难和他们的朴实、善良，也不客气地写出老百姓真实的另一面。他在写出了真相的同时怀着深深的担忧，不仅在这一部作品当中。鲁迅写看客，担忧的是中国人的麻木不仁；老舍写暴民，担忧的是中国人的盲从作恶。两者，一前一后，都是在旷远迷乱的古老中国大地上的醒世之声。

老舍这个忧虑是长期的，或者可以说是时隐时现伴随他一生的。早在《赵子曰》里就有可怕的学潮：大门碎了，窗子飞了，把校长捆起来打，门框上钉着耳朵——老庶务员的。可是，学生该不是坏人。《大悲寺外》黄先生死于学潮，而学生未必都恨他。《猫城记》里的猫人则既杀皇上，又杀家长，也杀教员。

不论是麻木不仁还是盲从作恶，其实并非全是无是非，全无选择。老舍说："世上确有许多这样的人"，"他们并不是不晓得好歹，而是他们的爱只限于爱自己"，所以就有这种"忽人忽兽"的可怕。

老舍在《我这一辈子》里说："不须再发什么议论，大概谁也能看清楚咱们国人是怎回事了。"但大可不以"国人"为限。他提出的不仅是国民性问题，也是人类性的问题。中国人的确是文明水平不高，外国人呢？俨然是礼仪之邦的日本，怎么会蓦然出动那么多军人到邻国去奸淫烧杀？难道他们个个都是野心勃勃的军国主义者吗？曾经诞生了文化伟人歌德和贝多芬的故乡，当年怎么会有那么多人狂呼着"希特勒万岁"杀遍了欧洲呢？他们之中的大多数也绝非法西斯主义者。老舍之忧既是民族之忧，也是人类之忧。这个该忧之忧谁能说今天已经过去了呢？芸芸众生，好起来是真好，呼啦一下子坏起来，也真坏得可怕，尤其是被某些人利用来达到自己某种目的的时候。这令人记起一句名言："人们，我是爱你们的！你们可要警惕啊！"不知老舍是否也这么想过。

在《我这一辈子》里的另一件"永远忘不了的事"——丢老婆事件上，老舍还撩开了人性中一个隐蔽的角落，表现了他对情感世界的关注。老舍在这个问题上所取的视角也往往非同一般。

年轻、漂亮、做事麻利的裱糊匠，娶了个俏式利落的小媳妇，人人说是天配良缘。可是媳妇居然跟师哥黑子跑了。黑子，傻大黑粗，长相、行为、财力都远不如"我"，怎么跟他跑了？甚而至于舍得丢下两个孩子！裱糊匠不理解，老舍也不给答案。我们只能试着给一解：从性的方面解释。性的要求和差异以及性欲在人生选择中的位置因人而异。在有的人，性欲可以是第一选择，超乎一切。这有时似乎有悖常理，但确是客观存在的现象，对他们来说是真理。不承认这种人生方式的存在，你就无法理解世界上的许多事情。《热包子》小两口夜里"打架"，小邱嫂的出走，也意在含蓄地表现人生中的这一类问题。而虎妞和白面口袋的性反常或性变态则是又一种表现。有过性经验的虎妞经过比较终于选定了祥子，也不能不从这方面解释。《也是三角》中写两个大兵为解决性欲问题，一个娶不起媳妇，两个合伙也要买一个女人。《老年的浪漫》写刘兴仁，傻儿子跟他要媳妇，及至给儿子物色了冯姑娘，这位老爷子自己忍不住动了心，亲子之爱与自身的情欲打了仗，也耐人寻味。老舍对情欲世界的关注中显现着他深邃的思索和冷静的目光，值得研究。

三

老舍作品的哲理蕴涵既是理性的埋藏，又是生活自身固有色彩的放射，它的外显形态是多姿多彩的。比如，“怀旧情结”又是一个与此有关的话题。说老舍有“怀旧情结”，似乎有点冒失，也许未必准确，然而这的的确确又是我们在阅读当中由朦胧而逐渐清晰的一种感觉，没法不做如是观。

在老舍作品里对“新派儿”人物讽刺得很厉害（如《善人》《牺牲》等），对旧式人物的解剖更有其独到的深刻（如《离婚》《新时代的旧悲剧》等），可是在另外很多旧式人物身上老舍有点矛盾，这种矛盾心理当中总是有一种难以明言的怀旧情绪。

《老字号》在这方面比较典型。官样大气、言无二价、君子之风的“三合祥”倒了，让位给了“正香村”和“天成”。而胜利者简直是不能叫买卖的买卖，满街拉客，一年到头大减价，没说过一句实话，可是能发财。老舍选择从辛德治眼中看取世道变迁的视角，自有他的用意，这其中的伤感和无可奈何当然是辛德治们的，可是老舍未必不是想用这个办法为掩饰来纾解自己难以明言的怀旧之情。老舍的情感倾向很清楚，对辛德治的讽刺虽然尖锐，却又带着温情和抚慰，否定之中含着惋惜。“老字号”，因循守旧、经营无方、不合潮流，走向穷途末路，那是该着，可是人家正派、规矩、讲信用。而老舍对“新派儿”的“老字号”的周掌柜、“正香村”的老板却没有一丁点客气，唯一不能不承认的是他们能赚钱，可是赚钱靠的是歪门邪道。在这里显然透露出老舍内心的矛盾和隐忧。那是在新旧交替时代中有普遍意义的矛盾心情，是一种两难的选择。老舍研究者宋永毅曾经指出这是“老舍对待现代与传统的复杂心态与双重价值标准的对峙”，是“一种理智与情感的二律背反”[①]，这个论断是有道理的。然而我们想指出，在老舍身上情感倾向与理性判断的矛盾并不是一种简单的对立，它的情感倾向中的矛盾常常也反映了理智判断中的矛盾。我们以前也曾经设想过老舍是不是理智上肯定新的，情感上留恋旧的，但仔细读作品，却不能不对这样的设想发生怀疑。以《老字号》的描述为例，“新派儿”的周掌柜，老舍不仅“理智地”写了他的改革在经济上的成效，也“理智地”写了他“拿着假货当真货卖”，他“用手术量布”，他在抵制日货声中“疯了似的上东洋货”冒充德国货、英国货，趁别处不卖日货而大捞一把。对这种“改革家”，老舍在理智上也并不完全肯定，所以情感上才也不能排除应有的厌恶。对辛德治的为商之道与为人之道，老舍在理性上既有否定也有肯定，所以情感上才是矛盾的。我们以为，如果老舍肯定的是传统中不应摒弃的东西而有所留恋的话，那么这种怀旧怀的就不无道理，尽管到了情感这个世界里很多东西是交织在一起的，很难条缕分明地理清楚。

类似的情绪和它所蕴含的意义在很多作品中都有所寄托。《断魂枪》又是一例。

《断魂枪》是老舍难解的小说之一。它真耐看，也真不好懂。就说它开头引的那句话吧：“生命是闹着玩，事事显出如此，从前我这么想过，现在我懂得了。”这话的含义是什么？它对小说有何提示意义？笔者至今没弄懂。想查它的出处，请教过中外文学专家，也没得到答案。但这没影响我们对作品的兴趣。不错，《断魂枪》禁得住“啃”，越啃越觉有味，可老舍到底要说什么，总感到摸不着那个“底”。老舍 1959 年自己出来解说了一番，好像亮了谜底——“许多好

---

① 宋永毅：《老舍与中国文化观念》，学林出版社，1988，第 138、140 页。

技术，就因个人的保守，而失传了”，“由于这类的‘不传’，我们祖国从古到今有多少宝贵的遗产都被埋葬掉了。”[①] 这就完了吗？我们与吴小美、魏韶华有同感。他们说：“这个底的揭破更多地显示出50年代末的特殊接受背景，并且远不是唯一的‘底’。”他们认为：“这里所表现的是一种个体对人类现代历史进程的无奈何感，是生命个体对已逝历史记忆的一种叹惋。”[②] 说得不错。那么，这种“无奈何感”和“叹惋”仅仅是沙子龙这样的“个体”吗？有没有老舍自己的？细读作品，我们感觉作者本意的主要之点不一定是批评沙子龙的保守。在作者安排的环境中，如果让他“传”，又能传给谁？如果传给王三胜，就是他能学了去，也不过是给他土地庙前的场子上添一个让人叫好的节目而已。威震西北的五虎断魂枪拿去卖艺，变成花拳绣腿的功夫，糟蹋了。若传给孙老者，他虽是真心学艺，也无非是个爱好者、武术迷，学了去也没什么用场，没有实际价值，还不是带到棺材里去的东西！五虎断魂枪的生命之花只能开放在野店长河大漠荒林马队驼铃的世界之中，然而俱往矣。它的神奇是不能描写的，它的精髓也不是常人能学到的。因此，按小说的描述，说是意在批评沙子龙“不传”为保守，就不尽合理了。沙子龙与其说是保守，不如说是清醒。他以难得的坦然态度，任一江春水东流而去，一切由大势之所趋，任其自然，不争不怨。作者不是批评他赶不上时代，而是慨叹时代抛弃了他，只可惜他生不逢时。有了这种无可奈何的感慨，才构成扑面而来的苍凉的抒情气氛，无声胜有声的意境。时代的更迭是应当的，现代无情地取代了传统是历史的必然，无可阻挡，可是在这过程中由于种种原因，“我们祖国从古到今有多少宝贵的遗产都被埋葬掉了！”老舍的真正遗憾，在这儿。《断魂枪》只是他曲折地抒发他悲凉感喟的一个窗口罢了。

《断魂枪》的一个妙处就在它的弦外之音，就在那个“不言中”，就在它的一题多解，要是我们太过较真儿，硬要派它一个答案，就迂了。

---

① 老舍：《人物、语言及其他》，《解放军文艺》1959年1月号。

② 吴小美、魏韶华：《老舍的小说世界与东西方文化》，兰州大学出版社，1992，第248页。

再说《黑白李》吧。这是一篇观念先行的小说，为了设定的观点而想象出人物和情节，多有勉强痕迹。像这样虚构出来的小说一般是没什么生命力的，可是《黑白李》例外。除了技巧的原因之外，主要是黑李写得好，因为老舍把自己写进了黑李。表面看《黑白李》是当时“革命文学理论的影响”下的产品，白李是革命的，黑李没他激进，但比较起来黑李更可爱，有人情味儿，那就因了他的传统道德，他最能牺牲、最仁义、最厚道。老舍说他是“消极地否定黑李”，其实未必，让他去死并不等于否定。慷慨赴死，代人受难，是从旧道德出发，为新世界铺路，在中国的前进中类似的情况感人的事例是大量的。白李，有点概念化，而黑李的深度却不是一下子可以测尽的。老舍赞美黑李的同时，确实是遗憾地感到这样的人已经不能适应社会，他让白李说了这么一句：“老大大概是进了天堂，他在那里顶合适了。”这与其说是批评黑李，不如说是指责社会，是现实容不得这种好人。为了介绍这两个人，老舍设计了一个叙述者“我”，“我”和他们哥俩儿都是同学，但不与白李同班而与黑李同班，正是由于老舍对黑李更理解，而回避他不大理解的白李（这也是不采用第三人称全知全能叙述方式，而采取第一人称的原因）。有了“我”和黑李的同砚之谊，老舍也便于把更多的亲切、温情和敬佩送给他。不错，黑李与白李，一个是古人，一个是现代的。黑李是落伍者，然而他的身上不乏高尚与可爱，老舍的怀旧之情就是冲着这儿来的。这很矛盾，而矛盾才促人深思。

老舍是从旧中国过来的明白人，他对旧中国的守旧、落后、陈腐、荒唐、故步自封、日暮途穷讽刺得淋漓尽致，剖析得入木三分，绝没有一星半点护短，可是他又总是忘不掉属于传统型人物中那些他所敬佩的人物。像《大悲寺外》的黄先生，那是现实里中国式的基督，是所谓“一言而有益于仁者，莫如恕”（《孔子家语》）的化身。像宗月大师，那是“以佛心引领我向善”的使者，一直到晚年写《正红旗下》的时候，他的形象在老舍心中仍是光彩四射笑声朗朗的。像《骆驼祥子》里曹先生，那是博爱的代表，是“孔圣人”……这些形象排列起来，简直是一组先贤的画廊！还有，《四世同堂》里祁老太爷、祁天佑、祁瑞宣、韵梅等都是旧式人物，可是写得多么可爱啊！虽然这是 20 世纪 40 年代的作品，在抗战当中老舍接触的新人是不少的，但到了笔下仍然是这些旧式人物更厚实、亲切。于是又让我们想起了“怀旧情结”。

散文也许是最能袒露心迹的自由载体。如若翻开老舍的散文，想找出老舍灵魂最恬静的心境，大家恐怕都会指出这一段：“面向着积水潭，背后是城墙，坐在石上看水中的小蝌蚪或苇叶上的嫩蜻蜓，我可以快乐地坐一天，心中完全安适，无所求也无可怕，像小儿安睡在摇篮里。”[①] 对北平古城的依恋是融化在老舍生命里的。又是离不开怀旧。

老舍的怀旧是对文化道德断裂倾向的忧虑和抗争。文化、道德有它的时代性也有继承性，在它的发展中落后的、反动的、不合理的因素必被淘汰、剔除，而其中的合理的精髓则是一个民族精神的灵魂和支柱，是“宝贵的遗产”，需要小心翼翼地保护和弘扬。“具体问题具体分析是马克思主义活的灵魂”，对“旧”也绝对需要具体分析和对待。现实已经给了大家许多共识：对传统道德文明的全盘否定，带给今天社会的是什么！文化传统的割断，简单的否定，是民族的巨大的难以挽回的灾难，贻害无穷。

老舍的怀旧，怀的有理。因这等情怀也使他的作品融入了苍凉的历史感，悠远而深沉，并进而使他的作品具有更厚重的哲理蕴涵。

四

又一个耐人寻味的现象：当今天这个大变动的世道不停地给世人新的感受和困惑的时候，人们常不时想起老舍作品中的一些故事和从那里透露的心境，从而悟出一些过去没有想到的东西。面对老舍作品中的世界，读者往往会发觉那里

---

① 老舍：《想北平》，载舒济编《老舍散文选集》，百花文艺出版社，1992，第 109 页。

的某些人和事简直十分地酷似今日的某种人某些事，似乎过去的故事还没有完。这种联想和感悟无疑显示出老舍作品的生命力，也加大了读者的兴趣。不管是从现实而想起作品，还是从作品而想到现实，反正这当中总是有一种联系，帮助你在头脑中把两者拉到一块去。老舍的书在当今继续畅销恐怕不能排除这方面的原因。

比如说吧，你读完《上任》的时候，从尤老二的尴尬，大概免不了想到让腐败分子去抓腐败分子的荒唐，让从事走私的领导去反走私的困难，以及弄虚作假的部门去负责打假的可笑。

《听来的故事》在结构上很有点像鲁迅的《在酒楼上》，这且不说。里边的主人公孟智辰是一个很有价值的典型。从这个人身上可以照出一个社会，一个时代。老孟可以算是个知识分子，说他有价值不是因为他有才气有能力，反倒是因为他最平庸、最无能，然而偏偏是他总在步步高升，比谁都顺利，比谁混得都自在。在大学，当学生会会长，因为最没主张；毕业后当中学校长，因为干什么具体工作都不会；后来是大学的系主任，因为什么课都教不来；然后是编译局局长，因为他既不会编也不会译；而今是秘书长，因为总长不愿意用个有本事的秘书长。老舍写道："他几乎是一种灵感，一种哲理的化身"，"由他身上我明白了我们的时代——没办法就是办法的时代"。他没任何本事，所以威胁不着谁；他什么都不会，所以永远不会"犯错误"。在一个社会里，什么人顺利、得势，往往能准确无误地说明这个社会的本质。老舍写的这个老孟在当时是深入揭露了时代的要害。这是很值得一读的小说，过去却不大有人提到它。令人欣慰的是，1993 年人民文学出版社出版的《中国现代作家选集・老舍》把它选了进去，编者很有眼力。今天的读者重读它，一则会认为那是过去历史的时代病；再则，几乎每个人都能摆出现实生活上下左右形形色色的"老孟"来。

看《买彩票》，你会想起当今盛行的博彩和有奖 ×× 以及风行的发财梦。读《考而不死是为神》，你会一发狠把它给教育部长寄去。翻开《取钱》，你大概不会不记起上星期去某机关办事时的遭遇和那一肚子气。

我们身边也仍然有着无数《不成问题的问题》和常演不衰的《新时代的旧悲剧》……类似的佳作还可以举出《牛老爷的痰盂》《不说谎的人》……于是老舍的书仿佛成了常青树，永远给人以新鲜感，好似墨迹未干。由于他抓住了反映中国社会本质和规律性的现象，于是就激发了后世读者广泛的联想；因为是本质，是规律，所以在现实当中一时半会儿不会消失，尽管可以不时改头换面。因此，这种不愉快的联想也就一时半会儿还不能消除。

当然，我们无意也没有必要拔高老舍创作的哲学层次，文学中的哲理价值有它自己的尺度。这里不妨用老舍的话做结语。他说，文学家表现哲理“是用带着血肉的人生烘托出来的，他们的知识是以人情人心为起点，所以他们的哲理也许不很深，而且有时候也许受不住科学的分析，但是这点不高深的哲理在具体的表现中能把我们带到天外去，我们到了他们所设的境界中自然能体会出人生的真意义”[①]。他讲的是杜甫，是华兹华斯，是古往今来众多有共同追求的作家，这里自然也有他自己。于是我们跟随着老舍进入他所描写的那一个个“境界”中去，思索那无穷尽的“人生的意义”，那里有广大无边的生活、哲理和诗。（与亦豪合作）

① 老舍：《文学概论讲义》，北京出版社，1984，第 47 页。

老舍创作的“乡情”特色

梦里，常是梦里，我轻唱着乡歌。

——老舍《慈母》

真愿成为诗人，把一切好听好看的字都浸在自己的心血里，像杜鹃似的啼出北平的俊伟。

——老舍《想北平》

一

月是故乡明。故土是生命之根，宗亲之源，“乡情”或“乡怨”是对宗亲或生命岁月历程和神秘性的记忆与缅怀，人对故乡的感情绝对是一种人的通性，与生俱来。反映到文学创作领域里，感念和抒写“乡情”“乡怨”的文字古今中外，绵绵不断，浩如烟海。只是这份浓情被艺术家用各种符号手段固定下来供后人接受时，因艺术家经历与个性差异，在不同作家的不同笔下，共通的“乡情”呈现出不同的色调、不同的内涵和文化层面。

我们以中国现代作家为例，成名的许多作家都写过以故乡为背景、题材，以此来抒写对故乡怀恋、记忆的作品。20世纪20年代中期，出现过以蹇先艾、台静农等为代表的被称为“乡土派”的小说作家群。他们寓居京、沪等大城市，却对远离了的僻远故乡魂牵梦绕，以回忆形式记录下故乡山水、乡俗及大众的欢乐与悲哀。鲁迅称他们“能将乡间的生死、泥土的气息移在纸上”，予以肯定赞赏。但他们笔下传出的“乡情”常被过分落后的陋俗和残忍画面笼罩，时常带给人的不是缅怀的思念，而是震颤、阴冷和疏离感。鲁迅的故乡情结也是显而易见的，他的《故乡》《阿Q正传》等作品，色调、画面带给人对故乡的感念，有学识、有理性成分，但似也不是拥抱的情怀。沈从文是“乡情”文学大家，他的小说及散文作品表现的“乡情”可看作“乡土派”作家的另一极端，那透明灵秀，那无瑕与理想之美，与现实绝非一个色调；美是美了，但理念的缺失，总给人几分缥缈之感。赵树理的“乡情”应当说写得实，写得“土”，泥土气息浓厚，但又叫人觉得有几分欠缺学理的深厚感，所舍所取似过于单薄。作为北京籍作家的梁实秋写过不少怀恋古都北平的散文小品，他对北京的那份怀恋与记忆是深刻于心脾上的，直到晚年还惦记有机会要回到北京看看，但终未能实现。他的“乡情”在“雅舍小品”中得到充分表现，学识与文化的韵味溢露于文辞，但产自“雅舍”的恋念与老舍由大杂院、老城墙根勾发的缅怀记忆，其色调、内容存在着明显不同。读读梁先生“雅舍”谈吃喝的文字，对比小羊圈居民吃杂合面就腌白菜帮子的生活，总让人产生联想：一个自幼裹在锦衣缎被里、拿金锞子做玩具的孩子，与吃上顿没下顿只能玩玩破棉花团和槐树虫的孩子兴奋点多么不同，那通过文字表现出的“乡情”格调自然也就不可能不存在差异。

比起众多的中国现代“乡情”作家，老舍作品的“乡情”自有其独到醇香韵味。“乡情”是他的文字，更是他的血肉，即它是文本的，更是生命的。他把“乡情”表现对象由农村移到古都北京，开创了“京味儿文学”的新天地，使文学“乡情”的对象、内容、形态发生改变。他的“乡情”浓而有致，情香而不缺少理性，乡俗而又通于文化。他的情充满爱，批评、怨恨也是他的情的重要内容，他没有悲凉和疏离感，他的心永远是热的。他把对故乡的爱化入灵肉，“我所爱的北平不是枝枝节节的一些什么，而是整个儿与我的心灵相黏合的一段历史，一大块地方”,“每一小的事件中有个我，我的每一思念中有个北平”。他说,“我真爱北平”，一股厚重的生命情感血脉，沉潜、贯穿在老舍一生的创作里。

二

“乡情”是一种使人能感觉到而却难以捕捉的人类情感，它得以表现必得靠有所附丽。文学表现“乡情”当然靠文字绘制的种种人文画面、自然风景和社会风情画面，除此而外，老舍创作的“乡情”，表现出的一大特色为地理实名超一般的运用，老舍之外，难找第二位作家。

据统计，北京的地理实名在老舍作品中可找到二百几十处，包括湖、山、桥、路、店铺、寺庙、街道、胡同、园、院、站、门等。这些北京实有地名蓄存着老舍无限的记忆，成为寄寓老舍“乡情”的托付点，其意义在于，一是大大增浓了老舍作品的地方特色：北京味儿。它使北京的读者倍感亲切，因为他们如书中人物一样都身临身居其境；也使想认识北京和老舍的异地或世界的读者因此更加喜欢。二是模塑了一个个更具真实感的展现人物性格和心灵世界的典型环境。比如那个已闻名世界的《四世同堂》中的小羊圈胡同，它的方位、走向、形状及居家位置都经得起实地验证，几十个人物性格、命运，在此环境中活灵活托得以展现。又比如位于德胜门内城墙根下的那个并非名胜的“积水潭”（旧名海子套、净业湖），曾先后七八次出现于老舍的小说和散文中。在作品中，它已不简单是长着芦苇、蒲棒和荷，有蝌蚪和小鱼游动的一泓水塘，而是和人物融为一体、成为人物活动与展示心灵的舞台了。在《老张的哲学》里，绿波荡着诗意的净业湖唤起老张的审美观念，是设若白鹭变成银铸的、荷叶要都是铸着袁世凯脑袋的大钱“有多么中用”！朴美的景致反衬了老张丑恶的灵魂。在《骆驼祥子》里面对鱼儿吐泡、翠鸟掠飞、老树拂风的清净朴美环境，兜里揣着刚刚出卖了阮明的钱的祥子却是魂惊肉颤。他坐下站起，站起又坐下，头上冒着汗，一个麻木徘徊、惊恐不安的灵魂在宁静的积水潭景观中被突显出来。在《赵子曰》中写积水潭诗意美是社会丑陋面的反衬。在《正红旗下》里清静的积水潭又是旗人二哥福海与义和团分子十成坦诚交换心里话的和谐环境。“积水潭”是北京的，也是老舍的，它是实有的，又是艺术的。老舍在北京，他可以面对积水潭的湖水忘掉一切，快乐地坐一天；他在异国他乡，心里依然装着积水潭的画面。他把实有地名演化为艺术的元素通过注满乡思的文字传给读者，感染读者。此时实名不实名已不重要，也无人追问了。在这里，我们可以说，老舍以近乎地理实名志的准确和真实向艺术的全虚构性发起了挑战。

简单的画面或缺少精神内髓和知识的乡思，很难产生撼动人心的力量，老舍作品的“乡情”则不是这样的。当我们从北京地域景观实名的选择与描写角度审视老舍创作时，就明显发现，他并不单纯留恋名山胜水，并不仅仅从私情喜欢欣赏的角度去选取场景画面，他有他自己的文化视角空间，他有一个知识的平台做基础，他的内心始终由一股感情的巨流沉潜、串联、牵制着。因此，老舍创作的“乡情”表现，通过实有名胜的描绘也好，风俗画面或社会风情展现也好，无不充满着老舍独具的京味儿知识文化韵味。老舍在北京地域实名景观上找到了他独有的附丽“乡情”的最佳具象。

三

就个人而言，“乡情”是人的一种自私情感。但老舍的“乡情”绝非仅限于对故土的私情依恋与吊怀，而是和民族国家及广大平民百姓的生死命运紧密相连结相黏合在一起的“大乡情”。早在20世纪20年代中期，他在伦敦开始创作时，他说他很想“家”，而实际上是挂念国内的一切，包括当时正在进行的北伐革命战争。他在这种思念中开始了他以北京为背景的第一部长篇小说《老张的哲学》的创作。小说对北京风土人情的表现及人物性格的刻画，无不展现着老舍对故乡北京无法割舍的缕缕情思。

1933年初，老舍写过一首叫《慈母》的诗，他把中国比作“圣母”“慈亲”，他说他这时如果正飞着，不管是“穿过银河”，或是飞越太平洋，“偶然有个微音：/你是哪儿的？无须思索，/更惊奇的准备，向那金黄的北平，/或那乳绿的扬子，往下奔落”。他说他会唤着她的“圣名”，“像婴孩挨着饥饿、/把我的血还洒在你的怀中，/我将永远在那儿欣卧”。爱北京、爱中国，以生命相许相恋，充分表现出老舍的大爱、大乡情。

老舍在创作上反映的“乡情”内容扩大了“乡情”文学的领域和内容含量，

提升了“乡情”文学的规格，最典型的代表作品除战前和抗战时期写的一些思乡散文外，莫过于百万字的长篇小说《四世同堂》了。在离乱和思念中断续四五年完成的这部巨著，字里行间饱浸着“乡情”，注满老舍思乡、爱国的无限情思与献身精神。小羊圈，这个在北京万千胡同中无论如何也排不上档次的狭窄胡同，“几乎是原封不动地被详尽地”（舒乙语）写进了作品。它是老舍本人的出生地，又是《四世同堂》地理背景的原型，它不但负载着小羊圈胡同七八户居民的生活命运，也凝聚着整个北京，乃至整个中国的命运。正像福克纳小说用笔范围如一张邮票大小而反映的内容却至为广阔一样，老舍将血泪之笔投向一条小胡同，他怀念的是一个家、一个小胡同，而拥抱和热恋的是整个北京、整个北京民众、整个中华民族的命运。在《四世同堂》里，老舍思念和缅怀故乡的感情与爱国家民族，憎恶日本侵略者的情感得到高度融合，得到最充分表现。

四

“乡情”几乎是文学的一个永恒主题，它同时又是文化层面的一个重要内容。老舍创作的“乡情”文化内容和底蕴，在对北京地域民俗的倾情描绘中得到凸显。

浏览老舍的创作，你会鲜明地感到老舍是展现北京地域风俗民情的最了不起的圣手。他在从《老张的哲学》，到《离婚》《骆驼祥子》《四世同堂》，再到《正红旗下》等作品中，以重彩之笔绘制了一幅极其生动、丰富、鲜活的北京地域风俗图卷，从婚丧嫁娶生孩子，到衣食住行和节日风情，那无数多彩而独到的风情民俗画面，让人目不暇接，描绘精细和详尽叫人拍案叫绝。比如《正红旗下》中描写旗人生娃娃“洗三”典礼的风俗，它充分反映出一个民族重礼节仪式，尊长爱幼，祈福追求美好生活的心理状态。刚降生的孩子需要什么仪式呢，除了吃饱、睡好、健康而外？可是旗人不同，必得举行“洗三”仪式，这仪式必得一个最有威望的老年妇女主持，“洗三”的水必是现熬的槐枝艾叶水，这水盛在一个宽沿大铜盆里，参加典礼的众太太、媳妇要口念吉词，往盆里放铜钱，叫“添盆”。主洗老太太要边洗边口念祝词：“先洗头，做王侯；后洗腰，一辈倒比一辈高；洗洗蛋，做知县；洗洗沟，做知州！”洗完了，还要用姜片艾团灸孩子的脑门和身上各关节，用一块新青布沾清茶擦孩子的牙床，孩子一哭乃大吉之兆，这叫“响盆”。最后主洗人用一根大葱，打孩子三下，口中还念道：“一打聪明，二打伶俐，三打邪魔！”临了，这颗大葱还得由父亲扔到房上这才结束了这场典礼。

再比如，老舍满含怀念与温馨描绘的北京节日风情，包括一年中从开始的春节、元宵节到清明、端午、中秋、小年等，无不充满人性关怀，蕴含着丰厚的中华传统文化风韵。

《老张的哲学》中写北京端午节的美景：那粉团儿似的蜀菊，那像美女的披散头发慢慢摆动的柳条，那高城墙上歪脖树下的小红牵牛花，那娇嫩的点着水面飞着的小蜻蜓，那净业湖的蒲叶蒲棒，什刹海的嫩荷叶，那北海的渔船和水中的擦水皮儿飞的小野鸭及白塔、蓝天间翻飞的野灰鸽，再加上街面上的铺户和人家的装点、孩子们的穿着打扮与可爱，这京城节日风情之美，真够人享用，令人陶醉了！当然老舍也没忘勾勒一笔“流血”过节的“混杂污浊”场景，因为这也是“北京的端阳节”的一面。[①]

《四世同堂》写北京端午节则着重于人文景象：一到端午节临近，街上就会不断有人带着“淘气与凑热闹的意味”，喊叫“黑白桑葚大樱桃”；而北京的粽子花样繁多，有传统的，也有非传统乡野的，“端午节必须吃粽子，樱桃与桑葚——生活着才有乐趣”，这是北京人自己的文化方式。小顺儿的妈总惦记像往常过端午一样，一家人要吃粽子，要在门上插蒲子、艾子，要贴印着钟馗的神符，要买红色“五毒儿”的图案，要让孩子享受过节快乐，要给孩子准备佩戴的一串

---

① 老舍：《赵子曰》第16章，载《老舍全集》第1卷，人民文学出版社，2013，第317页。

儿五彩葫芦。但是亡国奴的日子使这一切都落了空，“假若孩子们肚子里没有一点好东西，而只是头上或身上带一串儿五彩的小玩意儿，那简直是欺骗孩子们！她在暗地里落了泪”。可以想见，老舍大概也是像小顺儿的妈一样，含着泪珠在缅怀描绘着这浓醇的端午风情画面。

作为风土文化型的作家，老舍对京城民俗文化极其执着、熟悉，他一生通过大量的风俗画面抒写着和凸显着他的“大乡情”。试想，如果从老舍作品中抽掉关乎故都民风民俗的描绘，不但会使老舍这些名作的美景意蕴、文化及风俗史价值荡然无存，我们心目中的老舍或文学史上衡定的那个老舍也就面目全非了。

老舍想北京，老舍爱北京，老舍写北京，皆源于“我真爱北平”。他在梦里唱“乡歌”，他在清醒时啼血唱北京“俊伟”。生于斯、长于斯、归于斯，老舍是北京的儿子，老舍是北京的名片。老舍之于北京，绝不仅是拥有“乡情”，他和故乡北京是心灵黏合、血肉泥土相融为一体的。

老舍文学语言的三大特点

一般研究作家的语言，大多从下述两个方面入手：一是从语言学、修辞学角度，也就是从分析词性、词类、语法、句法、句式、声韵及方言土语运用等的使用，看他如何状物、写人、描述事件；二是着重于分析其语言的文学性描写和表现特点，如朴素、简洁、形象、幽默、性格化、口语化、生动和表现力强弱、口劲与笔劲融合等。

要全面了解和总结一个作家文学语言的成就特点，这两方面的工夫都是不可少的。对于作为中国现代卓越语言大师的老舍，两方面的研究我们都还做得十分不够。尽管在20世纪40年代，就有人把老舍与写《水浒传》的施耐庵、写《三国演义》的罗贯中、写《红楼梦》的曹雪芹、写《老残游记》的刘鹗相提并论，指出他们同是对汉民族语言发展做出特殊贡献的伟大满族旗人作家；①郭沫若也曾高度赞扬老舍的语言是“内充真体圆融甚，外发英华色泽鲜”②“寸楷含幽默，片言振聩聋”③，但老舍的语言的独特风格和特殊贡献究竟包含些什么内容，我们一直缺乏更具体、深入、系统的总结和探讨。

在谈论作家的语言时，人们常常使用着大致相同的术语，如朴实、通俗、生动、形象、流畅、幽默、个性化、地方色彩浓等。其实，把这些词汇用到不同作家身上，其内涵是不尽相同的。比如说某作家的语言朴实、通俗、生动、幽默，老舍和赵树理都可当之无愧。实际上两人的风格和语言的色香味，都有明显区别。所以说，语言这东西，正如同使用同样七彩作画的画家所画出的画绝不相同

---

① 何容：《语言的创造性者》，重庆《扫荡报》1944年4月17日。

② 转引自孙钧政提交全国第二次老舍学术讨论会论文《老舍对文学语言理论的贡献》。

③ 郭沫若：《民国三十三年春奉贺舍予兄创作廿周年》，原载昆明《扫荡报》1944年4月16日。

一样，虽同用汉语写作，其作品因人不同，其语言风采、味道也就各不相同。

就中国现代几位著名大作家的语言风格看，我们可以说鲁迅的语言精警犀利，内蕴丰富；茅盾的语言瑰丽，读之如登山，沿途不乏美景，也时有绊脚的石子；巴金的语言流畅，流畅到如顺水行舟，有时连收帆稍息的机会都不允许；赵树理的语言充满农民的淳朴和黄土高原的泥土味，幽默的色调则呈现轻松和明朗；曹禺的语言则仿佛随时燃烧着一把灼人的火，感情浓烈。老舍呢，他的语言既没有鲁迅的犀利，也不像茅盾的瑰丽和巴金的如行云流水，更不像曹禺语言感情色彩那么重和赵树理语言的充满泥土气息，它完全是另一种色调：轻脆、利落，表现出古都北京社会五行八作人们日常用语的俗、白，幽默和智俏警策，富有原生美和声律美，散射着独特的京腔京调，字里行间，渗透着人生经验的酸甜苦辣味儿。这种特有的语言和它所表现的生活领域与特殊人物世界相结合，便形成老舍作品独具的艺术风格。

一、追求“俗、白”，不名雕饰

老舍创作用语是力主“俗、白”，而不工雕饰的。可以说这是老舍创作在语言方面追求的目标。他在创作《二马》时说：“我试试看：一个洋车夫用自己的言语能否形容一个晚晴或雪景呢？假如他不能的话，让我代他来试试。什么‘潺湲’咧，‘凄凉’咧，‘幽径’咧，‘萧条’咧……我都不用，而用顶俗浅的字另想主意。”[①] 又曾说：“有人批评我，说我的文字缺乏书生气，太俗，太贫，近乎车失走卒的俗鄙；我一点也不以此为耻！”[②] 老舍在文学语言方面的自觉意识反映了这位作家与底层社会人民大众的血肉联系。他创作的对象主体是下层劳苦大众，他创作的成品也要还给劳苦大众，他便不能不做这样的选择。

众所周知，汉语有文言与白话之分。写文章用文言结束于“五四”时期，之

① 老舍：《我怎样写〈二马〉》，载《老牛破车》，人间书屋，1937。

② 老舍：《我怎样写〈小坡的生日〉》，载《老牛破车》，人间书屋，1937。

后作家们都用现代白话写作了。但使用白话又有书面语与口语之分，老舍为了他的读者大众毫不含糊地选择了白话，而且是将书面语和口语之间距离缩小到最小最小的白话。换言之，他的语言完全实现了写的与说的一致、笔劲与口劲统一。不但人物的语言如此，就是叙述的语言也无不一派天然气韵，全是普通人嘴里天天在说的语言。老舍说："我写作小说也就更求与口语相合，把修辞看成怎样从最通俗的浅近的词汇去描写，而不是找些漂亮文雅的字来漆饰……我愿在纸上写的和从口中说的差不多。"[①]这一点不是所有作家都办得到的，而老舍则说到做到。正因为如此，他的作品才具有最广泛的群众性和可读性。

俗、白，自然不一定就美好；雅，也不一定就不好。最难的是由俗、白而通向高雅的目标，实现雅俗共赏，使语言信息量尽量丰富，才到达了语言的最上乘。在实现这一目标上，老舍无疑是佼佼者。他的作品一般市民百姓都欣赏，无语言障碍，且感到美，有味道，有嚼头；一般知识阶层，包括大学生、教授、作家这些高层次读者也都赞赏，不仅感到俗、白，而且从中体味出雅的韵味来。他把汉语用"活"了，提高了，使之更精纯、更富有表现力了。老舍的文学语言是最富表现力和信息量极丰富的语言。这不仅表现在他用这种语言塑造出一系列生动鲜明的文学形象而载入文学史册当之无愧，而且表现在写景状物的细致、优美和叙事达意的准确、简练上。汉民族语言的丰富表现力可说在老舍的作品中得到了充分显示。大到宇宙星球及大自然的弥天风雨，小至一个露珠、一枚花瓣、一株小草和小姑娘发辫上一个小蝴蝶结，都能在老舍笔下呈现出各自的姿容和光彩。写风景优美，会叫你心旷神怡；写狂风暴雨，又叫你胆战心惊；写闹市，你会感到头晕目眩；写瓜果色香，又真能使你忍不住流下涎水；叫你笑，你不能不捧腹；那冷月孤女的凄清命运，又必会带给你揪心的酸楚和眼泪。什么叫语言的魅力？人们完全可以从老舍的作品中去细琢磨，寻找答案。

---

① 老舍：《我的"话"》，载《老舍文集》第15卷，人民文学出版社，1995。

文学语言的俗、白并不是自然形态群众用语的照搬照用。老舍说，白话的本身不都是金子，得由我们把它们炼成金子。他又说，真正感人的语言，“必是极简单、极自然、极通俗的”“从心眼中掏出来的语言”。[①] 这就是说，真正成功的文学语言一要来自生活，出自真情实感；二要作家选择、加工提炼，它要高于日常生活用语，如沙中淘金、蜜蜂酿蜜，是饱和着生活血肉和作家汗水的精品。老舍注意从现实大众的口语中汲取语言营养，这就使他的作品杜绝了晦涩生硬的书面语和学生腔；他又认真加工提炼，使用语脱去了自然形态的粗糙，从而达到了笔、口一致，言、文相融的真正艺术化了的语言境界。

老舍作品语言的纯正，引起国内外汉语学者的高度重视。早在 20 世纪 30 年代，就有人提出用老舍的作品当作“宣传纯正国语的教本”[②]。1949 年以后，特别在改革开放的今天，老舍的语言更成为现代汉语教学中常被选用的范例，尤其是外国朋友学习汉语，老舍的作品成为他们最常用的教材。在这方面的意义，老舍的语言影响早已超出了文学创作的范围。

二、幽默智俏，深隽丰富

老舍的幽默，从 20 世纪 20 年代他发表第一部长篇小说《老张的哲学》时就出了名。他的作品幽默的产生，从根本上说，是因为他所写的生活、人物自身就充满了喜剧因素；同时和他的充满机智、“想得深而说得俏”的语言也是密不可分的。很难设想，一种呆板而生涩的语言能将幽默生动的内容固定和呈现出来。老舍的幽默体现在语言手段上，主要表现为运用了大量新奇有趣的修辞手段，如比喻、夸张等，以造成诙谐幽默的效果。

以比喻为例，老舍与别人不同之处是具有俚俗、奇警、丰富、细致的特点。例如写人的脸呈现红色，为了充分、细致揭示人物内心变化微妙的不同，就选用

① 老舍：《我的“话”》，载《老舍文集》第 15 卷，人民文学出版社，1995。
② 老舍：《老舍致赵家璧信》，载孔另境编《现代作家书简》，上海生活书店，1936。

了近三十种事物作比，计有红云、赤霞、红日、胭脂、早红霞、关公脸、火烧会、大海茄、老茄子、红气球、红玫瑰、小苹果、海棠花、红鸡蛋、红肉西瓜、红墨水瓶、红砖、朝阳、一团火、军旗、半红的煤球、烤煳的苹果、熟螃蟹、海螃蟹、煮熟的对虾等。许多比喻为常人所想象不到。

取比一般是本体事物与喻体事物间有近似的特征，但老舍不止于此，他有时能把两个完全不相干的事物拉在一起，以造成幽默或讽刺效果。如把教堂与西瓜、大竹笋相连，把萝卜比爱情，将垃圾与哥伦布发现新大陆拉在一起等。又如，比喻各种人物的体型或人体的一部分，他选用了许多俚俗事物，诸如泡菜坛子、啤酒桶、油篓、辘轴、白馍、窝窝头、方块肉、玻璃珠子、鸡、鸭、狗、猴、鸡蛋、腊肠、鱼冻、羊尾巴、小牌楼等，从而大大增强了语言的形象性、幽默感。这些比喻的效果，有的加深了人的同情，有的令人生厌，有的充满讽刺，有的叫人哭笑不得。有时老舍还异乎寻常地采用一种倒比的方式，造成更加智俏和内蕴丰满的效果。如在《正红旗下》形容“我”大姐的婆婆装扮形象的凶煞难看：“据看见过阎王奶奶的人说：当阎王奶奶打扮起来的时候，就和盛装的大姐婆婆相差无几。”不说大姐婆婆像阎王奶奶，而故意倒过来说，给人的语感是机智有趣，是更为丰富的耐人寻味的潜台词意蕴。

夸张也是老舍最常用来造成讽刺和幽默效果的修辞手段。在《赵子曰》中形容赵子曰在精神沮丧时写道，他“十万八千个毛孔，个个像火车放气似的，飕飕地往外射冷气”。在《离婚》中形容老李到别人家串门，因拘束好出汗，以至于汗出得多到能治好一场感冒病。在《四世同堂》中写大赤包粗野，她给祁瑞丰贺喜接连三声大笑，第一声笑吓跑了枣树上的麻雀，第二声笑吓得小孩子直叫妈，第三声笑则把老人吓得直哼哼。此等例子在老舍作品中可说俯拾即是。鲁迅说：“矮而胖的，瘦而长的，他本身就有漫画相了，再给他秃头近视眼，画得再矮而胖些，瘦而长些，总可以使读者发笑。”老舍的夸张正是以事实为依据，因此取得了既幽默而又真实可感的艺术效果。

作为一种语言修辞手段，夸张也要求有节制，要有一定的“度”。老舍早期创作中有夸张了还要夸张的毛病，因此令人对所形容的人或事产生怀疑之感。从20世纪30年代开始，老舍创作走向成熟，对夸张的使用也就进入一个更高层次，即夸张不但直接显露在语言层面上，而且能产生出一种社会历史的蕴涵。如在《正红旗下》中写大姐婆婆用声色俱厉的话语对付债主：“豪迈有力的话语，不难令人想起二百多年前清兵入关时候的威风，因而往往足以把债主子打退四十里。”其中前一句比喻，即是对说话人神威不可一世的夸张，而“把债主子打退四十里”则是直接对这位婆婆高声及威严的夸张。这种夸张的效果很快使人把握了人物的性格特点。

除上述两点外，老舍还大量使用对比、谐音、冗余信息、庄词谐用或大词小用、选择俏皮动词、提炼人物自己的短语、故意错用语法和用语与语境的严重不协调等手段，使语言产生了特殊幽默风趣色调，闪烁着智俏的火花，兹不再举例。总之，老舍的整个文学风格的确立，都是和他的语言特有的幽默、智俏分不开的。《正红旗下》里写没落旗人定录有一种独有本领，说他能“把正经事儿搀在闲话儿里说，表示自己会于谈笑之中，指挥若定”。老舍做文章当然不是要表现自己，但他确实也具有一种特殊才能，即能够把深刻的思想、严肃或悲剧的内容，在从容、蕴藉、幽默风趣、轻脆俗白的语言中传达给读者大众。人们不能不惊叹老舍的这种独特创造和本领。

三、本色味，声律美

老舍曾说，英国人烧菜不爱放佐料，为的是烧出菜的原味；他自己使用白话写作，也“脱去了华艳的衣衫，而露出文字的裸体美来”[①]。文字的裸体美、原生味，实际上是朴美、淳厚的生活固有的色香。像文学源于生活又高于生活一样，老舍创作的语言主要取自大众口语，再经过提炼加工而来，因此更精纯也就更具

---

① 老舍：《我的“话”》，载《老舍文集》第15卷，人民文学出版社，1995。

表现力。

老舍用语又特别讲究汉语的声律美，不仅口说如此，他的叙述描写性的文字也无不具有鲜明声律美的特点，时常给人以音乐感、节奏感及律动感。这与他的古代文学修养深厚有关。古人言："放言落纸，气韵天成。"[①]所以老舍谆谆告诫青年作者使用文字，必须选用那声义俱美的。他并且举例说，"张三李四"好听，"张三王八"就不好听，原因是前者二平二仄，音韵有起有落；后者四字全是平声，就缺少抑扬韵致。为了使文章既有思想感情，又铿锵悦耳，既有深刻的含义，又有音乐性，"使文字与所叙述的相得益彰"，就得认真做文字选择和加工，"及至写成一段，当看那全段的律动如何，而增减各句的长短"。[②]我们试举《骆驼祥子》第八章中一段写暴风肆虐的文字，来看老舍文字的律动美。为了便于分析，我们把这段文字用诗行排列如下："风吹弯了路旁的树木，/撕碎了店户的布幌，/揭净了墙上的报单，/遮昏了太阳，/唱着，/叫着，/吼着，/回荡着；/忽然直驰，/像惊狂了的大精灵，/扯天扯地的疾走；/忽然慌乱，/四面八方的乱卷，/像不知怎好而决定乱撞的恶魔；/忽然横扫，/乘其不备地袭击着地上的一切，/扭折了树枝，/吹掀了屋瓦，/撞断了电线。"

老舍曾肯定地说，像音乐一样，"一段文字的律动音节是能代事实道出感情的"[③]。上面这段引文的律动，可以说就产生了这样的效果。这简直是一首"大风歌"，写铺天盖地的狂风如何摧残扫荡人间，文字的声韵和律动大大加强了大风的狂暴。而祥子要在这样的环境中拉车，因此也就突现了祥子的拼劲和悲苦命运。显然，在文字上，为加强表现效果，老舍是精心加工过的。首先，每一句的末一个字的平仄声调是交错使用的，因此错落有致，可吟诵性强。其次，大量使用多变的方法及修辞手段，使文字产生了强烈节奏感，这主要指：

---

① 肖子显《南齐书·文学传论》。
② 老舍：《言语与风格》，《宇宙风》1936年12月第31期。
③ 老舍：《言语与风格》，《宇宙风》1936年12月第31期。

一是排比。为了表现风势，连用了三个“忽然”，构成三个节奏单位。第一个节奏单位“忽然直驰”，喻体词“大精灵”在前，拟人性动词“疾走”在后；第二个节奏单位“忽然慌乱”，喻比事物又倒过来，拟人性动词“乱卷”置前，喻体词“恶魔”放后；第三个节奏单位“忽然横扫”不再单独取比，直接用了第二个比喻，以喻体词“恶魔”带出一组叠句来，形成小排比：“扭折了”“吹掀了”“撞断了”。这三个大节奏单位形成的文本气势，如三个连环的巨浪，起伏推进，扣动人心，令人胆战魂惊。

二是叠句。这段文字共用了三组叠句来加强对同一对象的反复渲染，从而造成比排比更强更深厚有力的节奏感。其中，吹弯、撕碎、揭净、遮昏为第一组；唱着、叫着、吼着、回荡着为第二组；扭折、吹掀、撞断为第三组。每一组叠句是一个独立小结构，从一个独自角度加强了对风暴肆虐的描写。每一组叠句的节奏感都很强，接连敲击着读者心弦。这样，在三个大排比节奏单位内，又组成三个由叠句构成的小节奏单位，大中有小，以小充大，使这段仅仅113个字的文字的表现力和信息量几乎可说达到了尽善尽美的程度，真令人无法不佩服老舍的语言创造的能力。

三是长短句配合和音步多变，使文句节奏急缓和起伏变化灵活而有致。这段文字共20个语段，每一音节构成，从一个字到四个字的都有；而语段中最长两句各达十三个字，其余为一、二、三、四、五、七、八字句。长短有变，文气张弛相间，才能形成有节拍的律动，从而与文章结合，传达出应有的内容与情感。

总之，老舍语言的魅力是由多方面因素构成的，其中声律、节奏美是一个重要原因。曹禺曾高度赞美老舍的文学语言：“没有一句华丽的辞藻，但是感动人心，其深厚美妙，常常是不可言传的。”[①] 这可以说是一个深得老舍语言奥妙的剀切评价。

① 曹禺：《我们尊敬的老舍先生》，《人民日报》1979年2月9日。

“车夫家族”及其他

一、“车夫家族”：老舍的杰出创造

任何一个有成就的作家都有自己特殊的生活素材和独具的人物世界。老舍自然也不例外，他写了一辈子北京，写了一辈子市民大众，创造了一个庞大的市民形象系列，形成一个闪光的“市民王国”。因此，他的形象群从整体上看有明显的不同于别个作家的共性：一是同源性，他们大都来自北京下层社会，接受过传统文化和满族文化的混合熏陶；二是平庸性，他们中少有英烈、大将或者弄潮儿，而绝大多数为平庸之辈，如车夫、巡警、娼优、小职员、商贩杂役，各类男女闲民等。

在老舍创造的“市民王国”中，“车夫家族”是一个“旺族”，为老舍的艺术争来荣誉。老舍塑造的有名有姓的洋车夫在一打以上。从最早的处女长篇作《老张的哲学》，到新中国成立后的《龙须沟》中都有车夫形象。一个作家的成就和生命一辈子与车夫分不开，这在世界上也是独一无二的。单是这一点，就足以说明老舍创作的平民化特点，如日本学者所称誉的，老舍的“庶民的感情”比一般人要强得多。

写于1924年的《老张的哲学》中的车夫形象叫赵四，这是一个充满爱心的车夫形象，他忘我地为从人贩子和流氓无赖手中救出少女李静和龙凤而奔走，出谋划策，并且对污辱女性的流氓施以拳脚。在第二部小说《赵子曰》中又出现一个为生活所迫拼命干、“拉死算”的车夫春二。进入20世纪30年代，在短篇小说《柳家大院》中写了车夫张二，他穷到“屋里的陈设大概一共值不了几个铜子儿”。《也是三角》写两个大兵合伙买一个女人，而出卖女儿的是一个车夫。《眼镜》中的王四是个穷车夫，拾到穷学生一个不值钱的近视眼镜也想去换几个钱。《黑白李》中的王五则是个开始有所觉悟的车夫，准备参加车夫反对资本家的暴力行动。最成功的当然要属《骆驼祥子》中的祥子了。这是一个走遍世界的艺术典型，是老舍车夫形象群的代表和顶峰。这部作品中还写了车夫老马祖孙二人，以及二强子、大个子等车夫形象。

《骆驼祥子》之后，老舍在《哀启》中写了一个四十岁的车夫老冯，在《人同此心》中写了车夫王二，在《四世同堂》中写了车夫小崔。这几位车夫与此前老舍笔下的车夫不同点在于，他们开始在现实的逼迫下有所觉悟了。老冯操刀杀了害死他小儿子的汉奸；王二与地下革命者一块反抗日本侵略者的占领；小崔即使被敌人砍头也不示弱，敢于对日本侵略兵拳脚相加。随着时代前进，老舍的思想也在前进。他笔下的车夫也开始由“绝望型”进步为“反抗型”和“希望型”了。这后者主要表现在《龙须沟》中的三轮车工人丁四身上，这是老舍笔下的末代车夫形象。随着新中国成立，劳动人民结束了当牛做马的时代，成为新生活的主人。丁四也成为工程队的工人，去修沟铺路了。这标志着送走了一个时代，迎来了新的生活。一言以蔽之，洋车夫形象系列，在文艺的园地里，绝对称得上是老舍独有的、杰出的创造。

二、“地理实名”：老舍小说一大特色

如果说史学家、地理学家在叙述他们的研究对象时是以绝对真实为基本前提的话，那么小说家创作的最大特点则在于“虚构”，即他们所创造的所谓典型性格及典型环境，假使谁想与现实中的真人真地名对照，那肯定是徒劳的。然而，作家老舍则有些例外，他既遵循作家们自古以来的创作“纪律”，不弃“虚构”，但也忍不住有“越轨”行为，不少地方就不虚构，使用实名。这可以说已经构成老舍作品的一个重要特色。

在创作界，老舍是一位少见的地域实名制的作家。他以近乎地理志的准确和真实向艺术的全虚构性提出挑战：他的人物多活动在一个更接近史家和地理学

家们描述的现实中，其住过的院落、走过的街衢胡同、观赏过的名胜、购物的店铺及办事的地点均有案可查可对。现实生活中的人完全可照着书中人物走过的路或去过的景点、商铺走一遭，体验一下书中人物当时的生活及心境。比如《骆驼祥子》中写祥子从西山乱军中逃回城里的路线，按着祥子沿途所经过的村庄、关口，在 20 世纪 80 年代，舒乙先生就依此特意走过一趟，一路所见与书中所写几无二致，其地理真实性完全经得起考察。又如《四世同堂》中所写那个小羊圈胡同至今犹在，只是更名为“小杨家胡同”了，其窄狭、葫芦嘴、葫芦腰、葫芦肚之形状，以及五号院祁老爷子家居房舍的建筑方位等，均有实案可查可对。如此的例子还可举出很多。

综合地看，老舍一生所写的有代表性的长中篇小说及戏剧，包括《老张的哲学》《赵子曰》《离婚》《骆驼祥子》《四世同堂》《我这一辈子》《正红旗下》及《龙须沟》《茶馆》等，这些以北京为背景的作品均呈现出地域实名的特点。作品中所写人物活动的环境，大到西山、颐和园、故宫、北海、长安街、中山公园……小至一条胡同、一个杂院、一处老字号店铺，乃至一个土堆、一汪水坑、一株枣树或槐树等都是北京实有的，都是现实中人们经常光顾并留有记忆的去处，其中的景点或处所多次出现于多部作品当中。比如位于德胜门近处城墙根下的那片“积水潭”（又名“净业湖”），就先后在《老张的哲学》《赵子曰》《骆驼祥子》《正红旗下》及散文《想北平》等作品中出现达七八次之多。1949 年后，以《龙须沟》为代表的戏剧作品，其地域实名的实用频率较之 1949 年前的作品有增无减。可以说，老舍写了一辈子北京，北京大量的城区实名跟随了老舍一辈子。

那么，如此长久、痴心、大量地描绘北京地域实名景观究竟给老舍作品带来什么呢？我以为至少有以下四点是值得关注的：其一，大量北京地域实名出现于作品中，大大加重增浓了老舍作品的地方特色：北京味儿。它使北京的读者备感亲切，也使想认识北京和老舍的异地或世界的读者因此更加喜欢。其二，大量北京地域景观的描绘，构建了一个活动于这一环境中人物的更具真实感的典型环境，使人物性格更加鲜明突出。比如多次出现于多部作品中的那个“积水潭”，它已不简单是长着芦苇、蒲棒和荷，有蝌蚪、小鱼游动的一处湖泊，而是和人物融为一体、成为人物展示心灵与活动的舞台了。在这里实名与虚构已经合一，而因其是实有，这种典型环境反而显得更真实可信，更易为读者接受。其三，作品中大量北京地域实名景观及处所出现，是寄寓老舍热爱北京的浓浓“乡情”的付托点。当你从北京地域景观实名的选择与描绘角度去审视老舍时，你会明显发现，他并不是在留恋名山胜水，并不仅仅从私情喜欢欣赏的角度选取，而且也不是断片的枝节的，而是内心由一股感情的巨流沉潜、串联、牵制着。因此，你可以明显地感到这些地域景点或处所，在不同时段出现时涂染着不同的感情色彩，时而明丽、时而感伤、时而宁静、时而澎湃，这就是老舍那股怀念故乡北京的“乡情”。我们知道，老舍一生最有活力的约十五年的岁月都是在异国他乡度过的，他的最有代表性的那些作品也都是在北京以外的地方写成。老舍爱北京、思故乡，他把这种爱借助作品宣泄出来，而其中北京实有的地域景观就成了寄寓“乡情”的最生动的具象。老舍说，他所爱的北京“不是枝枝节节的一些什么，而是整个儿与我的心灵相黏合的一段历史。一大块地方，多少风景名胜，从雨后什刹海的蜻蜓一直到我梦里的玉泉山的塔影，都积凑到一块，每一小的事件中有个我，我的每一思念中有个北平”。可以肯定地说，在北京地域实名景观上老舍找到了他附丽浓厚“乡情”的最佳具象。最后，值得深思的是，老舍作品中北京地域实名使用那么丰富、具体、确凿，完全由记忆中而来，完全靠童年和青少年时代的生活积累，可见一个人早年的生活对他一生的影响是何等深刻、何等重大啊！

三、“花园城市”：老舍对新加坡的构想

九十年前，老舍完成了一部以新加坡为背景、以一群有色人种的儿童为主人

公的长篇小说——《小坡的生日》。这恐怕是中国现代文学创作中最早也是最有影响的一部写新加坡生活的书了。

1929 年老舍结束了在英国的五年谋生生活，于这年 10 月到了新加坡，在一所华侨中学找到了一个教书位置。当时他回国心切，但因为手中的钱“仅够买三等票到新加坡的”，所以才在中途停下来。然而，从英国到新加坡，他看到了两个不同的社会，两种不同的人生，现实教育他决定抛弃已写了四万多字名为《大概如此》的一部长篇恋爱小说，而决定写以“联合世界上弱小民族共同奋斗”为主题的《小坡的生日》。老舍说：“一到新加坡，我的思想猛的前进了好几丈，不能再写恋爱小说了！”“在今日而想明白什么叫作革命，只有到东方来，因为东方民族是受着人类所有的一切压迫；从哪儿想，他都应当革命。这就无怪乎英国中等阶级的儿女根本不想天下大事，而新加坡中等阶级的儿女除了天下大事什么也不想了。”[①] 老舍在半个多世纪前说的这些话至今令人深思。

《小坡的生日》长六万多字。它为人们勾画了一幅诱人的新加坡美好未来的蓝图：花园城市。在这里没有四季，“叶儿总是绿的，花儿是不断地开着，虫儿是终年叫着”，从不下雪，从不刮大风，蜻蜓、蝴蝶妖俏地到处纷飞。但这样美好的大自然的赠予，由于种族的歧视、人间的不平等，使大多人并不能敞开怀抱尽情享受，当时新加坡还是英国殖民主义者的殖民地。老舍憎恨殖民主义者，同情并且热爱新加坡的人民，他以大作家特有的敏感和远卓的眼光，在小说中借着华侨儿童小坡的梦和众多不同种族、肤色、籍贯的孩子共同玩耍、和睦相处，描绘了一个理想世界——花园城市的未来。在这里，不但大自然是美丽的，而且人间社会是平等、和谐的。华人后代小坡和他的妹妹冲破种族、籍贯、语种等限制，邀请了两个马来西亚小姑娘、三个印度小孩儿、两个福建小孩儿、一个广东胖男孩儿一块到花园玩开火车的游戏。他们玩得开心、痛快，像一家人一样亲

① 老舍：《我怎样写〈小坡的生日〉》，载《老牛破车》，人间书屋，1937。

密。这是一个多元种族社会的理想蓝图，是当时当地人的一种历史选择和发展方向。老舍的这一理想设计已经并且继续被历史证明是正确而有远见的。1965 年新加坡独立后迅速向工商业化方向发展，政府十分注意用大自然的苍翠美化和点缀这所曾经是草木丛生的热带岛屿，吸引着世界的游客。

研究《小坡的生日》这部小说最透彻的学者当属新加坡国立大学教授王润华先生。他从 1979 年发表文章《老舍在〈小坡的生日〉中对今日新加坡的预言》，到 1995 年出版《老舍小说新论》设专章，对这部小说的成书过程及社会历史的、艺术的价值做了全面独到的分析。王先生认为，你必须“从新加坡的观点看《小坡的生日》”，才能真正理解半世纪多前老舍设想描绘“花园城市”是多么有“政治远见”。他说，老舍在小说中“对新加坡今日社会之预言，比写一本正面反映华人为开拓南洋而流血流泪的作品更有永恒的价值”。王先生的见解是实在的、深刻的，因此也是极易被人接受的。

四、老舍笔下的天津日租界

租界，这块烙印在旧中国肌体上的耻辱与痛苦的印记，对于现在的青年人来说，已经是一个历史的名词了。帝国主义者如何利用租界地盘对中国人民实行政治、经济、文化上的侵略？史学家们已多有记述，而文学家描写租界内各色人生活的，如作家于伶的《夜上海》等剧作，对上海“孤岛”时期社会现实的描写是很有影响的。天津租界地生活也曾进入作家的视野，曹禺《日出》中人物活动主要场所就在天津租界内。老舍在 20 世纪 20 年代创作的长篇小说《赵子曰》有三章专门写到法租界和日租界，特别是关于日租界的描写，真实而形象地透射出作家的深刻观察与感受。

老舍写道：“灰黄的是一团颜色，酸臭的是一团味道，呛哒哗哪的是一团声音。灰黄酸臭而呛哒哗哪的是一团日本租界。颜色无可分析，味道无可分析，声音无可分析。颜色味道声音加在一块儿，无可分析的那么一团中有个日本租界。

那里是繁华，灿烂，鸦片，妓女，烧酒，洋钱，锅贴儿，文化。那里有杨梅，春画，电灯，影戏，麻雀，宴会，还有什么？——有个日本租界！”做官的，杀人犯“个个人还都享受着他的生命的自由与快活。贩卖鸦片的大首领，被政府通缉的阔老爷，白了胡子的老诗人，也都在那里消遣着。中国的文化，日本的帝国势力，西洋的物质享受，在这里携着手组成一个‘乐土天国’”。“杨柳青烧了，天津城抢了，日本租界还是个平安的乐窝。大兵到了，机关枪放了，日本租界还是唱的唱，笑的笑，半点危险也没有。”因此有钱的阔佬，一有风吹草动，就往租界跑，甚至不惜“花三万元到日租界寄放一条小哈巴狗”。

六十岁以上的人对老舍描绘的日租界该是不陌生的。日本自甲午战争后在天津开辟租界，包括现在的海河到南京路、锦州道至多伦道、和平路间的两千多亩土地，直到日本投降后才收回。租界，实际上是国中国，帝国主义当局在那里为所欲为，干尽罪恶勾当。日租界除充当洋货倾销基地外，烟土、娼妓和赌博是其突出特色。老舍用文学形象为后人描绘的“乐土天国”的日租界，实际上是占领者侵略中国的桥头堡，是为社会败类和人类渣滓设下的避风港，也是为子孙后代留下的一块不容忘记的警示碑。

五、老舍笔下的动物世界

作为文学家，人，无疑是老舍描写的主要对象。但是，浏览他的散文杂谈等短文会发现，动物也是他某些作品的“主人公”，例如《小白鼠》《鸽》《猫》《狗》《小麻雀》《母鸡》等都是很耐人寻味的篇章，甚至他的一部长篇小说也定名为《猫城记》——不过它不是直接写猫，而是一本寓言体小说罢了。至于骆驼、牛、驴、马、鸭、狐、兔、猴、鱼及许多鸟类在老舍作品中也是屡见不鲜的。

只把动物当作动物来观察，那是生物学家的任务；老舍是作家，他从特殊的视角去观察和描写动物，使这些动物获得了“人”的生命感。首先，他以物喻人，笔在此而意在彼。比如《骆驼祥子》写骆驼，是在比喻祥子为生存而奋斗的执着态度像骆驼那样肯负重、有韧性；写《母鸡》是在歌颂勤劳的奉献精神；写鸽的平和性格，是期望在人间提倡一种高尚的品行；小白鼠仗着自己漂亮，想用几句甜言蜜语感动大黄猫，但最终还是被大猫吃掉，则是喻指不能把幻想或妄想当现实。

其次，老舍对小动物的描写，还表现为对弱小者的同情和怜爱。例如，他写一只小麻雀雨后在院里跳来跳去，由于是一只自幼养在笼中的“熟鸟”，失去了飞翔能力，便只能被猫戏弄、捕捉。“我”怀着十分同情的心理看到这可怜的小生命的危险处境，特别为小麻雀“那个预知生命危险的眼神”所感动，很想救它一下，便从猫的口边双手把它“捧起来……我捧着它好像世上一切生命都在我的掌中似的”。但“我”还是无主意：“把它放了吧，它准是死！养着它吧，家中没有笼子。”老舍在这里呼唤的是人们不要去制造生命的弱者；而弱者当自强，不可被动地将生命依托别人。

猫和狗是现代家庭中的宠物。老舍曾说“民富而后猫狗肥”，此言是矣。谁曾见三年困难时期有这么多肥狗肥猫？老舍幼时家里养过狗，它因守门惨死在八国联军士兵入宅抢劫时的刺刀下。这使老舍终生不忘。后来抗战时他写过一篇散文《狗》，很为狗说了些好话。他说，“中国人穷。人且吃不饱，狗就更提不到了”，所以中国狗“最可怜最难看”，看见“小狗的可怜，也就是感到人民的贫穷”。由狗及人，可见老舍关心的是人。老舍又特别赞赏中国狗尽管饿成皮包骨头，尽管常被主人踢两脚、打两棍，可它们“还照旧地替人们服务……极忠诚的去尽看门守夜的责任。狗永远不嫌主人穷。这样的动物理应得到人们赞美，而忠诚、义气、安贫、勇敢等等好字眼都该归之于狗”。对于社会上把汉奸与小人叫作“走狗”，老舍甚为不平：“我为狗喊冤叫屈！”他说，好吃懒做、有肉即来、无食即去的东西是猫，不是狗，“洋奴与小人理应被叫作‘走猫’”。

其实在生活中，老舍花了很多时间养猫。在《猫》那篇有名的散文中，老舍细致地描写了猫的性格，猫加浓了人们生活的情趣，猫对子女的忠诚奉献，猫面对蜜蜂和毒蛇时的勇敢，猫逮老鼠时的忠于职守，凡此老舍都予以肯定。

总之，动物是人类生活世界中的一部分，也是老舍作品中的一个显眼的内容。

但很明显，老舍笔下少有对豺狼虎豹的描写，而对鸡狗猫兔鸽等温顺善良的小动物则格外青睐，岂不无形中反映出先生的善良品性和平民情趣？！

《猫城记》的得与失

老舍的长篇小说《猫城记》创作于济南齐鲁大学（现山东大学医学院），1932年8月至1933年4月连载于《现代》杂志。1933年8月由上海现代书局出版单行本，旋即售罄，两个月后即行再版。1947年改由上海晨光出版公司印行，1949年2月印行第三版。后来停版，直到1984年才被收入《老舍文集》第七卷出版。关于《猫城记》的评论，20世纪30年代较集中，大约有五六篇评论文章；40年代没有；五六十年代被判定为有政治倾向错误的作品，因此遭冷落；“文革”中被视为“反党大毒草”，遭受批判。60年代末及70年代初，国外部分专家读者翻译并肯定这部作品。进入80年代后，国内现代文学界重新评价《猫城记》，但分歧仍然存在着。

《猫城记》问世之初的30年代，评论界的文章肯定是多数，同时也指出了小说在艺术性和思想内容方面的缺欠。50年代后，把《猫城记》判处死刑的做法无疑是“左”的思潮影响的恶果；但70年代后，某些外国评论家又把《猫城记》说的好得不得了，也恐怕是不能服人的。[①] 鲁迅先生曾经指出，倘要论文，最好要顾及作者全人，亦即“知人论世”的方法。我想由此出发，从下述三方面提出自己对《猫城记》的看法。

一、《猫城记》与作者的关系

有的评论家已指出，《猫城记》是老舍所有作品中一部最直接、最坦率地表现了作者爱憎分明的作品。我完全同意这一看法。一部作品的思想不管看似多么

---

① 参阅（苏）安琪波夫斯基《老舍的早期创作》中有关论述和《中国现代文学研究丛刊》1987年第2期宋永毅译文。

隐秘、客观，都不能不有一个作者的形象蕴藏其中。不能想象，一部作品可以完全没有作家的主体意识。《猫城记》所表现出来的作家的主体意识比一般作品更强烈、更直露。那么，老舍要写这部作品的主观动机是什么？他自己又是如何看待这一作品的？

用一句概括的话回答便是，一颗可贵的爱国和关心民族前途、人民命运的心，支配老舍创作了《猫城记》。当他结束了五年多异域生活，怀着一颗美好的心回到祖国后，黑暗、落后、内忧外患、国势衰颓的现实，使老舍大大失望了。面对危机四伏的20世纪30年代的中国现实，有的人蔽退、适隐；有的人愤懑，想干脆让它烂透了再从中长出新的生机；有的人则绝不让步，以时代斗士的姿态直面社会人生；有的虽不呐喊呼号，却默默工作，用自己的笔挖掘着旧社会的墙脚。作为一个对祖国抱着热望的人，老舍既不愿超然隐退，任神州陆沉，又绝不会趋炎附势、去弄一官半职；现有的思想准备和环境条件，又使他难以以一个时代弄潮儿的英姿置身拼杀之中。在这难以解脱的内心矛盾的面前，他无法不陷入痛苦、失望、怨愤和追求中。这种复杂的思想情绪首先在《猫城记》中找到突破口，仿佛只有借此一泄才能解脱内心矛盾的痛苦。他说“《猫城记》是个噩梦”，为什么呢？“因为一肚子倒有半肚子牢骚”。这种“牢骚”显然不是个人不得志或私愿得不到满足，而是对国事前途的担忧，“头一个就是对国事的失望，军事与外交种种的失败，使一个有些感情而没有多大见解的人，像我，容易由愤恨而失望”①。作家看到的是满眼的“黑暗”，所以落在笔下也只能是“但丁的游地狱”②。老舍在1934年9月曾为他的题为《鬼曲》的一首诗写过一段附记，其中说，“它是个梦中的梦。在梦里，我见着很多鬼头鬼脑的人与事。我要描写他们，并且判断他们。假如有点思想的话，就在这‘判断’里。我不能叫这些鬼头鬼脑的人与事就那么‘人’似的，‘事’似的；我判定，并且惩罚。有点像《神曲》中的‘地

① 老舍：《我怎样写〈猫城记〉》，载《老舍论创作》（增订本），上海文艺出版社，1982。
② 老舍：《我怎样写〈离婚〉》，载《老舍论创作》（增订本），上海文艺出版社，1982。

狱’。但只有‘地狱’而无‘天堂’等”。[1]这段话完全可以用来说明老舍写《猫城记》的态度。但他对猫国的人民却完全是另一种态度。他说：“猫人的糟糕是无可否认的。我之揭露他们的坏处原是出于爱他们也是无可否认的。可惜我没给他们想出办法来……我爱他们，惭愧！我到底只能讽刺他们了！”老舍从“爱”出发，怀着“怒其不争”的感情，痛切地批评着一般猫国民众的愚昧落后面。这样的主观动机，就把他与某些民族虚无主义者，与那些肆意诬蔑劳动人民的贵族资产阶级老爷们区别开来。读过《猫城记》的人，都会感到小说极为鲜明地表现了老舍爱国、热望民族富强和人民摆脱贫困、落后的强烈主体意识。

对于《猫城记》，老舍本人有一个思想认识的变化过程。1933 年，老舍在《猫城记》初版《自序》中，假托对二姐、外甥的发问的反感，表示了对某些人说小说“太悲观”和给它划阶级定成分的不满。无疑，这时老舍对自己的作品是充满自信的。

1934 年，他在《我的创作经验》的讲演中，提到《猫城记》，只说它是“《大明湖》的妹妹，也没多大劲”。这显然是说表现上的力度不够，是写法上的问题。

1936 年，在《我怎样写〈猫城记〉》一文中，他公开承认：“据我自己看，是本失败的作品。它毫不留情地揭示出我有一块多么平凡的脑子。”

1944 年，在《习作二十年》一文中，老舍对《猫城记》否定的态度又进了一步，称它是“最要不得”的一部作品。

1951 年，在《老舍选集 · 自序》中，他再次否定了《猫城记》：“最糟的，是我，因对当时政治的黑暗而失望，写了《猫城记》……我很后悔我曾写过那样的讽刺，并决定不再重印那本书。”此外，老舍还在一些地方提到了《猫城记》，不是说它创作不成功，就是说它“有错误”等。

20 世纪 30 年代到 50 年代，中国社会发生着天翻地覆的变化，文坛上也是风

① 老舍：《〈鬼曲〉附记》，《现代》1934 年第 5 卷第 5 期。

起浪涌。老舍个人的生活和思想随之有变化和提高。他对《猫城记》的自我批评过程，一面烙印着时代影响的痕迹，一面也反映了个人思想认识的提高过程。

尽管有的作家在谈论自己的创作时喜欢自吹，但依然不能改变这样一个事实：作家的自评和自我认识材料，历来是研究作家创作的重要依据。对于像老舍这样总是严于责己的作家，就更不应忽略这一方面。

当然，我并不同意老舍自己批评《猫城记》“最要不得”的说法，至于表示后悔、忏悔，更不必要。《猫城记》自有它出世和存在的价值。作为现代文学史聊备一格的一部作品，它确实触及了20世纪30年代中国社会的众多现象，有助于我们认识和反思那段历史；它又确实最直率袒露了一个诚实作家的最坦诚的爱国家、民族和劳苦大众的胸怀，有助于我们认识和研究老舍的思想和创作发展。

由上述可见，老舍创作《猫城记》并非一时头脑发热，他的主观动机完全出于对国家对人民的“爱”，是作家主观与客观现实无法吻合，因而失望、忧愤、又不无追求的产物。老舍对他的这个产儿由最初技巧上的不满，后来决定抛弃它——“以后不再版”，有时代思潮影响的印痕，也有作家本人思想认识提高之后对其中的缺欠认识更清楚的原因。

评断一部作品价值的主要依据毕竟是作品自身的思想力度和艺术价值，而不能单纯从主观动机上裁决。这样，我们就必须进入另一问题的探讨。

二、《猫城记》与20世纪30年代中国社会现实

没有人否认，《猫城记》所批判、讽刺影射的是中国20世纪30年代的社会现实。我以为，从思想成就来看，如下两点是人们所不能不承认的小说的主要思想意义所在：

第一，无情批判20世纪30年代中国社会的诸多落后面，从而否定了当时存在的社会制度。

随着小说所展现的画面，我们看到猫国（它影射中国社会，这是不待解释的）

从大自然——天、地、河、空气，到社会各方面——政治、经济、文化、教育、卫生等，都是一团糟。“黑暗、黑暗，一百分的黑暗！”国家危机了，当政者不是研究抵抗，而是研究投降；国家的经济命脉维系在“迷叶”——鸦片上；“教育史就是笑话史”；军队不会作战，只会逃跑或抢“迷叶”；法律“不过是几个刻在石头上的字”；文物图书被抢光、偷光、卖光；学者，不管新老，社会科学的抑或是自然科学的，全是草包、淫棍，只会沽名钓誉；群众呢，盲从、怯懦、不团结、麻木、自私……一句话：愚蠢、落后。总之，小说中的猫国社会，从上到下就是这样一个糟透了的处所。毋庸置疑，作品所展示的这些社会现象，在 20 世纪 30 年代的中国现实中是有一定真实性的。特别是对大地主、政客、统治阶级的代表人物大蝎之流的批判描写，对公使夫人的残忍及忠于封建圣贤本质的揭露与鞭笞，可以说是有声有色，相当深刻，令人一读不忘，是小说最为光彩的部分。

第二，对“国民性”弱点的批判。国民精神的旺盛、奋进或萎靡、怯懦是一个国家民族强盛或落后的基本标志。中国由于长久背负着“文明”包袱及受封建思想礼教贻害，国民精神遂表现了衰颓、安于现状、不求进取、不知抗争，甚至愚昧、自私等落后现象。它拖住了中华民族前进的腿，特别是近百年来，在帝国主义入侵情况下，这种精神上的弱点暴露得更充分。为了除掉这种精神负担，鲁迅的笔锋主要指向辛亥革命时期。他创作了《阿 Q 正传》那样惊世骇俗的作品。20 世纪 30 年代的中国历史面貌与辛亥革命时期相比，当然有很大变化，但因为社会制度没有根本改变，经济基础依然是半封建半殖民地性质的，种种落后的思想意识又有其顽固性，所以二三十年代的中国，懒惰、麻木、愚昧、盲从、不团结、自私等劣根性仍是一些人的精神负担。以忠实反映客观生活为主要特征的现实主义文学，描写和批判这种不少人身上沾染着的精神奴役创伤是理所当然的。有人仅从时代不同了，就认为再以批判“国民性”为主题写作品即缺少典型或没有时代感，这种看法是片面的。

《猫城记》在批判“国民性”上有自己的特色。对于中国传统市民精神弱点的批判，可以说是老舍创作历程的一条重要的流脉。在《二马》中通过对马则仁的描写，批判了老一辈中国人保守、中庸、自私、不求进取，乃至苟安现状的落后思想；《离婚》的主题是批判和否定张大哥之流的敷衍、卑琐、灰色、庸弱等精神弱点和生活态度；《四世同堂》则让祁老人等身上所体现的中国传统性格的守旧、苟安、怯懦等精神弱点在民族的灾难中备受惩罚。《猫城记》在完成上述主题上，应当说更直露、更激烈，因此令人感到更痛切。它至少尖锐讽刺了一般人的下述几方面弱点：一是麻木不仁。他们以观赏态度看爱国者大鹰被示众的头颅；自己挨了打不思反抗，反而笑嘻嘻，好像脑袋专为挨打才长的。二是守旧、妄自尊大。他们老是以自己是“一切国中最古的国”的一分子骄人，不管自己实际上如何不学无术，只要“第一”就好，正如阿Q的自以为是世界上第一个能自轻自贱的人感到无上骄傲一样，他们把自己的蛆虫也视作珍宝，对外国的一切，哪怕是好的，也不屑一顾；即使偶尔接受某些新事物，但“新制度与新学识到了我们这里便长了白毛”。三是敷衍苟且，卑怯自私。猫国一切都处在苟安、卑怯、糊涂之中。“上下糊涂，一齐糊涂，这就是猫国的致命伤。”“负责”在猫国是个被讨厌的词，人人都在“敷衍”；以礼待人，会遭歧视，“伸手就打，是上等猫人的尊荣；也是下等猫人认为正当的态度”。和善问话，没人理；稍一恐吓，立即什么全说出。他们自私，自私到踩死同胞都无动于衷。他们欺负弱者犹如阿Q调戏小尼姑；而对强者则伸出脑袋任人打。四是不团结。他们互相残杀，抢“迷叶”成为“正当事业”。三五个猫人在一起不打架是不可能的，甚至被异族入侵者抓住，只剩下两个猫人被关在笼子里还要互相咬死一个。五是只会空喊口号，而不务实际。还有不讲卫生、盲从、无半点国家民族意识，等等。

《猫城记》所描写和批判的这些国民性弱点，是一切有爱国意识和民族自尊心的人们不能不感到痛心、愤懑的。作家意图十分清楚，他不是故意宣扬“家丑”，而是真切想要从国人的意识领域中涤除掉这些精神垃圾，以促进新的国民性格的成长，使中华民族强大起来。他确实没去写腐烂的肌体的新生一面，在讽刺这些落后东西时，无疑也是夸张了一些，重了一些，但不也因此更能引起人们的警觉吗？评论家李长之在《猫城记》刚一问世时，就对老舍的描写、看法深表同情，[①]不是没道理的。

上述两方面是《猫城记》的主要思想成就。从思想内容上看，小说有没有缺欠呢？我认为不能回避这个问题。你把从社会学、政治学角度评价《猫城记》扭到文化、思想角度去评价，可以，但角度变了，问题还存在。假使《猫城记》不涉笔先进的、革命的社会力量，它不失为一部有力的现实主义讽刺作品。不写革命，完全可以；但是写了，而且写的不完全是那么回事，或者只见皮毛、局部，而不看本质、全局，这就是不能不引人注意的大毛病。艺术家再客观，也不能没有自己的出发点或立场。所以，尽管从全书主导思想倾向看，对先进社会力量的描写和批评毕竟是小枝细节，不必把它看得太重，而且在那形势复杂多变、政治阴云时时弥天的20世纪30年代，各阶层人物对共产党及其影响下的社会组织和力量一时认识不清或误解，甚至有过微词的人何止万千！然而《猫城记》毕竟是有这样的缺欠存在。

故意躲过这个问题是不客观的；把这个问题看得过分严重，其结果是使小说三十多年遭受冷眼；新时期以来重新予以评价时，又曾有一种意见对此做过不必要的辩解。比如说，小说对“大家夫司基”的描写不是讽刺共产党及社会进步力量，而是批判王明的“左”倾路线；还有人说作品中的“大家夫司基”等所指包括国民党在内，“红绳军”是指国家主义军队等。

我觉得这些辩解是无力的。应当说《猫城记》中所讽刺的某些人的只会空喊口号，只会搬弄新名词吓唬人的现象在20世纪30年代的社会生活中是存在的，老舍这样写不是完全凭空捏造。鲁迅先生曾写过一篇名为《现代史》的杂文，内容是讲中国现代史好像是变戏法，昨天你在台上，向人民勒索钱；今天他在台

---

① 李长之：《〈猫城记〉（书评）》，《国闻周报》1934年1月第11卷第2期。

上，仍然需要那套猴子戏，照样向人民聚敛，如是而已。假使执意要指责这篇文章，我们可以诘问鲁迅先生，现代史中有多少英雄豪杰写下不朽诗篇，人民的斗争也是接连不断的，你怎么只看到几个政客你上我下的“变戏法”呢？岂不忽视了社会本质力量的存在？一篇文章的包容量总是有限的，作家行文的视角巧妙也因人而异，谁如果那样幼稚地去提出上述问题，谁便会暴露自己的无知。同样，《猫城记》的主要任务是通过讽刺达到目的，它所寻找选择的是社会的落后面加以鞭笞，而不是着意去歌颂和肯定新的社会力量。所以不应责备它没有从腐烂根底里看出新的生机来。这部作品是老舍对多少年中国政局和民情的直观的表现和感情发泄，他失望于他所接触和看到的一切（包括从书本上得到的一部分），因此便一律加以贬斥性的描写。这一点无须讳言或辩解。老舍个人也早已意识到这一点。我们已有充分理由说，那时老舍与那些站在反动阶级立场侮蔑革命的资产阶级文人有着质的不同。正是由于这一出发点的差异，使老舍在一旦认清以后，才那么坦诚地自我批评，并忠贞不贰地跟着共产党走。

老舍在他的创作中并不是不想寻找和表现新的社会力量。他在初期的几部长篇小说中都做过这种努力，但都不够成功。在《猫城记》中同样反映了老舍企图寻求民族新生的思想矛盾，这表现在他对人格、教育、国家富强的关系看法上。照小说表现的可见，猫国社会，因为缺乏教育，造成无知识无人格；而无知识无人格又破坏了教育。要提高人格知识，就要办好教育；而要办好教育又需先有高尚的人格。那么到底谁因谁果，先抓什么后抓什么？老舍回答不准。于是思想走入了绝境，猫国国民也便没有希望了，好的、坏的，全要同归于尽。造成这种思想迷途的原因，正在于此时的老舍对群众斗争、对于猫国社会改革和进步所必须采取的方式——阶级斗争、暴力革命缺乏了解和认识。

由直观得来的是非、善恶观念和现实主义态度，帮助他真实地揭露和鞭挞社会黑暗、丑恶时是生动、充满血肉的；而不善于从政治上、从时代高度上观察和思考问题的思想局限，又使他在企图提出社会、国家、民族进步的改革主张时捉襟见肘，甚至在表现上出现偏颇和失真。一部有分量的长篇小说，应对时代的本质面貌有较准确深刻地反映，而要达到这一点的首要前提是作家必须对社会有总体认识，能够较深刻地观察、分析和把握社会生活的各方面力量及其内在联系。写《猫城记》时的老舍还不具备这一点，作品思想的深度受到限制以及瑕疵的存在也就不难理解。

三、从思想与艺术的统一上看《猫城记》

优秀的文艺作品，总是融教育、认识、审美和娱乐价值于一体的。通过可感的、具体生动的形象反映生活、描写人的内心世界，从而感染读者，这是文艺作品的最基本特质。正像鲁迅先生曾经说过的，人们于政治、法律、宗教等外之所以还需要文艺，就因为它是艺术，具有别的社会科学所不具备的形象性特点。文学如果一旦失掉了艺术性，正如斧子没有了刃，你仍称它为斧也未尝不可，但它已失去了斧子的功能。还有，经典大师曾经在谈论创作时强调反对“席勒化”，要“莎士比亚化”，也同样是注意了文艺的情节丰富性和形象性特征。否则，也就难以创作出传世的作品。

老舍是深通创作三昧的大作家。他从《老张的哲学》开始的大部分长篇小说、中短篇小说和戏剧，无不是遵循着现实主义创作方法写成的。但《猫城记》却有些背离作家自己的传统：他太急于直接宣泄自己的感情和对社会人世的理性认识和思考，而忽视了文学的形象塑造，忽视了倾向不要特别地说出，要反对“席勒化”的弊端，要倾向从人物形象塑造和情节发展中自然流露出来，反对一些人物只有名字，而无实体，变成宣传个人观点的“号筒”。我觉得这部作品之所以还能收到一定的效果，不是由于形象成功，更不是由于情节的生动，而主要是老舍富有表现力的语言奏了效。假使不是这位语言大师的极富魅力的文学语言来补情节贫乏、形象干瘪之拙，这部作品则很难令人卒读完篇。

再从文体上看，《猫城记》既不是什么科幻小说，因为它没有多少幻想中的科学特点，只是人类现实社会生活的转移；它也够不上童话境界，因为童话要求诗意、想象，而《猫城记》太实际；它倒可算作一部不甚成功的寓言讽刺小说，用了象征、比喻的手法来写社会，但也有些失之太直太露。我以为评论家李长之之论是公道、合乎实际的：它像个漂亮的通俗日报社论，或者还算是一次成功的化装讲演。[①]正因为《猫城记》在思想和艺术表现之间的间距太大，未得和谐统一，从接受美学来看，它也就很难在更广更深程度上征服读者。人们受感染的力量不是来自丰满形象自身，感兴趣和争议的不过是从出自各人理性思考而发的个人之见而已。巨大的思想内容未得在和谐的艺术表现中显现出来，常常是借助人物之口宣之于世，这就使《猫城记》没法不“软”，如作者所说，它成了一只折了翅膀趴在地上飞不起来的鸟。[②]

一个作家总有所长，也有所短；扬长，可以发挥优势，避短才能不捉襟见肘。老舍所不擅长的，或者说应当避免的“短”，恰恰在《猫城记》中大大扩展了；而他擅长的，或者说他具有的优势，在小说中反倒多所收敛，这恐怕也是《猫城记》未能尽如人意的一个原因。

---

① 李长之：《〈猫城记〉（书评）》，《国闻周报》1934 年第 11 卷第 2 期。

② 老舍：《我怎样写〈猫城记〉》，载《老舍论创作》（增订本），上海文艺出版社，1982。

杰作的成就与不足

——读《四世同堂》

《四世同堂》是老舍的一部百万字的多卷本长篇小说，包括《惶惑》《偷生》《饥荒》三部。它创作于抗日战争后期至解放战争时期，最后一部的脱稿，距今也已早超半个世纪。但小说在国内引起读者广泛重视却是改革开放以后的事。

《四世同堂》是老舍较晚期的作品，它集中体现了老舍创作的长处和创作道路上的新进步。同时，他早期作品中的某些弱点，在这部作品中也还没能完全克服掉。因此研究这部作品，对于我们认识老舍的创作特色，学习他的创作经验乃至吸取教训，都是有好处的。

一、《四世同堂》的创作和问世经过

七七事变之前，老舍在小说领域中已辛勤耕耘了十三年。抗战开始以后，在一段时间内，为了尽到文艺宣传抗战的责任，他曾中断小说的创作，除写一些抗日短文外，主要致力于通俗文艺的提倡和写作；1939 年以后，他又把主要精力用在抗战剧本的写作上。

《四世同堂》的第一、二部完成于 1944 年至 1945 年，曾在《扫荡报》《世界日报》上连载，稍后又出过分册单行本。1946 年 3 月，老舍赴美讲学，创作中断了一段时间。1947 年至 1948 年，他终于在美国完成了小说的第三部《饥荒》，1950 年曾在上海的《小说》月刊上发表过前二十段。直到 1979 年，小说已发表的八十七段才同时由百花文艺出版社和四川人民出版社合册出版。

按原定计划，这部小说要写一百段，可在《饥荒》发表时却删去了末尾十三段。为什么要删呢？作者本人没留下有关的文字材料。新中国成立初期的一段时间里，不少作家都诚心诚意地希望在之前的作品上增加一些亮色，以有利于新的

读者。于是，修改旧作一时形成了一股风气，像《雷雨》《家》等一代名作都有过不同程度的修改。同样的原因，在 1950 年，老舍曾对《骆驼祥子》的结尾部分作过大段删节。《四世同堂》的结尾，虽然不像《骆驼祥子》等作品的结尾那样悲观、绝望，但小说中作为中国老一代的好人代表李四爷及作为少一代的希望的小妞子，双双在胜利到来时死去；活着的人，又多是瘦骨嶙峋，气息奄奄，因此可能认为这幅景象和胜利者应有的形象不太相称，于是被删去了。当然，作家的愿望是好的，而效果却不一定尽如人意，所以当初被删改的一些作品，后来再版时不少又恢复了原貌。但对于《四世同堂》，却造成难以弥补的损失——它是从原稿被删的，而末尾十三段原稿，却至今无觅处，据老舍夫人讲，它可能焚于“文革”的大火，永远也见不到了。可庆的是，近年来又从美国找到该书的英文稿，并译成中文出版，这使读者才有幸读到这一巨作的全书。

1982 年，北京出版社出了一部《四世同堂》的缩写本，篇幅相当于原作的一半。这个缩写本的英文名为 *The Yellow storm*（《黄色风暴》)，1952 年在纽约出版。它是译者艾达·普鲁伊特在老舍直接帮助下译成的，第三部的直接依据是作者的手稿。缩写本在人物、情节上做了较多删节，但却保存了已经丢失的全书最后的十三段（虽然这十三段本身也是被删节的），人物和故事情节都有了合理的交代，这总算不幸中的万幸了。

《四世同堂》产生在一个多难的岁月中。老舍曾说：“在这年月而要安心写百万字的长篇，简直有点不知好歹。”[①]1946 年 3 月，作者赴美前又为一家刊物写下这样一句题词：“要做个文艺工作者必须吃苦。”这些话都充满着对那个时代的愤慨，饱含着老舍个人的经验。事实上，老舍也正忍受着物质上、精神上、身体上的许多苦痛，以极其感人的坚强毅力和严肃的创作态度完成这部杰作的。

一位老舍的友人，在阅读过《四世同堂》的部分初稿后写道：“老舍先生的

① 老舍：《四世同堂·序》，载《四世同堂》，百花文艺出版社，1979。

写作生活更简直是拼命，贫血头痛疟疾没阻止了他按部就班地写《四世同堂》。连字也是那样不苟，一笔一画，正如那文字是那么斩钉截铁，一字不多不少。我们看见他一千三百多页的原稿，简直想哭了，这里不是故事，乃是一个贫血的作家在做着输血给别人的工作。”①

“一个贫血的作家在做着输血给别人的工作”，这是对老舍写《四世同堂》的态度的最准确形象的概括。了解了这部作品的创作和问世经过，我们不能不对像老舍那样呕心沥血，以极其认真负责的态度为读者提供精神食粮的文艺家表示敬佩！

二、《四世同堂》的时代色彩

绘制时代生活的画面，体现时代精神，给读者以强烈的时代感，是文艺作品的艺术感染力和思想价值的重要标志。一部现代文学史表明，凡是有影响的作品，无不闪烁着时代精神的光彩。鲁迅先生的《阿Q正传》真实描写了辛亥革命时期南中国村镇的社会生活，给人以那个时代鲜明的时代感，而他的《狂人日记》所表现的彻底反封建精神，则只有“五四”时期才可能有；巴金的《家》，写的是“五四”过后一个封建大家庭的解体和新的民主力量的增长过程，显示了20世纪20年代初期中国社会中一股不可抗拒的新生活激流的冲击力量；茅盾的《子夜》，通过对20世纪30年代初期中国社会错综复杂的矛盾的描绘，透射出那个风云变幻时代的浓烈气息。自然，也有不少作品因缺乏时代精神，而不能留给读者什么印象。普列汉诺夫曾说：“一个艺术家如果看不见当代最重要的社会思潮，那么，他的作品所表达的思想实质的内在价值就会大大地降低。”很明显，作品时代感的强与不强的主要标志，就决定于作家能否通过艺术形象充分表现出那个时代的“最重要的社会思潮”。而要做到这一点，作家首先就必须具有敏锐的思想和观察力，要把他所描写的人物、事件和当时最进步的阶级、革命思潮联结起

① 李长之：《送老舍和曹禺》，《大公报》1946年2月22日。

来，和时代的主要矛盾斗争联结起来，并且对社会矛盾发展的方向有着合乎规律的预示和表现。这当然不是一切作家都能做到的。

作品时代感强弱不平衡的现象表现在不同作家之间，也存在于同一个作家的不同创作中。老舍的作品就是一个例子。纵观他四十年的创作，各个时期的作品所表现的时代气息有浓有淡，各不相同。他在 20 世纪 30 年代的创作比他 20 世纪 20 年代的作品有进步；抗战时期的作品比抗战前的作品有很明显不同；20 世纪 50 年代以后的作品与 20 世纪 40 年代以前的作品相比有重大的变化。总的看，抗战前，老舍的作品，时代感是比较弱的。茅盾在 1928 年读了《赵子曰》后就曾敏锐地感觉到这一点。他在 1944 年 4 月祝贺老舍创作二十年时回忆说："第一次读到老舍先生的作品，记得是大革命的次年……作品的名儿就是《赵子曰》。""那时候，文坛上正掀起了暴风雨一般的新运动，那时候，从热蒸蒸的斗争生活中体验过来的作家们笔下的人物和《赵子曰》是有不小的距离的……对于《赵子曰》作者对生活所取观察的角度，个人私意也不能尽同。"①

我们知道，《赵子曰》是老舍的第二部作品，描写的是封建军阀统治下，受到"五四"新思潮洗礼的大学生生活。作品对军阀统治有相当的暴露，但是没能准确地描写出在新思想鼓舞下，那一代青年学生本质的精神面貌，甚至个别地方还错误地把军阀与学生看成是社会同样的两种破坏势力。这与"五四"时期的狂飙精神，与作品问世时正在兴起的革命文学思潮，确实是存在着距离的。老舍早期的其他作品情况大致类似，包括《骆驼祥子》，时代感较弱的缺憾也是人所共知的。

造成老舍早期作品时代感不强的原因主要有两点：一是生活圈子的限制。正像他在《我怎样写〈赵子曰〉》一文中所说"我看见了五四运动，而没有在这个运动里面……对于这个运动是个旁观者。我在解放与自由的声浪中，在严重而混

---

① 茅盾：《光辉工作二十年的老舍先生》，《新华日报》1944 年 4 月 17 日。

乱的场面中，找到了笑料，看出了缝子……在轻搔新人物的痒痒肉！”二是温和的民主主义思想的限制，如他自己分析的那样：“穷，使我好骂世。”“我要笑骂，而又不赶尽杀绝……我知道一半恨一半笑地去看世界。”他希望改变穷苦人的地位，但他说他的理想永远不和目前的现实相去太远，正像穷人的空想大概离不开肉馅馒头一样；他看出了丑恶的旧世界的罪恶，但对改变它的道路和手段却不清楚；他对应当打倒的对象和应当歌颂的力量都采取一种含糊的矛盾态度。如此一来，对“最重要的社会思潮”就很难把握得准，甚至难以看到，作品的时代气息就不能不淡薄了。

时代推动着作家前进。作为爱国主义者和现实主义者，老舍始终在不倦地追求、探索着，终于在抗战的洪流里，我们看到了他思想、创作的重大发展。他在抗战年代及其后的作品，即或是一首小诗、一篇随笔，也无不充溢着抗战的时代气息。其中最突出的要数《鼓书艺人》和《四世同堂》了。《鼓书艺人》取材于作家所熟悉的艺人生活，作品描写了方宝庆一家在抗战中的苦乐遭遇，表现了他们生活、思想上的变化。通过他们的形象，读者可以看清楚被那个不平常的时代刷洗得了了分明的正义与邪恶、光明与黑暗、爱国与卖国的界限，从而选择自己的生活道路。

《四世同堂》也同样以抗战为故事的背景，但场景却由抗战的大后方，移向被日寇占领的沦陷区，人物的命运更直接、更紧密地维系在“抗战”这根主干上，时代风云中每一律动都在人物的心弦上引起回响。这部作品的时代色彩同样异常鲜明，概括起来，主要表现在以下三个方面：

第一，积极描写和表现抗战的题材和主题。

文艺为抗战服务，下笔写抗战，写与抗战有关的一切人和事，曾经遭到部分文人的讥讽和反对。老舍则始终认为在国家民族危亡时刻，写抗战，服务于抗战，这是作为一个中国人、中国文艺家最起码应做到的一点。他大声疾呼，为了使文艺变成如枪炮一样的武器，以打击民族的敌人，作家们要“联合起来”，“文艺家要杀上前去”！他提倡要大量写像抗战的八百壮士那样的英雄，写伤病员伤愈再赴前线的事迹，写能减轻伤病员苦痛和鼓舞士兵、民众抗战杀敌的任何样式的文艺作品。要发扬“九一八”后已显现出来的抗战文艺的传统，建立“怒吼的文艺”。老舍这样主张，也这样带头实践。他的大量的多种形式的抗战文艺作品就都是在这种思想指导下写成的。

“遗民泪尽胡尘里。”七七事变以后，中国大片土地沦丧，千百万善良的人民成为敌人的俎上肉，过着充满血泪的生活。那种由于敌人的暴行所引起的反抗情绪在人民心中滋长着。毋庸置疑，沦陷区人民的苦难和斗争生活是抗战时代画面的一个重要组成部分，反映这方面的内容也是抗战文艺不应忽视的一方面。《四世同堂》就是以它的鸿篇巨制开拓了这样一个题材领域。小说选择了作者所熟悉的被敌人占领的北平市民阶层的生活题材，以既带有喜剧格调，又富有悲剧色彩的笔法写下了一部遭受“亡国惨”的善良人民的“悲愤史”，生动地反映了我们民族的深重灾难和深刻悲剧。这部作品依旧保持着老舍早期作品的风格、面貌，再现了老北京的洁净与污浊、美与丑，但是作家不再是孤立、静止地去赞赏、批评或讽刺了，而是让这里的一家一事、一人一物、一景一情，大自国事，小至柴米油盐、生娃娃，甚至连一个泥做的小孩儿玩具“兔儿爷”，统统都与抗战发生了关联，染上了战争的色彩。这里的一切都是老舍所熟悉的：人物、街道、花木、房屋，甚至气候、风沙……全是作者闭起眼都可以描绘出来的。老舍把这一切都安置在民族解放斗争中去开掘，努力锤炼出这些“老相识”的新意义，因此使曾经屡次出现在作者笔下的老少人物，在《四世同堂》里闪烁出新时期的生命火花，他们从守旧、苟安、琐碎、自私、短见的枷锁中脱出，成为民族解放斗争中的一员。作家从时代的高度上描写了他们，时代的音响和色调便从人物心灵和行动的变化发展上表现了出来。

通过对沦陷区北平市民生活的大规模成功的描写，反映抗战的整个历程，这不能不说是《四世同堂》提供给读者认识这场战争的新角度，是老舍的独特贡献。

第二，作品的故事、人物活动与抗战中一系列的重大历史事件紧密相连。

作品中的人物活动，与时代的政治形势紧密联系，是作品产生时代感的一个重要原因。

《骆驼祥子》的故事究竟发生在北洋军阀统治时期，还是发生在国民党新军阀统治时期，至今仍有不同意见。这种分歧之所以产生，就是因为作品时代背景的模糊不清，作者写他的人物时，没有把人物的活动与当时重要的历史事件有机地联系起来。《四世同堂》则不然，它的人物的活动和作品矛盾冲突的展开，都是与抗战的形势变化血肉相连的。人物是中心，战争是背景，是人物活动的舞台。第一部《惶惑》，写了抗战发生后，像梦一样做了亡国奴的小羊圈居民，处在懵懵懂懂、不知所措的惶恐迷惑之中。人物的活动和心理变化都紧紧扣住了七七事变至南京陷落的时局背景。第二部《偷生》则是以南京陷落至太平洋战争爆发这段时间为背景，写了小羊圈居民的分化：一部分人由“惶惑”变为“偷生”；一部分人则在屈辱的生活中开始觉醒，认识到刀架在脖子上的偷生是一条死路，必须寻求一条生的新路——反抗。第三部《饥荒》的情节是在英美对日宣战，直至抗战胜利这段时间内展开的，敌寇伴着垂死的挣扎，在占领区制造饥荒，以延缓其灭亡的命运。小羊圈的居民已被逼到死亡的边沿，觉悟者的斗争更自觉，而那些被压榨的善良的所谓“偷生”者，也开始改变隐忍的态度，与全中国、全世界人民一起迎来了反法西斯斗争的最后胜利（《四世同堂》英文缩写本第三部译名为《事在人为》更准确地显示了作者的积极构思）。

在这部作品中，抗日战争像是个纲，提携着作品大大小小的矛盾冲突；抗战又像是神经中枢，随时牵动着每个人物的活动。为了显示这个“纲”和“神经中枢”的作用，显示它们对人物心灵的影响，作品写到近五十起抗战重要事件，诸如七七事变；京津陷落；“八·一三”抗战；保定、太原失守；伪华北政府成立；上海、南京陷落；台儿庄大捷；安庆、九江、六安、广州、武汉、海南岛等先后被日寇占领；兰州空战；汪伪登台及全国讨逆；敌机轰炸重庆；鄂北大战；德、意、日三轴心国结盟；苏、德协定；日军侵占湖北；长沙陷落；希特勒侵占华沙和丹麦；英、法军大捷；德军入侵苏联；日军偷袭珍珠港，爆发太平洋战争；英、美对日宣战；中国对德、意、日宣战；美原子弹炸日本；德、意、日法西斯相继投降；波茨坦协定；等等。这一系列事件都是抗战进程中引人注目，使人震颤的事件，是战争发展变化的标志。它们被作家有机地罗织在作品中，渲染出浓烈的时代气氛。在这样的时代背景陪衬下，作家以巧妙的艺术手法，去表现人物普遍存在的物质和精神上的各种磨难，包括他们的惶惑、忧虑、寒冷、饥饿、眼泪、死亡、反抗，甚至柴米油盐、婚丧嫁娶、生儿育女，等等，就都有了社会内容，具有了典型意义。

作品不但把小羊圈居民的任何一件看来似乎是细微琐屑的事情都涂抹上抗战的色彩，增强作品的时代感，而且作者自己已克服了早期孤立、静止地描写人物的弱点，做到从大时代带给人物以怎样的影响落笔，来描写人物的心理，表现人物思想性格的发展和变化。作品中无论是变坏的人物如大赤包、瑞丰、冠晓荷、招弟、兰东阳……还是变好的人物如瑞全、瑞宣、钱默吟、程长顺、高弟……无一不是在时代的风雨中显示出他们的性格成长的。因此，当我们接触到作品中所描写的这些各色各样人物形象时，也一定会感受到那股强烈的时代生活的气息。这是老舍早期创作中所缺乏的。因此，我们有理由说，鲜明的时代色彩是《四世同堂》的一个重要特征，也是作家创作道路上获得重大进步的一个重要标志。

第三，作品对抗战进程的准确把握和描写。

实践告诉我们，对一个重大历史事件的准确把握和正确认识，常常需要在此事件结束若干时间之后才能做到，而且还必须有科学的世界观做指导。因此，一部反映重大历史事件、有分量的长篇作品，很难在事件的进程中就产生出来。在这里，我们不能不对老舍的大手笔和不平凡的创造感到惊讶——还在战争进行的时候，他就动笔写反映整个抗战进程的巨著《四世同堂》，而且不能不说作品对抗战的反映是成功的。当然，这个成功也并非偶然。因为老舍从幼年起就萌生滋长了爱国反帝的思想。抗战爆发以后，强烈的民族自尊心和爱国感情又激发他舍家为国尽力。后来在抗战实践中，他更受到周恩来等共产党人的影响，并且，1939 年秋，老舍在延安还亲自聆听过毛泽东对于国际和抗战形势的分析。这一切，使老舍在 1944 年动笔写《四世同堂》时，变得深思而有远见，较为成熟了。老舍构思这部作品时，即准备写抗战的全过程，而动笔时，距抗战胜利还有一年又八个月的时间。整个作品最后按计划完成了。以如此巨大的篇幅，这样细致、真实地从一个角度记录下抗战的整个艰苦历程，这在作家自己是空前的，在同时代作家中也是少有的。由此可见，这部作品不但表现了老舍卓越的现实主义作家的宏大气魄，而且还表现出他对这场战争的正确预见和把握。

艺术规律要求塑造典型，要求从一粒沙折射出大千世界。自然，文学作品可以从各个不同的角度来反映抗日战争的进程：可以写枪弹呼啸的战场，可以写热闹复杂的后方，当然也可以写太阳旗飘扬着的敌占区。问题的关键在于作家选取表现大千世界的一粒沙时，怎样处理、加工，怎样把它与大千世界有机地联系起来。《四世同堂》没写前方，也没表现大后方，它精心描绘了沦陷区北平一条小胡同居民的受难、觉悟和反抗的过程。作品艺术地再现了一群生活在敌人屠刀下的市民的思想、行动，暴露了敌人的凶残本质，表现了被征服者的苦难和愤怒，反映了全民族团结抗战的艰难历程，从而使读者认识到这场战争的意义。应当说，《四世同堂》对这场战争的描写是准确而深刻的。因此，这部作品不但已成为中国读者的一部形象的历史教科书，而且在日本也曾被广泛当作一部民族自省的优秀读本。

三、《四世同堂》的市民形象塑造

市民，是中国城市社会中一个重要的社会阶层，反映这一社会阶层生活的作品，古典文学中有，近现代文学中更为多见。老舍不是表现市民社会生活的唯一作家，但就其作品所取得的成就看，至今还没有一个作家能超越他。老舍正是以其善于描写市民生活、创造他们的形象的突出成就，牢固地奠定了他在中国现代文学史上的独特地位的。而在他的这些同类题材的作品中，《四世同堂》可以说是很有特色、很有代表性的。

第一，《四世同堂》描写市民生活的画面丰富而广阔。

老舍早期的作品，多数是以一两个人物为中心，再辅以几个次要人物展开故事，表现主题。综合他的作品，人们可以看到一幅五光十色的市民生活画面，而如果单读他的一部作品，却多半只能熟悉少数几个人物，看到的也只是他们生活的一些侧面。《四世同堂》所提供给我们的画面却开阔、丰富得多。它以沦陷的北平市民聚居的一条小胡同做基点展开描写，笔墨所及不但是小羊圈居民的各家各户，而且把读者带到了北平的街头、广场、戏院、古庙、学校、大使馆、日伪机关、监狱、商店、旅馆、妓院、刑场、公园，以至城郊、乡村……人们几乎可以看到在那个充满血与泪、铁与火的时代里，广大中、下层市民的生活和灵魂的一切方面。从这方面看，《四世同堂》简直称得上是那个特定时代特定环境中市民社会的一部百科全书。

《四世同堂》描写了一百几十个人物，其中重要人物也有三四十人。如果按人物族系来分，作品主要写了祁、冠两家，穿插有钱家，和几个杂院。就人物所从事的职业来看，真可谓三教九流，五行八作，无所不包，诸如教员、诗人、商人、洋车夫、棚匠、司机、江湖医生、唱戏的、说相声的、打鼓儿的、摆台的、窝脖儿的、剃头的、看坟的、巡警、流氓、妓女、汉奸、特务、外交官、学生、当科长或处长的“官”、无任何职业的老少市民妇女、从事抗日的革命者，等等。若就其经济状况，或者说就其各自在市民群中所处的不同层次看，大体上可包括在两个形象系列中：一类是家中有米下锅的小康人家，如祁家、钱家等，他们多半是小业主，或是有固定收入的职业，如教员、司机、科员等，这部分人因受封建传统的熏陶以及小康经济地位的影响，多数因循守旧，总希望“天不变道亦不变”，守着不多的祖业，苟活下去，绝没有非分之想；另一类人则主要是城镇的流氓无产者，连小商也够不上的个体摊贩、个体劳动者，他们处于社会的最底层，靠出卖力气或从事被认为是最下贱的职业（如唱戏、剃头等），以挣碗饭吃，小羊圈胡同四、六、七号大杂院的人多属这一类。

同处在一个社会层的这两个系列的人物，经济状况略有区别，精神上市民意识的差别也被充分表现了出来。作品批判了如祁老人那样的小康人家精神上的弱点：守旧、怯懦、苟安、狭隘、自私、中庸、敷衍……而在写到如孙七、小文夫妇、小崔、刘棚匠、程长顺等这样一些处于最贫贱地位的人时，作品又着重提出了劳动者的命运和出路问题。老舍对市民群中人物的地位层次做如此清楚而准确的描写，是他以前的作品中所不曾有过的，这也反映出他思想认识的明显提高。

第二，《四世同堂》对市民形象的刻画深刻而独到。

在老舍所创造的庞大的市民形象系列中，最成功、最富有感染力的是老一辈的旧派市民形象，如《老张的哲学》中的赵姑母，《二马》中的马则仁，《牛天赐传》中的牛老者夫妇，《离婚》中的张大哥，《四世同堂》中的祁老人及其儿子祁天佑，以及《柳家大院》等短篇中所写到的一些老一代市民，这些人物在作者笔下活灵活现，性格表现得那么自然、和谐、鲜明、生动，符合人物的身份。其中祁老人的性格尤为丰满深刻，光彩照人。

祁老人是祁家的老太爷。时代已经大大进步了，但他的脑筋还停留在半个世纪以前。他风烛残年，顽固地按照旧法规维持着全家族的生活。他足不出户，所见狭窄，偏又自信一切正确。一场危及民族命运的战火已烧到家门口，祁老人主观地认为，存上全家够吃三个月的粮食和咸菜，然后再用装满石头的破缸顶上大门，就可以消灾避难了。甚至还自作聪明地认为，此次日本侵略中国，是因为“日本人爱占小便宜，说不定这回看上了卢沟桥上的狮子”。他的社会地位本也不高，可是传统观念的偏见，又使他瞧不起大杂院的人家，把小羊圈的居民划分了贵贱等级。什么国家、民族，在他心里是一片空白，而一个泥捏的小孩儿的玩意儿“兔儿爷”不见了，却叫他伤心良久。他善良，能体恤同情钱诗人一家的遭遇，但就在迈步去钱家，想表示点安慰的一瞬，又怕连累自己而改变了主意。从这些描写里，我们看到了老舍对这类人物一贯的鲜明的批判态度。当然，老舍也不是静止地、孤立地描写祁老人的。祁老人晚年毕竟生活在民族解放战争的刀光血影之中，虽然他希望平平安安地沿着以往的生活轨道安排全家的生活，但日寇却偏不让他有片刻的安宁。于是，在这温厚善良的老者心里种下了仇恨和反抗的种子。他的孙子瑞丰当了汉奸，这为家法所难容，老人愤怒地让孙子跪下接受惩罚；他的曾孙女小妞子因吃了敌人配给的“共和面”而死去，老人的愤怒达到顶点，他要找日本人去算账！他说：“我要让三号那些日本鬼子们瞧瞧，是他们抢走了我们的粮食！”就是这样一个守旧思想十分严重的老人，在作品结束时，也表现出了新的硬朗朗的性格素质。祁老人比作者早期塑造的其他老一辈市民形象有了更鲜明的时代感，因而也显得更深刻些。

在老舍的早期作品中，很少描写比较正派的市民阶层的知识分子形象，《四世同堂》却补充了这个不足，塑造了祁瑞宣这样一个成功的知识分子的形象。他身上保留着很多老一代市民的性格特征，又接受了老一代人所不曾受过的新教育，因而他的内心和行动都充满了矛盾。他在祁家的地位以及思想矛盾的状态颇有几分像《家》中的觉新。不过，觉新是在民主力量与封建势力的对垒中找寻平衡、调和的砝码，求之不得而造成他无穷尽的矛盾和痛苦；瑞宣则生活在国家民族生死存亡之时，他是在报国与顾家、传统文化思想的影响与新教育的矛盾冲突中徘徊，他不断地自谴自责，终于被时代推向前进，摆脱了守旧、卑琐的市民精神枷锁，走向了反抗侵略者的正确道路。

如果说，老舍早期作品中一个不小的弱点是人物缺少与他所处的时代的紧密联系，那么，不再孤立静止地去写人物的遭遇，把人物与时代联系起来，让他们在大时代的基本矛盾冲突中充分展现自己的性格，发展自己的性格，则是《四世同堂》的一个突出特点。我们不妨仍用瑞宣的形象刻画为例来说明这一点。

作为祁家最有德行和学识的瑞宣，其性格成长的每一步，都伴着时代发展变化的节拍。七七事变后，家乡北平被日寇占领，瑞宣内心充满了矛盾：是“尽忠”还是“尽孝”？传统的义务的宗族观念使他缺乏勇气甩手出走抗日，但他所接受的新教育却使他懂得，一个堂堂正正的有知识有能力的公民应当为国尽力。这种矛盾使他“像个热锅上的蚂蚁，出来进去，不知道要做什么好”。他就是带着这种矛盾开始了亡国奴的生活。

“八·一三”上海抗战，曾使沦陷的北平为之一振，瑞宣也兴奋起来，但到南京陷落时，他的心里又变成一片黑暗。抗战一年，他听到了继续抗战的广播，眼睛又亮了，认为中国不会亡，并更深地谴责自己的无所作为。此后，广州、武汉相继陷落，北平的日军、汉奸发疯似的狂欢，瑞宣内心感到的却是难忍的痛苦。不久，他被捕入狱，在监狱里受到更严酷的考验，终于觉悟到，再这样的“偷生”就等于死亡，“把所有的血都流净也比被征服强”。于是在过了四年隐忍、屈辱的亡国奴生活后，他开始投入抗日斗争：与从事地下抗日工作的钱默吟取得了联系，先借教书，对学生进行爱国主义教育；后来钱默吟再次被捕，他便毅然接编了抗日地下刊物，成为一名抗日积极分子。由瑞宣性格的矛盾和成长看，这一形象渗透了时代的色彩，时代给了他痛苦，时代给了他考验，时代也推动了他的成长。一句话，时代造就了他的性格，使他成为新时代具有新的思想素质的市民阶层知识分子的代表。作品对这一形象的刻画是用力的，也是成功的，它丰富了老舍所塑造的市民形象的画廊。

《四世同堂》刻画市民形象的深刻性，还表现在老舍在描写处于市民社会最底层的市民形象时，不再仅仅把笔墨集中于写他们的悲观失望，塑造那种“绝望型”的人物，而是积极从他们的社会地位、经济状况提出社会命题，并努力探索一条改变他们苦难悲惨命运所应走的道路了。在《骆驼祥子》中，老舍通过祥子三起三落的曲折失败的道路，批判了“个人主义的末路鬼”的个人奋斗，但人物身上很少闪现反抗的火花，应走什么道路的问题，也缺少形象的有力表现。《四世同堂》则不然，作品不仅歌颂了“最低贱”者的品质，表彰了他们反抗的义烈行为（如车夫小崔拒绝给汉奸拉车，剃头匠孙七临遭活埋仍痛斥敌人），还进一步写了这一阶层人物的成长，写了他们毅然加入抗日行列的行为（如程长顺的觉悟，棚匠刘师傅的出走）。

总之，站在时代的高度上，从激烈的民族矛盾斗争中描写市民形象，批判他们的市民意识，展示他们的性格成长，探索他们应走的正确道路，使《四世同堂》对市民生活的描写达到一个新的高度。

四、《四世同堂》的革命者形象问题

如果要谈论《四世同堂》的不足之处，首先要提到的就是作品关于革命者形象的描绘问题。

有人说，《四世同堂》写的是沦陷区，而老舍并没有亲身体验过那里的生活，因而“影响了作品描写的深度”。这个看法不无一定道理，但很难说这就是作品的主要缺欠。作家应写自己所熟悉的生活，这是不待说的。所谓熟悉并不一定非亲身体验不可，因为即使是阅历最丰富的伟大作家，个人的经历也是有限的。如果一切都必须作家亲自经历过才能创作，那么许多世界名著，尤其是那些写历史题材的作品，就都无从产生了。正如鲁迅先生曾说过的：作家要写小偷，不一定自己先做偷儿；要写妓女，更不必先去卖淫一样。

对《四世同堂》所选的题材，老舍并非不熟悉。首先，从抗战开始，老舍即积极投入抗战的行列，曾走访过五个战区，见过许多抗战英雄，应当说他对抗战是有亲身阅历和感受的；其次，作为小说背景的北平以及作品中的人物，都魂牵梦绕般一直活在老舍的心中，即使发生天崩地裂般的灾难，他也能根据自己对他们的了解，判定他们该如何想，如何行动；最后，在北平过了五年“亡国奴”生活的夫人胡絜青，实际上是老舍写《四世同堂》的合作者。老舍不光在作品中写了夫人叙述的沦陷区人民的生活遭遇，而且还将夫人孩子的经历也糅合进作品中了。

也许还有读者会提出作品没有写出强大的抗战力量的问题。我们觉得这样的要求对于《四世同堂》恐怕也是不尽适宜的。首先，社会生活复杂万端，一部作品只能从一个点或一个角度去描写反映它，因此评论家只能就作品中写了什么、写得好坏进行评论，而不应该指责作家在一部作品中为什么写这个不写那个；其次，一部作品思想艺术价值的高低是不能以写不写正面人物或英雄形象做唯一标尺的。像鲁迅的《阿Q正传》、茅盾的《腐蚀》《子夜》，以及张天翼、沙汀等人的一些小说，都不是主要写英雄人物或正面力量的，但它们都不愧为优秀的文艺作品，而且是在现代文学史上有重要地位的作品。如果一部作品重点描写出沦陷区人民英勇、机智打击敌寇的事迹来，又写得真实可信，那当然不愧为好作品。但《四世同堂》的重点并不在这里，而是以现实主义的大手笔描写北平市民在敌人屠刀下的遭遇和他们在屈辱生活中的迟缓的觉醒。作品的笔调是深沉的、悲愤的，也是乐观的。小羊圈群众终于迎来了最后胜利。从他们身上我们看到，炎黄子孙们，即使像这些市民们有如此重的精神负担，绝大多数人也仍是保持固有的传统美德，显示了“中国人民是不可战胜的”伟大力量——“心”永远是不可征服的。还有，这部作品描写提示出许多令人深思的问题：为什么一个历史悠久、人口众多的大国受一个小国的欺侮？作为一个社会阶层的市民在民族民主革命中的地位、出路和改造问题，爱国主义与国际主义的统一问题，深刻认识侵略者的本质问题，等等，对于一部小说来说，这也就够丰富了。

《四世同堂》的主要缺欠并不在上述各点上，而是老舍创作中带有“通病”的一个弱点，即对于理想人物或革命人物的不善于描写上。当老舍的笔锋触及他所熟悉的旧派市民形象时，他的描写刻画常常是不工自工，只以少量笔墨，即可把人物写得活灵活现，令人击节赞叹。而当他有意在作品中安插那么一两个理想人物，或革命者，或貌似革命的人物时，他的弱点即显露出来。《四世同堂》中写了两个带有革命色彩的人物，即祁瑞全和钱默吟。可以肯定地说，比起作者早年创造的同类人物，这两个形象都有了进步，但这两个人物形象的缺少光彩和不成功再一次暴露出老舍运笔的弱项。对此，笔者在《理想化人物塑造与老舍思想变化》一文中有较多论析，此处不再赘述。

此外，《四世同堂》对反面人物的塑造也有欠深刻之处。一般说，文艺作品描写反面人物（如地主恶霸、汉奸走狗之类）容易收效，但也容易有脸谱化、定型化的毛病，容易流于嬉谑浮浅。应当说，《四世同堂》描写的反面人物比革命人物要有声有色得多。大赤包、兰东阳、冠招弟、高亦陀等人物都给读者留下了鲜明的印象。但是对冠晓荷、祁瑞丰、李空山等汉奸形象的刻画却不能说是深刻的，因为作品没有充分地展示出这些人物独具的心理世界，尤其在回答冠晓荷、祁瑞丰之流为什么会当汉奸，为什么要“卖人害命”时，一律用“无聊”来解释，这更不是对人物内心的发掘和本质的提示。很显然，要提高这些形象的思想价值和美学价值，还必须更深入地去发掘他们的独特的内心世界，写出他们更有普遍性的本质面目来。

总之，《四世同堂》尽管存在某些不足或缺欠，但它仍不失为是一部取得重大成就的优秀现实主义巨著，是 20 世纪 40 年代中国现代文学史上的重要成果之一，同时，也是老舍个人创作道路上一部具有里程碑意义的作品。

一束不该丢失的花

——简评《老舍小说集外集》

1982年由北京出版社出版的《老舍小说集外集》所收作品，包括短篇小说14篇、未完长篇《蜕》16章及未完长篇《民主世界》开头3节。其中除微型小说《电话》写于1958年外，其余全是民主革命时期的作品。写作时间最早的《小铃儿》，是老舍任教南开中学时应酬《南开季刊》写的一篇习作。《蜕》和《敌与友》是抗战初期的作品。《民主世界》写于抗战刚刚胜利后。其余各篇均写于1933年至1937年间。《老舍小说集外集》的史料价值自不待言，它扩大和充实了老舍的小说宝库，其思想和艺术价值也是不容忽视的。

一

《蜕》是老舍于1937年11月离济南奔赴国难始作的第一部长篇小说。作品边写边连载于1938年2月至1939年3月的《抗到底》半月刊上，后因老舍生活变动及刊物停办，仅得16章，9万多字，便再没下文了。

这部作品是以1937年下半年平津沦陷、日寇攻陷沧州直逼济南为背景的，它以充满爱国主义激情的笔触，描写了一群从平津流亡到津南七百里某省城——阴城（显然暗指济南）的爱国学生的行动和遭遇，笔锋所至，无情抨击了阴城上层社会的苟安、腐朽、自私的本质，高度赞颂了一群热血青年的爱国行动和品质。小说把民族矛盾和阶级矛盾交织一起加以描写，相当真实地展现了国难初期国民党军阀统治下的社会面貌。

老舍在同时期写的《一年来之文艺》中说："五千年的中华历史，是万不能，绝不会，以屈膝投降来结束的。文艺是民族的心声，革命的前导，在卢沟桥事变以前，它已经以'九一八'及'一·二八'的退与抗，在歧路上给全民族竖起指路牌——降则亡，战则存。它警告，它激励，怒吼的文艺是不会代民族写下‘降表’的。”小说《蜕》正是一部“怒吼的文艺”作品，是一首昂扬着警策、激励，让人从形象的生命交响曲中听到战存降亡真理的战歌。同时，老舍在另一篇文章《这一年的笔》中又说：“心中的悲愤万难允许再编制‘太平歌词’。”“我的力量都在一支笔上，这支笔须服从抗战的命令。”无疑，正是这样一种心境和思想支配着老舍创作了《蜕》。

《蜕》所着力刻画的是厉树人、曲时人等一群爱国学生的性格，歌颂的是青年学生爱国者的群像。厉树人，是一个有头脑的学哲学的大学生。“一张轮廓方硕的脸，到处见棱见角，粗眉大眼”，处理事情稳重，有魄力。他能把崇高的哲理与行动紧密结合，确认唯哲理，“缺乏在行动上的壮烈与宏毅，是莫大的耻辱”。他把那在国家命运危亡之时，妄发不着边际高论的富家子弟冼桂秋称为“不过是个漂亮的猴子而已”。厉树人完全把自己的一腔热血交给了抗战必胜的信念。哲学的信仰和实际的表现，铸成他的才能，在流亡学生中能自然地被推为“领袖”。当他们这群学生流着眼泪离开平津来到阴城时，还不曾寻找住处便在车站上开始了慰问伤兵的义举。但巡警当局不但不予支持，反而诬他们为“闹事”，抓捕、提审。厉树人一身正气，怒对巡警的暴行。当学生们的爱国行为得不到支持，反而流浪街头时，厉树人又带领战友寻找新的途径。他去找一位阴城的“名流”孟道邨请教，但他从谈话中发现这个所谓“名流”，实在是徒有其名，不能给青年们指导；厉树人又去设法拜访阴城地下抗日力量的代表人物堵西汀，从而决定离开这令人失望的阴城，到前线去工作。当厉树人组织战友乘火车奔赴前线时，他们又遭到敌机轰炸，厉树人奋不顾身照顾着战友们。总之，在老舍笔下，厉树人是一个智慧、敏感、思想深沉而又热血沸腾的爱国学生形象。

除厉树人外，小说还写了另外几个各有性格的学生形象，如出身小康家庭而在铁与火试炼中变得聪明、坚决、勇敢、深明大义的曲时人；貌美，抛开小姐气而“决心把自己变成一个扛枪女战士”的天津女学生平牧乾；出身寒微而热诚、直爽的易风；决心牺牲血肉保卫江山的金山等，在小说中都写得鲜明可感。由作品对厉树人等青年学生的热烈颂赞，我们感到老舍在从《赵子曰》等作品中那样以低沉笔调描写学生的视角视点中走出的强烈愿望。他的创作思想在发生变化，《蜕》发出了一个明显的较早的信号。

二

假如说，爱国主义是贯穿于老舍整个创作中一条异常鲜明、突出的红线的话，那么他的处女短篇习作《小铃儿》便是这条红线的开端。小说不过四千字，以热情、严肃的笔调塑造了一个外号叫“小铃儿”的小学生性格。小铃儿聪明好学，深得师生爱戴，每次总被选为级长，老师也总喜欢夸他为一碰就响的“小铜铃”。小铃儿从历史课上接受爱国思想教育，因此对日本强盗和与日本讲和的李鸿章极为仇恨。为了长大打日本，他独出心裁，在同学中发起一个“会”，课余锻炼拳脚，并且暗中袭击了一个他们认为是“帝国主义”的洋人的孩子。但因此，这位可爱的小学生遭到校方开除。小说对小铃儿的描写是充满赞美之情的，对儿童的心理、语言、神态都写得十分逼真生动，小学生生活的气息也很浓厚。特别是作品在刻画小学生性格时，还注意了不同出身教养的孩子，在行动和说话上都是有差别的。例如，在写他们要成立“会”时，各人要起个名字，平时泼辣嘴大的李进才张口给自己起名“一支虎”；力气大的张纯就给自己起名叫百兽王“狮子”，并建议小铃儿叫“金钱豹”，而小铃儿却不愿叫什么“虎和狼”，反映了他比较规矩的性格。一个鸟贩子的儿子名叫王凤起的却给自己起名叫“花孔雀”，虽然只是一个小细节，却很鲜明地描写了孩子们的教养不同形成的不同个性。

老舍师范毕业以后有两三年从事于小学教育。显然，小说写的内容是有他这段生活做基础的。而本名叫德森的小铃儿的家庭及在校表现，又有着老舍本人童年生活的影子。如老舍家贫靠母亲缝针线活过日子；父亲在保卫皇城时被八国联军打死，连尸身也没见；自己还有同住的寡妇姑母；在学校善于讲演，在家又特别被母亲希望及早学点技术养家；等等。老舍生活中的这些实事在《小铃儿》这篇作品中都有所反映，表明老舍一开始写作时，便是走的一条现实主义的路。

三

由于反帝反封建的现实要求，知识分子的婚姻恋爱及家庭问题，曾是新文学作家最先注意的题材之一。其中一大部分作家的作品，热烈地描述着他们挣脱封建枷锁，获得婚姻恋爱自由，体现了反封建的精神；一部分作品则进一步提出和回答着获得了恋爱成功以至建立了家庭后又该如何办的问题，也就是鲁迅先生在《伤逝》中提出的“娜拉走后怎样”——个人幸福与社会经济制度的关系问题。子君、涓生的悲剧告诉我们，“为了爱，——盲目的爱，——而把别的人生要义全盘疏忽了”，或者离开经济权，离开社会的根本改革只孤立追求个人的幸福，以此为满足，没有更高的目的，在那个人剥削人的社会里，是终将要演成悲剧的。在回答这个社会问题上，老舍的《创造病》《生灭》又是两篇相当生动、成功的作品。

《创造病》描写的是一对青年夫妇盲目追求“创造”自己小家庭而终于自食苦果、懊悔莫及的故事。小说写杨家夫妇在订婚结婚时就拉了亏空；婚后，旧债未还，男的买更漂亮的大衣，女的也已不满意原有的蓝色、白色皮包，必须买一个更时髦的黑色皮包。一月薪金半月花光，在下半月生活无着落的情况下，又借债买下二人追求的什物，还买了分期付款的留声机及唱片，最后弄到家里连买一张唱片的钱都没有，夫妇陷入自己“创造”的窘困痛苦的圈子中。小说以幽默细致的笔触，惟妙惟肖地揭示了一对年轻人的爱慕虚荣、追求时髦的个人主义思想性格，给他们以善意的讽刺。

《生灭》写的是一对大学毕业生婚后家庭的窘困悲剧，不过不是新婚，而是已结婚两年了，并有了个男孩儿。问题也就在孩子身上。故事说，梅和文大学毕业后自由结婚，原要靠两人的工资建立美满家庭，婚后一段时间两人沉浸在“我们老这样”的爱的梦幻曲中。一有孩子，女的不再出去工作，生活感到拮据，小家庭的彩虹开始褪色，出现阴影，但还勉强可以维持。当梅又怀上第二个孩子时，恐怖与痛苦便完全代替了小家庭的欢乐。夫妻为着这第二胎的要不要，即生与灭，感到无限的痛苦和矛盾。终于，为生活所迫，为生存活下去，便恨心“除掉这个祸胎”。这篇作品围绕腹中婴儿的生与灭，代一对年轻夫妇向旧制度提出了强烈控诉，其基调及悲剧气氛比《创造病》深沉、悲愤，读来令人心痛、下泪！

当旧的社会制度不改革，个人的经济权益得不到保障，只注意个人私利和享受的追求，那就好比把楼阁建在沙滩上，是不牢固的。《生灭》及《创造病》给我们的启示深刻而沉重。

四

在老舍的小说创作里，对旧世界的各种丑恶现象进行尖锐的讽刺和无情鞭挞是最突出的主题。《老舍小说集外集》所收编的《裕兴池里》《番表》《牛老爷的痰盂》及刚开头的长篇《民主世界》等就都是这类作品。

读《番表》令人立刻联想到老舍的另一名篇《马裤先生》。这是用同样手法、同样题材写成的两篇姊妹作品。如果说《马裤先生》以漫画手法把乘客马裤先生的自私损人面目勾勒得无法再真切生动了，那么《番表》则以同样的艺术手段，把一个小官僚乘客的损人、作弊揩油、媚上欺下的狗样形象，刻画得入木三分。起初，我们还以为这位乘客不过对茶房摆摆老爷派头，耍野蛮抢占别人的铺位。后来我们便看清这位乘客“似乎是司法界的，又似乎是做县知事的”小官吏的身份。他不但上车时就投机购买了占便宜的折扣票，而且早已信发天津，托人继续钻营，以便继续买七五折的车票，原来这是一个见便宜就沾，见上司就显笑脸，见茶房等的“下等人”就粗野蛮横的可恶小官吏形象。

《裕兴池里》则以更集中的手法，简约的文字，把一群乌龟王八羔子们——与政府勾结搜刮民脂民膏、吃喝嫖赌无所不干的地痞流氓，全集中到一个澡堂里，让他们赤条条一丝不挂，给予了更辛辣的讽刺和鞭挞。篇末作家忍耐不住愤怒写道："要是有人把这群玩意儿都煮巴煮巴当狗肉卖，我一定都买来，倒在河里请王八们开开斋。"

同样的，《牛老爷的痰盂》是一篇鞭挞反动阶级官僚人物的脍炙人口的短篇。小说以牛监督牛老爷要在自己的专用汽车里安装痰盂的典型情节为线索展开描写，把牛老爷的跋扈、假公济私、腐化堕落、不择手段搜刮及丑恶的灵魂揭露描写得十分生动、逼真逼肖！这个形象是对旧官僚制度中官僚形象的极为典型的概括。更值得一读的是，牛老爷假公济私、滥用职权、腐化堕落、巧立名目以肥已等劣迹丑行，在今天某些人身上也能见到一些影子。不能不佩服老舍对这类人物的本质丑行观察得太深刻、描写得太成功太典型了！

还有,《狗之晨》用寓言的形式描画了"势利狗"的形象。它们见富人就摇尾，见穷人就吠叫。《不说谎的人》告诉人们在那个人皆惯于说谎的社会里，想不说谎也不行，或者说不说谎干脆就不能生活。这些作品，都从一方面展示了旧社会的黑暗、丑恶。

茅盾曾说："在老舍先生的嬉笑唾骂的笔墨后边，我感得了他对生活的态度的严肃，他的正义感和温暖的心，以及对于祖国的挚爱和热望。"的确，当我们静静地浏览老舍的作品，不知不觉被它的艺术魅力所征服的时候，不能不为他那支既幽默机智、又尖辣深邃的笔拍案叫绝，不能不深切感受着他热烈诅咒着所恨，又热烈主张着所是所爱的那颗鲜明的是非之心。

一个已成名的作家，在艺术上的创新主要看他能否对既成的模式有所突破。古今中外著名的文艺家都自有独特风格，然而他们的作品又一篇与一篇有着不同的追求和创造。例如，鲁迅的二十五篇白话小说就没有一篇形式是雷同的，读每篇作品都会给人以新颖的感觉，感得作家苦心孤诣的艺术追求。老舍也同样有这样的本领。仅就《老舍小说集外集》所收的十四个短篇来看，风格就颇不一样。

当然各篇艺术水平也不均衡。比如，《小铃儿》是习作，虽然从中显露了作者创作的某些才华，但毕竟艺术准备不足，显得单薄。《敌与友》写新仇旧怨有声有色，但民族矛盾尖锐化后，旧怨消除矛盾解决稍显突然，设意浅露了些。但此集中绝大部分作品都是艺术上相当成熟的短篇佳作，各有特点和艺术构思。《生灭》写得哀婉凄楚，能洞察人物的心灵幽微。《创造病》乐而生悲，含有小小的讽刺。两篇同样以细腻笔锋触摸小知识分子青年男女的心理世界，展示性格，无不栩栩如生，给人以鲜明印象，表现了很强的艺术魅力。《裕兴池里》着重以富有特征性的言语行动显示人物性格，又为他们设置了一个澡堂作为各自表演的典型环境，揭露鞭挞淋漓尽致，妙不可言。《牛老爷的痰盂》抓住人物的本质，透过生活中的典型细节揭示人物灵魂，形象血肉丰满，一读不忘。《丁》在老舍所有短篇小说中可以说是个特殊的例外，作品写的是一个踱步海滨的青年人，完全由心理活动的闪跃片段连缀而成，是人物意识流程的记录。《抓药》是用双线交叉，通过场面交换揭示主题，好似电影分镜头的手法。《新爱弥耳》使用第一人称叙述代替场面和细节描绘，较多掺入了作者的主观色彩。而《不说谎的人》《番表》又都以极简练的文字、白描的手法，紧扣主人公的活动与心理，从而把人物性格表现得活灵活现。《电话》则是用一个速写镜头照出了主人公的性格。有人说，老舍长于写长篇和剧本，没错；那么读一读他的短篇吧，即就收入《老舍小说集外集》中这束曾被散落的花来看，我们亦可毫不含糊地说，老舍又是一位短篇小说的圣手。

葬歌　战歌　颂歌

——读老舍的新诗

作为小说家、戏剧家的老舍，这是尽人皆知的；但若说在现代诗人的行列中也应当有老舍的位置，恐怕不少人就感到生疏了。事实是，老舍不但小说、戏剧、小品文写得好且多，诗歌数量也不少，而且自成一路。老舍夫人胡絜青在给老舍编的一本旧体诗选中说：“老舍爱诗，也爱写诗。”“他写新诗，也写旧体诗。”老舍是中国新诗坛上一位优秀诗人！

老舍一生写了多少诗篇，目前还很难做出确切统计。他在1934年出过一本《老舍幽默诗文集》，收入讽刺诗十首；1942年出版过长诗《剑北篇》；再就是1980年胡絜青编选的旧体诗集《老舍诗选》和1983年花山文艺出版社出版的《老舍新诗选》。此外再没出版过诗集，但他写诗的历史没有间断过。

老舍生前为什么没有把更多的诗作结集出版呢？一是因为老舍一向认为，在“文艺各部门中，诗最高最难”，“一语无力，立呈败象”。[①] 所以他总劝诫青年人学文艺“不应先作诗”；而对于自己的诗总看为“习作”，总觉不够入诗的资格，这自然也就不肯去结集出版。二是因为老舍以小说、戏剧出名，相比之下，他的诗歌创作成就被掩遮了。

一

诗言志，诗是诗人人格的表现和外露；言不由衷、浮躁的呼喊，或只刻意追求形式语言上的“美”，是作不成好诗的。这是老舍多次说及的意思。老舍一向自谦没有“诗才”，正像他自谦不会写戏一样。他时常因为新诗“没有格式管着，

---

① 老舍：《诗，戏剧，小说》，《文艺先锋》1942年第1卷第4期。

写着写着就失去自信——是诗吗？”[①] 但老舍并不因此退避三舍，他依然是一位新诗的热情鼓吹者和实践家。

写新诗，老舍认为危险的是“把散文分成短行就是诗，虽然没人敢这样主张，可是的确有人这样办了”[②]。老舍认为，20世纪三四十年代的诗坛有一个明显矛盾，即新诗不少，诗人却不多见！其主要原因即是一些人只追求辞藻形式，一些人又止于呼喊，而缺乏思想、感情及时代生活的内容。他认为，要消除这个矛盾，从根本上说，作诗要先做人，要先“储蓄思想”，“新诗的建设也须是新诗人性格的养成与表现”[③]，“诗人是一团火，文字，言语，行动，都有热力；若只在纸上写些好听的，而在做人上心小如豆，恐怕也就写不出最光伟的东西来吧？好听与伟大还相距甚远”[④]，“你的心要和新中国那么大，你才能写出伟大的东西来”[⑤]。因此，老舍告诫写诗者，假若在自己的感情牢骚之外，再也没有别的内容可写，再也不熟悉或不想熟悉周围发生的各种事变，以开拓生活的视野，那么，从此诗人的诗兴即衰，“情态的纯火”也就熄灭了。他在 1954 年写的《诗与快板》一文中又特别强调，诗人必须“是个思想家”，“是个热爱人生，拥护真理，反抗压迫，疾恶如仇，见义勇为，是非分明，爱憎分明的热心肠的人”。诗是时代的产物，是时代的号角。老舍说，诗人必须努力抓住时代才能创作出好作品，“只有纤巧的东西，那是支持不起诗坛的”[⑥]。

诗人思想性格的修养自然不能代替诗人的艺术修养。诗是语言的结晶，诗人必须注意语言的学习和锤炼。但真正有分量的好诗，绝不是仅由一堆漂亮的辞藻

---

① 老舍：《致友人函》，载《剑北篇》，文艺奖助金管理委员会出版部，1942。

② 老舍：《未成熟的谷粒》，《新蜀报·蜀道》1940 年 2 月 5、9、14 日。

③ 老舍：《论新诗》，《中央日报》1941 年 5 月 30 日。

④ 老舍：《参加郭沫若先生创作二十五年纪念会感言》，《时事新报·青光》1941 年 11 月 21 日。

⑤ 老舍：《血点》，《大公报·战线》1938 年 12 月 7、14、15、21 日。

⑥ 老舍：《对于抗战诗歌的意见》，《抗战文艺》1938 年第 3 卷第 3 期。

砌成。半个多世纪前，老舍就曾颇有感触地断言："我以为，从诗的言语上说，假若'刁骚''歧路''原野''涟漪'等无聊的词汇不被铲除了去，白话诗或者老是一片草地，而排列着许多坟头儿，永远成不了美丽的林园。"①

老舍又认为，作新诗要善于学习，既可向古典诗词歌赋及民歌学习，也要读读外国的优秀诗作。中国的旧体诗词形式太死，束缚人，但它有明显的优点，即简练、有韵、有规矩章法可循，尤其民间歌谣及鼓词等作品，更有通俗、易读、易记、易于朗诵演唱等特点，因此被大众欢迎。老舍针对新诗不简练，音节不响亮、不通俗，因而不能打入民间的缺欠，甚至提出"新诗也应注意平仄"。"有人写鼓词、小调，我不承认可以代替新诗，要新诗人们都去睡觉去，但这可以给我们一个刺激，知道民众的爱好。"② 老舍所提出的当然不是简单地写新诗要使用平仄，显然是从诗应当为民众所接受的前提出发，提醒作新诗不能不注意它的音乐性特点。老舍的长诗《剑北篇》正是他这种主张的一次大胆尝试。老舍的努力在于，他想从大众化、民族化的要求出发，使新诗作者向快板、鼓词及古典诗词学习，取其优点，有所突破，从中创造出一种雅俗共赏的新诗来。他的理论和实践并未获得广泛的承认，但其努力却不能不说是可贵的。

至于新诗所要歌咏描写的内容，老舍的主张和他在小说、戏剧领域中坚持的一样，是现实主义的。抨击社会丑恶，赞美祖国山河及人民，反映重大事件，表现时代精神，是其诗作的基本内容。在 1938 年中华全国文艺界抗敌协会召开的诗歌座谈会上，他响亮地为抗战诗歌提出三方面的任务："一，在感情上，激发民众抗战情绪。二，在技巧上，不论音节文字要普遍的使民众接受，普遍的激动民众。三，思想上，正面发扬抗战意识，反面剪除汉奸倾向。"③ 为了使诗歌紧密服务于抗战，他又著文大声疾呼："用两千行写八百壮士吧，用五千行描写一位伤

---

① 老舍：《我的"话"》，《文艺月刊》1941 年 6 月号。

② 老舍：《对于抗战诗歌的意见》，《抗战文艺》1938 年第 3 卷第 3 期。

③ 老舍：《对于抗战诗歌的意见》，《抗战文艺》1938 年第 3 卷第 3 期。

好再赴前线的勇士吧！这些宝贵的材料，在平时是无法找到的，抗战时代若使笔尖锈住，便永远成为哑子，使这种大时代在诗歌中哑然而逝是多大的损失！”[①] 老舍这样讲的，在创作上也是这样积极实践的。他在抗战期间的诗作，即使是一首儿歌童谣，也没有离开抗战救国的内容。

二

中国的新诗从“五四”文学革命中降生，它一直在觅寻、探索前进，求得发展、壮大。老舍的诗歌创作，明显地表现了中国现代诗歌发展探索时期的痕迹。

首先，老舍写诗长期以来是新旧体并用的。他热情鼓吹并创作新诗，但他的旧体诗词的修养及深厚功力远过于新诗。臧克家就曾以《眼遇佳句分外明》为题，称赞老舍的旧体诗作得好。胡絜青也说，老舍的旧体诗写得多，也好。在以“五四”为起点的新的历史时代开始的时候，旧体诗是被革除掉了的，潮流要求着适应表现新思想新生活的一种新的诗歌形式出现，于是新诗便应运而生。但旧体诗仍为一部分人所喜爱，新诗人兼作旧诗的也大有人在。怎么理解这种现象呢？老舍自幼受到中国古典诗词的影响熏陶，有深厚的写旧体诗的修养；他不以此代替或阻拦写新诗，相反却积极为其呐喊，并坚持实践；更可贵的是，他从不以此附庸风雅，去和当朝的官僚权贵做酬答，为他们抬轿子。那么，纯粹为利用已经熟练掌握的文学样式，来抒写交友、爱国、忧民及吊古励今的情怀和信念，应是被允许的。旧体诗词写得有骨气、健康、乐观，一样给人以积极向上的力量，毛主席的诗词就是一个典范。然而话仍得说回来，旧体诗词戒律太多，束缚人，不好学，因此不宜在青年人中提倡。新旧体诗同时在一个诗人身上反映出来，毕竟印下了新诗发展初期阶段的脚印。

其次，就老舍的新诗本身来看，也可以看出他探索前进的足迹。在新诗形式

---

① 老舍：《参加郭沫若先生创作二十五年纪念会感言》，《时事新报·青光》1941 年 11 月 21 日。

上，他做着多种试验，比如他写那些非常浅显的生活气息浓厚的新诗，《日本撤兵了》《打刀曲》及抗战时期、新中国成立后的一些诗篇无不如此；但他也写相当含蓄的、所谓诗味较浓的篇章，像《微笑》《音乐的生活》《红叶》等就是这类作品的代表。他的诗有的高雅，但多数写得通俗，而且越到后来越向这方面发展，民歌、歌词、快板诗、儿歌童谣的味道加浓。散文诗的形式也是他试过的。就篇幅来看，他写反映抗战内容的数千行的长卷，如《剑北篇》，短至几行的小诗也屡有试笔。他的新诗大多仍应归为散文化的自由体。这种诗体，以表现一个完整意思或情绪为准，句无定数，节无定数，句中字数也不一定。但老舍的新诗长句的比短句的居多。就诗的韵律看，老舍有一部分新诗不用韵，如他模仿但丁《神曲》写的一首较长的诗《鬼曲》即是一例。他的多数新诗都是用韵的，其中有隔句相押的，如五百行叙事诗《成渝路上》就是一例；《剑北篇》这样的长卷，则采取了鼓词句句用韵的套数，每章长至一两百句不等，但均一韵到底，这是诗人下了很大的功夫才做到的。就诗的旋律来看，老舍较多的诗是舒缓的，但一部分诗作，由于诗人感情的跳荡急驰，旋律也急骤盘旋。如他为《抗战诗歌》出版写的预贺诗《怒》，就是一个明显例子。这首诗前两节是这样写的：

怒火，
胸里烧红，
脸上烧红，
对沧海，
对青峰，
要狂喊，狂喊！

喊哪！
喊出冲杀，

喊出战争，
是诗歌，
是呼喊，
是无可压抑的热情。

这首诗共十节，八十二行。全诗感情急驰如咆哮江河，读起来让人收揽不住。这类诗在老舍诗作中为数不多。总之，老舍的新诗创作试验的觅寻的足印是清楚的，他似乎还没能抱定一种较稳定的形式，死死地不放松坚持试探下去。

三

20世纪30年代，有人认为老舍写过一些“幽默诗文”，并发表在林语堂主编的《论语》半月刊等刊物上，便把他划为林语堂一派的“幽默家”，此其一；其二，认为老舍游离于政治之外，对革命是远离的，因此对他不无微词。这两种看法的影响，直到新中国成立后仍未消除。

幽默，在艺术上是一种格调、手段。假如生活中本来就存在着幽默的元素，那么在艺术上它当然应有一定的位置。但油腔滑调的恶作剧则与真正的幽默不同，因为那只是如鲁迅说的“将屠夫的凶残，使大家化为一笑”的东西，必须加以反对；如果把幽默立于生活的基础上，给人以喜剧的感染，它引人发笑，但过后又令人心酸，甚至使人下泪，严肃地思考问题，这是真正的幽默。老舍的幽默更近于后一种。

幽默与讽刺似乎难以分家。老舍的幽默不及他的讽刺，说白了，他的幽默不过是他的讽刺艺术的表现形式。人们习惯称老舍某些早期诗歌为“幽默诗”，其实这些诗无一不是对社会人情丑态的讽刺篇章，与其说“幽默”，倒不如说嘲讽更符合实际。比如《教授》一诗，对徒具虚名、不务实事而又爱出风头、拍马溜须的学府骗子，利用漫画的讽刺夸张手法狠狠鞭挞了一通；《长期抵抗》一诗，则借一个街头小流氓的口吻，辛辣地嘲弄了国民党当局在日寇侵略面前不抵抗，还要高喊“长期抵抗”的两面派嘴脸。诗中充满幽默、讽刺，写得具体、生动、形象，立足点也高。肖三同志在1935年自莫斯科寄给“左联”的信中还特别称赞了这首诗，认为“老舍以描写街头小孩儿口角打架的诗以喻对日之不抵抗政策，非常之妙”①。请看这首诗中的部分诗句：

好小子，你敢打？
我立即通电骂你祖宗！
…………
你真过来？咱们明天再见，
和疯狗打架算不了英雄。
我今天不打你，明天不打你，
后天，呕，后天是年节我歇工。
…………
一年，二年，你有多少炮弹？
敢老拍拉拍拉向我轰？
假如你自己震破了手，
难道你妈妈就不心痛？
你看我，身体发肤受之父母，
讲究未曾开炮先去鞠躬。

这里幽默的成分很明显，更厉害的却是字里行间透射出来的那种锐利的讽刺锋芒。它是一幅用文字的颜料涂抹成的卓越的漫画，活活绘出了国民党反动派投

① 转引自《文学运动史料选》第二册，上海教育出版社，1979。

降卖国的可耻嘴脸。还有一首《空城计》，也是以极幽默的笔调活现了当局在日寇进攻面前仓皇逃窜的狼狈相。

这样的诗，很明显，幽默只是外衣，是手段，毫不留情的嘲讽、鞭挞才是本质。如果读老舍的作品，仅仅读到幽默即止，那是并没有真正体味到老舍作品的深刻蕴涵的。

老舍在他的新诗中以他特有的格调为旧世界灭亡谱写着葬歌，但他有些诗也并不使用幽默和讽刺手段。像《鬼曲》一诗，以第一人称手法专写“地狱”的黑暗，在这里“水与夜的交谈操着鬼语”，长齿的白骨，倚桅而坐的骷髅，滴着馋涎轻掉铁尾的鳄鱼……结成一个“鬼”的世界。这首诗的气氛肃杀，不着幽默，也不用讽刺，只老老实实描绘客观实景和“我”的感受，使人读之可闻诗人对鬼蜮世界——旧社会——充满仇恨的切齿之声。

四

1939 年，老舍在给冯玉祥的《抗战诗歌集》（二辑）写的序中，十分称赞这位著名的“大兵诗人”为了抗战而作诗的努力，并希望读者理解他作序的一片苦心：帮助读者了解诗——“读了诗，也明白了抗战，从而努力于抗战”。他在许多地方都阐述过这种写诗为抗战服务的观点。在抗战的岁月中，假如说新文坛上有不少擂鼓诗人，有许多为神圣抗战而把大量的心血化为文章、诗篇和剧作的文艺家，那么老舍就正是其中最有成绩最可敬的一个。为抗战，他别妻弃雏，只身走武汉；为抗战，他奔走呼号，苦撑苦干，精心维护着文艺界团结的大旗；为抗战，他忍着贫穷与疾病的侵袭，甘做“老黄牛”，坚持拖车前进，不舍昼夜地把血汗从笔端滴在纸上，创作了诸多传诵后代的佳作。

如果说在抗战前老舍的诗作，是旧时代走向灭亡的葬歌，那么置身于抗战洪流中的老舍所写的新诗，则是一首首沸腾着爱国反帝热情的战歌。《保民杀寇》《保我河山》《怒》《战》《打》等，单单从这些响亮的诗的标题上，我们就不难发现老舍那誓死抗战的决心、必胜信念及其乐观精神。他的旧体诗如此，他的新诗这方面的内容更为强烈。他在抗战时期写的昂扬着斗争激情的诗篇中，有的赞美一代青年的爱国志气，如《新青年》《蒙古青年进行曲》等，有的歌咏深明大义的年轻妇女，如《丈夫去当兵》，有的为小朋友作歌，记述他们不忘父辈仇的朦胧观念的萌芽，如《她记得》，有的则直接抒发诗人自己强烈的爱国感情，以点燃亿万群众的抗战怒火，如《打》《怒》等。这些诗作战斗性强、感情真挚强烈，跳动着时代的脉搏，可以说句句有情，字字达志，是诗人那一团爱国反帝“情志的纯火”燃烧的结果。

结束了“地狱”的生活，送走了战乱的年头，新中国的成立给历史开辟了一个崭新的时代。大半生生活在穷困颠簸之中的老舍，一接触到新中国的阳光雨露，即感到它的温暖、滋润，在创作一系列歌颂新生活新社会的剧本同时，将他的喜悦赞美之情发为诗篇，放声参加到“社会主义好”的时代大合唱中。

诵读老舍在抗战前、抗战时期和新中国成立后三个历史阶段的诗歌创作，我们不仅感到诗人随着时代风云变换着自己歌喉的清晰脉络：葬歌——战歌——颂歌，这是时代对一个诗人提出的要求；而且，我们可以从这一发展中，找到老舍思想前进的线索：到 50 年代，他已经明显跨出了一个一般爱国知识分子及民主主义者的思想水平，而坚定地站在人民大众立场上，站在社会主义的立场上，自觉做人民大众的“老黄牛”和歌者了。

五

《剑北篇》是老舍在抗战时期，记述他随全国慰劳总会到中原西北慰问抗战军民的一部长篇叙事诗，也是老舍生前到 1980 年前出版的唯一一本单纯的诗。它由文艺奖助金管理委员会出版于 1942 年 5 月。全诗共二十七章，近四千行。书前有作者自序及一篇《致友人函》，说明该诗写作意图、经过及创作甘苦。

1939 年 6 月至 12 月，老舍自重庆至成都，北出剑门，开始了他为期半年的慰问旅程。一路上，他访将士，拜老农，体察民俗民情，与所到处文艺界的朋友们商议抗战文艺工作，连续行程一万八千余里，归来将所见所闻所感铸成长诗，即《剑北篇》。这部长诗，从1940年初开始动笔写，随写随在一些报刊上陆续发表，因中间事务干扰，又插入《张自忠》一剧的创作，一年当中仅完成二十七章。全部按计划写完，还要再续写十三章，总计行数达六千行。但从1941年春，老舍因患贫血病，一切工作停顿下来。以后未能再续，我们所能看到的《剑北篇》，便永远成了不能完璧的“残篇”。

老舍的这部长诗，是抗战诗坛上别树一帜的长卷。朱自清曾在《抗战与诗》一文中，把这部诗与何仲平的《平汉铁路工人破坏大队的产生》并论为抗战诗坛上“有意在使诗民间化”的两部代表性作品，说它“着意铺叙景物的节目”，“发现内地的广博和美丽”，以增强人们的爱国心和自信心。[①]《剑北篇》是带记游性质的叙事长诗，诗人有意“要把长途旅行的见闻作成有诗为证”[②]。因此，读者可以看到，这部长卷并没有像一般叙事长诗那样，有一个统一故事或主人公。如果说有人物，那主要就是诗人自己的形象。诵读长诗，我们会感到诗人忧国忧民的思想感情和他对祖国河山及抗日军民的赞颂。他酷爱中华，因为她有灿烂的文化和悠久的历史；他颂扬英烈，因为他们都把自己的血肉之躯与祖国命运紧紧连在一起；他同情多灾多难的同胞，希望唤醒他们一起把侵略者赶走；他痛恨暴敌，因为他们把我们祖国美丽的山河给践踏了，使我们的人民流离失所；他指斥抗战营垒中的某些败类，因为他们苟安，甚至投降敌寇；他对祖国西北的荒凉颇有感触，力谏当局重视开发；而对于光明照着的延安，诗人两度走过，那里的一切使他无不感到由衷的高兴与鼓舞。全诗所歌所咏都为“爱国”二字所统摄，所以长诗结构虽“散”，而“神”却是集中一致的。

《剑北篇》在形式风格上堪称独到。朱自清先生说它形式整齐，“试用大鼓

① 朱自清：《朱自清文集》第2卷，开明书店，1953。

② 老舍：《致友人函》，载《剑北篇》，文艺奖助金管理委员会出版部，1942。

词更为显然”，“《剑北篇》的铺叙也许有人会觉得太零碎些，逐行用韵也许有人会觉得太铿锵些。但我曾请老舍先生自己朗诵给我听；他只按语气的自然节奏读下去，并不重读韵脚。这也就觉得能够连贯一些，不让韵隔成一小段一小段儿的了”。

老舍创作《剑北篇》时，恰逢文艺界热烈讨论民族形式问题。他不喜欢抽象谈理论，便有意在创作实践上去试验，正如他在长诗的序中所说，这部长诗“用韵设调，多取法旧规，为新旧相融的试验”。

对于这部长诗，胡絜青有一段话讲得很明白：“《剑北篇》是一种既像鼓词，又像新诗，既全用韵，又相当口语化，既能朗诵，又能唱，既有形式格调，又有自由活泼的诗，谁能说这不是一种新的尝试？”确实如此。但正因为是一种尝试，就会有成功，有失败。笔者以为，这部诗作除了尝试上的努力应当肯定外，在艺术形式上还有不少可取之处：其一是写得通俗，尽量选用富有诗意的俗字，使人人可读可诵，即使不识字的妇孺也能听懂，因此易在民间普及，产生效果；其二是给新诗吸收民间形式韵文作品长处积累了经验。长诗有意用口语俗字、采取鼓词较严整的用韵方法，明显增加了音乐的效果；其三因为诗人写得用力，许多诗句颇为新颖、别致，如形容葱郁重叠的群峰，用“绿色千种，绿色千重”，既简练、押韵，又形象、生动，不落俗套。

自然，现在看来长诗的缺点也是明显的：它行行用韵，而又很少换韵，显得呆板。对这种一韵到底的押韵方式，老舍曾屡次说是“上了当”“受了罪”“要了命”。他说，有时候“因一韵之推敲，或费半日的工夫”，“一遇窄韵即如辎兵陷于泥淖，一步也走不动”。[①] 同时，这种用韵方法，也使读者感到有些急迫，没有喘息的机会。又因为韵脚卡得太死，就无法避免以韵限制，甚至损伤内容的毛病：有的地方不能尽所欲言，便不得不止；有的地方少许字可表达明了的，又

① 老舍：《信一封》，《新蜀报·蜀道》1940 年 7 月 1 日。

常需绕弯遣词，诗句的浓缩度也就淡了。再者用韵太死，诗句就少变化，读起来不免沉闷，给人以呆滞感（如朱自清所说，诗人自己不重读韵脚，那自然效果有所不同）。还有，老舍写此诗时着意要“俗”，但又时常找不到那么多富有诗意的俗字眼，便往往不得不借用一些旧的词汇弥补；写景时，因为诗人旧有审美观念的影响，静止的较多，而且过细，颇近西洋技法。如此一来，长诗便给人以“旧诗新写或中菜西吃”（老舍语）的感觉，从而减弱了它应有的力量和锐气。

老舍序文鉴赏（两篇）

《泰山石刻·序》鉴赏

冯玉祥（字焕章）是一位著名爱国将领。1933 年，他组织军民进行了察北抗战之后受到排挤，不得已解甲归隐泰山，住武贤祠。但他身居名山，心却仍紧紧系念着老百姓，经常察访民情，设法替他们办些实事，如置办陈列馆、开设学校启迪民智等，与那些游山玩水以自娱或解脱为目的的达官显贵、骚人墨客全然不同。冯玉祥自幼失学，大半生在戎马倥偬中度过，却酷爱读书、作诗文、练书法。老舍的大名早为他所熟悉。老舍作品的爱国及民本思想以及通俗化特色，又与他的追求相契合，因此在他隐居泰山之时，就极意想邀请当时正在济南齐鲁大学教书的老舍上山教他学文学。老舍感谢冯玉祥的盛情，却婉言拒绝上山，回答是现下正忙于教书、写作，上山的事以后再说。1935 年，冯玉祥从民族大义出发，重新出山，任南京国民政府的副委员长，七七事变之后驻武汉。老舍也于 1937 年 11 月只身流亡到武汉。机缘相遇，受冯玉祥款待，老舍便被邀请住进了冯公馆，这使老舍对冯玉祥有了更多的了解。当冯玉祥决定将他在泰山时主持制作的 48 方石刻拓印出版时，老舍便当仁不让写下了这篇序文。

一部作品的序文置于原作正文之前，其作用在于帮助读者更好地把握作者其人其作。但一些人在为他人所作的序文中，总不免有时溢美言浮，或流于泛泛之论，或伤于太过随意，说了一些与本题无关的废话。老舍的这篇序则全然不一样。《泰山石刻》及其拓印本的读者群显然是有限的，但即使你原作未读过，你也得承认老舍这篇序是一篇内容充实、有真情、有见地、立意深刻的好文章。在这篇序作中，老舍没有采用单刀直入、切近本题的方法，而是先拉开来，由平时欣赏国画产生的感受思考开始，以排比的三个诘问句提起全篇，抓住读者，然后用自我解答的方式亮出自己的鲜明观点。以文章结构看，这首段起得突兀又自然；以论题看，接下去的回答深厚，高屋建瓴。在进一步的自我回答中，序文既严厉批判了帝王将相、达官显贵将山河据为私有的不合理历史现象，又对文人墨客置“溪上正多饿汉”的惨象于不顾，一意去描绘山河无恙，溪畔老叟的使艺术“潇洒出尘”“成了一种玩意儿”的不良倾向。尤其严重的是，上述现象，直到作者写序文的当时——抗战大时代——“依然存在”，甚至有加无减！“富贵者有命，风雅者多趣；以言平民，则肚子饿了顶好紧紧腰带，别无办法。及至日寇逞蛮，烧山毁市，犬马古玩与古书名画，颇有车船可运；把孩子掷在路上与河中者，则仍是平民。”对在国难时期大人先生们的“闲情逸致”及置民众生死于不顾，老舍是充满了愤怒和嘲讽，它充分显示了老舍的民本思想和艺术必须“普罗”（普及到大众）的进步观点。

从序文开头到“大人先生，由来久矣”，构成这篇序文的前半部分。文章作了过半，并未有只字提到“冯玉祥”或“石刻”，但这确实是我们认识冯玉祥及其石刻拓印册价值的有机部分。这是一个铺垫，有了这一铺垫，你才感到冯玉祥及其石刻是怎样站在一个时代的水平线之上；这是一个标准，有了这一做官和艺术的标准做对照，你才更鲜明地感到了冯玉祥的所做及其石刻艺术的更深刻内涵及价值：“若以为这是卖弄高雅，保存诗画，你算猜错，全不相干。”

序文的后半具体叙述了冯玉祥赋闲泰山期间的行为及《泰山石刻》的产生、特点、价值。冯玉祥没有去欣赏泰山冬夏的松雪与日出，而是“偏爱留神山上山下的民间生活”。老百姓的不幸时时引起他的同情，激起他的愤慨。他为民兴办了福利机构，他“心中欲另有一座泰山”——泰山的老百姓。他不但期望泰山的百姓改变贫穷和愚昧，而且期望提醒更多的人，从泰山民间的生活情形得点教训。“民裕国才能富，民聪国才会强”，于是他不但以诗配画的形式添置了 48 块刻石，真实地记录下泰山普通百姓的生活，而且将其拓印出版，以广影响。序文最后从国家本位和人民本位的高度肯定了石刻拓片的价值，“有心人定会由这里悟出战事失败的原因，也会看出转败为胜的关键；平日人民生活的写照，正是目前流民图的底稿。利民者昌，失民者亡；事尚可为，过勿惮改”。这是对石刻拓印稿的精当概括，又是本序文的基本出发点，画龙点睛，语义警策，使序文在意境思想升到最高点时戛然而止，令人叹服。

老舍一生为他人所作的序文不多，在他所写的全部序文中，包括他为自己的作品写的序跋在内，这一篇应当说是最有分量的篇章之一。它将评述对象置于中国传统文化及抗战大时代的双重背景上，站得高，评述具体，语词平实、精当，从而使序文获得了丰厚的内容和鲜明的时代感，列入序跋名篇而毫无愧色。

《老舍幽默诗文集·序》赏析

老舍是一位举世闻名的幽默艺术家。早在 20 世纪二三十年代，随着《老张的哲学》《离婚》等作品问世，幽默家老舍的大名便不胫而走了。但他的幽默绝不仅仅是集纳笑柄，也绝不是仅靠文字俏皮博人一笑，而是有人生社会生活做根基，经过技巧和机智语言突现出来的一种智慧和结晶。它是老舍认知和表现生活的独有的优长。老舍的幽默不但体现在他的长篇小说及戏剧创作中，也表现在他的大量的小品文及诗作中，甚至一篇序文也不乏幽默的色调，这篇《老舍幽默诗文集·序》便是一例。

在 20 世纪 30 年代文坛上，小品文一度繁荣的创作中曾呈现两种倾向：一种是表现为战斗色彩浓烈，能够带领读者一同杀出一条血路来，这当以鲁迅的杂文为代表；另一种则似有引导人脱离开血的现实去寻求“闲适”，“将屠夫的凶残化为一笑”之嫌，最典型的就是林语堂。在一个时期，老舍的幽默文是被一些人误解为更倾向于后者的。这是一种明显的偏见和误解。正像人本身有笑脸，也有哭相；有愤怒，也有常态的不温不火一样，活泼智俏的文字与正严厉色的言辞虽形态色调有别，但在表现的内容和达到的目的上原是可以殊途同归的。请读一读《老舍幽默诗文集》中的作品吧，可以说每一篇诗文都是有针对性的有感而发，在笑声中对社会阴暗面的批评无不是犀利、尖锐的。比如诗歌《长期抵抗》，它将政府当局面对侵略者的入侵而抱头鼠窜，却还要嘴硬佯装“抵抗”的丑行化作街头一对小流氓打架的形象表现出来，主题何等严肃、重大，却取了一种幽默讽刺形态表现出来，这就是老舍的特点。

老舍爱幽默，也会幽默。可以说幽默是老舍在创作上一生的追求。他在20世纪30年代就写过《论幽默》，认为幽默的人能“看出人间的缺欠”和事事中的“可笑之点”。“幽默是种人生的态度，是种宽宏大度的表现”，“是伟大文艺的一特征”，它“笑里带着同情”，但应“通于深奥”。鉴于世人对幽默的各种误解，老舍便乘幽默诗文集出版之际再次申明了他对幽默的见解，只是不像写论文那样一本正经，而是用了写幽默小品的方式，机智地表达了他的否定与肯定，这便是这篇序文的主要内容。

其实，老舍并不重视自己的幽默诗文，他曾经说这些文字他既不留底稿，发表了也不管它，一任它自生自灭，甚至还表示过最好后人也不要去印他的这方面作品。由读者方面来看，老舍这方面的作品是老舍所创造的艺术财产的一部分，理应留给后人。所以在早便有林语堂、陶亢德主动促他出了这本集子。此后，直到老舍逝世16年后，才由老舍长女舒济在原版本基础上增删为40篇，1982年香港三联书店印刷了中文繁体文本，并在6年中再版了6次。1983年由湖南人民出版社出版了舒济编、吴组缃作序的《老舍幽默文集》，其中没收诗作。1992年又由舒济将老舍从20世纪20年代至60年代初的126篇幽默诗文辑在一起，仍名为《老舍幽默诗文集》，由海南出版社出版，它堪称一本老舍幽默诗文“全集”，并附有方成、丁聪、韩羽三位漫画大师的82幅插图，更增强了原作的幽默格调。

老舍在给自己的作品写的序跋中，大多是以平实的文字对写作意图、经过加以交代及对作品的自我说明和评判；少数序文自身则是一篇出色的幽默小品，智俏活泼的文辞，对问题的锋睿的思考以及表述内容和折服读者的那种从否定中肯定、从肯定中否定的独有方式等，都令人赞叹，这篇序文便是一个代表。

不同凡响的一篇画论

——读《沫若抱石两先生书画展捧词》

这是一篇见解深刻、不同凡响的画论，全文约2500字，刊登于1945年1月6日《云南日报》第三版上。以内容看，这篇《沫若抱石两先生书画展捧词》（以下简称为“《捧词》”）分两大部分：第一部分品评郭沫若的书法作品，文字约占全篇的六分之一强，见地卓特独到，由书法论及人格，可看出老舍对郭沫若人格精神之雄大的高度概括力。

老舍与郭沫若的交往，开始于1938年初，中华全国文艺界抗敌协会酝酿成立时期。共同的赤诚爱国之心和在艰苦抗战烽烟中的炼狱考验，使这两位风格迥异的新文学巨子结下很深的友谊。老舍在1941年11月，即写过两文表示了对郭沫若革命品格、治学精神和对新文学贡献业绩的赞扬（即《我所认识的郭沫若先生》《参加郭沫若先生创作二十五年纪念会感言》）。这篇《捧词》要算第三次公开表示他对郭沫若的敬佩了。老舍高度盛赞郭沫若轻模仿而重独创的“天才”。他说：“假若我问郭先生的书法有何来历，差不多便是轻视他。郭先生的天才极高，无论是创作文艺，还是考证史实，他都无所依傍的独身创辟。”至于书法方面，老舍说郭沫若是“自成一家”，“他的字体时时改动，有时很刚硬，有时很柔媚，有时弛放，有时透敛。……作字正如作文，他作起来便忘了寝食，下笔万言，我喜欢他的字，正如喜欢他的人；假若见不到他本人，我便愿意看看他的字，在他的字里，我可以看出他的落落大方与风流儒雅”。

老舍与绘画结下不解之缘，也许开始于在他1931年与画家胡絜青结为终身伴侣之时。他不是画家，但确确凿凿是画家的知音，是一位十分内行的绘画鉴赏者和评论家。早在20世纪30年代，他就发表过《观画记》一文，表示过对“河漂子”

似的西洋画的反感；接着为桑子中、关有声等画家的集子作序，为山东的《海岱画刊》撰写发刊词等。抗战至解放战争时期，又为冯玉祥诗、赵望云画《泰山石刻》作序，并发表了《连环图画》《看画》《漫画》《读画小记》《傅抱石先生的画》《谈中国现代木刻》等很有见地的品画之作。新中国成立后兴味未减，每有画展必往观赏，先后写了《画舫斋观画》《看迎春画展》等近十篇文章。如果把老舍的这些论画的文章联起来读，可以看出他的鲜明的绘画观和对美的追求。

老舍论画的特点，一是精当、简洁，可谓言简而意赅。二是行文看似随便，每每又自谦为“外行”，但篇篇都是严肃点评之作，深刻独特，不同凡响。三是有好说好，自己感到有缺欠，即使是至友的作品，也绝不客气。在这篇所谓《捧词》里，实在找不到半点“捧”的意思就是一个证明。四是其主张在继承中国绘画传统的基础上，中西融合发展中国画的观点很鲜明。这些特点，在《捧词》一文中得到了较集中的体现。

傅抱石的作品是继承中国传统画法较典型执着的代表，因此被人误解为过于墨守成规。老舍则正从这一点上充分肯定了傅作的成就。他称赞傅作具有顾恺之画的强壮的“笔力”——“艺术的一种根本力量”，因此傅作“不是美的装饰，而是美的原动力”。老舍认为，傅作的“笔力”是“每一个中国画家所应当有的。有此笔力，才有了美的马达，腾动潜水无往不胜矣”。老舍还赞美傅抱石的山水画设色妙，认为他有时“虽只点了一个绿点，而使我们看到那个绿点是含满了水分要往下滴出绿的露！他的‘点’正如他的‘线’，是中国画特有的最好的技巧，把握住这点技巧，才能画出好的中国画。能画出好的中国画，才能更进一步地改造中国画”。

“笔力”是保持住中国画特点的前提，作为艺术的基本的力量，它是“永远不能改动的东西”，否则就很难达到预期效果。老舍举了他另外一些友人的作品做证。他说，赵望云“以十年的努力，做到了把现代人物放到中国山水里面，而并不显得不协调，这是很大的功绩！”他很会着色、用墨、构图，但就是缺少“中国画所应特具的笔力……他的笔太老实，没有像刀刻一般的力量”。丰子恺呢，老舍说，他的大幅山水、人物画“简直是放大的漫画”。他很会取题旨，画也有相当的分量，“但是因为不分粗细，不分浓淡，而失去绘画的点线之美。他能够力透纸背，而不潇洒流动。他只注意了笔，而忽略了墨”。评论到关山月的作品，老舍认为，他画山水，“用笔非常的泼辣，可是有时候失之粗犷。他能放，而不能敛。‘敛’才足以表现力量”。老舍说，画人物时，关山月一笔不苟，非常工细，“可是他似乎是在画水彩画……缺乏着独立的美妙”。

老舍说，“真正的中国画，是每一笔都够我们看好大半天的”，就因为有“笔力”。而我们不少画家则缺少这一点。他们的笔力很弱，所以时常能教我们看见一幅美景，“而不能教我们从一线一点之中找到自然美与艺术美的联结处——这个联结处才是使人沉醉的地方！”

由对实际作品的品评，老舍最后提出改进和发展中国画的途径。他写道：“凡是有意改进中国绘画的都应当第一去把握到中国画的笔力，有此笔力，中国画才能永远与众不同，在全世界的绘画中保持住她特有的优越与崇高；第二，去下番功夫学西洋画。有了中国画的笔力，和西洋画的基本技巧，我们才真能创造现时代的中国画法。”

《捧词》是一篇表现了老舍有很深绘画理论修养的重要画论，其为文作风及所论内容对于今天如何发展中国画都不能说没有它的现实的意义。

第三编

生活浪花采撷

老舍的从教生涯

1918年6月，老舍以全年级第五名的优秀成绩获得了北京师范学校的毕业证书。他感谢这所学校给了他知识，塑造了他为人师表的品格；更感谢母亲在艰辛中支持了他十几年的学习生活。当他以十八岁的年纪结束学子生涯、投身社会的时候，曾情不自禁地对母亲表示：从此你可歇歇了。抚养家庭的重担从此换到老舍的肩上了。他的心态也过早地告别青年，而入于中年。

这年7月18日，京师学务局下达了第21号“委任令”：“兹派舒庆春为京师公立第十七高等小学兼国民学校校长。此令。”老舍没有辜负五年的师范教育，他的文化知识和思想体系，随着个体生命的社会化完成而进入一个新阶级，他过去积蓄的知识能量，如今要开始释放了。他的心被教育事业支配着。十八九岁的毛小伙，如今要独立支撑一所小学和国民学校，一切主意要他拿，这是信任，是试炼，也是施展才华抱负的机会。

时代使老舍的教育思想增加了不少反传统的因素。他主张“对于学校之组织，必须注意儿童、家庭与社会三方面，取一遗他，是谓破碎之教育”。只将儿童封闭在学校，“守其枯涩生活，埋首于书籍”，纵然造就“学校之优良分子，而不能肩重行远，以改革家庭与社会”。他认为，这样的学生出了校门，不是迫于社会习俗，抛弃所学，淹于世俗中，便是以其所学所得的狭隘训练，而引导社会家庭入于迷途，倾覆固有文明。基于这种认识，老舍团结教师，尽可能更新教育内容，注重对学生技能的培养，提倡和力促学校教育与社会、家庭的紧密结合，以便给社会造就更有用的人才。仅仅一年，初试锋芒的老舍在教育战线上的考绩即表现出来，取得同行和上级认可。1919年下半年，京师学务局选拔几名有成绩的校长去教育发达的江苏、南京、上海等地考察教育，老舍便是其中之一。转年，由教育家马叙伦等教授倡议成立了北京教育职员公会，老舍被选为该会小学部委员。显然，他在京师小学教育界已崭露头角。

两年教育实践的成果和参观考察教育的经验，无疑进一步鼓舞了这位初出茅庐的青年教育家的干劲，使他对自己的事业更充满自信。1920 年 9 月 30 日，老舍又接到京师学务局新的“委任令”：任命他为京师郊外北区劝学事务所劝学员。薪水也由几十元而增到二百元。这又给老舍施展教育抱负提供了一个更有利的机会。当时北京划分为内、外城四个区和郊外四个区，老舍的职务实际上管辖了北京八分之一地区的中小学和国民学校、私塾教育。接任后，老舍由方家胡同迁到德胜门外关厢路西华严寺庙内的郊外北区劝学事务所。走马上任的老舍，起初还像刚当小学校长那阵，想大刀阔斧整顿学风，树立正气。在很短的时间内，他根据实地调查，首先请求京师学务局和教育部，立即解散十七处私塾，指出私塾教师的守旧和不良作风严重影响着孩子们的健康发展。他的报告很快得到重视，教育部并指令京师劝学所办公处及咨步军统领照准执行。其次，在调查中，老舍发现有些地方恶霸、绅商分子破坏学校教育。他又上呈，指名道姓要求上级惩罚北郊东坝镇破坏国民教育的绅商分子。再次，在整肃危害教育旧风的同时，他还上呈建议成立郊外北区公立马甸镇清真回民学校，不久即得到批复照准。使老舍深感不满的是他要求惩处破坏学校教育绅商的报告未获支持，上司借口学校已与商团和解矛盾为由而不了了之。初涉世事的老舍，已感到现实的制度和环境不是像他想象设计得那样美好，那样惩恶扬善，教育人走正道、直道。为了生活，有时不得不走弯路，否则就得准备打破饭碗。

在小学教育中，国文教育是最重要的一门课程。它不但担负着教授学生提高说国语和写作能力的任务，而且兼具培养学生思想品德和爱国主义教育的光荣任务。而当时一般私立小学语文教师都大多仅识一些字，知识陈旧，他们没有机会接受像老舍那样受到的正规教育。为了补救这个缺欠，1921 年夏，在老舍的一力主持下，成立了以提高私立小学语文教员国语水平为宗旨的“京师私立小学教员夏期国语补习会”，犹如今日之短期讲习班。热心的老舍担任了补习会的“经理”。盛夏酷暑之中，老舍尽心尽力为办好补习会奔波，并亲自撰写了京师私立小学教员夏期国语补习会纪事《弁言》，记载了这次活动的宗旨和经过。

在任劝学员的同时，老舍还接替前任劝学员包庸所担任的教育部通俗教育研究会会员及京师公立北郊通俗教育讲演所所长之职。凡此都说明，劝学员任上的老舍，正以积极入世的态度展现才华，施展抱负。

但事与愿违，老舍对腐败的教育官场很快失去信心。1922 年 9 月，老舍辞掉劝学员来到天津南开学校任初中部国文教员，兼任辅导员和校出版委员会委员。他从黑暗、敷衍、堕落的官场世界来到这里，收入少而工作累，心情却分外舒畅。他过早地失去的青年心态因得到青年学生的感染仿佛一下子又回来了。他的报国志向也因此表现得更深沉和阔大。1922 年 10 月 10 日，南开学校大、中学部联合召开“双十”节庆祝大会，老舍激昂献辞：“我愿将‘双十’解释作两个十字架。为了民主，为国民的共同福利，我们每个人须负起两个十字架——耶稣只负起一个，为破坏、铲除旧的恶习、积弊，与像大烟瘾那样有毒的文化，我们必须预备牺牲，负起一个十字架。同时，因为创造新的社会与文化，我们也必须准备牺牲，再负起一个十字架。”

1923 年春，老舍辞掉南开教职，回到北京任教育会秘书，并在北京一中兼教国文、修身等课程。从小学到中学，老舍的思想、业务都在升格。他且战且走且在寻觅着自己的社会定位和人生价值。1924 年，老舍走出国门，被聘为伦敦大学东方学院的华语讲师。没想异国他乡的教书谋生，开启了老舍生命的另一半——文学创作生涯。对老舍来说，五年洋教席，实在是他开阔视界、增长知识和培养民族爱国感情的难得机遇，由此他开始两只脚踩着两股道的劳累生活。

匆匆五年，老舍结束在英国伦敦的教学生活，回国途中又在新加坡华侨中学教书半年，东方被压迫民族的革命欲望和思想给了老舍新的启迪。1930 年初始老舍回到祖国，几个月后他即叩开国内大学的门槛，先后任教于济南齐鲁大学和青岛山东大学达六年之久。老舍以一位成名新文学作家的身份跻身于中国最高学府的教授行列，无疑显示着他的个性特色，同时也标志着他在教育领域里的攀登达到了最高的层面，尽管此时他的兴趣被文艺创作吸引着，然而他对教学的认真，他对学生的负责任，他所开设课程，如小说作法、高级作文和文学概论等均受到学子们的欢迎。

抗战打乱了中国教育的秩序，同时也改变了老舍的生活道路。1937 年 7 月他还接了齐鲁大学的聘书，准备重返齐大执教文学院。终因形势急转，老舍的身心几乎全投入到抗战文艺事业上了。但他对教育并未忘情。他不但写有谈教育与抗战不可分割的专题文章，而且频频到迁移到大后方的华中大学、复旦大学、西南联大及一些中学等去讲演、座谈。抗战后期，他还亲口答应燕京大学校长梅贻宝，准备去设在成都的燕大任教。

新中国成立后，老舍依然没有忘记为教育尽心尽力。他先后去南开大学、北京大学等许多高校、中学做专题报告；在 20 世纪 50 年代初，他还和李何林、王瑶等专家一起拟订了“中国新文学史教学大纲”，此大纲成为新中国十七年中高校中文系教授现代文学的唯一指导纲领。

老舍，从师范毕业到离开人世（1918—1966）的四十八年中，有二十年过的是执教鞭的讲台生涯。如果评断他一生对社会的贡献，最耀眼的当然是文艺创作；然而实事求是看，老舍一生对教育的付出实在也是不能不叫人敬佩的。由教小学而教中学，而教洋人，而到屹立在大学的讲堂上，整整二十个年头，对于一个人来说，这种在教育界的丰富阅历，遍查中国的教育史，不能说是唯一，也实在是少见。丰富的教学实践塑造了老舍全方位的教育家的形象；教育必须与社会、家庭紧密结合的主张，教育管理，特别是幼儿及小学教育的管理经验，以及战时教育必须是抗战教育的提倡，和教育与文艺结合的理论倡导等，都使老舍作为一位教师和教育工作者冲出了“教书匠”的层面，而跃上高层次的教育台阶。综上可见，老舍不但是中国现代文艺创作的显赫巨子，而且是中国现代教育史上一颗耀眼的明星。

老舍：京剧行家

如果说老舍是一位小说家、话剧艺术家，乃至对通俗文艺也是行家里手，这大概不会有人表示异议；若说老舍也是一位中国艺术“国粹”——京剧的内行，恐怕就会有不少人将信将疑了。其实，老舍与京剧的结缘源远流长，到晚年则完全可以名列京剧作家和鉴赏评论家行列而毫无愧色。

清末旗人大都有一个业余爱好，即玩票或做票友。大概受这种世气族风影响，作为满族正红旗后裔的老舍从小就喜串书场、看京戏，从此培养了他对民间艺术和传统艺术的兴趣。20 世纪 20 年代初期，他在任中学国文教员时，一高兴就时常逸兴遄飞地唱一支昆曲的“二转货郎”的曲子：“想当初庆皇唐太平天下，访丽色把蛾眉选刷……”一边唱，一边用手拍着“四眼板”，“颠”“滑”“哦”“擞”，无不显示一个有功夫、有修养的艺术家的仪态。他给学生讲授诸葛亮的《出师表》，有时也联系京剧中的诸葛亮形象，然后大讲谭鑫培演《失街亭》如何传神，大赞谭的念白“悔不听先帝之言，错用马谡，乃亮之罪也”的神色苍郁、字音沉重的表演的深刻，然后他又模仿谭鑫培的白口再念一番，令学生佩服不已。不过，老舍对传统戏曲爱好有一个倾向，即比起才子佳人题材的剧目，他似乎更钟情慷慨悲歌，更青睐那些讴歌爱国志士、民族英雄及怒斥弄权肆虐、作恶多端的奸佞之臣的戏。因此，每每感到郁闷之时，“偶尔他唱出一两句京戏也是悲壮之歌”（宁恩承语）。如“南阳关斩忠良权臣当道”等词句，明显表现出来老舍性格“金刚怒目式”的一面。

到老舍走向创作道路之时，他没有从戏曲开始，这是因为他认为写戏或剧本是个神秘而高尚的工作，是“神的游戏”，他是肉眼凡胎，因此不敢轻易涉足。早年他也写过剧本，但均没有勇气拿出来问世。抗战开始以后，出于爱国宣传的需要，他开始向“剧国”进攻，首先公之于世的便是从 1938 年 3 月到 6 月写的四出“抗战京剧”：《新刺虎》《忠烈图》《薛二娘》《王家镇》，并在同年 8 月与一篇小说三篇通俗文艺作品合编成《三四一》一书出版。《新刺虎》歌颂支持丈夫从军杀敌、自己又智歼鬼子兵的中华好女子康氏。《忠烈图》歌颂陈家忠烈，描写夫已殉国的陈寡妇如何教子及以身报国的故事。《薛二娘》（又名《烈妇殉国》）歌颂薛二娘大义灭亲的高尚品德，强烈抨击汉奸的无耻。《王家镇》则写河北薛成义财被抢光、家人被杀绝后流落在山东某镇，动员和团结全镇村民“齐心杀敌寇，保我锦江山”的故事。尽管这些剧目在内容与形式的结合上显得简单、稚嫩，但无疑，在用京剧形式表现现代题材上，老舍应是最早的探索者之一。

1949年以后，老舍已攻占了“剧国”，主要成就在于创作了《龙须沟》《茶馆》等二十多部话剧。但他对戏曲仍然十分倾心，先后改编了《十五贯》《王宝钏》。前者由昆曲剧本做蓝本，原作很长，老舍把它缩减到八场，剧词全部重新写过，情节亦比原来更精练、人物性格也更鲜明了。后者与其说由老本子改编，不如说是作者依据流传悠久的王宝钏的故事进行再创作的作品。在新作中老舍突出了一个丞相之女敢于反抗父母之命，脱去锦衣绣裙，离开相府，甘于独守寒窑十八年的坚贞品格，在词语、歌唱、扮相及节奏上都显示出老舍自己的独创。而《青霞丹雪》则是借明朝历史故事抨击奸臣当道、歌颂清正忠良臣子冯丹雪和沈青霞的一出戏，它是老舍少有的历史题材的作品，其意旨则当与吴晗的《海瑞罢官》相类。这几出京剧都曾得京剧名家好评，设若不是一个京剧行家，这些成就是很难取得的。

老舍的京剧修养是很深的。他几乎看过他生活时代的所有京剧名家演出，与他们交朋友，写观戏感想，均表明他对京剧的一招一式都熟悉，对京剧的长处和短处都了如指掌。因此他的点评就时常令京剧权威们叹服。例如他看了翁偶虹改编的《将相和》，既认为它在唱、念、做、打上满足了观众，又指出改编因沿袭旧本子受到技巧限制，线条有点“粗简”，但整个戏是成功的，“所以能叫座”。

老舍并由此剧改编赞誉翁偶虹：“几十年前的翁麟声，现在是大有火候的翁偶虹了。”此外，老舍还写了许多纪念京剧大师及评论京剧的文章，如《谈将相和》《观戏简记》《从盖老的〈打店〉说起》《舞台花甲》《郝寿臣脸谱集·序》《马连良演出剧本集·序》等，都表明他对中国的文化国宝的独到而深邃的认识和见解。

老舍与文学青年

21 世纪初，北方某报刊登了一篇作家访谈录，“谈主”是一位知名作家，20 世纪五六十年代还是文学青年的他与老舍有过生活与工作上的交往。他曾经要求老舍为他的一本集子写序言，不知为什么老舍推辞了。他谈到老舍对待文学青年的态度，用了诸如“看不起”“几乎没什么关心”“不太热情”“傲气”“架子大”“不耐烦”等词语。我以为，如果对于个别人来，有这样的感觉是可能的；如果泛指，说这是老舍对文学青年的基本态度，则显然违背事实。

文学史的史实告诉我们，任何一位有成就的作家都有无数文学青年仰慕、追随、尊敬；也没有任何一位有成就的作家不爱护、不以诚挚师友的态度对待他的读者或虚心求教者的。我们读鲁迅、郭沫若、茅盾，读巴金、曹禺、冰心、叶圣陶等作家，无不为这些文学巨子对待文学青年或后学者的热情、循循善诱及谆谆教导而肃然敬佩。可以毫不含糊地说，老舍也不例外，甚至可以说，老舍还比他们当中的一些人做得更好、更出色。从 20 世纪 30 年代初老舍成名回国时起，还没立稳脚跟，就应邀去给大学国文系的学子们讲演创作经验，直到他去世，三十余年间他对文学青年或文艺爱好者所花费的时间和付出的心血，真真实实难以计量。

老舍对文学青年的关爱几十年如一日，是一贯的。他那些贯串他一生极为丰富的各种形式的讲述写作经验的文章，深深烙印在广大文学青年的脑海中。早在 20 世纪 30 年代之初，老舍就对在文艺创作上崭露头角的青年学生臧克家、徐怀中进行面对面的指导，并撰文予以热情鼓励。不但对自己的学生如此，在一篇文章中他还亲昵地称向他求教的文学青年为“我的老弟”，表示了他与文学青年或文艺爱好者的亲密无间。我们知道，当时教授兼作家的老舍，除了向社会上的文学爱好者公开自己的写作经验教训之外，在课堂上还专门开设小说作法一类课程，以指导青年学生写作。可以说，老舍的许多心血都花在了授业对象青年人身上了。

在艰苦的战争年代，老舍这位舍家而全身心投入民族解放斗争的文化战士，丝毫也没放松他对青年文艺爱好者的哺育培养。做报告、看稿、复信、答问、发表指导创作的文章，可以说，能采用的辅导形式老舍都用过。

1949 年后，老舍从美国回国，他一接触到那些拥有新生活经验的青年文艺爱好者就十分羡慕，热情向他们发出“青年朋友们再多多创作吧”的呼唤。此后在一系列文章或报告中，都热情谈论“青年作家是文艺发展的希望”，没有青年作家，就会使“作家协会变成了老绝户”。因此老舍急切地呼喊“培养作家队伍的新生力量是我们今天迫不及待的事情”，老作家应当“毫无保留地传授本领”，“帮助青年作者提高”，并且热情为青年作者“扬手送行”。老舍还一再为新中国已培养出一批颇有成就的新生力量而“感到骄傲”。诸如这类关心、支持、呼唤青年作者的话语，在老舍 1949 年后的著述中真是俯拾即是，不胜枚举。

无数事实告诉我们，老舍关心青年作家或文艺爱好者绝不仅仅是停留在一般号召或只泛泛发表一些谈创作的文章算完事，他指导的最突出特点是具体、针对性强，可操作性强，注重基本功。老舍写给文学青年的指导写作的文字，或做报告讲演从不长篇大论，他总是从自己的成功或失败经验中摆出问题，要不就从青年作者易犯的毛病切入论题，然后论及创作文字、技巧、生活、思想等各个方面，不厌其烦地教人要端正写作态度、目的，怎样先学习语文，怎样丰富生活，怎样储蓄思想，怎样勤学苦练多读多写，从用字、用韵，写通顺，表达清楚，剔除学生腔，不乱形容，别怕改，别不好意思，进而到怎样再求形式、篇章结构和谐匀称、内容充实、风格完整、质量提高，直到青年作者必须加强自身“修养”和“全面地准备”等，无不一一谈到。他甚至热切期望每一位文学青年都能成为一个“文武昆乱不挡的人才”。

掰开揉碎、苦口婆心、翻来覆去、不厌其详、不避过细，唯恐初学者听不明白，把握不到，这种对后学者的至诚至爱的认真负责态度和精神真叫人敬佩不已。理论的阐发在于折服，而经验、技法的传授则在于让人学到手并运用到实践中去，具体可行，收到立竿见影的效果。可以说，老舍对文学青年的指导与哺育就具有这样的效果。

青年人具有许多优点，诸如热情高、上进心强、朝气蓬勃，但也同时存在缺点，如思考和处理问题欠周密慎重，好急躁，喜欢听赞扬的话，不愿听别人批评自己等。而老舍由于社会经历过早地结束青年时代走入社会挑起生活重担，也就过早地结束了像一般青年人应具备的青年心态阶段。因此，在对待青年文学爱好者的问题上，老舍有一个不大同于一般人的特点，即他绝不无边际的大赞大捧，亦即绝不无原则迎合某些青年人的心理，把好话、赞美的话说过了头，而是实实在在讲优点，也实实在在讲缺点。所以指导青年作者写作时他往往从纠正“不应该”怎么写入手，从挑毛病开始切入，然后导向正路。人们在老舍指导青年人写作的套路中，是绝对找不到鲁迅曾指出过的“捧杀”现象的。老舍认为，青年人对自己的优点往往是自负的，这不是什么缺点；而对自己的弱点，诸如浮夸、轻率、缺乏实际经验等，少有及时自我认识和控制，则应及时指出。所以，在他的早期小说《赵子曰》《二马》中，老舍对赵子曰、莫大年等大学生的急躁、轻浮等行为给予了严厉批评。在20世纪二三十年代革命气息昂奋的中国，老舍对青年学生取这一角度和态度是被认为不合时宜的。当然老舍绝没有轻看青年人的意思，他在批评赵子曰的同时，对赵子曰也寄予希望，并塑造了李景纯、李子荣、马威等可爱的青年人形象，他们既踏踏实实做事，又热情执着上进。对待有志于文学的青年也是一样，老舍既肯定他们的优点，更时时针对他们的毛病提醒他们：要当一个真正的写家必须从字、词、句及韵的基本功做起，不能图虚名，不能走捷径，更不能投机取巧。要准备吃苦，像出力流汗的木匠、像下蛋的母鸡、像抬滑竿的脚夫及拉洋车的人力车夫，需要巨大付出。

早在半个多世纪以前，老舍就在一篇名《知难而进》的文章中告诫文学青年："文艺也跟别的科学技术一样，都不是一蹴而就的"，应"先努力学习，且慢求发表"。我们"万不可因发表与否的问题而先从事于文艺以外的勾当。从事文艺并不是做买卖"。"假若必须今日拜客，明天请酒，而后才有文章刊登出来的希望，那我就宁可去拉洋车，也不再干文艺！"老舍还一再针对青年人的特点告诫道：要先做人再做写家，"假若人格不崇高，气度不宏大，而只仗着几个漂亮文字支持自己，则必难有建树"（1942 年《献曝》）。

不少前辈作家对后学者的指导喜欢用公开评论或为青年作者作品作序的方式。查询老舍一生著述可见，他直接公开发表的评论青年作者作品的文章实在不多。最早的文章有两篇，1949 年后也没有几篇。1932 年写的《臧克家的〈烙印〉》，既充分肯定、赞美臧克家诗独有的"刚劲、直爽"，说"这个劲不是酸溜溜的""调货"，而是"要在这黑圈子里干一气"的生活态度（老舍在文中说他"最恨"不吃饺子专吃醋的那酸溜溜的"调货"）。同时，老舍批评臧克家诗有的篇什"有字无味"及在文字、比喻、韵脚、境界等方面的"勉强""不甚高明"等缺点。老舍的评论是实实在在的，绝没有一点儿"捧"味。

1935 年发表的《芭蕉集·序》是老舍一生中唯一一篇为青年作者作品写的序文。就是这不足四百字的唯一一篇为青年作者写的"序"，也因原书出版的搁浅而未能与书一起问世，直到 1935 年 12 月 22 日才在天津《益世报》副刊上作为一篇短文刊出。有意思的是，老舍一生那么热情爱护文学青年，他为什么几乎不用作"序"这种方式来哺育文学青年？是因为几十年中就只有徐中玉求老舍作序吗？显然不是。

老舍究竟为什么拒绝用作序方式关爱青年作者？我们从《芭蕉集·序》中可依稀寻到一点儿蛛丝马迹。其一，老舍说，"序的正作用是扼要的精到的介绍一书、一作家的思想与特点，使读者在读前有个清楚的认识，或者读后有个意见的参政"。而年轻人的"文章、思想、感情、经验都正在发展前进，不能轻易下断语”，“做不好便有骗人或引人走错了路的危险”。不了解作者和作品而写序的误导或骗人是老舍所不为的；而年轻人发展变化不定型又使他“不能轻易下断语”，这序自然也就无法作。其二，老舍说序的作用是“捧场”。违心的吹捧“骗人”或误导，肯定为老舍所反对。而真正好的作品，老舍认为本身就会带来声誉，用不着别人再来“锦上添花”。其三，老舍说序的作用是“鼓励”。对青年人，这“鼓励”的话似乎不能拒绝说，于是老舍肯定徐中玉的散文作品“有了很好的根底”，“再加以经验与努力，他是有希望的”。老舍是作为文学前辈和师长的双重身份来为徐中玉的散文集作序的。毋庸说，老舍对徐中玉的了解不是对一个一般文学青年的了解。所以序中老舍特别称赞徐中玉“是个很缄默而用功的学生”。我们看到，一者老舍“鼓励”作者的话很有分寸，没有任何华丽的桂冠，而且“鼓励”他“有希望”是以“经验与努力”做前提，失掉这两点，“希望”就会成泡影。肯定徐中玉是个“很缄默而用功的学生”实际上是老舍接受写这篇序的最重要原因。试想，设若换上赵子曰、莫大年，或阮明之类的张扬、浮躁、不好好学习还要高分数的学生，不管自以为自己是怎样了不起的“天才”，如果拿着文稿去找老舍作序，恐怕都会被拒之门外吧。

由以上分析可见，老舍自《芭蕉集・序》后三十年，直到他去世前再没给任何一位青年文学作者的作品写过一篇序，这似是老舍给自己设定下的规矩。假若真是如此，我以为这规矩显然不是“傲气”，不是“架子大”，而是恰恰表现了一个良师关爱青年的严肃与负责任。这种做法虽然可能使少数被拒绝者感到不快或失望，甚至怨恨，但绝掩遮不了老舍对广大文学青年的持久热情扶持与哺育的一片爱心。

粗粗回忆和梳理一下老舍一生关爱文学青年所付出的劳动和心血，尤其是那些实践性极强、车载斗量的为后学者写的经验文章，你怎能不叹服这位现代中国文学巨擘对待青年的那副婆婆嘴后面是一颗何等炽热的心！老舍，无愧为文学青年一位最真诚合格的良师！

老舍与南开

一、在南开

老舍在南开学校任教仅有半年时间，但是在他六十七年生命历程中，这段并不算长的经历的确具有非同寻常的意义。

1922 年夏秋之交，老舍应聘来到南开学校任初中国文教员。9 月 4 日新学期开学老舍走马上任，《南开周刊》第 41 期特发专文《欢迎新师长》，称赞包括老舍在内的十多位新聘教师“学识经验都甚宏富，造福南开定非浅鲜”。老舍担任了初中国文教员兼初中二年级七组（班）辅导员。10 月 13 日南开学校出版委员会成立，老舍作为教职员代表担任了委员之职。11 月，老舍又被聘为中学部汉文演说会的顾问及评判员。在这半年里，老舍发表了他的第一篇译作《基督教的大同主义》（见《生命》月刊 1922 年 12 月第 3 卷第 4 期），创作并在南开自己的刊物上发表了他最早的短篇小学《小铃儿》（见《南开季刊》1923 年 1 月第 2、3 期合刊）。①

在 20 世纪 80 年代，我曾经专程到北京呼家楼，访问与老舍同在南开任教、并与老舍一起在师生面前表演过相声的朱星樵老先生。他说，老舍和他很合得来，两人在天津都是单身，整天在学校与学生混在一起，参加学生的各种活动。他说，老舍擅讲、擅写，幽默智慧，和同学相处融洽，学生都乐于接近他。老舍在南开的时间不长，但老舍留给南开的记忆是深刻的、长久的。

老舍究竟是怎样来南开的？首先是南开的“磁力”吸引了老舍。当时南开在校长张伯苓支撑下，会聚各方社会精英讲演、任教，后来成为名学者的侯外庐、

---

① 另发现他有一篇亦可称微型小说的《她的失败》发表于 1921 年 5 月 15 日《海外新声》第 1 卷第 3 期，日本广岛高等师范中华留广新声社编辑发行。

范文澜、罗常培等都曾执教南开。老舍是办教育的，自然倾慕南开的声誉。具体的机遇则是他的同学罗常培恰好在南开的聘期到，要回北京一中任职。而这时老舍任北京郊外北区劝学员，对军阀制度下的旧教育已心灰意冷，又正与上司不合愤而辞职，便经由罗常培举荐，欣然接了南开的聘书。那么又为何只有半年时间就离开南开了呢？分析起来原因就不那么单一了：或许因为薪水微薄而难养家糊口，当劝学员月薪两百元大洋，在南开只有五十元；或许因为老舍孝心特重，不在身边孝敬寡母多有不周不便；或许因为老舍自幼蓄积了浓重乡情友情，北京对他的牵制力太强；或许为了报谢天津籍同学朱荫棠曾在他主持的北京方家胡同小学任教，如今他来天津任教，朱荫棠在当年中秋节还特意在同福楼设宴，二人各饮酒二两，然后在南市一家茶馆品茗赏月；也许，更综合地看，年轻的老舍，正在且战且走，寻找着自己的人生价值和更合适的社会定位，思索追求更高远的目标……

尽管老舍在南开的日子不长，它却是老舍生活史上重要闪光的一页。1937年1月，老舍在青岛的一次讲演中说："'做督学'月薪两百元，后来我一怒辞职，跑到南开学校教书，只给五十元，咱一高兴，就干下去。一天上二班，一星期就是十八个钟头，还得改一百五六十本卷子……虽然这样忙，没有时间，但天天和书本接近，与自己有莫大的好处……所以我跑到南开是对的。"第二年又在一篇《小型的复活〈自传之一章〉》散文中写道："（到南开教书）我很快活：我又摸着了书本，一天到晚接触的都是可爱的学生们……挣的钱少，做的事多，不肯花钱，也没闲工夫去花。一气便是半年，我没吃醉过一回，没摸过一次牌。累了，在校园里转一转，或到运动场外看学生们打球，我的活动完全在学校里，心整，生活有规律；设若再能把烟卷扔下，而多上几次礼拜堂，我颇可以成个清教徒了。"到了20世纪40年代，老舍还和曹禺联名写下一首长诗《张伯苓先生七十大庆》祝贺南开学校的缔造者寿诞。

老舍与南开结缘，还有一件小事值得记述。即那时天津有一道小菜叫"烧铁雀”，每每学校职工食堂菜单上列有这道小吃时，老舍便悻悻地离开食堂，宁肯到街上小馆去吃面条。据老舍友人宁恩承回忆说，老舍把这道菜叫“麻雀之难”，“老舍不忍吃麻雀。他说麻雀小得可怜，不忍心吃”。表现了老舍对弱小者的同情，后来他还专门写了一篇散文《小麻雀》抒发他的这种思想，并期望弱小者尽快觉醒起来，以争取独立做生活的主人。

总之，当年老舍走出北京，走上天津南开的讲台，是他对旧官场的果决弃绝，是一次人生旅程中的重要转折。他在南开试写的表示“当国文教员都能写两下子”的短篇小说《小铃儿》，标志着他在懵懂中开始轻叩了一下中国新文学的大门。果不其然，老舍回北京两年后便赴英任华语讲师，同时便在异国他乡正式开始文学创作生涯，用他接连创作的两部长篇小学《老张的哲学》《赵子曰》敲开了新文学的大门。而《赵子曰》中不小篇幅写主人公在天津的活动，其生活场景体验也正得益于老舍在南开时期的经历与观察。

二、赞南开

1946 年 8 月，《伉俪》月刊第三期刊登了一首老舍、曹禺联合署名的长达近百句的祝寿诗，题目是《张伯苓先生七十大庆》。张伯苓是中国现代著名教育家，是闻名中外的南开学校和南开大学的创始人。事情是这样的：1946 年 3 月，老舍与曹禺应美国国务院邀请作为中国民间文化名人访问美国，期限一年。曹禺是南开培养出来的学生，老舍曾在南开学校任教。此时张伯苓正在美国访问，适逢七十寿诞。在异国他乡的南开校友们便聚会纽约，为老校长七十华诞庆贺。老舍、曹禺闻讯后，写下这首贺诗。诗作摒弃一般旧体贺诗形式，完全取新诗形式，挥洒自如而又真诚、热情。

贺诗共九十四句，分十节。贺诗写张校长倾心南开：“在天津，他把臭水坑子，/变成天下闻名的学堂，/他不慌，也不忙，/骑驴看小说——走着瞧吧！/不久，他把八里台的荒凉一片，/也变成学府，带着绿荫与荷塘。”日本侵略者来了，他们“特别加劲儿祸害张校长的家！”他们烧毁南开大学，张校长又把南开办到昆明和重庆沙坪坝。“有一天中国便有一天南开，/中国不会亡，南开也不会垮台！”抗战胜利了，张校长发展教育的雄心不减：“他要留着沙坪坝，/他还要重建八里台。”诗作还赞张校长“不吸烟，也不喝酒，/一辈子也不摸麻将和牌九，/他爱的是学生，/想念的是校友”。诗作盛赞张校长热心执着教育的品格和胸怀，寄寓着两位作家对教育事业的期望。

这首诗还对南开大学给予了高度赞美，一开头便把南开与中国联在一起：“知道有个中国的，/便也知道有个南开。”诗作并进一步叙述南开命运与中国命运密不可分：“有一天中国便有一天南开，/中国不会亡，南开也不会垮台！”南开应当为中国做出贡献，“南开越大，/中国就越强！”这是校长张伯苓的信念，也是老舍、曹禺及一切南开人的“信念和希望”。百年南开，由南开走出的万千学子为中国贡献多多，业绩彪炳，光烁史册，并正继续追随先驱，竭力谱写“建设起和平的幸福的新中国”篇章。

老舍与天津的“文缘”

老舍与天津有着长久的“文缘”。1922年秋到1923年春，老舍任教于天津南开学校。那时老舍年轻，怀着赤热的报国之心做事，在该校举行的“双十”庆祝会上他演说时曾表示，我愿将“双十”解释作两个十字架。为了民主政治，为了国民的共同福利，我们每个人须负起两个十字架——耶稣只负起一个。为破坏、铲除旧的恶习、积弊，与像大烟瘾那样有毒的文化，我们须预备牺牲，负起一架十字架。同时，因为创造新的社会与文化，我们也必须准备牺牲，再负起一架十字架。

在以后的几十年中，老舍正是遵循着这样的誓言，拖着瘦弱多病的身体，背负着国家民族的重任，去破坏旧的，创造新的。就在他到南开学校不久，写出了他的处女短篇小说《小铃儿》，发表在1923年1月出版的《南开季刊》上，并发表了至目前为止发现的他最早的一篇译文：《基督教的大同主义》（载1922年12月《生命》月刊第3卷第4期），初步显露了这位未来文豪的文学才华。

1930年春，老舍自英回国后去济南教书，业余时间写了大量小说、杂文小品等。天津的报刊是他发表作品的重要园地。老舍在天津发表的第二篇小说是《热包子》，刊在1933年1月4日的《益世报》上，开老舍在报纸上发表小说的先例。接着《益世报》从1933年1月24日至2月2日刊载了老舍的另一篇小说《狗之晨》。而后，《记懒人》《听来的故事》《断魂枪》《月牙儿》《末一块钱》《不说谎的人》《新韩穆烈德》等小说分别发表在天津的《益世报》《大公报》及《国闻周报》等报纸、杂志上。这些作品，有的反映了老舍的强烈爱国思想，有的表现了老舍对社会底层人民的深切同情，有的则对一些小市民人物做了讽刺，对社会的一些丑恶现象进行了揭露和鞭挞。像《月牙儿》《断魂枪》等都是老舍最具代表性的短篇创作的优秀篇章。

除小说之外，老舍在天津的《大公报》《益世报》上从1933年至1936年还发表了一系列的杂文小品、散文、诗等，这些作品是：《八百人上外交总长文》《免"舍"弟"舍"妹》《不食无劳》《春风》《又是一年芳草绿》《礼物》《忙》《钢笔与粉笔》《芭蕉集·序》《神的游戏》《新年试笔》《闲话》《这几个月的生活》等。这组文章中，特别应提及的是《又是一年芳草绿》《忙》《钢笔与粉笔》《神的游戏》《这几个月的生活》（此篇已重新登在《新文学史料》，1981年第2期）等几篇。在这些文章中，老舍对自己的生活、为人、创作及教书与创作发生的矛盾心情做了一些披露和描述。这对研究老舍及其作品是有宝贵参考价值的。《这几个月的生活》说明他在1936年夏天辞去山东大学教职从事专业写作的几个月的生活；《又是一年芳草绿》则是说他的为人处世的态度，他对待别人批评自己的作品以及对写作的态度与看法；《神的游戏》则是目前所见老舍谈写剧本的教训与感想最早的一篇短文。

天津读者对老舍的作品是颇有好感而特别加以注意的，因此当老舍的一些作品发表以后，天津的报刊上也首先给予评价，例如赵少侯的《论老舍的幽默与写实艺术》（评《离婚》）、李长之的《〈猫城记〉（书评）》，以及李影心、常风、吴联、窘羊、黄照、谐庭、大和尚、姒等人评《离婚》《猫城记》《樱海集》《新时代的旧悲剧》的文章，都分别刊登在1933年至1935年的天津《大公报》《益世报》和《国闻周报》上。这些文章高度评价了老舍的创作，有的也提出了不同看法。据今看来，对研究老舍也提供了不小的参考价值。

抗战爆发后不久，平津沦陷敌手，老舍奔走在抗战的洪流中，与天津隔绝。但老舍依然心系天津，在小说《蜕》中他描写了天津女学生流亡到阴城的活动。他还曾构思了以天津为背景的反映天津人民抗战斗争生活的话剧《无形的防线》，可惜只完成两幕便流产了。抗战胜利后老舍去美国讲学，没机会以他的妙文鸿篇飨于天津的读者。但当新中国一诞生，老舍便应周恩来之邀从美国途经香港回国，他是进大沽口登上天津码头投入祖国怀抱的。老舍一踏上岸就感到家一样的温暖。他在《从三藩市到天津》一文中记述他登上天津码头时的心情时说："离开华北已是十四年，忽然看到冰雪，与河岸上的黄土地，我的泪就不能不在眼中转了。""啊，我是刚入了国门，却感到家一样的温暖！"

1949 年以后，老舍结束了半生颠沛流离的生活，感得新中国阳光雨露的照耀与滋润，创作的生命力更加旺盛了。他与天津读者的"缘分"更加亲近，他到天津做报告，他的剧作屡次在天津演出，他的作品在天津出版、发表。老舍爱天津的读者，而天津的读者更怀念和敬仰这位自 20 世纪 20 年代初就和天津结下不解之缘的老一辈的人民艺术家。

老舍与成都

老舍是1938年7月24日，由武汉乘船溯江而上，于8月14日达到重庆；中华全国文艺界抗敌协会及其会刊《抗战文艺》也相继迁重庆办公。从此，老舍与巴蜀儿女就结下了不解的战斗情谊，一直到抗战胜利后的1946年3月，他出国到美国讲学。

在抗战时期，老舍与四川的关联是多方面的，这需要专文评述。这里我们只谈老舍与成都的交往。老舍虽住重庆，但成都却一直是他向往的地方。1942年前，他就曾先后四次到过成都。第一次，1939年1月14日，老舍和冯玉祥代表“文协”参加成都“文协”分会成立会，并向成都“文协”表示祝贺，他在成都住了六天，参观了这个古老城市，留下美好的印象，写了《在成都》一文记述他的观感；第二次，1939年6月，老舍代表中华全国文艺界抗敌协会参加西北慰劳团北征，出四川时过成都小住两天，成都文友为之热诚送行；第三次，1939年底，慰劳团历时五个多月结束返渝，途中老舍留蓉数日，与文友聚会畅谈；第四次，1942年9月初，应冯玉祥之邀，游览灌县青城山和成都，同行者还有赖亚力、王冶秋等。成都“文协”特为他们举行了欢迎会，会上老舍做了热情讲话。回重庆后，写成长篇游记《青蓉略记》，文章盛赞了灌县及成都人民的智慧、勤劳和创造，描绘了青城山、都江堰的秀丽风姿，追溯了成都市的古老文化。同时挥笔写下另一篇热情洋溢的散文《可爱的成都》，直接抒发了他对成都这个具有灿烂文化传统的古城的美好感情和记忆。由于这几次对成都的深刻印象，老舍曾向友人表示，待夫人到四川后打算去成都定居教书。还曾打算写一部以成都为背景的长篇小说，因为他说，他已经摸到了成都人的性格。但由于种种原因，他终于未能实现这两桩心愿，这真是令人遗憾的事情。人们可以想到，由老舍几次对成都所产生的印象，出现在他小说中的人物，绝不会是再像老张（《老张的哲学》）、老赵（《赵子曰》）、老李（《离婚》），以及《残雾》《面子问题》等剧中出现的那些可怜可笑可鄙可恨的人物，而具有勤劳、质朴、心灵手巧、勇敢智慧品格的人定然会活灵活现地站立在我们面前。假如说，他第一次到成都，还仅是走马看花，说成都好，值得留恋的，一是“花好”，二是“不醉无归小酒家，酒饭都好，而且不贵”（《在成都》），那么在那篇犹如对家人絮语亲切感人的散文《可爱的成都》里，则显然对成都的历史及现状都有了下马之后的深刻观察和体验，成都的可爱对老舍来说就不单是花、酒和饭了。

老舍为什么不能忘怀成都呢？他在《可爱的成都》一文中坦诚地表白了出来：第一，因为“成都有许多与北平相似之处，稍稍使我减去些乡思”。由成都而想到沦陷的故乡北平，看到成都又仿佛见到故乡模样，甚至能因此“减去些乡思”，可见老舍是以一种怀念故乡的深情寄寓着对成都的热爱的。第二，老舍说他爱成都，是因为“有许多老友在成都”，同辈的如郭子杰、叶圣陶、陈翔鹤等。他们每每相见执手，叙旧话新，共同为多难的祖国人民挥汗滴血铸成文章，情谊感人。老舍一生最重友谊，他在生活和战斗的征途上，每每感受着友谊的温暖和力量。他说，一个人的生命是有一半生活在友情中的。他的实践使他感到，哪里有朋友，哪里有温暖，哪里就是家。老舍每逢到了成都，都无不受到同辈文友及青年朋友们的热情款待，这使他每到成都，都产生如到了温暖的“家”的感受。的确，成都的文艺工作者对这位文艺界的前辈一直以来都表示着无尽爱戴和深深敬意。正如报道成都“文协”1942年9月9日欢迎冯玉祥、老舍的通讯中所写：“这里的朋友们把家的温暖分送给远地来的朋友。”[①]当1944年4月17日，重庆文艺界为老舍创作生活二十周年开会表示祝贺时，成都“文协”的同事们、《华西日报》《华西晚报》及剧团的文艺战友们，都曾专门拍发电文表示慰问祝贺。第三，老

① 《温暖的家》，《新蜀报》1942年10月28日。

舍说："我爱成都，是因为它有手有口。"所谓"有手"，是指成都人民"有着我们民族的巧手"，这双巧手能编织、雕刻、绘画，能制作笔砚、陶器、竹器及各种玩具……他们用这双巧手美化着我们的生活。老舍是个文化修养深厚的艺术家，但他从不爱古玩，也不喜洋货，而独独喜爱像经过成都人的巧手制作的各种表示着我们生活传统的物件。因为老舍认为，经过巧手制作的这些精制的产品，才真正充分表现了"我们民族的爱美性与创造力"。所谓"有口"是指成都这个有着悠久文化传统的城市，培育了许多造诣很深的演唱艺术家。这里的川剧、扬琴、竹琴等，曾使老舍从心底里佩服和赞美。他说，他是在成都才听到"真好的川剧"。他高度称赞了川剧前辈艺术家贾佩之、肖楷成、周企何诸先生的"口"。川剧声腔的复杂、细腻，深深吸引了老舍这位艺术大师的注意力，使这位能清唱昆曲、京戏，又专门向著名艺人富少舫学唱过大鼓的大作家，也想学唱几句川剧。当年贾树三先生的竹琴也是老舍格外欣赏的。老舍认为，贾树三的演唱，能以腔控制着情，用"抑"逼出"放"，由细嗓转到粗嗓却毫无痕迹的润泽唱腔，是十分难得，很见功力的。

在抗战的艰难岁月里，老舍与四川人民结下了深厚的战斗友谊，他对四川人民的记忆是美好的，对天府之国的秀丽山川和古老文化也十分热爱和赞赏。1949年后，老舍也时刻怀念着曾经使他产生故乡之情的成都及巴山蜀水。1963年10月，老舍重游旧地，为杜甫草堂补书了清代王闿运撰的联句云：

自许诗成风雨惊将平生硬语愁吟开得宋贤两派（王闿运撰）

莫言地僻经过少看今日寒泉配食远同吴郡三高（老舍补下联）

当巴蜀儿女们拜谒大诗人杜甫的故居时，目睹老舍补联墨宝，一定会追怀这位曾同成都有过多次交往的现代杰出文艺家的早逝吧！同时，也定会产生对祸国殃民的"四人帮"的憎恨！老舍爱"天府之国"，更爱文化古城成都；而四川及成都人民也时刻怀念老舍，近年来老舍的名著《四世同堂》在成都得到再版的机会，就是一个证明。一生为国家民族人民的命运奔波不息的人，历史将永远把他的名字大写，人民会永远怀念他，老舍就是这样的人！

老舍在美国

1946 年 3 月至 1949 年 10 月，老舍在美国只身度过了三年半的岁月，这是他一生中唯一一次美国之行。这次美国之行恰逢第三次国内革命战争，他时刻在怀念祖国和渴望着她在共产党领导下获得解放和新生。

老舍这次赴美是应美国国务院之邀，和曹禺偕行讲学。临行前他在中华全国文艺协会举行的欢送会上宣布，此行目的：一是宣传中国人民的生活；二是宣传中国的文化；三是宣传“文协”这一组织的功劳。在另一次会上，老舍又以幽默口吻说，此行是把他拿到美国去“展览”一下。事实上老舍是作为中美文化交流的使者前往美国的，实践表明，他一时一刻也没忘记自己的使命。

旅美的第一年，他和曹禺一起主要是讲学、看戏和参观、旅游。而后曹禺如期回国，老舍则留下来撰写《四世同堂》的第三部，并和译者合作，将全书译成英文出版。那时老舍的《骆驼祥子》正风靡美国，《离婚》也被译成英文出版，因译者任意篡改作品情节，老舍还打了一场官司，迫使书商停止发售此书。

老舍在 20 世纪 40 年代后期的思想有了较大的发展。他的艺术观、社会观、人生观都接近了时代的高度。比如他在美国创作的长篇小说《鼓书艺人》中塑造了一个叫孟良的革命知识分子形象，是他以前的作品中所没有的；作品时代精神的鲜明、强烈大大超过以前。他在美国大讲抗战文学，称赞鲁迅、郭沫若、茅盾是“现代中国最伟大的巨匠”，说中国人“连做梦也没忘掉革命，争取自由”。在科洛拉多的一次会上老舍宣讲中国艺术的新路：“中国人民放弃为艺术而艺术的观念。艺术在形式上的美丽与完善，对于我们远不如民族与社会福利的重要；我们若果能凭借我们的写作为邻人扑灭火灾，则我们较之获得诺贝尔奖奖金更觉满足。”这表明老舍不但在文艺思想上有巨大跨越，而且在社会思想上具有了国际主义的成分。

对美国的社会生活，老舍并不为其富有和繁荣所诱惑。他曾经在多篇文章作品中表述过他对美国社会生活的认知，这大概是一个执着的爱国者的特有赤心和情怀吧。早在 20 世纪 30 年代他就创作过一部长篇小说《文博士》，对从美国归来的“文博士”不学无术，而只带回美国人的享乐和美国月亮也比中国圆的洋奴思想予以无情嘲讽。他并不否定美国的富有，他还特别认为中美两国人民是友好的，都有爱好和平的精神。但对美国帮助蒋介石打内战，他坚决反对，态度异常鲜明：“美国赶快由中国退出去！”

美国社会富有，但贫富悬殊惊人。老舍说：“不要以为美国人的生活是圆满的，在美国全国也有许多的问题，比如劳资纠纷，社会不安。”老舍的态度是：“我们不要过分重视别人，轻视自己，也不要过分重视自己，轻视别人。”这种独立不倚、贫贱不卑的品格在老舍是一贯的，也是可贵的。

老舍为自己的国家还处在战乱和贫穷之中忧心如焚。他曾义正词严地斥责发动战争将人民抛入兵燹水火中的战争贩子。他为祖国的落后着急、痛心，但从不嫌弃祖国的贫弱，时时刻刻想为她的发展繁荣尽心尽力。从个人生活看，老舍在美国是不会像在英国时为省钱只吃面汤而得了胃下垂病的，但老舍仍感到难耐的痛苦，他给在国内的冰心、臧克家等友人写信表示：“这是地道的受洋罪！”“我一天也待不下去了！”“住在纽约，十里洋场，够热闹了，我却一个人独守空房，寂寞难耐！”“并不是因为美国舒服，才不回去——此地，对我，并不舒服！”他甚至在写给冰心女儿的信中，称自己“就像一条丧家之犬”。这就是老舍旅美时的心态，一个对祖国永怀赤子之心的中华儿女的心态。

当老舍得知周恩来吁请他回国参加新中国的建设时，他便不顾腿疾及其他困难，立即束装就道，于五星红旗在天安门升起后的第十三天，跨上回国的轮船，终于在 1949 年 12 月 9 日晨曦中，登上天津大沽口岸。

他在《从三藩市到天津》一文中描述了当时的心情：“离开华北已是十四年，忽然看到冰雪，与河岸上的黄土地，我的泪就不能不在眼中转了。”

老舍的泉城故居

一到济南，我特别挂记的是到曾经诞生过一系列有影响的新文学作品的那座平房小院去。它就是老舍偕新婚夫人胡絜青曾在这里居住过四年的南新街 54 号院（现为 58 号）。这一座近百平方米的普通平房院落，正房四间，西头一间是老舍写作及备课的地方，东头一间是胡絜青带孩子的卧室，中间两间设隔断，是老舍的会客厅。院中东厢房是厨房及储藏间，西厢房靠大门一间是男佣人老田住，其余用作堆放杂物。院的西侧有一眼直径约三十厘米，深两三米的水井，井口是用一圆桶状石头凿眼做成的，当年老舍一家就用这口井里的水浇花、洗菜、洗衣服。

1981 年 3 月中旬，我和另几位先生随老舍夫人胡絜青及其长女舒济第一次找到这座小院。胡絜青自从 1934 年随老舍赴青岛山东大学任教告别这座温馨住所，一别就是 48 年。她滔滔不绝地讲述当年老舍怎样认真写讲义上课，假期怎样放弃休息，冒酷暑，臂弯下垫着吸湿纸赶写小说，间歇时如何摆弄花草和养猫，还特别讲到老舍养的那只黄花小猫，不慎掉到井里淹死了，家人没敢告诉他，怕他因难过而影响工作。

1982 年 3 月下旬，由山东大学主办在济南召开的全国第一届老舍学术研讨会，全国七十几位研究者和日本老舍爱好者访华团在会间又专门组织参观了这座小院。房主人徐文升热情地接待着八方来客，并告诉人们，他是 1950 年从一位姓马的人手中买下这座房院的。原房子年久失修，1953 年他对原来的四间正房和东西配房照原样翻盖。这对于最愿意看到原来房院面貌的寻踪者来说自然是一个很大的安慰。

我曾在济南生活近十年。这座小院也先后去过两趟，自然不能算陌生，但这一次走到山东医大对过的南新街后，却像迷失了方向似的怎么也找不见。原来这块处在泉城市中心的地段几次被征用拆迁盖机关办公楼或改建新住宅了。我问到门牌 66 号的山东省民政厅大楼的门卫，他竟说不清 58 号的位置。我心中敲起了鼓，预感到这座院大概很难存在了。我穿过 66 号门继续寻觅，远处有一院门紧闭，在旁边的小小裁缝铺里，邂逅了 58 号院主人徐文升老人，难为他居然记得我，而我却认不清他了。旧地重游，我又在小院里转了两圈，又在那眼水井旁伫立片刻，在老舍当年接待客人的地方落座，老舍的写作间及东头胡絜青的卧室仍是十年前的老样子，只在客厅的正中悬挂了幅五年前胡絜青画的国画《虾蟹图》，两边配一副对联是山东作家周坚夫手书，上联是“沧海六鳌胆气豪”，下联是“青山一鹤见精神”。我啜饮着主人泡的茶，问到主人的身体及生活，老人已七十一岁，当年做过小学教员，后来到制帽厂工作，退休后一直在家闲居，没事也爱摆弄花草，所以一到夏天院中到处绿绿葱葱。老人说，自打 1982 年后，先后有日本的学者和法国学者专程来访过。我对老人说，老舍是有世界影响的大作家，保留了他的故居，您做了件很有益的事情。

临走时，我又在水井旁伫立良久，心潮翻滚：你这培育过文学巨匠的地方，你这产生过理论著作《文学概论讲义》和小说名著《猫城记》《离婚》《黑白李》《牛天赐传》《柳家大院》《微神》等，并编辑出版了短篇小说集《赶集》和《老舍幽默诗文集》等著作的地方，你这被万千读者向往的地方，能否也像老舍精神，像他的作品那样长久存在呢？

老舍轶事录

一、老舍与小年

“灶王爷上了天，我却落了地。”世界大了，巧事也多。作家老舍的生日就和“小年”碰到了一块。按农历老舍生在戊戌年（光绪二十四年）腊月二十三，这是“狗”年年尾了。因此老舍的姑母便调侃似的给老舍起了个小外号叫“小狗尾巴”。后来老舍自己则戏称自己是“灶王爷的儿子”。讲西历呢，这一天是1899年2月3日。第二天又正逢“立春”节气，于是老舍的父亲灵机一动，取大吉大利之意，给老舍起下大号叫“庆春”，此后他上学、做事，直至开始发表第一部长篇小说《老张的哲学》，都用这个名字，只是到后来笔名“老舍”叫响了，这个大号才少有人叫。

老舍在自传体小说《正红旗下》中曾非常生动、细致、幽默地描写了他降生时的情形：“那的确是个良辰吉日！我是腊月二十三日酉时，全北京的人，包括皇上和文武大臣，都在欢送灶王爷上天的时刻降生的呀！”接着，老舍笔锋一转，描写了在那个年代北京城夜色的恐怖：“大街上没有电灯，小胡同也没有个亮儿，人们晚间出去若不打着灯笼，就会越走越怕，越怕越慌，迷失在黑暗里，找不着家。”

过小年，照老舍的说法，差不多就是过新年的“彩排”。因此，尽管那时一般老百姓都很穷，一到年根总有些讨账的上门，但人们仍然十分重视它，这“彩排”也很有几分正式演出的气氛。请看老舍的描写：“大街上有多少卖糖瓜与关东糖的呀！天一黑，他们便点上灯笼，把摊子或车子照得亮堂堂的。天越黑，他们吆喝得越起劲，洪亮而急切。”老舍还生动地描写了北京过小年时，店铺和人家一齐放鞭炮和送灶王爷上天的情形：“花炮的光亮冲破了黑暗的天空，一闪一闪，能够使人看见远处的树梢儿。每家院子里都亮那么一阵：把灶王像请到院中来，燃起高香与柏枝，灶王就急忙吃点关东糖，化为灰烬，飞上天宫。”为什么让他吃糖呢？就是为“用糖粘住灶王的嘴，他到了天上就不会向玉皇报告家中的坏事了。现在，还有卖糖的，但是只由大家享用，并不再粘灶王的嘴了”。

节日的风俗往往是一个民族文化传统的表征，是一个国家民族凝聚力的体现。在老舍的创作中十分重视对民族风情的描写，除了过小年，诸如过大年、元宵节、端午节、中秋节等，他都有生动的描写。这些描写增加了作品的情趣、民族风味和地方色调，而更深刻的内涵则在于通过这些节日风情的描绘，抒发了老舍的爱国之情，表达了老舍对中国传统文化的反思——包括认同、继承和批判，从而培养同代和后代人热爱和发扬民族优良传统的思想情操。过传统的节日，接过先人的好东西，扬弃旧的糟粕，爱我们的国家，爱我们的民族，爱我们民族的优良传统，并由此再前进，充满信心地创造新的未来。这是老舍描写节日风俗的真谛所在，也是我们应当学习的地方。过节与复旧不是一个概念，过节当然要有传统的过节味，但作为当代人过节也应当有当代精神：有利于奋进和科学精神培养，反对愚昧和不卫生；有利于勤俭建国，朴实度日，反对铺张和浪费。

二、老舍与武术

老舍是一位享誉海内外的文学家。其实他还是一位熟悉查拳、洪拳和六路短拳，兼及枪剑与对击的武术行家。早在 20 世纪 20 年代初，为了适应他正从事的小学教育的需要，他就曾编著过一本武术训练的教本。而在 30 年代，他在山东的高等学校任教时，教书、写作之余，也时常到院中练上几套拳脚或刀枪。在青岛黄县路他当年的住所里，楼道或屋里墙壁上就挂满了刀枪剑戟。1935 年农历除夕，在山东大学的辞旧迎新晚会上，老舍还特意登台献艺，熟练地表演了一套枪法，赢得师生满堂喝彩。

20 世纪 90 年代，济南的李耀曦曾在民间搜求到由老舍题写扇面的一把折扇，这是一个有意义的新发现。老舍写在折扇上的文字，很清楚地记载了他向山东济南名拳师马子元先生学习武术的情形。文中说，“十年前曾学习太极与剑术，以就食四方”。折扇题词写于1934年端午节前三天，这足证老舍在20年代初已通晓武术。题词中又说，马氏所传之拳“多外间鲜见之技”，而他从学一年，“已得二十余套。每日晨起，自习半时许，体热汗下，食欲增，精神变旺。马子元先生教授有方，由浅入深，不求急效，亦弗吝所长，良可感也”。可见老舍学习之勤奋认真。老舍练武术的目的，一是为健身，他自幼先天不足，身体较弱，听友人劝：健身之术莫若勤于运动，而个人运动莫善于拳术。遂拜师名家学艺。二是为富国强种。他从亲身的阅历中深感中国人重文而轻武，文弱的书生总不免被人欺侮，特别在抗战开始以后，有感于现实要求，他专门撰文阐述体魄健康的重要，一个健全的人必须“文武双全”，才能真正在国家危难时去效力，文章标题就用了这四个字。

老舍不但自己习武，而且在不少作品中描写了练武的情节，歌颂了拳师的形象。他曾经想写一部名为“二拳师”的长篇小说，其著名短篇小说《断魂枪》就是从计划写的“二拳师”中提炼出来的。小说以精彩的语言和场面描绘了“神枪”沙子龙和另一位拳师的形象，十分生动。他1923年初发表在天津《南开季刊》上的短篇处女小说《小铃儿》中也写了几个孩子立“会”准备练武打洋人的情节。还有，抗战时期与宋之的合写的话剧《国家至上》，其中突出塑造了一位武术教师的形象。凡此都表明老舍的一种愿望和努力：为人既不可只求体健而头脑简单，亦不可只重文思而手无缚鸡之力；文武兼备，方可内承重任而外御犯敌，从而立于不败之地。

三、老舍与《申报·自由谈》

大概很少有人不知道《申报·自由谈》是中国报纸最有影响的副刊之一，特别是在20世纪30年代，当民主自由战士、作家和翻译家黎烈文接编之后的一年零五个月中，《自由谈》摒弃了周瘦鹃时代的单纯趣味性和庸俗化倾向，敢于大胆“议论长短，妄谈大事”，“牢牢站定”“进步和近代化的立足点”，指陈时弊，激扬文字，在中国杂文史上写了下光辉的一页。

1933年曾被称为中国的“小品文年”，这与黎烈文主编的《自由谈》率先倡导是分不开的。黎烈文自1932年12月1日从周瘦鹃手里接过《自由谈》编辑大权，曾向当时大批进步作家发出约稿信件。于是，鲁迅、茅盾、陈望道、叶圣陶、章太炎、周作人、巴金、沈从文，以及一大批革命作家便都成为《自由谈》的撰稿人。其中尤以鲁迅供稿最勤，也最多。他先后在该副刊上发表一百多篇杂文，后来收编入《伪自由书》《准风月谈》《花边文学》三本杂文集。

老舍也是在黎烈文主编的《自由谈》副刊上发表文章较多的作家之一。在“小品文年”里，他在《自由谈》上共发表诗文九篇。其中四篇是讽刺幽默诗，五篇是曾被称为“幽默文”的小品文，其实也就是杂文。四首讽刺诗实际上可以看作是采用分行排列的小品文，其锋芒尖锐、思想鲜明绝不在杂文之下。比如刊于1933年1月25日《自由谈》上的《教授》一诗，就讽刺批评了一部分挂着教授头衔的先生不学无术，不认真教书，又专爱攻击别人、斤斤计较私利的品行。2月22日发表的《长期抵抗》一诗，则将国民党政府在日寇侵略面前表现出的妥协、退让和投降政策，拟化为两个街头小流氓的斗殴和辱骂，从而给予了辛辣的嘲讽。他们一边高叫“长期抵抗”，一边却借故溜走：“你在这边打，打吧，我上那边去出恭”，“和疯狗打架算不了英雄”，“决定长期抵抗，一辈子不和你交锋”，“一直退到云南或广东”，并且还担心敌人打炮“震破了手”。对这种投降行为不仅不以为耻，还找出理由：要“学着点礼貌”，“讲究未曾开炮先去鞠躬”，“来，放下枪炮咱们先喝一盅”。另一首《空城计》以极其愤恨的笔调勾画讽刺了国民党政府在日寇侵略面前望风溃逃的可耻相：“大车小车齐向南，黄沙滚滚风浩浩”，“君不见满洲之国何以兴？只须向南跺跺脚”。还有一首《希望》，以讽刺喜剧的笔调生动形象地描绘了一部分庸俗市民幻想买彩票发财的心理，惟妙惟肖。结果，“希望”也不过是一个肥皂泡。

老舍在《自由谈》上发表的五篇幽默文也别具一格。综合起来看，老舍的这些小品文具有下述特点：其一，是以“自我”为中心说开去，对社会人生相的丑陋面加以指批。比如《给黎烈文先生的信》一文，是回答黎烈文约稿信的，书信体，该文本身就是一篇富有幽默感和讽刺特色的小品文。文中开头就说：“你向我要小品文，老实不客气讲，咱不会……我对大品中品文字都有拿手……不信请问马大婶去。”接着他便用“大品文的大法”，犹如上帝说，叫世界有光，唰的一下天空会出现十五个太阳；叫世界有人，啪的一声便人山人海作比，说明“大品文”“小品文”都并无定格的写法。文章写得具体，又别具深意。其二，重叙事。不须加任何议论评点，只将事项一摆，其意大明。如《真正的学校日刊》一文不过三百来字，却将学校里的歪风邪气通过记账式的几件小事一下全盘托给读者。庶务主任为讨好校长送礼，两位国文教员在学生面前诋骂对方，校长与教务主任讨论如何请教育当局吃饭，学生开救国会议、拟罢课贴标语，学生赛球发生斗殴而体育主任匆匆回家，图书馆丢书五本。如此乌烟瘴气之学校，还能教育好学生吗？又《辞工》一篇简直可当小小说读，文中使用了多量的人物对话，把一个仆人老田的拙笨又带点刁滑的性格描写得十分生动。其三，是幽默嬉谑的特点鲜明。如《打倒近视》，先举了因近视而闹笑话的实例，叫人忍不住要笑。最后说，为了不出现这些笑话怎么办？只好打倒近视。而要打倒近视，便只好“宜将害目之工作，如读书、如写小楷、如刻字、如刺绣、如看电影，一律禁止”。如此，岂不因噎废食！人无近视，天下太平，人不读书、不工作、不娱乐，社会还存在吗？其四，语言俏利。不但老舍的小品文，他的其他作品语言也都表现出智俏、机敏、俗白而又有韵味的特点。

老舍给《自由谈》撰写的小品文还有一篇《写信》，它正话反说，列举了不同身份、不同用意的写信或写回信的心态，讽刺某些人的市侩心理。另一篇《新年的二重性格》则着意在说明，对有的人来说，过“年关”犹如过“鬼门关”。

新年到，本当充满喜悦，但由于债主上门，这喜之外就添了忧。想了好多办法力图只存“喜”，但终无法叫债主不上门，“到了要命的关头，也就无法”。文章幽默嬉谑中透发着酸楚味道，这也是老舍小品文特有的韵味。

总之，老舍在20世纪30年代，不但以他如椽的大笔写了《骆驼祥子》《离婚》等传世的长篇小说，而且以睿智的语言写下大量因小即大、言简意赅的批评、嘲讽人生世相的小品文，给《申报·自由谈》撰写的这一部分幽默诗文便是其中的代表。

四、老舍与山东两校年刊

1932年11月，《齐大年刊》（1931—1932）创刊号由齐大年刊社出版。这本年刊对老舍来说有着特别的意义。这不仅是因为他是该刊的“顾问”，而且是因为老舍在齐大期间的这唯一一本年刊，保留了他在齐大的部分照片和文章，如老舍在济南南新街五十四号住房窗下伏案写作的照片，在小院花丛掩映中与新婚不久的夫人胡絜青比肩而立的合照等，这些照片都十分宝贵，因为这些照片连胡絜青手里也早已不存了。该刊还记载了老舍被聘为1930级学生的“顾问”的史实。老舍撰写了《发刊词》，该文很能表现老舍早年的文章平白朴实又睿智的风格。文章很短，特录于下：

七十来岁的齐大，这是第一次编印年刊，是值得纪念的事。

前年暑中开始办旬刊，专为随时报告校事；暑后又办月刊，专载关于学术与文艺方面的作品，冬天才有编制年刊的建议，经教职员学生全体赞同，便开始工作。自倡议至出版，中间经过了不少的困难，时间金钱也花了许多；可是工作时的兴趣，与出版时的欣喜，至少是使苦乐相抵。

《齐大年刊》不是广告本子，也不是什么学说的宣传；它是把整个的学校：人，物，工作，全清清楚楚地画出来，做一种真实的纪念品。

人生最值得纪念的是“大学生活”那一段，它是清醒的，意识的，自动的，努力向上的生活；而且是后半世生活的根基。这一段生活的回忆，最足以令人自尊自爱自励；它的纯洁甜美可以说是生命之河的出山泉水。在这里我们找到年刊的意义。它虽不是艺术的，但不失为生命的。就是当年老退休的时节，拿出这本再掀一掀，仍然足以使我们笑一笑，或落几点泪呀。

这似乎太偏重学生一方面说话了，可是，这本年刊差不多完全是学生们经营努力的结果，自然不能不就他们立论。

设若有一种文章我最不会作，那一定是年刊的发刊词；但年刊委员会的命令是不可违抗的；努力的结果，还只是这么一短篇。

1934年暑假后，老舍到青岛山东大学任教。山东大学《二五年刊》（1936年）文艺栏内刊登了该刊编制顾问老舍的一篇散文《青岛与山大》。该文仅千数字，文笔优美，思想境界高尚，读之令人爱山大，爱青岛，更爱自己的祖国！文章开篇即以诱人的笔法描绘了青岛。“在这里，春来得很迟，别处已是端阳，这里刚好成为锦绣的乐园，到处都是春花。这里的夏天根本用不着说，因为青岛与避暑永远是相连的。其实呢，秋天更好：有北方的晴爽，而不显得干燥，因为北方的天气在这里被海水给软化了；同时，海上的湿气又被凉风吹散，结果是天与海一样的蓝，湿与燥都不走极端，虽然大雁还是按时候向南飞，可是此地菊花时节依然是很暖和的。在海边的微风里，看高远深碧的天上飞着雁群，真能使人暂时忘了一切，即使欲有所思，大概也只有赞美青岛吧。”紧接着笔锋一转，谴责“中外有钱有闲的人们”，因为他们为自己享乐，“不惜把壮丽的山海弄成烟酒香粉的世界”。这篇佳作的又一重心是称赞山东大学师生们的勤学精神和朴素之美。老舍很为师生们身处“富有洋味”的青岛，却“很少洋味儿”而自豪！结尾处，文章的主题升华到一个新高度。老舍这样写道：“至于沿海上停着的各国军舰，我们看见的最多，此地的经济权在谁之手，我们知道的最清楚；这些——还有许多别的呢——时时刻刻刺激着我们，警告着我们，我们的外表朴素，我们的生活单纯，我们却有颗红热的心。我们眼前的青山碧海时时对我们说：国破山河在！于此，青岛和山大就有了很大的意义！”

五、老舍与《避暑录话》

如果有人专门研究中国现代报纸的文艺副刊，他一定不会放过老舍曾经参与创办和编辑的《避暑录话》。1935 年暑天来临之时，十二位作家、学者相聚避暑胜地青岛，然而谁也不想在这“文化荒岛”上当“专为避暑而来的”“真正闲者”，便相约即刻开辟个说话场所。于是，依挂《青岛民报》而实则独立编排、装订、发售的文艺副刊《避暑录话》便应运而生了。这十二位文化人是老舍、王余杞、王统照、王亚平、杜宇、李同愈、吴伯箫、孟超、洪深、赵少侯、臧克家、刘西蒙。从 7 月 14 日创刊号面世，到 9 月 15 日终刊，历时两月，每周一期，零售大洋三分，共出十期。这是一份随暑热而生、闻秋风而逝的很特殊的文艺副刊，一份典型的同仁出版物。它充满文化人特有的灵感质素，却没有半点书卷气，处处显示着这群文化人“诗心苦、文骨道”的高贵品格。办刊者宣称，他们共同的追求是把文艺看作同法律、政治、宗教等一样“增进人类幸福的工具”。

作为《避暑录话》主力的老舍当时正任教于山东大学中文系，一家人都居住在青岛。各地文友聚青，他当然要尽地主之谊。除了生活上招待文友外，他最尽心的是办《避暑录话》了。十期刊物中九期都刊有他的文稿，先后共有十一篇，包括散文小品七篇，旧体诗三篇，短篇小说一篇。在这些文章中，老舍常常借题发挥，指斥时弊。比如在散文《西红柿》《再谈西红柿》中，借西红柿在中国的传播，提醒国人要警惕资本主义的“文化侵略哟”，对那些“吃洋臭豆腐而鄙视‘山东瓜子’与大蒜的人”则予以尖锐讽刺。在小说《丁》中，老舍集中表达了他对中国社会一天天“洋化”的担心。他一面直击洋人、富人、贵妇人，一面表达了对地狱中的穷人、营养不良学生的同情。这篇小说又是老舍较早尝试运用意识流手法的典型代表。短文《暑避》与《等暑》旨意也隐含了作者对人世间贫富不均的愤懑："有钱的能征服自然，没钱的蛤蟆垫桌腿而已。"而《檀香扇》一文中则从另一面鞭挞了不信科学不接受新事物的"国粹"主义及落后国民性。刊登于终刊号上的《诗三律》则是老舍真情和友情的坦诚流露。他在诗前小引中写道："今夏居青岛，得会友论文，乐胜海浴。秋来，送别诸贤，怅然者久之！"美好相聚，"携手踏沙"，倏尔过去，怎不令一向重情的东道主伤怀？"故人南北东西去，独领江山一片哀！从此桃源萦客梦，共谁桑海赏天才？"好在来日方长，寄希望于明年吧："莫把卖文钱浪掷，青州瓜熟待君来！"只是历史难再重复，待 1936 年暑热来临时，老舍自然还款待一些到青岛的文友，但无心再去办刊，而且辞掉山东大学教职，一心扑在《骆驼祥子》的写作上了，此是后话。

六、老舍山东大学献艺

1935 年 2 月 3 日，是农历的除夕。这一天又恰是老舍 36 岁的生日，照惯例，他所任教的山东大学要举行辞旧迎新的晚宴，于是就在大礼堂办了一场师生共同参加的消寒同乐会。当场摆下三十桌酒席，著名戏剧家洪深和翻译家赵少侯等名流学者都参加了。被戏称为"笑神"的老舍当晚任"总司令"唱了主角。2 月 9 日天津《益世报》的一篇报道《废年·除夕·山大一夜狂欢，笑神老舍大显身手》写道："我们的'笑神'——老舍先生——秉着和平使者的心眼儿，指手画脚地从礼堂里钻出来向大家招呼：'来吧，来吧，请到里边坐吧，请里边坐吧。'他两条伸张的手臂，好像准备拥抱爱人儿的样子，向那礼堂的入口一摆一摆的。"大家还没坐稳，老舍就走上台高兴地说："今天预备的菜，我保险管够；可是挺不好，不过还热；酒预备的可不多也不好，不过还辣。我希望大家吃得饱饱的，不要喝得醉醉的！"随后，是老舍说笑话，到各桌上"划拳"。最后是献艺，登台舞剑，只见幽幽的灯光之下，老舍持剑起舞，剑光闪闪，风声嗖嗖，接着是满堂的掌声和喝彩声。老舍则频频向观众作揖，口中连连说道："诸位发财发福，多给我扔上几个铜板，谢谢，谢谢，拜年，拜年，发财，发财……”一时间有无数铜板像蝴蝶飞样落在老舍脚下，而老舍像个老练的江湖艺人似的仍不停，嘴里还念叨着“还差六十个子儿呀……”

在这次师生同乐会上，老舍不但以“笑神”和武术卖艺人形象深刻在人们脑海里，而且以一个作家教授的睿智贡献给山东大学师生的谜面，也使人交口称赞，请看几例：

南非洲的娃娃——打一写家（黑婴）

脸上擦有半斤面儿——打一杂志名（《太白》）

洪深——打一时语（水灾）

老舍——打一《汉书》章句（好施不舍）

七、老舍与他的“罗成关”

“二十三，罗成关”，这是老舍在一篇自传性的短文中写下的头一句话。它包含两层意思：一是指生理上，老舍在二十三岁那年，因病“几乎没闯过去”；二是指在人生道路上他如何迈过了第一道关坎。当时正担任北京郊外北区劝学员（相当于区教育局局长）的老舍，不愿太“清闲”，不愿与一帮吃喝嫖赌无所不干的旧同僚为伍，坚决辞官不做，而甘愿去当薪水只有原来四分之一的穷教员。而从此他脱离官场，走入学界，获得去英国讲学的机遇，同时也使他产生了创作的灵感，步履开始朝向中国新文学的大门。

老舍生活道路上的第二次大转折要算在七七事变后，他别妻弃雏，只身去武汉，投身于伟大的抗日战争，成就他成为一位卓越的民族解放斗争的文化战士。这一别就是六年，直到 1943 年秋全家才在重庆北碚团聚。

老舍人生道路的第三次大转折，是 1949 年底他毅然由美国回到祖国大陆，参加新中国的文化建设。20 世纪 40 年代末，旅居海外的华人面对着三种选择：一是继续留住所在国，二是去港、台，三是回归到五星红旗飘扬的祖国大陆。老舍毫不犹豫地选择了后者。这个抉择无疑为他成为“人民艺术家”提供了关键性的契机。

老舍生活道路上最后一次抉择是“文革”中他选择了自杀，1966 年 8 月 24 日夜，他将生命终结在北京太平湖。“罗成关”，在肉体上他没有闯过，死于非命；而在生活道路和事业上也被迫画上一个句号。

生命是父母给的，但生活的路却要自己走。一个人一生中会有种种大小的关坎，即所谓“罗成关”。从老舍与他的“罗成关”中，我们可以体会到，只有把握大势，坚信自己，才能闯关夺隘，成就事业，塑造自我。

八、老舍交友

老舍一生爱交朋友且广交朋友，还专门写过一篇阐释交友之道的文章《论友谊》。他的朋友几乎包括社会各个阶层的人，从党政要人、专家学者到商界名流、普通百姓——拉车的、扫街的、裱糊匠、盲艺人、店员、演员、厨师、教员，等等。

但是，老舍交友绝不是仅凭“哥儿们义气”交那样的酒肉朋友。他是个性格忠厚而又同时具备棱角的人，所谓“外圆内方”颇能概括老舍的特点。为了公众利益，老舍可容忍一切委屈，自己承担一切责任，然而一旦对方行为超过了自己设定的尺码，他会立刻“翻脸不认人”，对朋友也不例外。二十五岁时老舍曾给同学、挚友白涤洲写过一幅中堂，这是至今发现的老舍最早的书法作品。其中四个笔画丰润的大字是“笃信好学”，旁注两行小楷字：“读书达理，则心平识远，富贵名利无所乞求。旦夕警策，守之终身，便是真君子，大英雄。”

“笃信”是老舍交友的内定尺码。老舍认为做人做事最重要的是诚信，因此对朋友他是自己碗里有，朋友就不会挨饿。但是对欺骗，对借朋友之名要刁的主儿，老舍则绝不客气，常以他特有的方式和口吻，拍着对方肩膀批评道："唉，叫我说你什么好呢？！"

老舍一生读书写书，好学不怠，对自己从不放纵。日本老舍研究专家伊藤敬一称："老舍是一个罕见的严于律己的作家，他总是说自己的不足、缺点和失败。"确实如此，老舍一生对自己从不满足，总觉得自己做得少，不圆满，经常责怪自己，又勉励自己。他从不把自己当成"作家"，而愿意"一辈子当个写家"，意思是不过自己能写写而已，没啥特别的。他认为"写家"人人能做，而"作家"就不是一般人所敢担当的了。

九、老舍的卫生习惯

生活规律，整洁卫生，有益于人的健康和学习。许多在事业上有成就的先辈革命家、科学家都在这方面为后人做出了榜样，老舍就是一个例子。他不管在哪里，住过的房子都没有灰尘、纸屑、痰涕之类的脏物；一年四季总有鲜花伴随着他；书籍、稿纸、笔墨、衣被，以及茶具、烟灰缸等，都各有各的位置，从不乱放。所以他每找一件用品或查一本书，总是手到擒来，从不费力。

抗战时期在重庆，老舍曾和一位作家朋友同室居住，这位作家叫蓬子，爱抽烟，生活上不修边幅，总把烟灰弹在地板上。老舍就特意为他置买了一个大烟灰缸放在显眼的地方。那位作家朋友仍不注意，所以他一抽烟，老舍就监视着他，一见他快弹烟灰了，赶忙提醒道："哎！烟灰缸在这里呢！"他为此还写了一段话："去买了一个汤盆当烟碟，而蓬子先生仍然看不见它，还把烟灰弹在地板上；今拟用洋灰筑池子屋中，以引起他的注意！"①

老舍的住房清洁整齐，而且都是由他亲自动手整理的。他曾说，用自己的劳动换来整洁的环境，住着舒适。老舍的生活也很有规律。在一般情况下，他一早起床，先是练武术、打拳；早点之后开始写作；中午小憩，下午及晚间主要处

① 老舍：《在民国三十年元旦写出我自己的希望》，《新蜀报·蜀道》1941年1月1日。

理社会工作、会客或给朋友写信。他很少开夜车，为的是不打乱第二天的生活规律，以保持精力充沛。

“习惯成自然”，一个人的好习惯或坏毛病，常常都是从童年就开始养成的。老舍有规律的生活和爱整洁的习惯是长期坚持的结果。正是这种卫生习惯和有规律的生活，帮助了这位体格天赋条件并不好的作家，使得他坚持了近半个世纪的写作生涯，从未中断过。

十、老舍的养花“经”

老舍说：“我爱花，所以也爱养花。”的确，作家老舍一生喜欢花。少时家贫，但家里总养些自生自灭的草茉莉和生命力较强的夹竹桃之类，他便经常给它们浇水施肥。成为作家后，有条件时院子里总种满花；没有院子，即使只有一张办公桌，那上面也总摆着一两个盛着水的空酒瓶，鲜花便从瓶上开放出来，抗战时期到处流浪的老舍就是这样。有时无花可插，便找一束竹叶插在药瓶或酒瓶里。

新中国成立后，老舍一家在北京有了自己的“丹柿小院”，院中除了两株柿子树外，春夏秋三季总是满院花香，以至送牛奶的工人一进小院便惊呼：“好香！”而老舍的文友，也常常在花朵怒放时，或秉烛夜游，欣赏夜放的昙花，或深秋来临，指点菊花的开放。老舍因此感到十分快活，并将自己培植的花株不时赠送给友人们。自然，据老舍说，养花也有烦忧的时候，比如气候突变，须紧急动员全家人出动，抢救花草，累得腰酸腿疼，热汗直流。有一年夏天下暴雨，邻家的墙突然坍倒，他在院里培养的300余株菊花秧苗一下砸死几十株，心疼得“全家都几天没有笑容！”

老舍爱花养花是生活的一种乐趣，并不把它当成学问，所以他说他不是“养花专家”，也就不计较花开得大小，只要开花就高兴。他以为，珍贵的花不易养活，看着一棵好花生病是件难过的事，他不愿时时落泪，便多半“只养些好种易活、自己会奋斗的花草”。不过，花草尽管自己会奋斗，老舍对自己的花还是千方百计加以护理，谁喜阴，谁喜阳，哪个爱干，哪个不能断水，什么花需施什么肥料等，他都摸得一清二楚。所以趁友人到他家赏花之时，老舍也就毫无保留地不断兜售着自己的养花“经”。养花使老舍得到莫大的乐趣，不是花神给了这位语言大师多少创作灵感，而是写作中的疲劳无形中在养花中得到化解，那笔墨也就汩汩不断，描绘出精神文明之花。老舍的亲人知道他一生爱花，在他不幸去世后的空骨灰盒里，除放一支钢笔一副眼镜外，还放了几朵茉莉花，让馨香芬芳永久伴随着他。

十一、老舍爱说的笑话

老舍是位举世闻名的幽默作家，可以当之无愧地称为我国喜剧文学的重要开拓者和奠基人之一。当年在英国创作《老张的哲学》时，他将初稿拿给友人看，这位友人竟忍俊不禁，以至忘乎所以，将盐当白糖放在咖啡杯子里了。

据老舍家人及友人说，老舍讲说的笑话很多，大多精彩不俗，含蕴深刻。其中有两个说得最多。一个是说，一位老人有三个女儿都嫁了人，一次三个女婿同时给丈人祝寿，约定好每人说一句喜庆的话，只能说“喜”，不能说“死”。寿诞之日到了，大姑爷说“你寿比南山”，丈人十分高兴；二姑爷说“你寿比青松”，丈人也点头欣受；轮到三姑爷了，他出了个新词，“你这寿好比三小姐的脚——永远不洗”。因洗、死音近，丈人及众姐妹听后很恼火。但三姑爷却坚持说他说的是“洗”（喜）不是“死”。而“洗”（喜）与“死”从他口里说出来发音上没有什么区别，听笑话的人听后无不开心大笑。显然，这三姑爷太实在，怎能在丈人面前把老婆不讲卫生端出来？再说，这一比也实在笨拙，发音又足以叫人误解，所以犯了众怒。

另一个笑话是说，一个乡下人进城，口渴想喝碗水。有一家浴池挂着“清水池堂”的牌子，他只认得水字，以为是卖水的，就掏出个大子儿往柜台上一摆说："来一碗！"掌柜的见他唐突，便真叫堂倌舀了一碗洗澡水给他。乡下佬喝完走了，半道发现烟袋忘在柜子上了，赶回去取。掌柜的当然瞧不上他的烟袋，卑睨地说："小心，别再丢了！"乡下佬想，都说城里人瞧不起乡下人，可对我还不错，咱也得对得起人家，便说："掌柜的，你对我好，我也有句要紧的话告诉你，你这水要快卖，有点儿馊了。"这笑话原本是嘲笑乡下人的，但经老舍讲出，我们反倒愤愤于掌柜的捉弄人的鄙行，而对乡下人的诚厚品格深表钦佩了。老舍曾有意识把这个笑话当作现实主义创作与世界观矛盾的一个例子提供给人们去思考。

十二、碎壶的故事

1965 年 3 月 24 日到 4 月 28 日，老舍率中国作家代表团访问东邻日本，团员有张光年、刘白羽、茹志鹃等人。他们会见了日本一大批名作家、艺术家，参观、座谈、报告，到私邸做客，所到之处无不受到热情款待。这次赴日是老舍唯一一次，也是最后一次访问日本，被日方称为"在中日文化交流史上留下了巨大足迹"。毫无疑问，这次访问会在中日文化关系史上写下重重的一笔。

但事情有时很奇怪，一本正经的大事可载入正史，却常易被人随着岁月流逝遗忘；而有时，一个小小的生活细节反倒会在人们记忆的心板上刻下难忘的印痕，口碑流传。这次访问中，老舍在一次吃茶闲谈中讲的一个小故事就产生了这样的效果。

在访问临近结束的日子里，日本文艺家协会主办欢送老舍等人的宴席，会后主客一面品茶一面轻松闲聊。老舍讲了一个属于野史的故事，大意是，中国从前有一个富翁，收藏了许多古玩珍品。后来他事业破产变穷，古董一件件被卖掉，终于变成了一个乞丐。但即使一贫如洗到这步田地，他所珍爱的一只壶却不卖掉。他带着这只壶流浪、行乞。另一位富翁得知此事后，很想得到这只宝贝壶，几经交涉也没达到目的。又过了些年，乞丐老了，那位富翁惦记着这只壶，便借房子给乞丐住，管他饭吃，以便等乞丐归天之日，好得到那只壶。可是，哪知道乞丐临咽气前，竟把这只壶扔到院中摔得粉碎，演了一幕壶碎人亡的悲剧。

听完这个故事，在座的日本友人有的发出了叹声，有的就故事发表自己的评论。日本文艺家协会前任会长广津先生还由此讲了另一个相反的故事，说在日本，要是碰上名贵的壶啊、碟子啊绝不会摔掉它。即使明明知道明天城市就要陷落，自己也非死不可，但对自己所有的名器名物，哪怕对方是敌人，也还是交过去，并说日本历史上还真有过这样的武将呢。

老舍说这个故事是由当时陪坐的友人谈论古代美术作品话题引发出来的，是为了助兴，似乎没有明确目的；况且故事本身的意蕴并不单一，它包括主人对壶的执着，对想得到此壶的另一个富人贪欲的批评等。那么，此壶究竟该留给那个富人，还是应当摔碎它？作为一件有价值的古董，似乎不应仅仅看作自己随意可支配的物件，应当考虑妥善留给后人。据巴金说，这样的故事在中国他也听过不摔碎的结局。但老舍接受的却是悲剧结局的处理，这壶就不能单单理解为一个物件，而是一种精神理想的代码。壶碎，主人的生命也就结束了。

1970 年，日本作家井上靖就以充满怜惜与热爱的笔调记下了老舍这段轶事。另一位作家开高健又在 1979 年以《玉碎》为题回忆到老舍的那次访问。他们共同感到老舍的死是“玉碎”，“壶碎人亡”表示了一种不苟活的崇高节操，是老舍人格的体现。

十三、老舍学生时代的旧体诗

不久前，有心人从北京档案馆藏的 1919 年 4 月出版的《北京师范校友会杂志》第一期上发现了老舍在读师范四年级时写的一组诗文。那时他写诗是旧体，作文全系文言，时间是在 1918 年 6 月他从师范毕业以前。

文言和旧体诗是在 1919 年五四运动后才被新体白话诗和白话文取代的，老舍顺乎潮流，在“五四”后也运用白话练习写作了。这有他在 1921 年初写的新诗《海外新声》和微型小说《她的失败》为证。

自励抒怀有华章。老舍的这组诗文，是很有价值的，他的爱国者的品格，和日后成为一位闻名世界大作家的才思，几乎都可以从这批诗文中寻到端倪。

老舍这组旧体诗，就题材内容看可分两大类：一类是记述游居庸关和学生集体参加野战演习的感怀与景况，诗人借写山峦奇峰，凭吊“碧血古英雄”，慨叹国家兴亡，赞扬“出山小草有远志”“一代英雄千秋气，宝刀横斫贺兰头”的报国英豪。另一类是临别母校“北京师范学校”有感赋诗，如作者在诗前所写：“逝者如斯，五载春风，瞬将毕业矣。驽钝依然，前途惘惘，乃感赋四律。”

这里发现的四首律诗既抒发了老舍对母校的依恋，又表现了他的自责自励精神和决不低眉折腰的坚强的性格。如第一首：

几行热泪抵千言，检点青毡别小园；
花解听诗愁对月，人能做赋黯销魂；
苍头未著狐皮帽，青眼先看犊鼻裈；
东去康城还自誓：生平不许谒金门。

他在另三首中又展示了个人平生志向：宁可“充饥唯啖朱詹纸”，决不像白傅为了“千禄”出卖自己去写诗。面对破碎的祖国山河，他该怎样走向社会呢？他自遣“惭愧庭花五度红，诗书依旧马牛风”，自己真后悔学习不好，这当然是诗人对自己的高要求。因为他当时毕业考分在全校是排行第五名，是北师校长方唯一的得意门生。他感叹“江山乱离惟余恨”，发誓“肝胆轮困本耐穷”，“独骑款段都门去”，“踏尽山河倾尽酒，他年再做故园游”。

老舍此后走南闯北，“耐穷”，劳作不惜气力，自许“老牛”，为人民为祖国拉了一辈子车，特别在抗战期间，他别妻儿弃家业，只身奔波在民族解放的战场上，以笔代枪，为建立抗战“笔阵”立下殊功。

老舍一生在创作小说、戏剧的同时，还写过不下两百首诗作，其中一半是旧体。1980 年由夫人胡絜青编辑出版了一本旧体诗选《老舍诗选》。老舍写旧体诗功夫深，技巧熟练，是在学生时代打下的基础，方唯一和宗子威都是他的启蒙业师。他的这些学生时代的诗作的艺术风格，和他三四十年代，乃至新中国成立后写的一部分旧体诗有不少近似之处，也可说是一脉相承的。

老舍与宗月大师

在老舍青少年时代的心灵上，烙印下最深刻印象的人物，第一要算是他的母亲；第二呢，宗月大师恐怕就属得上了。老舍的母亲，这位农家出身的劳动妇女给过老舍什么影响，老舍又如何孝敬这位普通的母亲，人们可以从他的一些片段回忆散文中知道一些，此处暂不述及；而提到宗月大师与老舍发生过怎样的关系，不少人就感到陌生了。

宗月大师是谁？老舍又和他有何关系？笔者读到了老舍 1940 年 1 月写的一篇传记文章——《宗月大师》，和其他有关材料联系起来，方对这一人物有所了解。宗月大师原名刘寿绵，大概就是老舍在《正红旗下》这部自传体小说中写到的人物——定大爷的原型。小说中描写，在“我”刚刚满月时，定大爷威风凛凛，乘着“一辆咯噔咯噔响的轿车”，像天神般降临到“我”家中。他出身旗人富豪之家，“生下来便被绸缎裹着，男女仆伺候着”。[①] 但财产在这位大爷手里流水般流走，他毫不在乎，最后穷到自己无衣无食，出家当和尚，号曰“宗月大师”。最令老舍佩服的是他有别个富豪子弟没有的品格。他不把财产放在眼里，也决不以财产多傲人，反倒因为这一方便常去赈济别人。“他好善。尽管他自己的儿女受着饥寒，尽管他自己受尽折磨，他还是去办贫儿学校、粥厂等慈善事业。”[②] 出家以后，他也是一个认真钻研佛学的真正苦修的好和尚。大约也正因为宗月大师的这种奇特性格，才使老舍与他有了来往，受到了他的恩惠。

首先，是这位宗月大师送老舍上了小学。我们知道，老舍还在襁褓之中时，父亲便在与八国联军的战斗中牺牲了。母亲没文化，家里又穷，所以便没人张罗

---

① 老舍：《老舍全集》第 8 卷，人民文学出版社，2013，第 509 页。

② 老舍：《宗月大师》，《华西日报·每周文艺》1940 年 1 月 23 日。

已到学龄期的老舍去读书。这位施善好义的定大爷竟自告奋勇地破费把童年的老舍送到私塾。这使老舍终生不忘，也分外感激。在《正红旗下》中老舍写道："当我已满了七岁，而没人想起我该入学读书，就多亏他又心血来潮……把我扯到一家改良私塾里去，叫我给孔夫子与老师磕头。他替我交了第一次的学费。"并且送给老舍一些读书用品。《宗月大师》一文记述得更详细，他（此文中称刘大叔）先问了老舍的岁数，接着对老舍的母亲表示要送老舍上学，第二天便带老舍到了距家半里多地的一座道观——私塾，拜了圣人和老师，替交了学费。老舍得到老师发给的一本《地球韵言》和一本《三字经》，开始了学生生活。此后由私塾转入公立学校时，也是这位刘大叔（即定大爷、宗月大师）帮的忙。

其次，大约因为刘大叔主动帮忙送他入学的恩德，老舍便成了刘大叔家的常客。老舍眼看着刘大叔家的财产破败，以致一贫如洗，又亲眼看到即使在如此困窘的情况下，刘大叔忘了自己，也忘了家人，去开粥厂、办贫儿学校，散粮施米给穷人。已经读中学的老舍，受着刘大叔精神的感化，尽管明白"放粮放钱不过只是延长贫民的受苦难的日期，而不足以阻拦住死亡。但是，看刘大叔那么热心、那么真诚，我就不顾得和他辩论，而只好也出点力了"。他帮助刘大叔施舍粮米、散放钱财，并在刘大叔办的贫儿学校里做义务教师。老舍爱交友、讲义气、同情穷苦人的品质，不能不说没有刘大叔的影响。

也正是在这段时间里，老舍与这位刘大叔的女儿产生了青梅竹马的爱情。老舍的老同学罗常培在《我与老舍》一文中特意写到，当老舍在1923年初辞去南开中学教职在北京教育会当穷文书时，向他透露了自己初恋的一点儿灵感的幼芽。罗常培出于对朋友的热诚，"还一度自告奋勇地去伐柯，到了儿因为那位小姐的父亲当了和尚，累得女儿也做了带发修行的优波夷！以致这段姻缘未能缔结"。这在老舍的年轻的心灵上烙下了十分深刻的印痕。请读一读那篇感情细腻、哀婉动人的短篇小说《微神》吧，尽管这篇作品在情节上不无虚构之处，但故事中"我"对女主人公命运的真挚同情，他们之间纯真的交往与爱慕，确确实实就是老舍与宗月大师女儿的一段真实恋情的写照！

宗月大师 1939 年坐化圆寂。他的家道兴衰，他的行为品格都给老舍留下深深的印象。在绵绵岁月里，老舍对宗月大师始终充满尊敬、怀念和感激。他这样评价这位大师在自己生活道路上的作用和地位："没有他，我也许一辈子也不会入学读书。没有他，我也许永远想不起帮助别人有什么乐趣与意义。他是不是真的成了佛？我不知道。但是，我的确相信他的居心与苦行是与佛极相近似的。我在精神上物质上都受过他的好处，现在我的确愿意他真的成了佛，并且盼望他以佛心引领我向善，正像三十五年前，他拉着我去入私塾那样！"[①]

① 老舍：《宗月大师》，《华西日报·每周文艺》1940 年 1 月 23 日。

老舍与鲁迅

老舍比鲁迅小十八岁。当鲁迅以他划时代的小说和杂文作品为中国新文学开创新局面的时候，老舍正在做小学校长，热心办教育，压根儿还“没想到到文艺界来做一名小卒”。因此，这时期老舍与鲁迅虽同住北京，但咫尺天涯，却不曾有机会相识。

历史把热心教育工作的老舍推到了文学的道路上。1924年，执教于英国伦敦大学东方学院的老舍正式开始文学创作生涯，接连写了《老张的哲学》《赵子曰》《二马》三部长篇小说。1930年回国，虽依然任教，但创作上一发不可收，至1937年七七事变爆发以前，又陆续创作了《小坡的生日》《大明湖》《猫城记》《离婚》《牛天赐传》《文博士》《骆驼祥子》等长篇小说，以及几十个短篇小说和许多杂文小品、诗歌等。老舍在文坛上享有盛名的时候，鲁迅正在上海执笔战斗，老舍和鲁迅两个名字时常同见于一种报刊上。例如黎烈文主持下的上海《申报·自由谈》副刊，是鲁迅经常发表杂文的园地；而从1932年12月至1933年12月一年中，老舍在上面也连续发表了十余篇富有战斗性的杂文和讽刺诗歌。

然而，使老舍遗憾的是，在他归国后直到鲁迅逝世的七年中，竟没有能和鲁迅见过一面。本来是有一次见面机会的，那就是1934年8月，老舍辞去齐鲁大学教职，准备当专业“写家”。他到上海去征求朋友们的意见，一位友人做东请客，其中也请了鲁迅。但鲁迅接到请柬时，宴会却已过去一天了——这样，老舍和鲁迅会面的机会便失之交臂。此后，老舍仍回山东任教，深居简出，始终没能有机缘与鲁迅相见。

1936年10月，当中国新文学的奠基者鲁迅与世长辞的噩耗传出的时候，老舍正在北京省亲。其间，老舍在老同学罗常培陪同下去北京大学做了一次《闲话创作》的演讲，轰动了这座最高学府。在鲁迅逝世的日子里，北京大学师生举行了追悼会，老舍赶去参加。会上由周作人介绍鲁迅的生平，当他说到鲁迅的母亲时，只像一个陌生的第三者样称“他的母亲”——这使一向最热爱尊敬母亲的老舍顿生反感，以至在抗战开始以后，老舍在重庆一次鲁迅逝世纪念会上讲话，还愤然提起这件事，认为，像周作人这样连自己的母亲也不肯承认的人，更何况对待民族国家了。

老舍虽然一生未得晤见鲁迅，但他们的文交与神交却早就开始了。“五四”时期，老舍就曾阅读了鲁迅的杂文和小说，敬仰他的反传统精神；而老舍开始踏上文坛的第一部作品《老张的哲学》的初稿，鲁迅是最早的读者之一。罗常培曾回忆说，老舍把《老张的哲学》手稿寄给他，他“又把它转呈给鲁迅。鲁迅的批评是地方色彩颇浓厚，但技巧尚有可以商量的地方”。[①] 鲁迅对老舍处女作的批评意见无疑是很中肯的。

鲁迅的作品和人格一向是被人尊崇敬佩的。在鲁迅作品的爱好者和鲁迅的赞颂者一群里，老舍也是其中的一个。早在20世纪30年代，鲁迅在世的时候，老舍就曾对人推崇他的杂文：“可称首屈一指”[②]。鲁迅去世后的第二年，他在纪念讲话中又说：“据我看，鲁迅先生的最大成就便是小品文。我敢说，他的学问限制不了后起者的更进一步，他的小说也拦不住后起者的猛进直前。小品文，在五十年内恐怕没有第二把手。他会怒，越怒，文字越好。文字容易模仿，怒火可是不易来。”[③]

1938年10月19日，重庆进步文艺界举行的鲁迅逝世两周年纪念会是由老舍主持的。在纪念讲话中，老舍还以敬佩的心情高度赞扬鲁迅的学博见广为他人所不及。他说，渊博可以找到前人和出现后来者，但像鲁迅“这样把一时代治学的

① 罗常培：《我与老舍》，《扫荡报》1944年4月19日。
② 徐訏：《舒舍予先生》，香港《知识分子》半月刊1969年8月第34期。
③ 老舍：《鲁迅先生逝世二周年纪念》，《抗战文艺》1938年10月第2卷第7期。

方法都抓住，左右逢源的随时随事都立在领导的地位，恐怕一个世纪也难见到一两位吧”。直到新中国成立后，老舍在一篇题名为《充实我们的学识》的文章中还说：“鲁迅先生的渊博，助成了他的伟大。他的对中国古代学术的知识，放在另一个人身上，也许适足以教他成为一个有保守性的学者。可是，他既博古，又通今；既知东方的文学，又注意西方的；既创造，又热心翻译。他的学识使他心中有了一架最准确的天平，公平正确地称量了一切；成见不能成为他的砝码！”

鲁迅的最可贵点之一是他那种坚韧不拔的执着现实的战斗精神。老舍从鲁迅的文章中看清了这一点，因此，他对那种以鲁迅后期多写杂文，而没写出比《阿Q正传》更伟大的作品为可惜的看法，大不以为然。他说：“我不晓得假若鲁迅先生关上屋门，立志写伟大的作品，能够有什么贡献；我不喜猜。我却知道鲁迅先生的爱护青年与好管闲事是值得钦佩的事，他有颗纯洁的心，能接近青年，他有奋斗的怒火，去管闲事。”[①]

老舍对鲁迅的小说并不一律都称“好”，最使他佩服的是《阿Q正传》。可贵的是，老舍并不只从技巧上品评佳作，而总是把理解作品反映出的生活的底蕴，同现实生活的实践联系起来，使作品显示出其长远的生命力。在抗战时期的重庆，文化界等曾多次举行文艺晚会，老舍就不止一次地亲自朗诵《阿Q正传》中的一些章节。特别值得提出的是，在1945年10月，重庆各界人士举行鲁迅逝世九周年纪念会，老舍为主席团成员之一。会上名人会聚，相继致辞的也不少，但赢得最热烈掌声和称赞的却是老舍的讲话和朗诵。那时，抗战刚刚胜利，国民党的一些官僚先生们，正想乘机大发“胜利”财。老舍看得分明，便选取了《阿Q正传》中一章念给与会者听。朗诵前，老舍加了一段带几分幽默又十分沉痛的讲话，鲜明地表现了他的心迹和愤慨的态度，他说：“阿Q参加了革命，他说革命也好，到大户人家去拿点东西。今天，抗战胜利了。有人说胜利也好，到上海、

---

① 老舍：《鲁迅先生逝世二周年纪念》，《抗战文艺》1938年10月第2卷第7期。

南京发点胜利财，拿几只板鸭来吃。阿Q式的胜利是惨胜，惨胜比惨败还要惨。拿阿Q的精神来建国，国必会和阿Q一样是会死的。阿Q在陈腐势力压在他身上时，莫名其妙地画了一个圆圈就把自己圈死了，如今虽说收复了东北、台湾，假如像阿Q一样，也只如画了一个大圆圈就会把自己圈死的！”[①]

有人曾著文说，老舍是鲁迅的“后起模拟者”。这说法，如果是指老舍读了鲁迅的作品后才起来学步开始创作的，那是不符合实际的。因为老舍是读了英国等一些国家的文学作品得到启发，才试把自己记忆中的生活图画写在练习本上的。但是，我们又决不能认为，启迪和影响老舍创作的只是如狄更斯等创作的外国文学作品，他的创作生活虽然开始于英国，但其作品的土壤却是他熟悉的故国城市社会。中国五四运动带来的新思潮、新文化早已在他的脑海里留下深刻的烙印。可以说，中国新文学的影响，尤其是鲁迅作品的影响熏陶的因子，早经潜隐在他的思想意识之中了。正如他在鲁迅逝世两周年纪念会上所讲的：“像阿Q那样的作品，后起的作家们简直没法不受他的影响；即使在文学与思想上不便去模仿，可是至少也要得到一些启示与灵感。它的影响是普遍的。一个后起的作家，尽管说他有他自己的创作的路子，可是他良心上必定承认他欠鲁迅先生一笔债。鲁迅先生的短文与小说才真使新文艺站住了脚，能与旧文艺对抗。这样，有人说我是‘鲁迅派’，我当然不愿承认，可是决不肯昧着良心否认阿Q的作者的伟大，与其作品的影响的普遍。”

老舍和鲁迅同为中国现代文学史上的“大家”，他们的贡献和地位自然有不同，他们的作品在反映生活和解剖现实的角度、深广度上有差别，描写的方法和风格也各有特色，但如果从大处看来，我们也不能不承认二人有不少一致的地方。比如，以讽刺之笔着重描写现实、抨击旧世界和旧中国社会的各种积弊的现实主义倾向与精神，应该说两人是颇为近似的。假如我们承认，“五四”以来的

---

① 力扬：《记重庆鲁迅先生逝世九周年纪念会》，《周报》1945年10月。

中国新文学，现实主义和浪漫主义是它的两支最大的流脉，那么显而易见，老舍和鲁迅是同属于现实主义这一流脉的；在组织上，鲁迅倾向并接近文学研究会，而老舍则加入了这一提倡现实主义创作和理论的新文学团体。

比较老舍与鲁迅在创作上的异同，或者详论老舍怎样接受了鲁迅的影响，不是这篇短文的任务。笔者此处意思不过是说，作为中国新文学史上的两大家，他们在生活上虽不曾有机缘接触，但“文缘”却是很近的。鲁迅是老舍作品的最早读者之一；而老舍始终是鲁迅的颂赞者，虽不能称他为鲁迅的“后起模拟者”，但确实，老舍是认真学习鲁迅的；不但如此，他还是鲁迅精神和鲁迅作品的宣传家，热情鼓动人们像鲁迅那样执着现实，为了祖国和民族命运去献身，恰如他在鲁迅逝世两周年纪念会上所讲的：“燃起我们的怒火吧，青年！以学识，以正义感，以最有力的文字，尽力于抗战建国的事业吧！在抗战中纪念鲁迅，我们必须有这个决心！”而他本人，在几十年中，正是以这种精神为指导去躬身实践的。

老舍与冯玉祥

冯玉祥（别字焕章）是一位著名的爱国将领。1933年，他组织军民、团结共产党人进行了著名的察北抗战，后来由于受到排挤，不得已解甲归隐泰山，住在五贤祠。他身居名山，心系国家和百姓，经常访贫问苦，办教育启迪民智，与那些达官显贵、儒人雅士们游山或隐居全然不同。冯玉祥自幼失学，大半生过的是戎马生活，却酷爱学习——读书、作诗、写文章、练书法。老舍的大名早为冯玉祥仰慕，老舍作品的民本思想及通俗化大众化的方向，更和冯玉祥的追求契合。因此，他隐居泰山时曾极意请老舍上山教他学文学。那时，老舍在齐鲁大学任教，1934年夏转到山东大学中文系当教授。老舍接到冯玉祥的邀请，十分感谢他的盛情，却婉言拒绝了。回答是，平时教书，假期写文章，去泰山的事以后再说。

1935年11月，从民族大义和团结愿望出发，冯玉祥接受邀请，下泰山去南京任国民政府的副委员长。七七事变后不久去武汉，住武昌千家街四十七号。他在政府中的任职虚多实少，就借此接纳进步文化人，请他们住在家中，一面为了在国难之时，给一些人以生活上的照顾，一方面也是为了便于求教。1937年11月，老舍从济南出走，丢家弃业，只身来到武汉参加抗战。这使冯玉祥更加厚爱和敬佩老舍。他一直想把老舍请到身边工作，在泰山时此愿未遂，如今见老舍单身流亡到武汉，便认为时机已到了。

之后，老舍住到冯公馆，但他不是为作“食客”，而是终日忙着抗日工作：写抗日文章，办抗日刊物，对于冯玉祥支持编辑刊行的《抗战画刊》《抗到底》，老舍既参加编务，又供稿最勤。冯玉祥的诗歌时常请老舍修改，老舍也可以为冯玉祥改文章而“坐吃”，但他不安于清闲，仍然坚持写作，靠卖血汗文章挣饭吃。

1938年3月，中华全国文艺界抗敌协会成立，冯玉祥给予有力支持。他和老舍一同被选为“文协”的理事和常务理事，为抗战文艺运动的发展一同尽过力量。冯玉祥公馆里每周举行一次文艺晚会，老舍与大鼓名手富少舫经常合说相声等节目。冯玉祥收留河南坠子艺人，老舍就为其撰写唱词。抗日爱国的总目标，加深了老舍和冯玉祥的友谊。1938 年夏天，遵照“文协”总会决定，老舍和“文协”的同事们一同携总会大印来到山城重庆。老舍借用冯玉祥的地位和声望保护文化人，他本人有时也被邀住到冯公馆写作。

1939 年 1 月 1 日，老舍与冯玉祥一起参加了重庆各界举行的声讨汪逆大会。同月，成都“文协”成立，老舍和冯玉祥作为“文协”的常务理事、总会代表一起赶去祝贺。他们分别在会上发表演说，并且一起游览、参观了成都市容、华西大学、四川大学、华美女中等。老舍在随行中，曾在内江沱江中学以《抗战以来的中国文艺》为题发表演说，写了赴成都一路观感的百行长诗《成渝路上》，并发表了对成都印象的散文《在成都》。

1940 年 4 月，冯玉祥为给老舍创造一个较安定的写作环境，特意邀请老舍离开重庆市区，住到郊区陈家桥冯公馆。在那里，老舍集中精力写作万行长诗《剑北篇》和剧本《张自忠》等作品。

1942 年 8 月，冯玉祥出巡，老舍被邀一同游历了灌县都江堰、青城山及成都等地。同行者还有王冶秋、赖亚力等人。9 月 9 日，“文协”成都分会特意在成都青年宫开会欢迎冯玉祥和老舍一行。会前，冯玉祥与老舍很风趣地开着玩笑。当时老舍手拿折扇和雨伞，冯玉祥打趣道：“老舍先生爱说相声，你看他到哪儿都离不开扇子。”老舍倒一本正经地答道：“如玉祥下令，说相声不用扇子，我可遵命照办。”冯玉祥又笑着说：“谁敢给老舍先生下命令，你那支笔横扫万军呐！”在这次会上，老舍鉴于“文协”活动的困难，讲了一番很沉痛的话，但最后仍然表示，为了民族大义和“文协”工作，他还要“拼着老命干下去！”

老舍的正直、爱国及文才，深得冯玉祥的赏识；冯玉祥的壮志和刚正不阿，令老舍敬佩。这大概就是两人友谊日益深厚的基础吧。

老舍与周恩来

在党的高层领导人中，周恩来是老舍认识最早也是他最钦佩、尊敬的一位。而周恩来对老舍的关心和爱护则随时日而增加。早在抗战初期，当中华全国文艺界抗敌协会筹备组成立时，在周恩来的直接领导和关心之下，请出老舍任该组织的主要领导人，从而使国民党右派的抢权企图落空，也避免了直接由共产党人士出任领导，因锋芒太露可能带来不利于广泛团结一切爱国文艺家的麻烦。实践证明，老舍是该组织最合适的人选，他出色地完成了自己的使命，赢得了最广泛的赞誉。此后，老舍便与周恩来频繁交往，友谊日深。老舍主持下的“文协”重要会议及活动，常邀周恩来出面演讲；而老舍则不时成为共产党在重庆办事处的座上客。

1949 年 7 月，首届中华全国文学艺术工作者代表大会在北京隆重举行。周恩来代表党和政府到会表示祝贺，他为全国文艺家的空前大聚会感到高兴，但遗憾的是老舍没能到会。周恩来对与会负责同志说，现在就少我们的老朋友老舍先生了。不久之后，老舍在美国便接到周恩来邀请他回国参加新中国文艺事业建设的信息。老舍立刻带病束装就道，经过一个多月的海上漂泊，于是年 12 月 9 日登上天津大沽口，回到祖国怀抱。

1950 年 7 月的一天，周恩来又特别宴请老舍，鼓励他为人民多写作。当听老舍说正准备写龙须沟变迁题材时，周恩来连声鼓励，并说，等着看你的新戏。果然，1951 年春，当《龙须沟》上演后，周恩来一连看了几遍，并推荐给毛泽东看。新中国成立后，老舍焕发出的那股汹涌的创作热情，固然与新生活的鼓舞分不开，但周恩来的支持与关怀也是一个重要原因。老舍的作品，从他回国后的第一部话剧《方珍珠》，到后来的《西望长安》《春华秋实》《青年突击队》《茶馆》

《红大院》《女店员》《神拳》《全家福》《宝船》等，周恩来都亲自看过。

1956 年，老舍的暴露人民政权内部官僚主义的新喜剧《西望长安》公演，周恩来给予肯定，认为像剧中那样的骗子和阴暗面应当充分地暴露。周恩来更欣赏老舍的名剧《茶馆》，特别赞赏剧作的第一幕，气魄宏大，艺术性高，演员也演得精彩，并对剧本通过三个时代的演变说明旧社会是如何灭亡的主题予以充分肯定。1958 年，当老舍的新喜剧《女店员》公演时，周恩来看后风趣地对总管财政的副总理李先念说，这个戏，你得看，你管财政呀！还对其他中央领导同志推荐老舍的喜剧说，你们去看看老舍的戏，都去笑一笑！连北京人艺根据《骆驼祥子》改编的话剧公演时，周恩来都曾先后看过三遍。

老舍许多反映新生活的剧作都是在周恩来的鼓励下创作成功的，他能把昆曲《十五贯》改编成京剧剧本，也是周恩来交给他的任务。有趣而又意味深长的是，周恩来还曾把末代皇帝溥仪及其家族成员、老舍及其夫人请到一起，设宴款待，席间周恩来风趣地说，一个溥仪，一个老舍，都是满族人。过去一个是皇帝，一个是穷旗人，非但不能坐在一起，就是见了面大家也都要给皇帝下跪。今天，我们三个人都坐到了一张桌旁，变化真大啊！很显然，老舍是周恩来一直信任、尊重和重点保护的文化名人。甚至在 20 世纪 50 年代末 60 年代初老舍要求加入共产党，都是周恩来亲自与之谈话，分析留在党外比入党贡献更大。老舍欣然领命说，“我听恩来的”。“文革”开始不久，老舍因受迫害而自杀，周恩来听说后，当着身边工作人员的面，跺着脚说，把老舍先生弄到这步田地，叫我怎么向国际社会交代！此后周恩来怀着深深的惋惜和痛苦，曾多次亲自过问老舍被迫害的经过，并派人对老舍家属多次表示关怀慰问。

老舍与梁实秋

老舍长梁实秋四岁，同为北京生人，二人共同经受过北京浓厚的中国传统文化和社会人文环境的熏染，但谛视和接受感染的角度并不一样。老舍写了一辈子北京，笔锋所至主要在社会底层，即所谓“庶民”人群和生活。他是死爱北京、爱死北京、爱北京死。梁实秋在寓居台湾之后也很怀念故乡北京，特别是到了晚年总想回北京看看，憾终未如愿。除翻译工作和做学问外，梁实秋也以散文的形式写过不少北京，这就是产生于“雅舍”的那些散文小品。这些作品自不乏引人品味的优点，但与老舍的写北京比论，所带给人的总是另一种“韵调”。品赏雅舍小品的文采，感到娱悦、怡然；读老舍的作品则叫人心酸、落泪，甚至笑时也透着苦味。

20 世纪 20 年代中期，当梁实秋念完了哈佛大学文学硕士，又在哥伦比亚大学英语研究所进修完毕归国任教时，老舍则刚到伦敦大学东方学院任汉语讲师。梁实秋与胡适、徐志摩等人创办新月书店和《新月》月刊时，老舍则正在伦敦闷头教书和写小说，对于国内文坛上的思潮关心不多。1930 年梁实秋始任青岛大学（山东大学前身）外文系主任兼图书馆馆长，而老舍也于这年回国应聘任教于济南齐鲁大学文学院，二人同为山东教育效力。当 1934 年夏老舍辞掉齐大教职，又即时打消做专业作家念头于当年 9 月受聘于山东大学中文系时，梁实秋则在此前不久离开山东大学当上了北京大学外交系的主任。

时间捉弄人，它能使你在唾手可得之际失之交臂，也能在你意想不到时却突然实现了。伟大的民族解放战争使老舍和梁实秋这两位现代文化名人先后辗转到大后方重庆。梁实秋先后担任了教育部委员、国民党参政会参政员及国立编译馆领导等，而老舍则实际主持领导了全国文艺家组织中华全国文艺界抗敌协会的工作。二人各在自己的岗位上恪尽职守，少有接触。1940 年之后，“文协”北碚分会成立，同时又有大批文人住北碚，老舍便常住北碚，1943 年夫人孩子从北京来，家也就安在这里。这样老舍就与先于他住北碚的梁实秋有了较多交往。应该说，共同的目标使他们走到一起来了。有一次，驻北碚的各机关发起捐款劳军晚会，一连两晚上演出节目，老舍自告奋勇说相声，需要一个搭档配合，找来找去最后点选了梁实秋。二人连说两个晚上，逗哏捧哏还互换了一次，说的相声段子有《新洪洋洞》《一家六口》等。

北碚的这场合作之后，老舍还与梁实秋有过书信往还，原信如下：

实秋兄：

北碚别后，想已康复健饭；天暑，千万保重！在碚，友众酒香，返乡顿觉寂苦——此间唯鼠跑蛙鸣，略有声色耳！工作之余，以旧诗遣闷，已获数律。笔墨游戏，不计工拙，录呈乞政，或足当“清补”剂也。祝吉！

弟舍启

业雅先生祈代候！[1]

信末未属日期，按信内容及所赠诗作的写作时间，约在 1942 年夏天。信中录呈的五首七律是：《久许文藻冰心兄登山奉访，疏懒至今，犹未践诺，诗以致歉》《端午大雨，组缃兄邀饮》《节日大雨，小江（组缃男孩儿）著新鞋来往，即跌泥中》《中年》《村居》（一首为“茅屋风来夏似秋”，一首为“半老无官诚快事”），均收录在九龙狮子会 1980 年 12 月出版的《老舍诗选》中。

由上可见，老舍和梁实秋之间好像并没有什么矛盾或不合。但是我们知道，在关乎中华民族命运的关键时候，一切言行必须服从全民抗战这个大目标，不管

① 原载于梁实秋：《看云集·忆老舍》，台湾志文出版社，1974。

是什么人，谁破坏或发有损于抗战的言论都是不被容许的，这是老舍的原则。朋友归朋友，原则不能破。因此当梁实秋的言论有悖于这个原则时，老舍也就把脸拉下来了。

业内人士都熟悉，1938 年 12 月 1 日，梁实秋接编了《中央日报》的《平明》副刊，在他写的《编者的话》中影射指责了正在澎湃兴起的抗战文艺浪潮，从而引发了一场声势相当大的文艺“与抗战无关”的大论争。如果查阅一下当时公开的报刊，你会发现老舍并未针对此次论战发表过文章。其实，率先执笔陈大义据理严词批驳“与抗战无关”论调的正是老舍。

这就是他受中华全国文艺界抗敌协会委托（当然包括他自己在内！）执笔写的《给〈中央日报〉的公开信》。只是，因为国民党宣传部部长张道藩的干涉，此信没得到公开发表，直到 1961 年 11 月，才由罗荪同志根据自己保存的原稿，把它抄录在《〈抗战文艺〉回忆片断》[①] 一文中与读者见面。这封信以鲜明的态度维护“文协”组织，赞扬抗战文艺，批评梁实秋的“态度轻佻，出语儇薄，为抗战以来文艺刊物上所仅见”。在这封信中，老舍又从国家民族的根本利益出发，指出中国每一个有良心的文艺家都离不开抗战，任何一项工作，包括文艺都与抗战有关。

除了这封受到阻挠的公开信外，老舍未再专门公开撰写批驳文艺“与抗战无关”论调的文章。一位记者曾专就这一问题请他回答，他说，这在他根本就表示沉默，因为值不得讨论的事，又何必浪费时间和纸墨？并且这种出风头式的题目，值不得答复，要知道，有人也许会因为笔战失败，会用政治手腕来取胜。[②]

文艺必须抗战，这是老舍在抗战时期的创作实践及一切行动的根本出发点，也是他在这一时期文艺思想的核心。因此，在许多文章中他都阐述了这一主张，

① 老舍：《给〈中央日报〉的公开信》，《中国现代文艺资料丛刊》第一辑，上海文艺出版社，1962。

② 梅英：《老舍会见记》，《华西日报·华西副刊》1939 年 1 月 21 日。

笔者粗粗梳理了一下即可编出一本二十万字的“老舍论抗战文艺”，诸如《一年来之文艺》《三年来的文艺运动》《老舍谈战时文化工作诸问题》《艺术家也要杀上前去》《文艺界动员情况述略》《略谈抗战文艺》《抗战中的通俗文艺》《抗战以来的中国文艺》（在内江沱江中学的讲演）等一系列文章，都是一再用事实的叙述及理论阐发论证了“抗战文艺”的产生、发展的社会基础及必然条件，驳斥了那种借口“抗战文艺”的某些缺点和维护所谓的“纯文艺”，而将新文艺引向脱离抗战的荒谬观点。

老舍对待文艺“与抗战无关”论争时期的梁实秋还有一件很有趣的事，可以清楚表明他的鲜明态度。那就是，当梁实秋接编《中央日报》的《平明》副刊后，曾尽力搜求了一些所谓“与抗战无关”的消闲文字发表，但潮流所趋，此种文字不能不受到读者的冷眼，决定了它的短促命运。梁实秋编的《平明》终于支持不下去，1939 年 4 月 1 日，他即发表《告辞》不干了。梁实秋编《平明》从开始到告终整整四个月，老舍没有一篇文字与《中央日报》发生关系，更不用说副刊《平明》了。但是，梁实秋刚刚宣布离任，《平明》易编后的第一期，即 4 月 3 日，老舍就在上面发表了以抗战为内容的战斗诗篇《壁报诗》，接着第二天，即 4 月 4 日《中央日报》的“重庆儿童节纪念特刊”上，老舍又发表了写抗战内容的《童谣二则》。4 月 8 日，又在该报《平明》副刊发表了杂谈《文协与青年》。4 月 10 日，另一篇充满抗战火药味的游击队歌《打》又刊登在《平明》上。一周之内连发四文，篇篇是“抗战”，而且恰恰都在梁实秋从《中央日报》的《平明》副刊主编告辞之后，这究竟是一种巧合呢，还是老舍有意为之？是件很有趣的事情。

第四编

战时足迹追踪

走出泉城

——老舍抗战生活第一页

七七事变发生时，老舍正在青岛从事专业写作，《宇宙风》正在连载他的“扛鼎”作品《骆驼祥子》，《文学》等杂志发表了他的《杀狗》《我这一辈子》《兔》等小说作品。应南北两大杂志之约而写的《病夫》《小人物自述》两部长篇小说，也都已有三四万字了。但是，青岛，这个为老舍所喜欢的幽美的海滨之城，已失去了她的安谧，为卢沟桥的枪声所震惊。日军舰在胶州湾不断游弋，爱国志士不断遭受日寇特务、汉奸的迫害。老舍因为积极为报社写抗日短文，已引起日特的注意。一天，报社记者告诉老舍说，他们获悉，“老舍”的名字已被日特列入黑名单。老舍听后并不感惊奇，但他想，为着不把命白白送给日本人，他不能不对自己及家人的出路做出安排了。

因为北方战事的紧张，作家王统照正从上海到青岛接眷，与老舍相见叙阔之后，便劝他一同携眷南下。老舍同意，并与在上海编《宇宙风》的陶亢德取得联系。可是，夫人胡絜青正要分娩，怎么经得住车船的颠簸呢？时间不能等待，与王统照同行的计划只好作罢。

接着，“八·一三”炮声在上海响起，前一日朋友陶亢德即发来急电：“沪急勿来”。老舍携眷去上海的计划彻底成为泡影，遂一人先到济南。事情也是天无绝人之路吧，老舍去上海不成，前曾任教过的齐鲁大学恰发来聘书，希望他重回齐鲁大学去主持文学院的工作。为暂避开青岛旦暮可被日寇占领而做俘虏的危险，容不得犹豫，老舍不得不再次接了齐鲁大学的聘书。在他到济南后第二天，就急电催促妻小也离开青岛。老舍8月下旬回复陶亢德的信中曾叙述了他迁家济南的狼狈状况：

弟于十三日到济，携物不多，预料内人能届满月，再回去接眷运物也。乃十四日即有事变，急电友促妻来；她产后亦恰十四日，无力操作收拾，除衣被外尽放弃，损失特重。到济，她入医院静养，我住学校，小济等住友家，旋小济亦病，入院。一家数地杯碗兼无；大雨时行，不得出屋，真急煞人也！北平复无信，老亲至友，生死不明，寝寐不安！稍晴，乃入市置买零物，略略成家；青岛虽仍僵持，亦不敢冒险回去取物，不知何时即开火也。

济南尚平静，一时亦不至有兵灾，唯郊外水漫及城，青菜稻田皆没，而一旦东线有事，难逃空袭也。

日来，冒雨奔走，视妻小，购物件，觅房所，碌碌终日，疲惫不堪，无从为文。《宇宙风》暂停，出不得已，慎勿愤愤也！

日侨在济者已全退出，在青者渐亦退清，可以战矣。青市——据人言——已成空市，铺户皆闭，即使沉着气住下，亦无法生活也。[①]

老舍全家第二次到济南后，先住齐鲁大学院内老东村平房，不久迁往本校常柏路二号楼二楼。国破，家无宁日，学校也根本无法办下去。在日益严重的形势下，齐鲁大学的学生、教职工纷纷离校，他们向老舍告别，有的返归故里，更多的是投奔抗战队伍参加工作了。老舍呢，“家在卢沟桥北边”，有家归不得。妻小在眼前，怎么办？怎么办！老舍打算在济南坚持下去，他一面照料刚刚在乱世中出生的小雨、两岁的小乙、四岁的小济及夫人，一面并未搁笔，继续给地方报刊撰写抗日短文，长篇创作再也无暇续写下去。为着使文艺打入民间，能起到动员民众参加抗日的作用，他又挤出时间去结交当时济南的名通俗艺人张小轩、白云鹏等，向他们学习“鼓词作法”，这为他到武汉后立即投入通俗文艺的创作打下了基础。

① 原载《宇宙风·逸经·西风联合旬刊》1937年9月第2期。

9 月中旬大同失守，22 日天津沦陷。平津地区的大批爱国学生及文化人士纷纷南下，有的从济南经过，继续寻找抗日的落脚地，有的暂时留在泉城开展抗日工作，老舍不断接待着这些流亡者，并与他们谈论时局发展和报国壮志。老舍对于苟安不思组织力量抵抗的当局统治者时露抨击愤激之情。他在一篇题名《吊济南》的文章中曾愤愤然写道："济南为全省的脑府，而实际上只是空空的一个壳儿，并无脑子。这个空壳子响一响便是政治，四面低低的回应便算办了事情。计划，科学，文化，人才，都是些可疑的名词，因为它们不是那空壳子所能了解的。……济南是必须死的，而且必不可免的累及全省。"在未完长篇小说《蜕》中也对那时济南当局的妥协、反动做了辛辣尖锐的嘲讽，而对热情的爱国学生的高尚行为则大唱赞歌。

当时流亡济南的平津学生已达五六千人，一部分留住的组织了平津同学流亡会，并与当地文化界人士组织了山东文化界抗敌协会筹备会。老舍是最积极的支持者，当这个组织召开首次工作会议时，老舍就第一个到会签了名。

9 月 30 日，敌寇攻入山东境内，很快占领了德州，距此只一百二十公里的济南便成了日寇吞噬的下一个目标。敌机天天在济南上空盘旋，市民们能逃走的继续逃走，齐鲁大学偌大的校园已经空空荡荡，连外籍教师的家属也都疏散了。老舍想，死，倒不可怕，文人的一点儿起码气节——不做俘虏——却决不能丢！如同逃离青岛一样，当泉城济南随时可以变为亡城时，他为父为夫，不能不思索和安排自己的家人的命运，尽管他并不能完全做主。常柏路二号楼上，不管是白天黑夜，脚步敲打楼板的沉重声响不断，窗口里断续旋出悲愤低沉的吟诵陆游诗章的声音……啊，倍受熬煎的作家啊，该选择什么样的字眼来表述你此时此刻的心情呢？欲走，不能——走向哪去？这弱妻小女又怎么走法？不走，眼看要做敌人的俎上肉——这不是一个有血性的中华男儿所情愿的；自己所有的武器是一支笔，却又无从施展力量！思索，愤激，痛苦，矛盾，决计……

"我的命就是我的笔，不能叫我的笔和我一齐锈在家中！"老舍终于做出决断！他要出走，自己独个儿走出泉城！当野蛮者兽性大作，逞心蹂躏一个素被欺侮的善良民族的时候，一个有志者报效国家与顾全家室常常是不能两全的呀！妻弱子女小，在这兵荒马乱的年月里带着他们亡命，那毋宁是自缚绳索捆绑手脚；扔下不管？骨肉至情要骤然切断，这对于素来笃诚、重情谊的老舍又怎忍心？！他不能不落泪了！

深明大义的妻子胡絜青看透了丈夫的难处，她同老舍一样陷在命运未卜和痛苦矛盾中。然而她决计独挑重担，准备承受就要到来的风险重压，强抑着内心翻着的潮水，坚强地对老舍说："你走吧，不用管我们！只要有我在，家里你就放心，我绝不会给你丢脸！"

妻子的话一字一句敲打着老舍的心扉，他点了点头。夫妻含泪相誓，准备检点行装，两岁的儿子和四岁的小女跟在一旁紧忙活，他们不时歪着头问："爸往哪去？""啥时回来？"而大人的心里该是多么烦乱！这时老舍竟然大声呵斥了爱子小乙一句，受到委屈的小乙撇撇嘴要哭，却没哭出来。老舍看到幼子的表情却忍不住心酸了。

11 月 15 日下午五点，泉城被一声巨响震得发颤。人们以为日寇要占济南了，谁知却是无知昏聩的当局统治者自己轰炸黄河铁桥，说是要防止日军南侵，这真是太天真了！深夜，济南车站挤满逃难的乘客。老舍头戴一顶破礼帽，身着旧长袍，拎了一个小提箱，也夹在难民中间。一个朋友花两块钱给茶房，从火车窗口把老舍托了进去——他朝大武汉奔去。从此老舍结束了在山东较为安定的七年教书、写作生活，开始他献身民族解放事业的艰苦岁月。

出走泉城的一幕在老舍生活史及心灵上打下深深印记。他在小说《蜕》及散文《吊济南》《三个月来的济南》中，曾记述他二次到泉城济南的见闻感触；在《四大皆空》等多篇生活自述文章中，回忆记述了他亡命以后自己家中的一切衣物家具、图书材料、名贵画和手迹、手稿丢失净尽的惨状和痛苦、仇恨心情。然而，他不悲观，他预言："从一上车，我便默默地决定好：我必须回济南，必能回济南，济南将比我所认识的更美丽更尊严，当我回来的时候。逃亡激进了努力，奔往异地坚定下打回故乡！”历史做了答复。此后，老舍虽没得机会回到泉城工作，但当这个古城回到人民手中之后，的确变得更加美丽、更加有尊严了。

倡导与实践

——老舍与抗战文艺

抗战文艺是中国新文艺发展过程中一个特殊而闪光的时期。文艺与抗战、文艺与大众、文艺与国家民族的命运的结合从来没有如此紧密、如此全面过。文艺的功利性与文艺家的社会责任感之鲜明、自觉、强烈度为此前所仅有。这到底是文艺的正路，还是歧途？人们的答案并不一致。老舍则毫不犹豫地回答："抗战需要文艺，文艺必须抗战。"这是"文艺已找着它的正路"。[①] 国破家亡的历史危机和救亡图存的人文环境塑造了老舍国家至上、民族至上的理念性格；抗战——中华民族伟大而惨烈的卫国战争成就了老舍作为抗战文艺最积极鼓吹者和杰出实践家的角色。

一种文艺思潮的兴盛，理论的率先鼓吹与对创作的同步阐释是必须必然的。"五四"文学革命思潮崛起、左翼革命文学发展推进、工农民文艺思潮涌现，乃至像现代主义等各种西方文艺思潮流派的出现流行，无不是有理论鼓吹和阐发要义同步或做先导的。那么，抗战文艺作为社会文化一股大潮流要为社会认知和拥护也必然少不了这一过程。

抗战文艺是伴随着日本帝国主义对中国日益严重的侵略而产生的一种文化潮流。老舍就它的鲜明时代特征和社会属性指出："值此民族生死关头，文艺者之天职在为真理而争辩，在为激发士气民气而写作，以共同争取最后胜利。"[②]"当社会需要软性与低级的闲话与趣味，文艺若去迎合，是下贱；当社会需要知识与激励，而文艺力避功利，是怠职。抗战文艺的注重宣传与教育，是为尽职，并非

---

① 老舍：《略谈抗战文艺》，军事委员会政治部编印，1941 年 8 月 13 日。

② 罗荪：《〈抗战文艺〉回忆片断》，《中国现代文艺资料丛刊》第一辑，上海文艺出版社，1962。

迁就。”[①]就是说，抗战文艺尽力为抗战服务，不是外加或文艺迁就战争，而是文艺的本职和自身的属性品格。老舍进一步概括抗战文艺的四个特点：第一，抗战文艺是“清醒的”，即它的目标、目的非常明确，毫不掩盖为民族解放抗击日寇侵略是“尽职”，是“责无旁贷”。“抗战与文艺不能分开，正如抗战与军队之不可离异。”[②]第二，抗战文艺是“乐观的”。老舍说，它既不是“无家对寒食，有泪如金波”的伤感眼泪文字，也不是“塞上长城空自许”的空无与失望，而是“看准了民族的出路在此一战，看准胜利必来，而与全体同胞齐去战斗，一直到同唱凯歌”。第三，抗战文艺是“直接的”。它绝不是那种朦胧、晦涩、抒情自娱以博同道者欣赏谀赞，更不是要藏之高阁，以待知音的什么“伟大”文艺，而是以国家至上、民族至上为最高利益。“除了百姓士兵它概不伺候。因此，它得把军歌送到军队中，把唱本递给老百姓，把戏剧放在城中与乡下的戏台上。”[③]第四，抗战文艺是“行动的”。它要求文艺家改变以往封闭静止的生活，投身于抗战烽火之中，文人携手抗战，笔尖一致对外。“文艺的本质乃由虚浮的修辞变为朴诚的记录与激励。”[④]老舍高度赞赏作家们下乡入伍的直接行动，称他们完全“忘了自己——在庆祝胜利那一天而将抗战文艺付之一炬，亦无可惜，要紧的倒是良心无愧！”[⑤]老舍在强调抗战文艺的抗战“天职”同时，并没忽视抗战文艺也是文艺的特点。他强调，抗战文艺家要心与社会脉搏一起跳动，克服认识的片面性与创作取材的间接弊病，做到综合观察和分析所写对象。比如，写一个士兵，就不能简单地只把他看成一个兵，而应从全社会及中国文化整体上观察处理，因为千百年来，中国都遵奉“好男不当兵，好铁不打钉”的偏见信条，一个农民参

---

① 老舍：《三年来的文艺运动》，《大公报》（七七纪念特刊）1940 年 7 月 7 日。
② 老舍：《三年来的文艺运动》，《大公报》（七七纪念特刊）1940 年 7 月 7 日。
③ 老舍：《三年来的文艺运动》，《大公报》（七七纪念特刊）1940 年 7 月 7 日。
④ 老舍：《三年来的文艺运动》，《大公报》（七七纪念特刊）1940 年 7 月 7 日。
⑤ 老舍：《三年来的文艺运动》，《大公报》（七七纪念特刊）1940 年 7 月 7 日。

加抗战队伍，辗转战场，使用新武器打仗等，由固守一方泥土到认识和参与保家卫国的民族抗战——这是中国古今文化的综合，不看清这个转变，就无法写得深刻。

老舍认为，就抗战文艺的技巧上说，它是本位的，即使用中国的语言和中国的技巧，写出中国人的生活和中国人的感情心理，建立起自己的民族风格。老舍预言，中国将来的文艺必定也是沿着现实的综合的和本位的（即技巧、语言）原则向前发展。

老舍的文皆抗战说、“尽职”论，得到文艺界绝大多数人的热烈赞同和支持。但也有不同的声音，他们不在文艺如何写好抗战上提要求，而诱导作家远离抗战写所谓文字流畅的好文章。老舍率先对此观点提出批评，指出这种观点要义在“破坏抗战以来一致对外之文风，有碍于抗战文艺之发展”[①]。老舍在许多场合的讲话及文章中都正面阐释抗战文艺的特质、价值及成绩，而批评逆向泛出的一些脱离实际的论调。他说，假若一二文人因为过分重视技巧以为文艺不必死死拉着抗战，“它并没有成为，且永不能成为文艺上的一个有力的理论”。[②]“今天的一个艺术家必须以他的国民的资格去效劳于国家，否则，他既不算个国民，还说什么艺术不艺术呢？”[③]

1941 年秋，老舍在西南联大做《抗战以来文艺发展的情形》的专题演讲，就报告文学、小说、诗歌、戏剧、通俗文艺等分题对抗战文艺做了分析综评。这已是抗战爆发后的第五个年头，时间的距离使老舍用更清醒、更理智的历史眼光看待抗战文艺。他并不讳言抗战文艺的一些缺点，但仍然批评那种总想上“峨眉山去隐居，去慢慢儿地准备写作”的脱离现实的文艺观点。老舍通过对抗战文艺创

---

① 罗荪：《〈抗战文艺〉回忆片断》，《中国现代文艺资料丛刊》第一辑，上海文艺出版社，1962。

② 老舍：《血点》，《大公报·战线》1938 年 12 月 7、14、15、21 日。

③ 老舍：《艺术家也要杀上前去》，《新华日报》1940 年 2 月 10 日。

作的实际考查充分肯定了它的发展方向和成就。

总之，老舍认为，应运而生的抗战文艺经过几年发展证明，它是应该“用红字标出的”文艺之花，“在全部中华历史上，甚至在世界史中，还没有过与它相同的运动”。[①] 老舍的理论阐释和扶持呵护，为抗战文艺的健康成长提供了重大力量源泉。事实证明，老舍不愧为一位最热情、最积极的抗战文艺的鼓吹者，一位在实践中产生的抗战文艺理论家。

理论的阐释与鼓吹必然要求实践的有效验证和支持。老舍一路为抗战文艺的产生与发展高歌，保驾护航，同时为它的实践呕心沥血，做出了典范。

七七事变前夜，老舍在青岛做专业“写家”。抗战枪响，他立即停止手中正写着的两部长篇小说，开始写抗日短文。他到基层包括乡村做抗日演讲。“八·一三”事变后，移住济南，他接待平津流亡文化人士，并积极向民间艺人学习撰写抗日内容的曲艺作品供艺人演唱。1938 年 3 月，中华全国文艺界抗敌协会领导机构产生，老舍当选为总务部主任，成为实际上一支巨大笔部队的领袖，而且一干就是七年，兢兢业业，一丝不苟，直到抗战胜利。恰如茅盾在 1944 年庆祝老舍创作生活二十年时所说，“文协”筹备时期，“老舍先生置个人私事于不顾，尽力谋‘文协’之实现……如果没有老舍先生的任劳任怨，这一件大事——抗战的文艺家的大团结，恐怕不能那样顺利迅速地完成，而且恐怕也不能艰难困苦地支撑到今天了”[②]。

老舍是带着强烈的亡国灭族破家危机感置身在抗战文艺的大部队中的。他在创作上涉笔表现和描写日寇对中国野蛮侵略践踏时限之长，数量之多，在中国作家中很难再找到第二人。

近代以来，帝国主义列强争相把中国当成一块肥肉劫夺。但是这之中，把中华民族推向危亡深渊的是日本军国主义侵略势力。自从一百二十年前甲午战争以

① 老舍：《三年来的文艺运动》，《大公报》（七七纪念特刊）1940 年 7 月 7 日。
② 茅盾：《光辉工作二十年的老舍先生》，《新华日报》1944 年 4 月 17 日。

来，日本军阀对中国从虎视眈眈，到步步入侵，直到 1931 年侵占东三省，1937 年开始全面侵略和践踏中国全境，土地被烧焦，生命被杀戮以千万计。作为一个中国人、中国作家，老舍对日寇的侵略暴行广有观察了解，深有经验和体会。他个人的生命多次险遭不测，他的家庭两度破败离散，他的民族的厄运和国家的危亡都与日本军阀侵略势力直接相关。恨日、仇日、抗日，与日本军阀不共戴天，在老舍身上形成一个难解的心结，该是何等自然的事情！这个心结鲜明地表现在他的创作中。

老舍写仇日与控诉、抨击日寇罪行的作品，包括以部分文字涉笔日本题材以及以日寇占领中国为背景的作品几乎贯穿了他创作的全过程。他打造了一条以抗战时期的作品为重心的长达将近四十年的抗日作品链。其中一些作品在通常意义上我们不会称之为“抗战文艺”，但它所表现出的老舍恨日仇日心结却是一致的。下面让我们扼要检索一下。

1923 年初发表的处女短篇小说《小铃儿》，描写了小主人公接受“五九”国耻教育，痛恨洋人、痛恨专与外国人讲和的李鸿章的爱国品德。而“五九”国耻的元凶正是逼迫袁世凯签订“二十一条”卖国条约的日本侵略者。1925 年写于伦敦的长篇小说《赵子曰》，用专节文字抨击日本侵略者在天津强设租界胡作非为的罪行。日商勾结日警大肆贩毒，开赌场、妓院等藏污纳垢，以戕害中国人。20 世纪 30 年代之初，老舍应聘到济南任教。到任后，他眼见日军侵占济南在城墙上留下的枪眼弹痕。他回国后创作的第一部小说《大明湖》，就是以日军侵占济南枪杀上千中国人的“五三”惨案为背景展开的。这部小说的原稿又在日军轰炸上海的“一·二八”战火中被烧掉，并因此绝版于世。1933 年出版的长篇寓言小说《猫城记》，“矮人”野蛮棒杀和集体活埋“猫人”的残忍暴行，显然影射着日本强盗对中国人的摧残。1931 年写的《讨论》和 1933 年写的《不远千里而来》两篇短篇小说则表现和讽刺在日军侵占到来之时主人和仆人讨论如何挂白旗免遭灾和某些缺乏骨气的人闻风而逃的丑态。1934 年出版的短篇小说集《赶集》中的首篇《五九》、1936年版《蛤藻集》中的末篇《哀启》两篇则又揭示了在日寇占领下底层民众的从愚昧到觉醒反抗的意识。以“五九”为标题则明确警示国人不可忘“国耻”啊！更直白的是在20世纪30年代最初几年老舍还写下《日本撤兵了》《国难中的重阳》《长期抵抗》《致富神咒》《空城计》《新年的梦想》《估衣》等相当数量的诗文，以犀利的语言或正面抨击日本占领者，或批评一些落后民众在日本侵略时期的愚昧自私，或讽刺中国政府当局的苟延残喘，对日寇的“无抵抗主义”。老舍愤懑、痛心地写道：“得了满洲，再灭了中国，春满乾坤，这是日本。揖让进退是古训，无抵抗主义是新名词，中华民国万岁！”[1]

抗战烽火爆燃，最高能量地激发出老舍的抗日爱国热情。他几乎调动和运用了一切可用的艺术手段和体裁创作出大量的抗日文艺作品，包括长中短篇小说、戏剧（话剧、京剧）、诗歌（新、旧体及散文诗）以及各种形式的通俗文艺作品（相声、快板、鼓词、歌词、坠子、新“拴娃娃”、新“三字经”、洋片词、金钱板、诗配画、儿童歌谣等）。先后结集出版的有通俗文艺集《三四一》（三段鼓词、四出京剧、一篇小说）、话剧九部（其中与人合作三部）、长篇小说四部、中短篇小说集三部、长诗一部，其他未结集通俗文艺、评论、杂文、散文、报告、信礼及新旧体诗歌约有三百篇之多。

1946年3月，老舍应邀访问美国，在那里他坚持讲演宣传抗战文艺，并完成了《四世同堂》第三部《饥荒》，又创作了以整个抗战为背景的描写鼓书艺人方宝庆一家生活遭遇的长篇小说《鼓书艺人》。直到20世纪60年代初，老舍创作反映医务工作者生活的六场话剧《第二个青春》，还用专场描写日寇占领北京时对医务工作者及北京民众的欺压摧残的罪行。

在老舍打造的抗日作品链中，抗战中作品分量最重最集中。在艰苦抗战中，他与祖国人民一同受难与战斗，他把笔变刀枪，他行动，他呼号，他呐喊，他愤

① 老舍：《新年的梦想》，《东方杂志》1933年1月第30卷第1号。

怒，他战斗。他在抗战中的文字劳作战果，不论从文字总量或是篇目数量来看，都差不多相当于他一生创作总量的三分之一。在这些作品中，老舍高举爱国主义大旗，以激励民众的抗日爱国信心为目的，多侧面表现揭露日本侵略者劫掠残杀我国我民的滔天罪行，正面描写颂扬我军民抗击侵略者的爱国行动和牺牲精神，抨击民族败类的恶德丑行及当局不作为或媚敌苟安的可耻勾当。老舍的剧作广为演出，极大鼓舞了民众的团结抗日意志。他的多种形式的曲艺作品在城乡到处被传唱，他的长诗《剑北篇》是抗战诗歌的闪光之作。其百万字的长篇《四世同堂》更是具有抗战文艺乃至中国现代文学里程碑意义的杰作。小说以沦陷的北京的一条小胡同居民的生活为中心展开描写，在整个抗战的大背景下表现揭露了日本侵略者的残暴和对中国人民犯下的滔天罪行，同时再现出中华民族当世子孙从迷惘惶惑走向觉醒抗争，并取得最后胜利的心路历程和历史现实。正如胡絜青、舒乙在为《四世同堂》完整版问世写的纪念文《破镜重圆》中所说：

> 民族，带着鞭痕，悲壮地生存着。
>
> 国家，带着创伤，骄傲地屹立着。
>
> 人民，带着鲜血，顽强地前进着。
>
> 正义，带着它的庄严、神圣和人道，光荣地战胜了邪恶、侵略和野蛮。[①]

这，就是老舍杰创作《四世同堂》，以及其几百万字抗战文艺作品通过多彩画面和充满激情的文字呈现给世人的精义与主题。

在抗战中老舍自谦称自己不过是文艺界一个“尽责的小卒”。多么可爱和让人尊敬的一个“小卒”啊！假如我们的小卒都能像老舍那样“尽责”，我们会拥有何等壮观辉煌的一支文艺大军？！岂止是尽责“小卒”！历史证明，老舍又是

① 胡絜青、舒乙：《破镜重圆》，《十月》1981年10月第4期。

一位不负众望具有领导才能、不乏韬略的文界大将。作为“小卒”，他超体能和精力负荷付出；作为大将，他的领导地位和帅才表现无可替代；作为作家，他超越文界，不愧为一位优秀社会活动家和色彩浓烈的爱国者；作为爱国者，他又超越族限国界，以全生命投入，用一支笔做刀枪无情讨伐日本法西斯侵略势力，不愧为一位卓越的国际主义文化战士。老舍，永恒的老舍，抗日的历史，中国的历史，世界反法西斯的历史都必将会用大写记载着这个名字。

“文协”扛旗人——老舍

1938年3月27日在汉口成立的中华全国文艺界抗敌协会（简称“文协”），是一个团结、进步的抗战文艺组织。它的诞生，标志着全国文艺界抗日民族统一战线形成在组织上落实了，党的抗日民族统一战线政策在文艺战线取得了重大胜利。我们知道，七七事变以后，抗日的准备阶段结束，由于日寇的大规模侵略，中国人民不得不起来进行全面抗战。形势的变化促使中国社会阶级发生了新的组合与对抗，作家们原来常规的生活也不能不随之改变。在我们党的积极努力下，随着政治上的抗日民族统一战线的形成，文艺界的大团结如水到渠成，得到实现。“文协”就是在全国上下团结奋起反抗暴敌侵略的新形势下产生的一个群众性抗日团体。

“文协”以团结抗战为最高宗旨，自成立至抗战胜利，它在团结组织全国文艺家投入抗日，在推动抗战文艺运动发展，在组织抗战文艺创作及从思想精神上动员民众的抗日宣传上等方面，都做出了巨大贡献。正如郭沫若给“文协”的题词“统一文艺阵线，巩固精神国防”所标示的，它以自己七年多艰苦奋斗的工作精神和功绩写下了光荣的一页，完成了历史使命。

一提到“文协”，人们就会很自然地联想到老舍。的确，他对于这个组织的成立，对于培养它的清苦作风和团结精神，对于这个组织能够在极端困难的环境条件下长期坚持工作，是起了非同一般的中坚作用的。我们尽可以用“总管家”“扛旗人”“功臣”等词语来表述他，也不为过分。1944年4月，当“文协”六周岁时，恰逢老舍创作生活满二十年，大后方文艺界朋友举行“双庆”，在致贺时，几乎无一人不谈到老舍对“文协”的培育和贡献，且列举数例如下：

文艺界抗敌协会的成立与发展，主要便是他所培育的硕大的成果。这是值得我们永远纪念的。

（邵力子、郭沫若、茅盾等二十九人签名的《老舍先生创作生活二十年纪念缘起》）

那时候，全国文艺界抗敌协会正在筹备，老舍先生置个人私事于不顾，尽力谋“文协”之实现。我们那时的几次见面，所谈亦无非此事。如果没有老舍先生的任劳任怨，这一件大事——抗战的文艺家的大团结，恐怕不能那样顺利迅速地完成，而且恐怕也不能艰难困苦地支撑到今天了。这不是我个人的私言，也是文艺界同人的公论。

（茅盾：《光辉工作二十年的老舍先生》）

“文协”是我们全中国文艺作家的一面团结抗战的旗帜，六年以来你艰撑着这面大旗，我深知你流的汗最多，出的力最大，而且受的气也算不少，可你的精力却并没有白费，抗战需要“文协”；大家需要你，你的苦心你的劳绩，谁都会深深的铭记在心里的。

（阳翰笙：《一封向老舍先生致贺的信》）

几年来，为了文艺界的团结，为了“文协”的工作，他不知费去多少心力。奔走，求情，乃至叩头，作揖，只要是为了“文协”，他从不推辞；碰到困难也从不退避。

（以群：《我所知道的老舍先生》）

抗战以来，老舍先生为文艺界工作真太辛苦了，文艺界抗敌协会的清苦作风，就是老舍先生自己作风的扩大。

（秀沅：《老舍先生创作二十年》）

“文协”筹备的时候，舍予虽然是最热心的一个人，但他绝没有意思负主持的责任，在第一届理事会上他曾一再地恳切地推辞过。到职务被决定了以后，他就咬紧牙关负责地工作起来。在这六年中间，舍予是尽了他的责任的，要他卖力的时候他卖力，要他挺身而出的时候他挺身而出，要他委曲求全的时候他委曲求全……特别是为了公共目的而委曲自己的那一种努力，就我目接过的若干事实说，只有暗暗叹服包在谦和的言行里面的他的舍己的胸怀。……舍予尽心尽力地用他的双肩支持住了“文协”。

（胡风：《在文协第六届年会的时候祝老舍先生创作二十年》）

自“文协”成立到现在，他义务工作了六年，连邮票信纸信封都用自己的。他总说“文协”的工作是义务的。

…………

而当抗战发生到现在，他一直的实际主持抗战文艺运动的大本营！——中华全国文艺界抗敌协会总会的工作，在昂奋与阴暗的时代空气中，疟疾式的空气中，他行走着，前进着，忠诚地，任劳任怨地，做着所能做的事情。

（梅林：《老舍先生二三事》）

说上面话的人都是“文协”的会员，多数是“文协”的理事。有的又是与老舍耳鬓厮磨、整天一起为“文协”尽力的工作人员。他们是见证人，老舍究竟怎样为“文协”工作，他们最有发言权。下面，我们着重从四方面来看一看老舍对“文协”的工作和围绕“文协”所做出的贡献。

第一，在文艺家们联合起来的思想指导下，全力促进“文协”的成立。

如前所述，“文协”的成立，是我们党抗日民族统一战线政策在文艺界的胜利，是我们党直接关怀和倡导的结果。它不是山头，而是全中国爱国文艺家团结抗战的大本营；它也不是政府机构，而是基于国家民族利益建立的群众团体。一个人尽心尽力于一个团体，自然要有与团体一致的方向和思想基础。众所周知，老舍在抗战前基本上过的是一种“我行我素”的无党派无组织生活（虽然他也加入了文学研究会，却没有任何实际上的团体活动），文化思想界发生的有影响的论争他几乎都没介入。抗战发生，他结束了个人写作与教书生活，全身心投入全民族的抗战洪流中。现实的教育和爱国思想的激励，使他感到在暴敌面前，个体分散地放枪战斗打不倒敌人，必须用铁笔组成自己的“笔阵”，“把分散地各个战友的力量，团结起来，像前线将士用他们的枪一样，用我们的笔，来发动民众，捍卫祖国，粉碎寇敌，争取胜利”。[①]“我们要振作起来，参加这大时代的斗争，各以全部的力量，向同一目标，作最大最高的发挥。老幼新旧一致携手，把青年的血液灌输到老年人中去，把老年的经验交给青年，共同上前，打倒日本帝国主义”（老舍在1938年2月24日“文协”筹备会上的发言）。老舍还专门撰写论文，阐述大敌当前团结的必要，大声疾呼，为了让文艺在抗战救国中更好地“尽宣传上激励的责任”，《写家们联合起来！》《联合起来！》《文艺家也要杀上前去》（此为老舍的三篇文章的标题）这是当务之急。

理论思想的阐发指导着行动，老舍掬一颗至诚之心，为早日实现全国文艺家的大团结到处奔忙，日夜筹措。从1938年1月决定成立“文协”临时筹备委员会起，他即以筹备委员之一的身份参加了工作。2月24日正式成立筹委会，老舍和吴组缃被推为“文协”成立大会起草宣言书。从2月28日至3月23日，“文协”筹委会先后举行多次会议，老舍概无缺席，废寝忘食地为“文协”成立做准备工作，以促它早日诞生。经过两个多月的筹备，为爱国文艺家所渴盼的中华全国文艺界抗敌协会，终于在3月27日正式产生了。老舍专门有一篇《记“文协”成立

---

① 老舍等：《中华全国文艺界抗敌协会发起旨趣》，《自由中国》1938年4月1日创刊号。

大会》的文章记载了大会的盛况。在成立大会上，老舍被推为主席团成员，并被选举为理事。随后，在第一届理事会上，他又被选为常务理事，兼总务部主任。职务决定之前，老舍坚辞，认为自己无力担此重任，他诚意地推辞说："我算个老几！"但正如胡风所说，待职务决定之后，他便咬紧牙关干下去了。老舍曾戏谑谦逊地把挑此重担比作蛤蟆垫桌腿——硬撑。

从"文协"开展工作的艰辛方面来理解这个比喻，的确道出了一定的实情。"文协"成立，爱国文艺家大团结得到实现。老舍眼见这支"部队"组织起来了，他高兴、狂喜，吟诗为文加以颂赞。他在《贺全国文艺界抗敌协会成立》诗中唱道：

三月莺花黄鹤楼，骚人无复旧风流；
忍听杨柳大堤曲，誓雪江山半壁仇！
李杜光芒齐万丈，乾坤血泪共千秋；
凯歌明日春潮急，洗笔携来东海头！①

《快乐得要飞了》②是一篇抒发他为"文协"诞生而心情快乐、激动不已的短文，他热情而自豪地写道："在全部的中国史里，要找到与这类似的事实，恐怕很不容易吧？因为没有认清文艺是民族的呼声以前，文人只能为自己道出苦情，或进一步而嗟悼——是嗟悼——国破家亡；把自己放在团体里充一名战士，去复兴民族，维护正义，是万难做到的。今天，我们都做到了这个，因为新文艺是国民革命中产生出的，文艺者根本是革命的号兵与旗手。他们今日的集合，排成队伍……是战士归营，各具杀敌的决心，以待一齐杀出。这么着，也只有这么着，我们才足以自证是时代的儿女，把民族复兴作为共同的意志与信仰，把个人的一切都放在团体里去，在全民族抗敌的血肉长城前有我们的一座笔阵。这还不该欣

① 老舍：《贺全国文艺界抗敌协会成立》，《文艺战线》1938 年第 2 卷第 1 期。
② 老舍：《快乐得要飞了》，《大公报》1938 年 8 月 27 日。

喜吗？”

在《入会誓词》[①]中，老舍又以战士的姿态庄严宣誓：“全国文艺界抗敌协会成立了，这是新的机械化部队。我这名小卒居然也被收容，也能随着出师必捷的部队去作战，腰间至少也有几个手榴弹打碎些个暴敌的头颅。你们发令吧，我已准备好出发。生死有什么关系呢？尽了一名小卒的职责就够了！”

老舍上述的言辞，与其说是对“文协”这个组织的赞美，不如说是对我们党的统一战线政策的歌颂；他所表达的决心，既是个人爱国主义情怀的抒发，又代表了全中国文艺家们的报国壮志。在抗战中，老舍本人正是在我们党的抗日民族统一战线政策思想影响下，以必战必胜、准备牺牲的精神尽职于“文协”工作——致力于抗战文艺运动的开展的。

第二，为完成历史赋予“文协”的使命，坚韧地支撑着“文协”这面团结战斗的大旗。

正如茅盾在祝贺老舍创作生活二十周年时所指出的那样，“文协”这面文艺家团结战斗的旗帜所以能在风雨中长期存在（老舍曾形象地形容“文协”工作开展得较沉默时为“打过盹”，但它始终没有倒下！），与老舍千方百计地培养和护卫分不开；它作为一个民众团体深得社会的重视和支持，是因为它有良好的会风和对社会的贡献，这会风与贡献也是和老舍的血汗和作风密不可分地联系在一起的。

我们知道，“文协”设有组织、研究、出版、总务四个部，实际代表“文协”执行常务工作打里又打外的是总务部。始终任“文协”常务理事兼总务部主任的老舍，很自然成为“文协”的“总管家”——这是多么令人信服和钦佩的一个“好管家”呀！一位曾在“文协”做过多年干事工作的同志曾这样比喻和赞叹着老舍在“文协”中的地位和办事精神：“也许他所站的地位类似‘老旦’，有

① 原载于《文艺月刊·战时特刊》1938 年 4 月第 9 期。

时不免遭遇冷淡；然而，是一个好的‘老旦’，好的名‘老旦’，他对他的戏，历史与时代赋予他的戏，他要彻头彻尾地做完。他是一架桥，使千万人踏着他的背脊从此岸渡彼岸的桥。而他在重荷之下紧紧地咬着他的牙齿。”[①]在经费短缺、住会干部几乎没有的情况下，一应大小事情“总管家”就不能不亲自动手。“文协”召开的会议，老舍只要在，他都要参加，或报告总务，或出演节目，或做各种文艺问题的专题发言，他总是最忙的一个人。“文协”的外交活动，如代表“文协”参加政府或社会团体组织的会议及各种活动，到政府部门为“文协”交涉补贴经费，发动社会对贫病作家捐款和筹款义卖，呼吁保障作家权利和提高稿酬，等等，老舍更是当仁不让，义不容辞。为了公共的事业，他是宁肯忍辱负重的，为给“文协”筹措活动经费和开展工作，老舍不知领受了多少刁难和难堪的待遇。但为了一个大目标，他都默默隐忍着，自己咬紧牙顶着，甚至暗中落泪，但对工作却从不懈怠，从不摆挑，也不向人叫苦。他的这种顾全大局而苛刻自己的精神，赢得了文艺界同仁的崇高赞誉。

“文协”是在团结抗日的总目标下以文会友的，它办有自己的会刊《抗战文艺》，这“是‘文协’的旗帜，会员们必须把他们的名字写在旗帜上，不管谁负编辑之责，会刊反正是我们大家的”[②]。老舍是会刊的编委，又是一个实实在在的作者与编辑。如果把老舍用“总务部”署名的文章都算上，为该刊义务撰稿数量之多，在七年多的时间里绝没有一个人比得上他，在总共七十一期刊物中，就有老舍的长长短短的文章五十余篇！

在抗战中，“文协”总会由武汉迁到重庆；在重庆又几经转移。分会和联络处也发展到十几处。它经受着经费短绌和政治上的低气压的压迫，也领受了日寇飞机的多次恶性轰炸，但它始终是穷而乐，坚持着抗战团结的大方向，尽心尽力而为之。鉴于“文协”的这种曲折困难中前行的活动与精神，老舍曾感佩地说：

---

① 梅林：《老舍先生二三事》，《华西日报》1944 年 5 月 17 日。

② 老舍：《“文协”七岁》，《大公报·文艺》1945 年 4 月 29 日。

“于此，我不能不喊一声：‘文协万岁’了！”[①] 老舍本人始终是与“文协”总会同在的。他把“文协”当成自己的家，在这个“家”中他什么也管着，即使外出，他也总挂念着会中事情，一封封信件连续寄到留会人员手中，报告行踪，指导工作。一向习惯于个人独立写作和教书的老舍，竟一下变得如此热爱团体——珍惜“文协”，究其原因就在于“文协”是全中国文艺家团结和友谊的象征，是他们联合战斗的司令部，它把文艺家分散的力量凝聚起来，形成一座“笔阵”，从精神上和思想上给了侵略者以致命的杀伤。

第三，以“文协”为总部，尽力推动抗战文艺运动的发展和文艺创作的繁荣。

一个团体的存在价值和是否有号召力，一是表现在组织工作的严密与纯正程度上；再一便是看它能否为实现自己的目标而及时提出现实中提出的有关问题，并及时加以解决。如果在这两方面都涣散、不清醒的话，那它就很难维持长久。“文协”之所以在险境中屹立并产生影响，绝非偶然。它是在民族危亡之际应运而生的一个文艺团体，它一诞生就给自己规定了团结抗战的总目标。为实现这个目标，它及时提出了“文章下乡，文章入伍”这个带方向性的口号。这对于引导作家深入前线、农村，缩短新文艺与群众间距离，从而有效地动员人民群众起来参加抗战斗争，是具有深刻的战略意义的。“文章下乡，文章入伍”作为会标在“文协”成立大会上贴出；老舍又专门以这八个字为题撰写了论文，指出提出这一口号的目的，就是要使作家们“激跳的文心”变成“枪炮与炸弹”，使他们增强“在抗战中去多尽斗争的责任的自信与自励”，让文艺真正变成“战斗精神的发动机”。

人们知道，抗战开始不久，文坛上出现过一个相当热烈的创作通俗化文艺的高潮，各种流行于民间的通俗文艺形式都被引入抗战文艺的创作中来，在抗战宣传上起了积极作用。这个通俗化文艺热潮也是“文协”从抗战的现实要求出发，基于群众的文化知识水平而提出来并加以推动的。老舍当时是这一运动的最热心

① 老舍：《“文协”七岁》，《大公报·文艺》1945 年 4 月 29 日。

的鼓吹者和实践家，他一连写了多篇讨论和指导通俗文艺写作的论文，同时进行了多种通俗文艺形式的创作实践，影响一时。在老舍带动下，“文协”为推动通俗文艺写作，多次举办了专题座谈会，邀请通俗文艺理论家和实践家、艺人共同切磋；为了培养队伍，“文协”还举办了通俗文艺训练班，老舍亲自授课，讲解通俗文艺的写作技巧。

抗战开始以后，全国范围的抗战文艺运动开展得是相当红火的，这当然是全体爱国文艺工作者及文艺青年们努力的结果；从组织的角度看，这个广泛的爱国文艺运动开展也是与“文协”的有力推动分不开的。1943 年 3 月 27 日重庆《新华日报》为纪念“文协”成立五周年发表社论：“文协”的健在与建设“表征了我们抗战文艺的发皇与战时文艺力量的发展和扩大”。这个估评是完全符合实际的。“文协”成立后，不但积极组织派遣作家赴战地、农村慰问、采访，而且积极组织文艺工作者参加各种形式的抗战文化宣传工作和文艺活动，诸如诗歌朗诵，戏剧演出，军歌征集，献金义卖，创办抗战文艺刊物，举办抗战文艺作品的评比与展览，采取种种方法推动抗战文艺创作的繁荣，抵制和批驳有害于抗战文艺发展的言论倾向，等等。正如老舍在《五年来的“文协”》一文中所总结的那样：“在抗战中以文艺宣传报效国家”的“文协”，“它有全国的文人作它的支持者，全国各地的文艺刊物及报纸文艺副刊的编辑者几乎全部是‘文协’的会员。这样，‘文协’便成为战时文艺运动的心房。这颗心既因神圣的抗战而跳动，它就决不容有害的东西掺入血液中”。

抗战文艺发展的道路是不平坦的。它的主流和成绩必须予以充分估价，但由于主、客观原因也曾经出现了明显的缺欠。某些冷眼旁观者曾因此对抗战文艺进行指责和贬低。当这种有害的论调出现时，首先是“文协”的文艺家们众声一致地给予了有力的回击。针对梁实秋提出的“与抗战无关”论及含沙射影对“文协”的嘲讽，第一个站出来执笔为文予以驳斥的便是老舍。他代表“文协”给发表梁实秋言论的《中央日报》写了一封义正词严的公开信，鲜明地表示了捍卫“文协”

及维护抗战文艺发展的原则立场，只是由于国民党文化头目张道藩等人阻拦，这封信当时未能公开发表。此外，老舍还在多种场合的讲话和文章中，对一些损害抗战的言论给予过批驳。

对于少数自以为高明的文人视抗战文艺为“贫困”“贫乏”“八股”等论调，老舍和“文协”的文艺家们也曾给予严肃地回敬。他在 1942 年总结抗战以来的文艺运动时说：“抗战中的文艺作品，绝不少于，也不弱于战前的文艺作品。假若有那么一份儿统计表，告诉我们战前与战时文艺作品数量相等，我们便应当说战时比战前的至少增加了一两倍；因为，想想看吧，作家们生活的困苦，印刷的困难，纸张的涨价，并不止增加了一两倍呀！”[①]他还严厉批驳那种叫嚷抗战文艺“贫困”的论调，是一种“虚无”态度，是十分有害的，应当予以“扫除”；对那种指责抗战文艺为“八股”的腔调，老舍说，这是旁观者的“风凉话”。他批驳道，即使说抗战文艺有缺点，它也绝不是那种“无家对寒食，有泪如金波”的感伤文字所可比拟的，在全民抗战的神圣大时代里自有其需要在，“抗战八股”毕竟强于《小上坟》之类，“尤胜于开口艺术，闭口灵感而永不动笔者也”。[②]

老舍认为，像抗战文艺这样紧密地服务于民族解放战争，才真正是新文艺找到了它的“正道”。“在抗战时期只有中国是这样的——不写侦探小说，不写无聊的东西，不写色情的低级趣味的东西。为正义而写，为抗战而写。这样也许会引起一般太太小姐们的讨厌，但是尽管再讨厌一些时候吧，我以后还是要这样写的。实在的，我们的路是对的，虽然才力不很大。”[③]正是基于这种认识，所以他在抗战开始以后，才停止了小说创作，而致力于通俗文艺和抗战剧本的写作。他曾不止一次地说过，在决定着国家民族生死存亡的年代里，一支唱给伤病员的能使他们减轻痛苦的歌，要比专写给绅士淑女看的什么“伟大作品”都有用得多。

① 老舍:《文艺界动员情况述略》,《大公报》(国家总动员宣传周特刊)1942 年 2 月 13 日。
② 老舍：《三年来的文艺运动》，《大公报》（七七纪念特刊）1940 年 7 月 7 日。
③ 老舍：《走向真理之路——在文艺欣赏会致词》，《笔》1946 年第 1 卷第 1 期。

他坚信，文艺应有不可推卸的社会功利作用，必须负起正当的教育责任。它如果迎合低级趣味，这是“下贱”。“当社会需要知识与激动，而文艺力避功利，是怠职，抗战文艺注重宣传与教育，是为尽职，并非迁就。”[①]很清楚，老舍是坚决反对那种引人闭门潜修、脱离抗战现实的有害文艺观点的。他极力维护着“文协”的声望，捍卫着抗战文艺运动的正确方向。当然，老舍并不认为抗战文艺完美无缺，也不以为“文协”就没有缺欠，不是的，在他的发言和文章中都曾多次指出这方面存在的问题。但他认为，由于战争环境和现实的急迫要求，现在还不是要求黄河澄清的时候，“终生写成的《神曲》与《浮士德》是不能在这儿期望的。我们只有随时的心灵火花的爆发，还没有工夫去堆起柴来，从容燃起冲天的大火”。立在抗战现实的基点上，“我们不幻想在三天之内写成一部《战争与和平》，而愿今天打今天的仗，直到最后胜利到来”[②]。因为，老舍说，假若亡了国，纵有莎士比亚，也只能当亡国奴！

作为“文协”的实际领导人，老舍曾经写下对抗战文艺来说是总结性的一系列文章，比较重要的有《抗战以来文艺发展的情形》《一年来之文艺》《三年来的文艺运动》《文艺界动员情况述略》《抗战中的通俗文艺》《略谈抗战文艺》《文章下乡，文章入伍》等。这些文章从实际出发，有理论有实际，及时总结了抗战文艺运动的经验教训，对推动和指导抗战文艺的健康发展起了积极作用。

在创作上，老舍更是一马当先，带头写抗战文艺作品，先致力于创作抗战通俗文艺，继而大写抗战剧本，抗战后期则潜心于抗战纪念碑式的巨著——百万字的长篇小说《四世同堂》的创作。如果说，在抗战前，老舍的作品在时代气氛描写上总嫌淡薄一些的话，甚至连名著《骆驼祥子》在具体时代背景上也存在着模糊不清的瑕疵，那么他的抗战时期的任何一篇作品，包括每一篇短文、小诗等在内，无不充溢着鲜明强烈的时代气息。老舍创作中出现的这一突出特色，标志着

① 老舍：《三年来的文艺运动》，《大公报》（七七纪念特刊）1940 年 7 月 7 日。

② 老舍：《保卫武汉与文艺工作》，《抗战文艺》1938 年第 1 卷第 12 期。

他创作道路上的重大进步，因此极其可贵。虽然，就个人创作的历程上说不无曲折，不无值得总结的经验教训，但他把神圣的抗战作为自己服务的最高目标的行动和精神，却反映了一代作家努力的方向，也表现出老舍主持下的“文协”这个组织的灵魂。“文协”在推动抗战文艺运动发展和繁荣抗战文艺创作上是功有所在，应当载入史册的，说到个人在这当中的贡献，我们不能不首推老舍。

第四，以“文协”为阵地，与国民党顽固派做有理有节有利的斗争。

人们知道，抗战是国共联合的局面，而“文协”是在国民党掌握生杀大权的环境中开展工作的，这就不能不给它带来许多困难。如果想使“文协”真正实现自己的奋斗宗旨，在抗战中发挥作用，而又不为顽固派所控制，没有一套灵活的开展工作的方法、不开展必要的斗争，那是不可能的。尤其在抗战转入相持阶段以后，国民党顽固派消极抗日积极反共的汉奸、法西斯路线越来越露骨，文艺家们不但熬受着经济上的困苦，而且失去了写作和言论的自由。文艺家个人或者一个组织，假若抵不住这种政治上的低气压，那就有被压垮的危险。“文协”作为一个正义爱国的民众团体，始终鲜明地树立着自己的旗帜，并且做出了巨大成绩，是基于下述几方面原因的：一是自从成立之日起，“文协”即得到我们党的热情支持和爱护，可以说它是在我们党直接影响、扶植和护卫下成长起来的一个进步爱国的民众团体；二是广大爱国文艺家的坚决支持和拥护；三是有老舍等这样的领导中坚，他有一套在复杂环境下开展工作的本领，既能团结人，宽宏大度，又不失掉原则立场，关键时刻敢于进行必要的斗争。

众所周知，老舍是无党派人士，抗战前可以说是个较典型的不过问政治的写家。但时代的浪涛推他到洪流中，使他接触了像周恩来等这样许多优秀的共产党人，他变得更聪明机智了。在“文协”工作中碰到困难时，他就主动找周恩来、郭沫若、茅盾等同志商量，这使他在利用“文协”这个阵地进行斗争时有了最可靠的主心骨。在这种情况下，“文协”不但是组织文艺家团结抗日的团体，而且成为保护进步文艺家、开展反法西斯统治的民主斗争的重要阵地。当进步文艺家被社会挤压得贫病交加时，“文协”利用自己的社会声誉，为作家募集捐款，解决了部分文艺家的经济困难；当文艺家无端遭受诬陷、逮捕时，老舍便以“文协”负责人身份立即出面多方奔走，辟谣，营救被捕作家；当作家们的版权遭到剥夺时，老舍又代表“文协”向社会大声疾呼，要求当局保障作家的著作权、版税权，并增加稿费；国民党制造捕杀爱国师生的血案时，老舍也打着“文协”的招牌坚持正义，并控诉反动派的暴行。“文协”自身举办的创作座谈会、纪念会等活动，也常常被特务、当局阻挠或破坏，老舍或者挺身迎战，或者以灵活方式及他个人的社会关系设法疏通，使问题得到预想的结果。在“文协”的保护下，当年文艺家有许多在经济上得到过补贴，更有不少人得到了政治上的保护和营救，像张天翼、骆宾基、魏猛克、丰村、方殷、洪深等都有过这样的经历。这之中，予有力的当然是老舍。

“文协”是中国现代文学史上有成绩有重大影响的文艺家的组织。以前对这一组织的研究和重视是不够的。我们应当从实际出发，充分估量它在抗战文艺史上所发挥的重大作用和特殊地位。当我们要研究和评价“文协”时，就不能不注意到“总管家”老舍的工作与劳绩。谁也不会否定，老舍对“文协”应当最有发言权，因为他是看着并亲手扶植着“文协”诞生、长大的。因此，老舍关于“文协”的总结文章是研究“文协”的第一手重要资料。除在一组署名总务部的《总务报告》和《八方风雨》《快乐得要飞了》《入会誓词》等自述文章中述及“文协”外，老舍还有一些专门文章述评和总结“文协”的工作，如《记“文协”成立大会》《关于“文协”》《一年来“文协”会务的检讨》《“文协”第二年》《关于“文协”的工作》《致南泉“文协”诸友信》《五年来的“文协”》《“文协”七岁》《“文协”的过去和将来》等，这些文章，既谈“文协”的实际工作，又阐述“文协”的指导思想及方针任务，既总结成绩，又指明了它的不足和缺欠，既是“文协”自身的工作总结，又对抗战文艺运动有所阐述。因此，这些文章不仅于“文协”这个组织，而且对研究整个抗战文艺也是难得的宝贵材料。

当我们谈到“文协”在抗战中的功绩时，当然首先应当归功于全体会员的努力，但它的成立、发展和工作进行，确确实实又无不凝结着老舍的心血。“文协”的功绩是显著的，但正像人无完人一样，“文协”自然也有它的缺欠在，是无须讳言的，比如“文协”的成员复杂，思想上的批评与斗争就不可避免，而“文协”这方面注意是不够的。还有，“文协”后期工作不如前期有生气，这与它的组织比较涣散有关。另外，它在开展工作时过分强调了君子作风，对那些“非君子”者就无可奈何了。至于在具体工作上没能及时注意培养辅导青年作家等，也都是存在的。

在整个抗战期间，老舍的活动是紧紧围绕着“文协”的工作开展而进行的。因此，当我们谈论老舍在这一时期的贡献时，总也脱离不开“文协”；而当谈到“文协”的工作时，也自然包含着老舍的功劳在里面。

老舍西北劳军路线

1939年，老舍作为中华全国文艺界抗敌协会的代表，参加中华全国慰劳总会北路慰问团，有过一次历时半年的西北劳军之行。这是老舍生活史上的一段重要经历。他的唯一的一部四千行长诗（原计划写万行）《剑北篇》，就是专记这次万里劳军的所见所闻所感的。但对老舍此次西北之行的较详细情况，人们大都知道不多，一些资料述及此事还有错误。例如，1982年《重庆师院学报》第3期发表的刘安章、李兴峰整理的《抗日战争时期老舍活动纪略》（上），关于这次西北之行，只有短短四行文字；1980年《中国现代文学研究丛刊》第3辑载《老舍传记资料及其作品简介》一文，说老舍此行是1937年5月，年与月均不对；1979年由二十院校编的《中国当代作家小传》中，说老舍是1940年赴西北战地慰问抗战将士的；还有的资料把老舍参加的慰劳总会的慰劳活动与王礼锡率领的由“文协”派出的作家战地访问团混在一起了；当然，更多的是不详其情。下面根据个人掌握的一部分资料，把老舍此行的全过程及路线做一介绍。

1939年，全国慰劳总会曾发起四大慰劳活动：一是征求五十万封慰劳信运动，二是征募药品运动，三是征集图书杂志运动，四是组织南北两路前线将士慰劳团。

老舍作为“文协”代表参加北路慰劳团，是在5月21日“文协”理事会上最后决定的。该团由贺衷寒任团长，一行15人。老舍随团活动的大致日程及路线如下：

6月28日，随团从重庆出发，当晚住内江。29日，到达成都。入夜，成都“文协”分会诸友聚会为老舍送行。

7月1日，从成都出发，经新都，夜住绵阳。2日，抵剑阁，老舍有《蓉城——

剑阁》（《剑北篇》第三章）记此。3 日到广元，《剑门——广元》（《剑北篇》第四章）记此。5 日经沔阳，谒武侯祠，有旧体诗《沔县谒武侯祠》歌之；同日出川到达汉中。6 日到石门。7 日谒留侯祠，《汉中——留侯祠》《七七在留侯祠》（《剑北篇》第五、六章）及旧体诗《留侯祠》记此。8 日登秦岭至宝鸡，《双石铺——宝鸡》《宝鸡车站》（《剑北篇》第七、八章）记此。9 日到达西安，《西安》（《剑北篇》第九章）专记西安观感。14 日离西安赴华阴。15 日赴灵宝，途中参观豫西棉产区潼关，《潼关》（《剑北篇》第十章）及旧体诗《潼关炮声》咏之。16 日路经陕州，距敌营仅 18 华里。17 日达洛阳，与王礼锡、宋之的率领的作家战地访问团相遇，因慰问活动及阴雨，一直逗留至 29 日，先后谒周公庙、关公庙，游龙门，参观魏造像，看白马寺，等等。旧体诗《白马寺》及《洛阳》（《剑北篇》第十二至十四章），专记在洛阳的观感。30 日到达临汝。31 日经香积寺住叶县，诗《洛阳——叶县》（《剑北篇》第十五章）记之。

8 月 1 日抵南阳，《南阳》（《剑北篇》第十六章）记此。3 日到鄂北重镇老河口，有《老河口》（《剑北篇》第十七章）记之，在此住一周，参加各种慰劳活动。10 日，乘船赴襄，因水浅折返。11 日换帆船至襄樊，《襄樊》（《剑北篇》第十八章）记此。14 日返回老河口。15 日到内乡，住西峡口，老舍应邀在一临时流亡学校——国立一中讲演，词语激昂愤慨，表达了一腔爱国热忱，后并有《西峡口》（《剑北篇》第十九章）记此。17 日达龙驹寨。18 日至商县。19 日谒四皓寺，返抵西安。《龙驹寨——西安》（《剑北篇》第二十章）专记此段行踪。而后几天在西安参加各种慰劳活动。24 日，与友人同登终南山。留西安期间还曾访秦汉隋唐大都旧址、沽酒韦曲镇、游临潼骊山等，《长安观剧》《临潼——终南山》（《剑北篇》第二十一至二十二章）记此。31 日赴中部，有《西安——中部》（《剑北篇》第二十三章）记之。

9 月 1 日祭扫黄帝陵，谒黄帝庙。2 日至 4 日在宜川、秋林镇慰问，《宜川——秋林》（《剑北篇》第二十四章）记此。8 日到鄜县。9 日到达延安，慰问团受到三四千人的列队欢迎。10日随慰问团会见毛泽东，聆听毛泽东畅谈国际形势及抗日问题，晚间出席欢迎会，毛泽东致欢迎词，老舍与毛泽东互相祝酒，宴后观看了延安的歌咏、新剧，《宜川——清涧》（《剑北篇》第二十五章）记述了此番盛况与感想。11日离延安到清涧。12日到达陕北的八路军驻地绥德。14日经米脂，抵达古有九边重镇和小扬州之称的榆林，停留四天，参加各种慰问活动，特别与榆林文艺界朋友们进行了交谈，称赞他们工作有成绩,《清涧——榆林》(《剑北篇》第二十六章）记述此行。19日返抵绥德。20日回到清涧。21日复经延安，参加了各大学及学院组织的晚会。22日参观延安学校教育。23日离延安到洛川。24日到耀县。25日经三原再回到西安，《榆林——西安》（《剑北篇》第二十七章）记述了这段经过。

10月4日到达甘肃第二大都市、陕甘宁交通枢纽平凉。5日夜宿海拔两千公尺的华家岭。6日到达兰州。直到10日，在兰州参加各种慰劳、欢迎活动。9日上午，兰州现代评论社举行茶会欢迎老舍，下午中国青年记者学会兰州分会举行茶会招待老舍及随团记者，老舍讲了话。其间还到兰州师院做了题为《抗战两年来的文艺活动》的报告。11日随团去兴隆山祭成吉思汗陵。14日至青海省会西宁，到18日在西宁参加各种慰劳、庆祝活动及参拜寺院。19日宿永登。20日到达武威(即凉州)。22日参观了前清满人聚居的凉州新城，老舍有《别凉州》一诗记之。23日经永昌回到兰州。29日抵达平凉。21日至固原。

11月1日经同心城到中宁。2日到宁夏第一大镇吴中堡。3日至5日一直在宁夏城活动。6日到达军事要地石嘴山。7日到黄河渡口渡堂口。8日到陕坝傅作义将军驻地。10日在五原参加阅兵。12日在临河参加阅兵。13日返渡堂口。14日至23日经石嘴山、宁夏、中宁、固原、平凉、邠县再回到西安。27日离西安，经宝鸡、庙台子、宁羌、广元、梓潼，回到川境。

12月3日抵达成都，至7日在成都稍憩。8日经内江住夜，9日安返重庆总会，各机关代表到生生花园门口欢迎。

慰劳团回到重庆以后，各家报纸都予以报道。12月10日的《新华日报》以《北路慰劳团万里劳军昨日归渝》为题发表消息：慰劳团“自六月二十八日由渝出发后，南起襄樊，北迄五原，东达洛阳，西抵青海，旅行一万八千五百里，沿途宣慰军民，备极辛劬”。

老舍除专记此行的长诗《剑北篇》外，还在多次通信、诗篇、回忆文章中提到此次行踪，其中1945年12月写的回忆文章《八方风雨》中述及此行的艰辛说：“这次长征的所见所闻，都记在《剑北篇》里—— 一部没有写完，而且不大像样的长诗。在陕州，我几乎被炸死。在兴集，我差一点被山洪冲了走。”文中他还记述了此行路线：“慰劳团先到西安，而后绕过潼关，到洛阳。由洛阳到襄樊老河口，而后出武关再到西安。由西安奔兰州，由兰州到榆林，而后到青海，绥远，宁夏，兴集，一共走了五个多月，两万多里。”

据全国慰劳抗战将士委员会总会北路慰劳团的报告，老舍随团于6月28日从重庆出发，12月9日安返山城，为时共164天，经过川、陕、甘、宁、青、豫、鄂、绥八省，行程二万五千余华里，到达了当时的一、二、五、八、十，五个战区。回渝后他多次报告及为文记述此次观感，并曾为重庆《大公报》撰写星期论文《归自西北》，对如何开发宝地西北提出自己的见解，激情呼唤开发大西北。

综合地看，此次历时半年的慰劳活动对老舍来说，无论是生活视野、思想发展及文艺创作的影响都是深远的。

老舍两访延安（外一篇）

1939年，老舍以“文协”代表的身份参加了全国慰劳总会组织的慰问抗战将士的北路慰问团，6月28日随团从重庆出发，随后经成都，北出剑门到达陕西的汉中，然后转入河南、湖北，再折返陕西，这已是8月末9月初。因此，老舍有机缘访问延安已是北方“金秋”季节快要来临的时候了。

对于延安这个名字，身处大后方的老舍并不陌生。他虽然还不曾到过这个多少人向往的地方，但从周恩来及其他革命文艺工作者那里，从《新华日报》的报道其所开展的活动中，他是早就在心中描摹着它的形象了。他在文章中，也曾不止一次提到和称赞过“文协”延安分会的工作。

9月9日，老舍终于生平第一次到达了他神往已久的革命圣地延安。当他们慰问团一行十五人来到这块新天地的时候，受到三四千人敲锣打鼓列队欢迎。日程安排十分紧张，到达的第二天，老舍就随团进行慰劳活动，并得到毛泽东的接见，他生平第一次聆听了毛泽东关于国际形势及抗日问题的分析和看法。晚上，中共中央统战部为慰问团举行欢迎宴会，老舍再次聆听了毛泽东致的欢迎词。宴会之后，老舍又生平第一次观看了延安新剧和歌咏，据当时晚会参加者余修同志讲，在晚宴上，老舍还讲了话，并唱了一段京剧。崭新的天地及崭新的文艺给他留下深刻的印象。在长诗《剑北篇》的第二十四章《宜川——清涧》中，他以热情欢快的语言，记述在延安的见闻感想，第一次直接用艺术作品歌颂了延安解放区的新貌、新生活，赞颂军民团结抗战的精神：

听，抗战的歌声依然未断，
在新开的窑洞，在山田溪水之间。

壮烈的歌声，声声是抗战，
一直，一直延伸到大河南岸！

诗中，作者还以延安人的口吻骄傲自豪地唱道：

唱着，我们开山，
唱着，我们开田，
唱着，我们耕田，
唱着，我们抗战，抗战，抗战！

9 月 20 日，老舍随慰问团离开延安，到达陕北的八路军驻地绥德进行慰问。14 日，他们经陕北的米脂，抵达古有九边重镇和有小扬州之称的榆林。抗战开始以后，榆林文化界在抗战文化宣传工作上表现很活跃。老舍去后，同那里文艺界的朋友进行了亲切交谈，他热情赞扬榆林文艺朋友们的工作，并为他们办的抗战文艺刊物《塞风》撰稿。尔后回到重庆，老舍还热情洋溢地写信《至榆林的文艺工作朋友们》，高度称赞他们工作有成绩，希望再接再厉，为中华民族的解放与进步做出贡献。

9 月 21 日，慰问团完成陕北的慰问计划，回程中复访延安，老舍与其他成员一起，参加了延安各大学及学院组织的文艺晚会，再次欣赏了在重庆无法看到的新的文艺节目。他在《榆林——西安》（《剑北篇》第二十六章）中用了下面的诗句加以赞颂：

到延安，又在山沟窑洞里备受欢迎；
男女青年，谐音歌咏，
中西乐器，合奏联声，

自制的歌，自制的谱，由民族的心灵，唱出坚决抗战的热情。
为了抗战宣传，话剧旧剧兼重，
利用民歌与秦腔，把战斗的知识教给大众。

老舍这次到延安，还重点访问了一些学校，看到在这块新天地里，如何在艰苦的条件下办学，又如何把教育与抗战结合起来。这次，老舍随团复经延安只停留两天，随后即经洛川、耀县、三原折回到西安。他在《榆林——西安》（《剑北篇》第二十七章）中，简短记载了两次过延安的情形。而后，慰问团又由西安出发，先后到达甘肃的平凉、兰州，青海的西宁、武威（凉州），宁夏的吴忠堡及绥远、陕坝、五原等地进行慰问。11月末，老舍随团再次折回西安，稍事停歇，即经宝鸡、广元进入四川省界。12月3日，到达成都，9日，即安返山城重庆。

老舍西北之行的意义在于：第一，他广泛接触了抗战将士和民众，深深为他们澎湃的爱国热情和忠于祖国的高尚行为所感动；作为一个文艺作家，他也深深感到广大士兵、农民群众都十分缺乏激励抗战情绪的新的精神食粮，应当多写些作品供给他们。第二，此次慰问使他亲眼看到祖国西北幅员辽阔，大有可利用的开发余地，但历来当权者对这些地方都弃之不管。老舍眼有所见，心有所想，他希望立即能改变这种局面。因此，回到重庆后，他除参加慰问团的集体总结报告外，在一些报告会上还大讲，又以个人名义撰写了长篇专题论文《归自西北》，发表在重庆《大公报》上。文章针对西北地区的经济、文化等方面的实情，提出改变西北落后面貌、建设新西北的积极具体建议和热切希望。第三，老舍生平第一次访问了革命圣地延安，第一次见到了毛泽东、朱德等革命领袖，并亲聆教诲，这是以后老舍思想发生重大变化的一个重要原因。回重庆后，他亲对友人李长之表示他对毛泽东的热爱和尊敬。没有疑问，延安这块新天地，与他曾经生活过的北京、伦敦、济南、青岛及至重庆相比，是十分鲜明地显现着不同。最初，老舍也许还不能完全接受延安的一切，正像延安的某些革命文艺工作者一时不能理解老舍何以会与国民党某些官吏来往一样，老舍对延安的某些事情也许感到过于陌生；但他却不会没有对比，不会没有分析。第一次访延安，给老舍脑海中烙下的印记是深刻的、鲜明的。因此，回到重庆后，他曾经一再对人讲：“那边，真是崭新的天地，崭新的人，真是大开眼界，也大开心窍呀！”随着时间的推移，以及他所接触的共产党人的影响，老舍越来越感到延安这块地方，才真正肩负着国家民族的希望和命运。因之，后来当为“文协”事情再与国民党官方反目时，老舍便直言不讳说出这样的话：“我扛的就是‘文协’这块招牌，你重庆不让挂，我可以挂到延安去！”这在我们听来，就觉得不是突兀，而是十分自然的了。

呼唤开发大西北

自20世纪80年代以来，在我国开发大西北成为上上下下的热门话题，这也是长期以来中华民族许多仁人志士倾心献力想达到而未能实现的心愿。这里介绍的就是文学家老舍八十年前对开发大西北的引颈呼唤。

那是个抗日战争最艰苦的年头，即1939年，老舍以中华全国文艺界抗敌协会代表的身份参加全国慰劳总会北路慰问团到祖国广袤辽阔的大西北慰劳前线将士军民。正如前篇所叙，老舍这次行动倍历艰险，也倍受鼓舞，此行在老舍一生及思想的发展上都产生了重大影响，使他对祖国的幅员辽阔有了亲身感受，爱国热情得到升华，并激发他写出了独具风格、颇具影响的他一生唯一一部长篇叙事诗《剑北篇》。

也许是由于战时环境或者是由于老舍文学家的身份，人们对老舍西北之行的实践行动及诗文赞誉较多，而对他的充满激情和预见的社会论文《归自西北》却有意无意地忽略了。这篇文章近五千字，发表于1939年12月17日重庆版《大公报》的“星期论文”专栏内。全文共分四部分，第一部分主要讲抗战如何激发了全体军民的“民族意识”，我们“越打越强”“抗战必胜”。第二部分主要讲抗战军民能“武”，同时又急需知识，要“文武双全”，文化人应与各方协作满足前方军民文化食粮的供应。第三部分文字分量加重，约占全文的三分之一，重点阐述“新的西北”的各种优势，“那是有煤有粮有马有毛有金有盐有水有肥美的土地……西北是块宝地”。文章还用了一系列事实来证明大西北在抗战中的新变化。第四部分在充分论述大西北的人文、富源条件之后，老舍热情呼唤“到西北去”。

老舍并不回避西北的困难，诸如自然的、民族宗教的、禁私禁烟等，但他认为，只要领导重视，加上地方上向上的心理、积极性和舆论的“督励”与前往西北的工作者的谦诚态度，“一切困难自能在精诚团结中渐次解决”。老舍说，要开发大西北，要把已看到的“光明从建设上映射出来，真做出许多利国启民的事情”，“西北当前最严重的问题是人民少与人才少”。文中指出，过去百年，“西北是怎样的因苛政，灾患，而人口日灭。土地美，没人种；富源厚，没人开发”。

谈到人才问题，老舍认为必须尽快培养一大批热爱西北、熟悉西北的“边疆的党政军人才”。他们“能吃苦，富于同情，虚心好问”，“能略通边疆言语”，“以学习的态度与真诚的友谊，与边疆的朋友们共同生活”。文章进一步指出，人才不但要有能与边疆人民打成一片的干部，还必须有“专门人才”。西北需造林，这是“有眼睛的都能看得出……怎么种？种什么？……全是专门的学问。西北应多养牛羊驼马，是的。可是怎样改良牧草？谁来医治兽病？怎样改良兽种？牛奶向何处运销？又不是嘴一动便诸皆吉顺的事。种树不活，养牛病死，还不如不提倡。建设的心理已在西北存在，人才还差得很多。这才是西北的真正问题”。自然，老舍还注意到专门人才的即时培养之外，在舆论的支持下，由政府“支配派遣”也是一条渠道。

开发祖国西部是一项前无古人的壮举，它需要诸多因素促成。无疑，老舍在20世纪三四十年代对开发西北的建议设想只能停留在纸面上。斗转星移，八十年过去，祖国发生了天翻地覆的变化，开发大西北的系统工程现已陆续启动，老舍当年的呼唤与期待正在付诸实践，一个真正的“新的西北”从此将逐步呈现于世人面前。相信，老舍的在天之灵如闻此喜讯，也一定会含笑九泉吧。

老舍到西南联大讲学

1936年夏，老舍在辞掉山东大学教职后就不打算再教书，而专门致力于写作了。抗战开始后他全身心投入抗战。1941年春，在西南联大叙永分校当校长的老舍的友人杨今甫（振声）曾热情邀请老舍到大学任教，他断然回信说："不去教书！三年没念书拿什么教人家？谢谢今甫兄的好意！"

到了这年6月初，联大校长梅贻琦、教务长郑毅生（即后来南开大学副校长郑天挺）及教授罗常培等到重庆公干，因为罗与老舍是至交，他们三人便一块见到了当时主持中华全国文艺界抗敌协会工作的老舍。梅、郑都是初晤老舍，但他们都敬重老舍的"豪爽直率的性格、守正安贫不做左右袒的品格"。时值盛夏将临，抗战四年中，老舍始终一人漂泊生活，身体瘦弱，连腰板也弯了。三位联大领导便动议邀请老舍到昆明西南联大讲学，一是为请老舍到昆明"避暑"，躲开重庆这个大火炉的炎威；二是为活跃联大的学术空气，增加学生对抗战文艺的了解。盛情之下，老舍答应了邀请。但老舍声明在先：此去除接受交通工具和珍重的友情以外，不接受任何报酬。

但到8月中旬，老舍接连写给在歌乐山的罗常培两封信，说明工作忙，又炎夏也快过去，昆明之行意欲作罢。罗常培又以他和梅贻琦、郑天挺、冰心等四人的名义写回信请老舍践约赴滇。老舍是个重友情、守信用的人，遂于8月下旬到了昆明。

老舍到昆明后会到了闻一多、朱自清、罗膺中、魏建功、王力、川岛、沈从文、冯至、下之琳、陈梦家、肖涤非、冯友兰，以及梅贻琦、郑毅生、罗常培等新老友人，心情格外愉快，说到了昆明，好像到了"文艺之家"。但不知怎的，当时主持联大文科学院的冯友兰对老舍讲演不大感兴趣，原定老舍讲学时间较长，后来只讲了四次便作罢。

老舍在联大讲演的总题目是《抗战以来文艺发展的情形》，共分《文艺界之动态》《抗战以来文艺发展概况》《文艺各部门发展情形》（之一、之二）三题四讲，对抗战文艺运动及创作成就给予充分肯定，也指出了不足。他旗帜鲜明，充满信心地说，抗战文艺是当时文艺的主流，“这是当然的，因为文艺是社会的良心，作家也是一个公民，在抗战时期，当然必须抗战的”。因为，“现在我们的生活没有一件是与抗战无关的，想找一件与抗战无关的事可谓绝不可能，除非你自己不愿意抗战，绝没有一件事可以和抗战完全脱离关系的”。“文艺是与客观环境有关的，只要客观的条件允许，明日的文艺，将是大有希望的。”

老舍在联大的第一次讲演由闻一多主持。闻先生称道老舍的成就，但作为一个诗人，他对“五四”后的某些新诗人又去写旧体诗的做法也坦率表示了否定态度。

老舍完成在联大讲演后，又抽空创作了话剧《大地龙蛇》，并游览了大理、洱海风光，还在设在喜洲镇的华中大学做了讲演。直到 11 月 10 日他才“恋恋不舍地辞别了众朋友”，回到重庆。对这次昆明之行，老舍的散文《滇行短记》做了较详细记述。

老舍在昆明期间生活在友情中间，有一次杨振声请客，肖涤非也在场，老舍拿出新写的一首满怀深情和哲理的《述怀》诗给他，肖涤非读后成诵，感慨系之。直到四十多年后，即 1981 年老舍夫人胡絜青到济南寻访旧居时见到肖先生，他还清晰记得，诗曰：

辛酸步步向西来，不到河清眉不开！

身后声名留气节，眼前风物愧诗才。

论人莫逊春秋笔，入世方知圣哲哀。

四海飘零余一死，青天尚在敢心灰！[1]

① 老舍：《述怀》，《新蜀报·蜀道》1941年8月23日。

老舍创作的第一次大检阅

1944 年 4 月，在国统区文坛上有两件惹人兴奋的事情：一是庆祝中华全国文艺界抗敌协会成立六周年，二是老舍创作生活二十周年纪念。特别是后一件事，其惊动范围之广，盛况之热烈隆重，实是少见。这两桩事的庆祝会，在重庆同月 16—17 日两天连续举行，被称作当时“中国文艺界两件大事”。

人们或许要问：当时，“文协”适逢六届年会，庆贺一下是惯例，何以会对老舍有如此一举？这次纪念活动的具体情况怎样？意义何在呢？下面仅就所得材料做一简要介绍。

老舍创作生活二十周年纪念活动，是由邵力子、郭沫若、茅盾、孙伏园、冯雪峰、富少舫等二十九人联名发起的，《老舍先生创作生活二十年纪念缘起》（简称《纪念缘起》）刊登在 4 月 17 日的《新蜀报》上。同日下午，在重庆百岭餐厅举行自费纪念茶会，到会的有邵力子、郭沫若、茅盾、沈钧儒、冯玉祥、曹禺、胡风、夏衍等三百余人。会上相继致辞的有邵力子、郭沫若、杨云竹、黄炎培、陈沧浪、茅盾等人。张瑞芳宣读《纪念缘起》，舒绣文朗诵郭沫若贺诗，白杨朗读茅盾祝词，魏鹤龄、米兰等朗诵潘孑农的《老舍之歌》，富少舫等人表演了大鼓、金钱板、相声、武技、魔术、太平歌词等游艺节目。老舍在致答词时十分激动，良久不能言语，正像他在《八方风雨》一文中所回忆的：“到大家教我说话的时候，我已泣不成声。”他诚挚地感谢各方朋友们的厚爱，激动地说：“我谢谢大家。回想这二十年是不容易的事，但也像拉二十年洋车抬二十年滑竿那样不容易。二十年写这点东西实是不多，我一定依照大家的盼望，当有一口气的时候一直写下去。”[1] 会上送亲笔题词的条幅很多。纪念册上，郭沫若留下赫然在目的

① 《衷心的答谢》，《大公报》1944 年 4 月 18 日。

四个大字的赠言：“笔摇五岳”。陈铭枢、黄炎培、茅盾、沈钧儒等也都亲笔题了诗词。十分可惜而又令人气愤的是，这样宝贵的纪念册，竟在十年浩劫期间被当作“黑材料”抄没了！

与重庆文艺界对老舍创作生活开展纪念活动的同时，或稍前稍后，北碚、成都、昆明等“文协”分会也都举行了纪念性茶会，有的拍发了致贺的电文。重庆的《新华日报》《新蜀报》《扫荡报》《天地画报》《抗战文艺》《大公报》，成都的《华西日报》《华西晚报》，昆明的《扫荡报》等，都开辟了老舍创作生活二十周年纪念专栏。在这些报刊上撰写纪念诗文的有：郭沫若、茅盾、胡风、阳翰笙、罗常培、吴组缃、台静农、以群、黄炎培、臧克家、柳倩、魏建功、陈白尘、梅林、王亚平、任钧、凌鹤、何容、卢鸿基、潘孑农、马松亭、唐柯三、孙绳武等。《新华日报》发表了庆贺老舍创作生活二十年的短评《作家的生命》,《新蜀报》发表了社论《中国文艺界两件大事》，《新华日报》《大公报》《新蜀报》等还详细报道了重庆庆祝活动的盛况，《抗战文艺》及《新蜀报》还刊载了老舍二十年中结集出版的著作书目。

老舍创作生活纪念活动，为什么开展得这样热烈隆重，盛况空前呢？当然是不无原因的。

首先，老舍是以他自己的半生劳绩获得了人们的信任和赞扬，他只是得到了自己应得的一份荣誉罢了。历史总是把推动历史前进者的名字大写的，人们从来不会忘怀一个大有益于人民的人的功德。此次纪念活动中，人们普遍赞扬了老舍的高洁品格，他的丰碑似的著作，以及他那颗越来越自觉热烈的忠贞爱国的赤心！在这些纪念文中，最有代表性的是郭沫若的奉贺诗、《新华日报》短评和《纪念缘起》，以及茅盾、胡风等人的祝贺文章等。

郭沫若的贺诗有两首，一首题为《二十年文章入冠》，刊于4月17日的《新华日报》副刊上，这一首流传较广；另一首题为《民国三十三年春奉贺舍予兄创作廿周年》，发表在4月16日昆明《扫荡报》和17日的《华西晚报》副刊上，在《天地画报》发表时题为《献诗》。现抄录如下：

我爱舒夫子，文章一代宗。
交游肝胆露，富贵牛马风。
脱俗非关隐，逃名岂畏难。
国家恒至上，德业善持中。
寸楷含幽默，片言振聩聋。
民间风广采，域外说宏通。
健步谢公屐，高歌京洛钟。
更因豪饮歇，还颂万年松。

《新华日报》的短评是言简而语重，它代表着我们党对老舍的评价。短评中写道："有人说，中国的作家的创作生命很短。在这种情况下，一个作家能够长期坚持他的工作，不因利诱而改行，不因畏难而搁笔，始终为着发扬与追求真理正义而努力，在任何情况下总要尽可能说出自己要说的话，——这样的作家是应该获得全社会的尊重的。老舍先生正是这样的一个作家。""他二十年来的工作对中国新文艺的发展的确是有他的独特的贡献的。但老舍并不是一个以关着房门写作'伟大作品'为能事的作家。他在抗战以来为文艺界团结所尽的力量是值得人们永远追忆的，他又曾为了实际的需要而尝试运用各种文艺形式（包括民间形式），这对所谓既成的作家是很难能的事。他曾屡次为文艺界生活的困难而向社会呼吁，但他同时又斩钉截铁地说：'"尽管贫穷，我们要咬紧牙关忍受，要保持清高，不可变节。"'"

《纪念缘起》盛赞老舍的创作是我国新文艺发展中的"一座丰碑"，"在我们的文艺史上划出了一个时代，他肥沃了我们的园地，丰饶了我们的收获"，尤其自抗战以来，"为宣传为团结，献出了他全部精神和力量。文艺界抗敌协会的成立与发展主要便是他护育出的硕大的成果”。“他对于生活的认真，对于朋友的挚爱，对于事业的公正，对于国家的忠贞，一贯地流露着他的坦白真诚的性格。正因为有他这样的性格，所以有他的受人爱好的文章，受人敬仰的成就。”

以上所引只是当时对老舍赞誉的一小部分。这些崇高评价，正如当时报纸所说，“全系实情，毫不恭维”。的确，老舍是以他二十年的辛苦劳作和行动赢得了社会的认可，奠定了他在中国新文学史上的丰碑似的地位。

其次，对老舍创作生活的纪念，又绝非仅仅是对老舍个人功德的表彰，此时此刻有此一举，是包含更深刻的社会内容的。我们知道，在抗战中后期的国统区，由于国民党顽固派的投降反共和日益加强的法西斯独裁统治，人民群众没有抗日言论自由，进步的文艺运动受到严重阻碍和摧残。为了冲破这种阻力和压迫，推动文艺运动发展，进步的文艺工作者在以周恩来为首的南方局党组织领导部署下，采取了种种可行方式，对国民党的文化专制进行了斗争。诸如以各种名目举办座谈会、漫谈会，纪念文化名人诞辰、忌日及贺寿，庆祝创作劳绩等，就都是曾开展过的活动。它显示了我们党在特定环境下善于领导文化运动、指挥大军进行的一种高超艺术。那时，以中华全国文艺界抗敌协会或文化人自发组织发起的这类活动，总是接连不断，如一年一度的鲁迅逝世纪念，郭沫若、茅盾、叶圣陶及张静庐、张恨水等人的寿日或创作生活纪念等。为老舍创作生活二十年举行的纪念会，正是这一系列活动中较隆重的一次。无疑的，这些活动，对推动处在反动派压迫下的国统区的文艺运动起了积极的作用，它鼓励了文艺家们不为暂时的压迫所屈服，敢于揭露国民党反动派的法西斯统治的罪行，并为他们树立了勇于斗争、坚持正义的楷模。

老舍在国统区文坛上是占有特殊地位的，他起到了别人起不到的重要作用。老舍是共产党人的朋友和战友，但对老舍创作生活举行庆贺时，不但一些国民党的左派文化人参加，而且一些有相当实权的国民党高级文化官僚，如张道藩、潘公展、梁寒操等人也参加了，还有些是国民党党、政、军界的中、上层人物。这是为什么呢？第一，抗战开始以后，老舍在文化界一直做的是团结抗战的工作，他以他享有的威望影响着许多作家。作为国民党方面文化头目的张道藩等人，为表示一种姿态，不能不参加，否则会失掉更多的人；第二，国民党周围的御用文化人中，从没有一个真正像样的作家，他们当然会对老舍这样德高望重的大作家不放松“争取”；第三，在国民党方面出席庆贺会的，还有的是出于工作关系或同学关系。如国民党外交部东亚司司长杨云竹，就是老舍少年时代的同学。在纪念会上，他还说了老舍学生时代的一些事情。另外，老舍性格厚道，交友肝胆相照，小事不拘，即使因此蒙冤受屈也不计较；而在大原则上则又不降格以求，这使他团结的人更广泛，更得人爱戴了。

不会有人怀疑，老舍一直是属于人民的一位“写家”，他的心始终是与国家民族的命运联系在一起，与广大受压迫受苦难的劳动人民的心息息相通的。即使在他还不能自觉理解中国革命进程的时候，他那颗向着国家人民的炽热的心也不曾有半点冷漠和褪色！因此，老舍与反人民的国民党顽固派及其在文化界的代表是没有任何本质上的关联和相似之点的。而对于共产党人，当他从他们的优秀代表人物那里接受了影响，真正了解之后，便无限倾心，并且竭尽全力，去按党所指出的目标工作，对党的同志表示：“我是听将令的！”我们党自然也爱护他，信赖他，把他引为自己的同志，委以重任。1938 年初，当中华全国文艺界抗敌协会酝酿成立的时候，正是周恩来指示我们党的同志，要请老舍出面主持“文协”工作，并亲邀老舍谈话。“文协”迁到重庆后，老舍便成为曾家岩五十号的经常座上客。1939 年 6 月至 12 月，老舍随全国慰劳总会北路慰问团到中原、西北慰问抗日军民时，曾两度访延安，他与毛泽东、朱德同饮，并高度赞扬毛泽东身边有亿万群众。在国统区，国民党人士对“文协”刁难，老舍便明确表示：“文协”的牌子若重庆不叫挂，他就挂到延安去。1942年，老舍在北碚定居后，《新华日报》就成了老舍每天必读的课本。老舍与共产党接触多了，国民党就威胁他，张道藩说他被共产党包围了。老舍义正词严地回敬：自己是抗战派，谁抗战，就跟谁是一派！谁抗战呢？人民抗战，共产党抗战。不言而喻，老舍对一小撮投降卖国的顽固派是十分仇恨的。老舍在抗战中所取的国家民族的立场、人民大众的立场是鲜明而坚定的，是为他的全部作品和实际行动所完全证明了的。

总之，1944 年 4 月，在大后方举行的老舍创作生活二十周年纪念，是一次远远超出个人纪念的有意义的文化活动。就文学史料的价值来说，它是对老舍生活创作的第一次检阅，给我们留下了一批研究老舍思想创作相当宝贵的材料。例如罗常培的《我与老舍》、梅林的《老舍先生二三事》、台静农的《我与老舍与酒》、胡风的《祝老舍先生创作二十年》、茅盾的《光辉工作二十年的老舍先生》、凌鹤的《老舍的风趣及其作品》等，都提供了关于老舍生活、思想、创作方面有参考价值的资料和论点，对于今天我们开展老舍研究都是十分难得的宝贵材料。

老舍与两种抗战期刊

1937年12月，画家赵望云等在冯玉祥支持下，办了一个图文并茂的刊物——《抗战画刊》，每十天出一期，是十六开本的一种宣传抗战的通俗读物。先在武汉，后迁重庆出版。刊中所载文、图，可以说是笔笔字字无不指向日寇，无不以唤起中华各民族人民的抗战热情为其基本宗旨的。该刊的主编是赵望云，刊物因办得活泼、通俗、针对性强，在士兵、学生、市民及工农群众中颇有影响。

1937年11月20日由济南到达武汉的老舍，先住在朋友游泽丞家，不久又被邀住武昌黄土坡千户街福音堂，与当时国民政府的副委员长冯玉祥开始了较密切的来往。年底，冯玉祥支持的《抗战画刊》创刊，老舍便被邀为该刊的特约撰稿人。

紧迫的抗战现实，要求文艺从思想上担负起唤起民众抗战热情的任务。要做到这一点，文艺的通俗化必不可少。《抗战画刊》一开始就坚持了这个通俗、普及的基本方向。这一点也正是主张“文章下乡，文章入伍”的老舍与《抗战画刊》发生密切关系的重要原因。

《抗战画刊》是老舍在抗战期间发表文章较多的刊物之一。自该刊创刊号至第20期，老舍先后在上面发表了十五六篇诗、文和通俗作品。诗歌方面，包括配画诗，有《流离》《武汉小景》《二期抗战》《雪中行军》《二期抗战得胜图》《连环画图》等；通俗文艺作品方面，有新洋片词《西洋景词画》、新三字经《女儿经》、通俗唱词《忠孝全》（投军的唱得胜歌）等；杂文随笔有《此仇必报》《血债》（敌机轰炸重庆）《工作起来吧！》《释“通俗”》《儿童节感言》《宣传工作还不够》等，另外还有儿童故事《小青不玩娃娃了》。

老舍的这些作品，短小精悍，通俗易懂，形式多变，爱国反帝的思想感情，及恨不能一下动员起群众乃至于儿童一起投入抗战的热忱，像一根红线，贯穿作品始终，读之，使人受到深刻感染和教育。

《文坛》是 1942 年 3 月 20 日在重庆创刊的一种小型文学报，是四开小报，初为半月一期。由徐霞村、老舍、姚蓬子、赵铭彝四人编辑。但不久，正如编者在创刊时所预料的：“前面的困难还很多，经济不必说，从印刷到发行，也都不是几个书生所能顺利解决的。”所以没过几期便不能如期刊行了。如从第 6 期（1942 年 7 月 15 日出版）到第 7 期（1942 年 8 月 30 日出版）就隔了一个半月。而到总第 9 期出版时，就已是 1943 年 4 月 30 日了。从第 9 期改为 32 开的期刊，为 2 卷第 1 期。但这也即这个刊物的最后一期。为什么停刊呢？恐怕也如编者所称，“战争时代一切都无如意打算的道理，只能做到那里算到那里”；二来，恐怕也因编辑人之间的走向越来越有明显不同之故吧？！ 1943 年之后，老舍移住北碚，打算静心写作，社会活动显著减少了。

《文坛》是老舍在抗战时期直接参加编辑的刊物之一，也是他发表文章较集中的一个阵地。该刊内容以报道为主，兼及文艺批评及片断文艺资料、短文等，作品及研究文章不多。它的主要任务是推动抗战文艺发展，沟通作家间的情况，使他们“感到一点自己世界的温暖，并因此给予自己的挣扎于寂寞而辛苦的工作中的灵魂以些微的安慰”。

该刊一共出了九期，老舍在上面就发表了六篇文章；还有胡风“呈舍予兄”的诗《乱离草》及《文坛杂碎》栏中报道老舍正赶写《归去来兮》剧本消息等，也都与老舍有关。

老舍的六篇文章是：《我呢？》（1942 年 3 月 20 日《文坛》创刊号），《家书一封》（1942 年 4 月 5 日《文坛》第 2 期），《作家书简》（1942 年 7 月 15 日《文坛》第 6 期），《略谈文学语言》（1942 年 8 月 30 日《文坛》第 7 期），《文学遗产应怎样接受》（1943 年 4 月 30 日《文坛》2 卷 1 期总第 9 期），《四大皆空》（1943 年 4 月 30 日《文坛》2 卷 1 期总第 9 期）。《我呢？》《作家书简》《四大皆空》

都是作者生活、创作的自述。《四大皆空》是说他的书籍、财产、文稿、字画全部丢失在齐鲁大学的事情。《作家书简》介绍了他创作剧本《王老虎》的最初设想，是由肖亦五出故事，即以其中篇小说《王老虎》为基础，由赵清阁设计场面，由老舍写出对话。《我呢？》是抒发他由自己作品中人物永在，想到现实中的“我”变老的感慨。寻“我”，实际是寻现实人生，是寻作家所希求、渴望的人们都过好日子。但奋斗到头发胡须白了，却还得不到！怎么不令人“睹书伤情”呢？《家书一封》是给家属的短简，言及儿女教育，感情朴实，教子有方，颇为动人，兹摘数句于此：“济与乙……只要身体强壮，将来能学一份手艺，即可谋生，不必非入大学不可。假若看到我的女儿会跳舞演剧，有做明星的希望，我的男孩儿能体健如牛，吃得苦，受得累，我必非常喜欢！我愿自己的儿女能以血汗挣饭吃，一个诚实的车夫或工人一定强于一个贪官污吏，你说是不是？教他们多游戏，不要紧逼他们读书习字；书呆子无机会腾达，则成为废物；有机会做官，则必贪污误国，甚为可怕！”《略谈文学语言》及《文学遗产应怎样接受》是两篇短小精悍、针对性很强的论文。前者从反面举例，说明初学写作的人必须扫除滥用“文艺学”“学生腔”“自造字”“假国语”，而正面讲了自己的经验；后者从语言、思想、形式、内容等几方面阐述对中外文学遗产应当如何接受继承的问题。

老舍的文章写得通俗、具体、实际，言简意赅，篇篇充溢着自己的感情、经验、独到认识，因此读来总能给人以教益，上面提到的文章也无不体现了他的文章的这些共同特点。

老舍写抗日童谣

在烽火连天的抗战年代里，一切为了抗战，一切服务于抗战。老舍更是焕发了爱国热情，抗战开始以后，他立即停止手中正在写着的两部长篇小说，以热情愤慨之笔写下了大量以抗日为内容的通俗文艺作品、小说、剧本、诗歌及各种短文等。其中单以通俗文艺来说，就包括相声、坠子、金钱板、新三字经、新拴娃娃、快板、数来宝、鼓书词、洋片词、新京剧、新编童谣、通俗小说等形式的作品，在启发民族自觉、动员民众抗战中起了很好的宣传作用。

就以写童谣为例，老舍是北京人，自幼长在北京胡同里与下层市民大众关系最密切。他非常熟悉过去北京儿童各种游戏，如过去儿童们手扯手围圈，一边做游戏，一边唱："扯，扯，扯轱辘圆嗦，家家儿门上挂红线嗦；红线头，马家的姑娘二十六，穿红袄，甩大袖，一甩甩到门后头；门后头，挂腰刀；腰刀枪，顶大天；天打雷，狗咬贼，噼里啪啦一大回。"借用往日这首流行于北京儿童中的歌谣形式，老舍便填写了一首抗日内容的新歌谣："扯，扯，扯轱辘圆嗦，家家儿的男儿上前线嗦；前线遛，马家的男儿二十六，穿灰袄，打日寇，一打打到贼营后；贼营后，抡大刀；大刀快，杀一天；天打雷，狗咬贼，噼里啪啦一大回。"早时，北京还有一首流行很广的儿歌："小小子，坐门墩儿，哭着喊着要媳妇儿。要媳妇儿干什么呀？点灯，说话儿；吹灯，做伴儿；明儿个早上起来梳小辫儿。"老舍又照此样式填了一首抗日童谣："小小子，坐门桩，哭着喊着要刀枪。要刀枪干什么呀？练刀，抵抗；练枪，好放；明儿个早上起来打胜仗！"

这些童谣，我们现在读来都觉有趣、受鼓舞、受教育。老舍的爱国激情跃然纸上，栩栩如生，令人一读不忘。

老舍与魏建功的赠答诗

1937 年 11 月，为一腔爱国热情所驱使，老舍别妻弃雏，只身从济南来到武汉，投身于抗战的洪流之中。这时，由于家乡的沦陷，魏建功也从北平围城中走出来，到了长沙。两位先生深感国破，有家难归，魏建功得知故交老舍在武汉，便把他在北平危困中写的一首旧体诗作随信寄给了老舍，以抒自己的情怀。不久，就得到老舍用赠诗原韵和答的一首诗。一唱一答，深切表达了两位先生对祖国家园的真挚怀念、热爱，对侵略者的仇恨，以及对那些甘心当俘虏，把弃甲逃跑、投降也称“诱敌”“爱民”的将军、权贵们的讽刺、抨击！两位先生的诗篇情真意切，今日读来也不能不受到感动。现把二诗抄录于后。

魏建功先生原诗：

敌未受俘俘已献，破衣墨面等轻尘！
边城自古销忠骨，腹地从来窜懦民；
千里久游鱼在镬，一山新聚鹿相亲；
可怜落照红楼影，愁绝沙滩注马神！

诗原注：“红楼”指北京大学文学院大楼当时被敌兵占据事，“沙滩”是红楼的所在地名，“马神庙”也是北大旁边的废寺。

老舍先生和诗：

北望家山归不得，忍看衣袖满征尘！
将军诱敌频抛甲，仕贵称降俱爱民；

幸有新都何碍远，纵非与国亦相亲；

此中自有真消息，莫说兴亡浪费神！

老舍佚简《致友人书》

这封信写于1944年5月20日，是当时住在北碚的老舍对友人约稿的一个回复。全信长达两千字，刊登在1944年6月18日成都出版的《华西日报》副刊《每周文艺》第29期上。经查，《老舍研究资料》（1985年北京十月文艺出版社出版）、《老舍书信集》（1992年天津百花文艺出版社出版）、《老舍年谱》（1997年上海文艺出版社出版）、《老舍资料考释》（1998年中国国际广播出版社出版）、《老舍全集》（1999年人民文学出版社）等著作中皆未收录此信函。

与最近几年来公开发表的二百余封老舍的信函比较，《致友人书》应该说是内容丰富、传达信息量相当大的一封。这封信的内容和史料价值大致表现在三个方面。

第一，述及老舍个人一个时段内的生活状况，有的是至今研究者尚未清楚的。

关于旧作在内地重印的事。信中所说的《蛤》集即短篇小说集《蛤藻集》，1936年11月由开明书店初版。“商务的三本”当指老舍在《八方风雨》①一文中述及的：“商务的三本（《老张的哲学》《赵子曰》《二马》），因沪馆与渝馆的失去联系，版税完全停付；直到三十二年才在渝重印。”

关于老舍在抗战时的身体状况。整个抗战时期，老舍一直拖着多病之躯顽强地坚持写作和工作，胃病、贫血、打摆子、痢疾，可谓贫病交加。1943年10月4日至20日因割治盲肠在北碚住院，过后老舍有专文记载此事。②信中所提“文章为命酒为魂”之句，当出自1942年作旧体诗《村居》四首之二：“半老无官诚快

① 老舍：《八方风雨》，《新民报》1946年4月4日至5月16日。
② 老舍：《割盲肠记》，《经纬》1944年3月第2卷4期。

事，文章为命酒为魂。深情每视花长好，浅醉唯知诗至尊！送雨风来吟柳岸，借书人去掩柴门。庄生蝴蝶原游戏，茅屋孤灯照梦痕。”[①]

关于未能践约去燕大教书的事。老舍是一位十分笃诚、讲信用的人，他答应办的事一般不会失信的，类似他在这封信中提到的答应去燕大教书而终未能践约的事很少。关于去蓉教书之事与夫人携三子女（舒济、舒乙、舒雨）逃出沦陷区北平到重庆有关。胡絜青一行1943年9月8日离家，10月28日到重庆，从敌占区，过阴阳界到大后方，整整五十天。又过二十天，即11月17日，夫人及孩子才在距重庆几十公里以外的北碚与老舍团聚。从1937年11月15日济南一别，到此时一家人相会，相隔整整六年，流亡之苦、遗民之恨、骨肉分离之痛长期煎熬着这一家人！1943年夏天，老舍答应梅贻宝去燕大教书事宜时，是计划家属入川先到成都的，而老舍喜欢成都也远过于重庆。但计划中的路线有变，夫人及孩子从宝鸡直接到了重庆，没过成都，又恰逢他在病中，这就使老舍不去成都有了理由。设若家属当时不是在重庆而是在成都（比方被燕大方面知晓接过去招待）住二十天，老舍到燕大教书之约是很可能实现的，尽管老舍说自己无书没法教书，但他毕竟是一位“老教师”，有着小学三年、中学二年、大学十余年的教龄啊。实际上，在抗战时期，老舍总也不断走向大学的讲堂，应邀先后在华中大学、西南联大、复旦大学等高校多次讲演，说明大学的讲台对他还是有一定吸引力的。事实上他心理上一直期待一个机会能走上燕大的讲堂。但临近抗战后期，一切都在变化，老舍这次“失信之罪”便成永久的遗憾。关于此事，老舍在1944年元旦《扫荡报》上发表的《一年之计在于春》一文中也曾表露过。

第二，记述他在1944年3月22日从北碚到重庆住了整一个月所办的两件事：一是筹备和召开中华全国文艺界抗敌协会成立六周年纪念会，二是出席文艺界为他创作生活二十周年举行的纪念会。对于前者我们看到，当年“文协”开会常常

① 老舍：《旧诗与贫血》，《抗战文艺》1943年1月第8卷第3期。

是参加者自己掏腰包。对于为老舍创作二十周年举行纪念活动，老舍是多次力辞过的，但最后他还是同意了，其原因一是老舍格外重友情，所以“大家一定要热闹一次，我没法拦住”。第二个更重要的原因，便是为进步文艺家举办生日或创作生活庆贺会，召开各种方式的文艺漫谈会、座谈会等，是当时在大后方的进步文艺家对国民党右派斗争及发展壮大自己的一种有效方式。在当时的环境下，这在老舍不便明说，组织者心里明白也是不必、不便多说的。我们只要翻翻当时的报刊，这类活动之多，活动基调之正气凛然、明朗，足可察见当时领导者、组织者的用心。因此，老舍创作生活二十周年纪念搞得那么隆重热烈，绝不仅仅是为老舍一个人的，而老舍也因此特感荣幸。纪念活动给老舍这架“战车”注入了新的生命的活力，使他决心完成他那刚刚开始不久的百万字长篇小说《四世同堂》，创作上向他擅长的长篇小说道路上复归了。

第三，最早较详细向读者公布了他写《四世同堂》的想法、计划及时下进展情况。这封信比他在1944年11月8日重庆《扫荡报》上刊登《〈四世同堂〉预告》差不多早了五个月。老舍从年初动笔写《四世同堂》，头五个月写了十万字。他在国内只完成前两部《惶惑》与《偷生》，第三部《饥荒》在美国的三年中才完成。而他当时的心劲是用两年时间完成全书，即到1945年年底脱稿。世事变迁、拖累，竟使他花了五年多时间才完成，这恐怕是老舍事先没有想到的。

致友人书

××兄：

谢谢信。《哈》集能在内地重印，甚谢！家小年前来渝，小儿女皆“当吃不让”，食量过其父，而米面之贵，又似乎故意与拿笔杆的开玩笑，故不能不设法把旧作品整理一下，盼能多些收入也。商务的三本，均已重印，销路尚好；月间收入仅数千元，而支出必须过万，三书若能得些版税，或不至全盘垮台耳。

年前割治盲肠，经过尚称良好，入冬即已略略能写作矣。不幸，旧历年后，胃疾大发，日夜水泻，似“鲁尔区”的大闸之被炸毁。消化机器既坏，贫血症乃又乘机而动，头又昏起来，工作全停。从在医院治盲肠时，医生即严嘱戒酒，故在过年的时候也滴酒未尝。酒已戒，而胃肠病仍起，真是命该如此！半年未动酒了，见着它便有“口中淡出鸟来”之感，但为了健康，总未敢破戒。前年偶得“文章为命酒为魂”之句，现在应加以修正了。戒了酒身上应是舒服了好多，但不饮则不濠，仿佛失去了生命的爆炸弹似的。

三月下自去渝，住了整一个月，数月未入城，曾屡函“文协”应允辞去理事之职，以免重误。可是，朋友不许我辞，反而屡促入城，调整会务。三月二十七日是“文协”的成立六周年纪念，故于二十二日入城，筹开大会。大家决定在四月十六日开会，说是多有几天的工夫，好从容布置。大会开得很好。“文协”近二年来，无一日不闹穷，故事情做得很少。此次年会，蒙政府各机关给予补助，和会员们都掏了腰包，除开支外，还余下几个钱，以后的工作或者可以好一些了。现在，大家正发动为贫病文友筹募援救基金。假若我们能得到几十万元，专做援助贫病文友之用，或者可以救活几个人，而减少文艺界人力的损失。

“文协”年会的次日，大家给我庆祝习作二十年。事前，我曾力辞，因为我知道我并未写作出过什么值得夸赞的作品来。不过，大家一定要热闹一次，我没法拦住。在会场上，大家叫我说话的时候，我的泪堵住了我的喉咙。大家实在是过分的抬爱我。而我并没能在文艺上有何建树啊！事后，我觉得应当这么说：我的文章并无足取，使我骄傲的倒是能有这么多的朋友！假若友谊是生命的共鸣与共荣，我觉得二十年的苦干且不管成绩如何，并不是没有报酬的！

关于去蓉的话是有这么一段历史的：去年，我听说家小要由平来渝，我就打算到蓉去接他们。一来，他们可以省走一千里；二来，家住成都比住在重庆舒服一点。那时候，恰燕大的梅校长因公来渝，他说：“你来教几点钟书，我替你找房住。”我接受了这个建议，因为我晓得找房子住是比我几堂课更难的。可是，家眷来渝的时候我正在医院里躺着呢。肠虽已不盲，腹上可有一个洞呢！况且，他们根本没有路过成都，而是由宝鸡直达重庆的。我曾函告他们，既未到成都，那就不须再多此一举地折回去了。于是，我们便住在了北碚。梅校长曾屡次约我去蓉，我可是不易离碚，身体老不甚好，家中又只有我这么一个年岁大一点的男人；我若离家，他们就会不放心我的身体，而我也疑心他们的安全。再说，我的全部图书全在济南被敌人抢去，教书而无书，怎么教呢？只好等机会吧。假若朋友们有便车，就把我装到成都去，我想我应当义务地去给燕大讲点创作的经验什么的，以赎失信之罪。

你嘱我写稿，我一时交不了卷。今春，朋友们给我庆贺习作二十年，我总觉得有点“虚张声势”，因为我没有写出过好的作品来。因此，为酬答友人们奖励的厚意，我决定写一篇长约数十万至百万字的小说，一来稍减虚张声势之罪，二来可以专心一志干活不再像前二年那样的东一耙西一耙地乱抓，而抓不到什么像样子的东西。再说，自从抗战以来，我只写过几篇不大像话的小说，现在也该破些工夫打算起码花费二年的时间好好地写一部比较有分量的东西了。剧本和诗什么的我都学习过了，成绩都不很好。朋友和我自己都以为我还是长于写小说，所以我这次决定写个长篇小说，而把剧本什么的暂时搁在一旁。

这篇长小说是以北平为背景，由“七七”抗战起写到全民族抗战的第六年。每次我写小说，差不多总是以一两个人为主角，以免贪多嚼不烂。这次我将以一条巷子里的七个院子的人为主角，大概至少也得有四五十人，有老有少，有男有女，有老诗人，中年的画家，中学教员，拉车的，剃头的，摆台的，棚匠，票友，歌女，小汉奸，女流氓，老寡妇，巡警……这是个大胆的尝试！如何安置这些人，连我自己也不十分晓得！现在我已写了十万字，而人物还没有介绍出二分之一呢。不过，不管怎样，我决定写下去。大概写到四十万字，我方能晓得它是“要得”还是“要不得”。假若“要不得”呢，我就把它扔掉，决不落半个泪！万一有可取之处呢，我就继续写下去，希望能在明年年底写完。玩意儿是假的，工夫是真的，若真能写成一百万字，即使是浪费笔墨，也浪费得勇敢啊！每天，我只求能写出一千五百个字来，其余的时间是用以“思前想后”。短篇小说及杂文，似应一律停写，以免盆砸啦，罐儿也打了，两败俱伤。匆匆祝吉！

弟舍上五・廿北碚[1]

① 原载于《华西日报・每周文艺》1944年6月18日。

第五编

研究著作荐评

读王惠云等著《老舍评传》

大约是在1983年的一个机会，我到老舍的家里去访问，舒济指着案头厚厚的书稿说：这是王惠云、苏庆昌合写的《老舍评传》（后由花山文艺出版社1985年出版）。当时，我正与吴怀斌合作编辑《老舍研究资料》，手头虽积累了一些当时看算是新材料的老舍的原作和其他材料，但终于没有勇气握管写一部评传。看到王、苏二人洋洋三十万言的评传书稿，不能不令人油然产生钦佩之意。现在，这部填补了老舍研究至今还没有一部评传空白的专著问世了。大开本，草绿色烫金封面，庄雅大方，更有书法家启功书写的叶圣陶专为此书填的一首词《齐天乐》，使这部评传触眼生辉。作为老舍的评传，在国内外这是第一部；作为老舍研究的专著，海内外虽然已出过几种，如佟家桓的《老舍小说研究》，印度学者兰比尔·沃勒的《老舍与中国革命》，波兰学者什乌普斯基的《一位现代中国作家的历程：老舍小说分析》，苏联学者安琪波夫斯基的《老舍的早期创作》、博洛金娜的《老舍在战期的艺术》（1937—1949）以及香港胡金铨的《老舍和他的作品》、黄东涛的《老舍小识》等，但就其内容含量之大、全面和系统来看，它仍不能不算第一部。因为上面提到的几种著作，都主要从小说的成就方面来论述老舍的。显然，仅作为小说家来论老舍，不是完整的老舍。作为老舍的一个热情的读者和爱好者，我诚挚地向惠云、庆昌两位同志祝贺。

老舍一生给我们留下近千万字的精神产品。作为中国新文学的第一代作家、有数的几个新文学巨子之一的老舍，早就饮誉国内外，而成为广大读者和评论家注意的对象。中国现代作家研究史上第一位真正研究评论老舍、发表老舍研究第一篇论文的是朱自清。1929年，他在清华大学首创讲授中国新文学研究课程，就专题评析了老舍刚出版不久的《老张的哲学》《赵子曰》和《二马》，并写成论文《〈老张的哲学〉与〈赵子曰〉》，发表在天津《大公报》上。他指出的老舍创作的讽刺情调、轻松文笔、干净爽利的语言和生动有力的性格描写等特点及老舍在运用讽刺幽默时的得失，这些有见地的意见至今令人佩服。

20 世纪 30 年代，老舍创作力旺盛，好作品不断问世，也就吸引了更多的读者和评论家。抗战时期，老舍全部创作都可称为“抗战文艺”，这不仅指他有明确自觉的抗战意识：为抗战而写，而且指他的作品，从百万字的长篇，到短小的杂文或诗歌，无不是围绕“抗战”这个主旋律写的。文艺界热爱、尊敬这位爱国作家、抗战文艺的领导者和实践家，1944 年 4 月特为他创作生活满二十周年举行了隆重的纪念，发表了许多有价值的回忆文章和论文，对他前二十年创作的成就及其为新文学做出的杰出贡献做了一次总检阅。直到解放战争时期，在硝烟弥漫的 1948 年还有研究老舍作品的重要文章发表，如许杰的《论〈骆驼祥子〉》等。假使我们承认老舍研究至今也已经走过半个世纪历程的话，那么从朱自清发表第一篇论文到 40 年代末，可以算作它的第一阶段。一个时期的作家研究总是要受这一时期文化思潮、社会条件及评论本身水平制约的。很显然，这第一阶段上的老舍研究，在约百篇左右的评介文章中，还主要是书评式、介绍式的文字，亦即封闭式评论，综合的联系的研究几乎还谈不到。

从 1949 年到 1966 年是老舍研究的第二个阶段。反思一下这一时期报刊上发表的约二百篇上下的关于老舍的文字，坦率地讲，差可人意、称得上学术研究的论作仍然是少数。它主要对老舍 1949 年以后发表的新作和少数作为代表作的《骆驼祥子》等做了些分析与评论，除了邓绍基的《老舍近十年来的话剧创作》和蔡师圣的《略论老舍早期的小说》等少数几篇带有综合研究的特色外，从方法论和对作品剖析水平来看，比第一阶段仍无多大进展。“左”倾思潮的云雾，遮掩了老舍，也影响了评论家、文学史家的视线。这种势头至“文革”十年发展到登峰造极的程度，使一切失去了正常面目，对老舍连一篇正常的普通书评、介绍性文字也没有了。

1978年为老舍恢复名誉后，老舍研究开始了第三个阶段，经过七八年左右的时间。短短几年中，各种有关老舍的评论、介绍文字总数超过前两个时期（如果算至1978年以前，则是半个世纪！）总和不下一倍；前两个时期没有的专题研究资料、专著、论文集都出现了。历史的前进垫高了研究家的认识和评论水平，老舍研究获得了突破性的进展，老舍开始得到他应该得到的认识和评价。1982年、1984年、1986年三次全国学术讨论会，说明一支老舍研究的梯队已基本形成，一些标志着第三阶段上研究水平的论文和专著在方兴未艾的"老舍热"中陆续出世了。《老舍评传》便是这收获中的一颗硕大的果子。

在现代文学的作家专题研究中，鲁迅研究起步最早，因而研究的成果最丰富；郭沫若、茅盾研究次之，但也各有好几部有影响的专著了；巴金、曹禺研究也都有了三种以上的专著；郁达夫、闻一多、冰心、叶圣陶、艾青、田汉、赵树理、沙汀、柳青、肖红等的研究，都已出版了一部或两部以上的专题研究著作；而相比之下，关于老舍的专著却迟迟不见，真是叫人盼得有些心焦了。在此情况下，《老舍评传》的出版给了读者心灵上一定的满足。从老舍研究发展的历史和现状来看，这部《老舍评传》有效地吸收和总结了已有的老舍研究的成果，并且有自己的创新。它的出版，无疑对老舍研究的发展是一股推动力，是将有更多的老舍研究成果出世的一个预兆吧！

一个作家的评传，我想，因为撰写者的视点、角度和兴趣不同，有的重在从时序演进上对作家的生平思想多做评述，突出一个"传"字；有的则着重在创作上，对其各个时期作品做历史的、具体的分析评价；也有的二者平分秋色，在纵的时间发展的经线穿引下，既叙生平思想，又评析作品，样似"串珠"。《老舍评传》我想基本上属于后者，但也重视了对作品的研究。这部评传以老舍生活活动的时序为经线，把他六十七年的生命历程分成《京华岁月》《异国生涯》《在新加坡》《第二故乡》《青山碧海》《八年抗战》《美国之行》和新中国成立后沐浴在阳光下的生活，直到《历史悲剧的前前后后》《太平湖沉冤》九个段落。

对于老舍创作的评论，则根据撰写者的看法按其分量轻重或在文学史上地位的高低，或综评，或专章、专节分论，列出《讽刺小说的新收获——〈老张的哲学〉和〈赵子曰〉》《对“破碎也还可爱的中国”的沉思——〈二马〉》《忧愤·迷惘·追求——〈猫城记〉》《“由靠背戏改唱短打”——〈赶集〉及其他》《“返归幽默”——〈离婚〉和〈牛天赐传〉》《不拘一格丰采独具——〈老舍幽默诗文集〉》《“在风格上有一些变动”》(评论中、短篇小说和《文博士》)《现代文学史上的明珠——〈骆驼祥子〉》《抗战文艺的丰硕成果》(评述通俗文艺、抗战剧作及《火葬》)《“从事抗战文艺的一个较大的纪念品”——〈四世同堂〉》《新中国话剧创作的第一个成就——〈龙须沟〉》《话剧艺术的高峰——〈茶馆〉》《力能扛鼎的压卷之作——〈正红旗下〉》等十几个专章，这样，如果连续读下来，即使是对老舍不甚熟悉的读者，也可以获得一个较完整、系统的印象。所以，我以为，这部评传的系统性、全面性，是它的第一个优点，这样的布局，甚至每章的标题，撰写者都是狠下了一番功夫的。

任何一个作家，哪怕是著作等身，汗牛充栋，也总有一部或几部能代表他的风格特点和最高艺术成就的作品，正像各种食品质量不等、价值不同一样，读者对作品的品评也有着“宁吃鲜桃一口，不吃烂杏一筐”的心理的。那么，作为一部作家研究的专著，也就有责任和必要把读者的注意力更多地吸引到高水平的、能代表作家风格特点的作品上来，而不要让读者在作家的末流作品上浪费精力。这就要求专著作者对作家代表作做出重点评价和分析。我以为，这部评传不仅着眼于“全面”这一点上，它也突出了重点，像《骆驼祥子》《龙须沟》《茶馆》等不仅专章评论，而且篇幅上也是相当的。这可以说是《老舍评传》的第二个优点。老舍的重点代表作品究竟有哪些呢？当然有仁者见仁、智者见智的情况存在，但大体说，读者经过长期鉴赏、选择，意见还是趋于一致的。小说方面，长篇有《骆驼祥子》《离婚》《四世同堂》《正红旗下》，中、短篇有《我这一辈子》《月牙儿》《断魂枪》《微神》《柳家大院》等；剧作主要是《龙须沟》和《茶馆》。

《老舍评传》对这些作品（中、短篇除外）都做了重点评析。

对于一个作家的研究，如果仅满足于一般的综合介绍，即便是能做到较为全面，又有重点，那也只能发挥给一般读者增长一般知识面的作用；学术著作则要求给人更高层次上的知识。而这些知识，是要由著作的创见性和对所研究对象的深入分析总结出的带规律性、经验性东西来表现的。这一点才真正显示着一部专著的价值。在这一方面，我以为《老舍评传》也是有所前进、有所发现、有不少新颖独到之处的。这可以从两个层面上的论述看到：一是对已有一些评论的作品，既吸收了已有的公认的结论，也有自己的新鲜角度和看法。比如对老舍早期代表作《离婚》的评论，以前主要指出和肯定它对敷衍、妥协、怯懦等市民劣根性的讽刺和形成这种庸弱根性的灰色社会的批判，肯定其在艺术上以揭示人生固有矛盾产生的幽默特色表现了老舍创作风格趋于成熟。《老舍评传》则除了肯定小说表现的“含泪的微笑”的幽默特点外，在阐述作品的思想性倾向性方面，则明确指出，作家从整体构思上把描写和性格刻画“放在国民党反动政权的腐朽统治和法西斯特务横行的背景下”，“以现实主义的逼真的生活描写，再现了它全部的丑恶和不可救药”，因此，“使得作品的主题思想深化了”。这一点是以前评论中少有人指出的。另一个层面，我认为也是这部评传最具特色的一点，是对多少年来无人问津，或者很少评论，或者有严重分歧的作品敢于给予篇幅做出自己的评价。

《牛天赐传》自在《论语》上连载，后又出版单行本，直到20世纪80年代，只有了了两三篇评论（其中就有王惠云同志的一篇）。试一读这部描写一个弃儿在市民环境中成长的曲折过程的小说，主人公由学童而诗人而摆水果摊的经历，表现了绝不低级的一定趣味性，它使人产生不少感慨和思考。作品通过牛天赐这一性格成长过程储蓄的社会生活涵蕴量很丰富，《老舍评传》将它与《离婚》合列为一章，并给了近五千字的篇幅加以评论，应当说是恰当的。我同意这样的评价：“《牛天赐传》在老舍的作品中并不是最优秀的，但是它的富于特色的内容使它具有一种不容忽视的认识价值。”我觉得还可以加上一句：它还具有令人感兴趣的趣味性和审美价值。《老舍评传》还指出：“《牛天赐传》的特色在于，不仅刻画了牛天赐的个性鲜明的思想性格，更重要的是着重地描述了这种思想性格形成的复杂历史条件。”这实际上肯定了这部作品的现实主义特色。当然，《老舍评论》还指出了小说的某些欠缺，也是比较客观的。

《猫城记》是一部历经磨难的作品，从问世以来，毁之者有之，誉之者也不乏其人。因为思想上有缺欠，一些新文学史著作提到这部作品都是作为老舍讽刺了革命者、有倾向错误的失败作品的例子。《老舍评传》作者以《忧愤·迷惘·追求》为题，专章做了评述，我以为它表现了研究者的争鸣精神，也做出了较为公允的评价。就是说，严肃的学术争鸣不是写翻案文章，而是站在制高点上俯视历史，还它以本来面目。完全采取“打倒”的态度不对，不正视其中缺欠也不是马克思主义的批评态度。《老舍评传》作者对《猫城记》所采取的态度是比较客观的。

还有，老舍在20世纪30年代和抗战时期写过大量的幽默诗文和杂文，也颇有影响，但历来不被史家和评论家所注意。1934年出版过一本《老舍幽默诗文集》，也从无一篇评论文字。《老舍评传》的作者第一次给予重视，并开列了专章加以评述。以仅收有二十五篇短文和十首短诗的一个集子列专章论述，我倒不以为然。但我以为对老舍大量的这方面的文字视而不见，显然也是不公允的。讽刺性的幽默短文，表现了老舍在散文创作方面的独特风格，试同鲁迅、周作人、丰子恺、郁达夫、林语堂等人的散文作品一比，“老舍的味儿”显然与他们迥异。有同志评述“五四”以后的散文作家，评到六十家还没有老舍，我们说这样对待老舍的散文作品是不恰当的。从研究老舍全人来看，认识他的幽默诗文作品是一个重要窗口，《老舍评传》所以如此重视大概正出于此种考虑吧。

还有，长篇小说《文博士》问世四十余年来，也是《老舍评传》写下了第一篇评论文字。如果说短篇《牺牲》的选材角度、讽刺幽默特点和人物刻画对老舍有其一定代表性的话，那么《文博士》实在是这篇小说的扩大的续篇，它对研究老舍的创作道路发展和特点，正如《老舍评传》所说，遗忘了这部小说“是不公平的”。此外，《老舍评传》对过去少有人论及的许多短篇小说，通俗文艺作品等也都做了评述。这些，无疑都帮助了读者从更完整意义上接近和认识了老舍的风格、贡献和价值。以上，是这部评传的第三个特点。

第四个特点是，《老舍评传》的用语总的说是讲究分寸、准确的，整部书的语言风格清浅明白，前后虽出于二人之手，但无断裂感，说明两位作者配合默契，也是屡经推敲、琢磨的吧！

时间垫高了人们对客观对象的认识水平，也砥砺了批评家分析鉴赏的眼光。几年前，老舍研究，不论是资料准备、研究的水平和不能不对研究本身产生影响的客观社会思潮、方法以及读者的要求等，都与今天有不小差异。那么，站在今天的高度去看这部评传，自然会有它的不足。

我以为，就内容来看，《老舍评传》的作者，确实已就那时材料积累的基础做了尽可能的钻研探讨，“面”够宽了，但“深”却让人感到有些欠缺。面宽，可以给人“全”的感觉，但复述、介绍性的文字一多，向纵深开掘就不够了。向纵深开掘，自然不能离开对具体作品做具体分析；但为使这种分析不孤立进行，同时应当顾及与社会文化思潮及同时期的作家作品，甚至跨出国界来做比较。比如，老舍创作与外国文学，特别与英国狄更斯等人的作品的关系，老舍创作与中国文学传统的关联，老舍30年代的创作与30年代的文化思潮的关系等，在这一方面，《老舍评传》几乎没涉及或联系得比较少，作者把自己封闭在一个较狭窄的天地里了。我以为，作为一部研究老舍的专著，这个方面确实不应回避或忽略。

一个作家有了风格，是这个作家成熟的标志。那么，老舍作为中国新文学的巨匠之一，其创作的风格特点究竟是什么？是幽默？是讽刺？是平易、大众化的风格？是善用北京语言绘画北京风情画、塑造系列市民人物性格？是选材上擅长写平庸小人物的社会生活情态？我觉得只说老舍是一位具有独特风格的作家是不行的，必须做具体的回答，即这独特风格究竟指什么？也许因为《老舍评传》作者取的是“各个击破”，即对各个作品做具体分析的方法，对这个创作风格的问题的回答就被分散、被淹没，使人读后便难以清晰准确地把握到了。

在以上两点上，我觉得佟家桓的《老舍小说研究》倒是做出了一定的论述。他采取的是系列论文集成专著的方式，自然比较易于综合论述，回答上面的问题。为此，佟家桓选择了《老舍小说创作的选材角度》《老舍小说的形象体系》《老舍小说创作的艺术特色》《老舍小说与北京》《老舍小说与外国文学》等项目进行了较集中地分析，尽管仍显深度不够，但就突出老舍小说创作的风格特色来看，比《老舍评传》那样分散的评述要清晰、集中，也就显得深刻一些。

此外，我以为《老舍评传》还有值得商榷考虑的一些地方：一是对老舍思想发展的脉络叙述不甚清晰，尤其对其文艺思想的评述不够。老舍早年具有爱国、反帝、反封的民主思想，但同时受过基督教、佛教乃至儒家思想的影响，市民意识的熏陶对老舍思想发展也有一定影响。抗战时期他的爱国思想、民主思想有了明显转变，至 20 世纪 40 年代末，思想升华的准备条件基本充分了。因此，新中国一成立他就那样热情地使用新的创作方法为社会主义大唱赞歌才显得不突然。《老舍评传》对此叙述是不够的。二是《老舍评传》在章节安排上不甚平衡。比如评述《二马》《老舍幽默诗文集》各列出一章，就其分量来看，很难与《四世同堂》《骆驼祥子》等平衡。第十二章对中、短篇小说的评析，也可考虑与第八章评析《赶集》并在一起，这样既可避免第八章的分量不足毛病，亦可对其短篇小说创作做较为集中的评析。三是在某些具体问题的提法上也可再加斟酌，如第十三章在分析《骆驼祥子》对社会人生真实图画的描绘时说，“虽然还不能说这时的老舍有了马克思主义世界观，但他已经能够从阶级对立的角度观察社会现象，这却是一个不容置疑的事实”。一些作家能够比较忠实于生活，在作品中反映出社会对立的某些人生图画，但未必是“能够从阶级对立角度观察社会现象”的结果，“虽然”之后的假设，本来对老舍就不存在，因此，在这里《老舍评传》

作者过高估计了老舍的思想水平。《老舍评传》在评价《老张的哲学》的思想意义时说，它“相当广泛而深入地反映了20年代前后北京普通市民在黑暗势力迫害下艰苦挣扎终不能免于失败的悲惨命运”，似也嫌高了些。此外，我还感到，《老舍评传》作者比较重视成就较高作品，从正面阐述总结老舍创作的经验，这是应当的，但对老舍曾有过教训的一些创作，如某个抗战剧作及新中国成立后留有“左”倾思潮影响的痕迹的几个剧作，从时代环境和作家主观方面剖析其原因不够。四是对作为一代语言大师老舍在语言方面的特点和贡献总结阐述得似乎也欠缺。

末了，我还想说几句关于老舍在中国现代文学史上的地位问题。对于一个作家在各个时期创作的成就做出总结和评价，自然也就在显示着这个作家在文学史上的地位，但我们要求的则常常是更直接明白的回答，而这一点在王、苏两位同志的专著中还未能满足读者（这也许是对一部有自己的侧重的著作的过苛要求了！）。

一个作家在文学史上的地位，当然不是靠别人捧，而是由他自己一生的心血结晶写就的；评断一位文学家的历史地位，也不是根据今天的人要求他写什么，应当怎样写，而是根据他在他所处的那个时代做出了多少前人未曾做出的具有独特性的贡献；这种贡献汇总到文学发展的大流中它又占多大的量，对后世产生了怎样的影响。照这样的标准去衡量、比较，我认为，在现代作家中数不上几个就要数到老舍的。老舍的独特性贡献表现在什么地方呢？粗略想来，我以为至少有下列一些方面：对现代文学创作题材领域的新拓展；以塑造庞大的市民形象系列独树一帜；卓越的语言大师；在创作方法上的丰富经验和执着追求；为追求文学与人民的联系在作品体裁样式上的多样化实践；以独有的幽默文学创作丰富了现代文学的园地；被称为当代话剧“经典”之作的《茶馆》及其剧作对中国话剧发展的影响和换来的声誉；以及作为新文学卓越的组织领导者之一自抗战文艺运动兴起到对当代文学的哺育的功劳；等等。不必借用任何方式或力量，如果我们对上述问题做出实事求是的分析论断，那么老舍高大、俊伟的形象就会自然而然屹立在广大读者的面前了，全国第三次老舍讨论会的一个重要议题，认识和评价老舍在文学史上的地位问题，也就会得到某种程度的回答。盼望不久会有更多更好的老舍研究成果问世。

（原载《河北师院学报》1986 年第 3 期）

老舍研究的别一洞天

——评《老舍与中国文化观念》

从1978年为老舍恢复名誉伊始出现的中国“老舍热”，差不多整整持续了十年，表面激情的“热”慢慢为深沉的思考和研究所代替，我们终于看到在老舍研究的领域里，涌现出一批从未有过的新成果。这批成果，除了单篇论文之外，主要标志是老舍研究专集和论著的接连问世，从1986年全国第三次老舍学术讨论会后算起即有：《老舍在北京的足迹》（李犁耘著，北京燕山出版社1986年8月版）、《散记老舍》（胡絜青、舒乙著，北京十月文艺出版社1986年5月版）、《老舍》（舒乙著，人民出版社1986年8月版）、《老舍短篇小说欣赏》（陈孝全著，广西教育出版社1987年3月版）、《老舍之死》（舒乙编，国际文化出版公司1987年8月版）、《老舍最后的两天》（舒乙著，花城出版社1987年10月版）、《老舍小说比喻撷英》（周关东著，华东师范大学出版社、铃木出版株式会社1987年11月版），《老舍研究纵览》（曾广灿著，天津教育出版社1987年11月版）、《老舍早期创作与中国社会》（〈苏〉安琪波夫斯基著、宋永毅译，湖南文艺出版社1987年11月版）、《写家春秋——老舍》（郎云、苏雷著，北岳文艺出版社1988年2月版）、《老舍与中国文化观念》（宋永毅著，学林出版社1988年7月版）、《老舍剧作研究》（冉忆桥、李振潼著，华东师范大学出版社1988年8月版）。

如果我们看到几年前老舍研究领域内还几乎找不到一本专著或较有价值的资料专集的状况，能不为这样的成果高兴吗！无疑，这是老舍研究的重大进展。也许数量的累加并不能说明研究水平提高，但不见数量也就难以求质量；何况在我们面前正立起一座老舍研究的新界碑——宋永毅著《老舍与中国文化观念》。这部著作所显示的独到的新鲜有力的见解，它在作家专题研究上的新开拓，不但是老舍研究领域的重大收获，就是把它置于现代文学林立的同类著作中加以比较，也是一部并非一般的闪光著作。

一部艺术作品的魅力来自形象的生动和深刻性；那么一部论著的魅力从何而出呢？我想不外乎下述几方面：一是具有严密的逻辑、雄辩的气势和闪光的文采；二是具有材料的丰富性和准确性做基础；三是能站在当代的至高点上检视和把握研究客体，亦即站在时代历史水平线上，把研究客体的最基本的特点和方面鲜明而深刻地提供给读者，或者表现为在前人基础上的进一步深挖，或者独辟蹊径，道前人未道，以独具的眼光视角、方法开辟新境界，从而使读者更好地理解把握研究客体。我以为，宋永毅的专著《老舍与中国文化观念》的分量与吸引力，正与这些方面的表现分不开。它对于老舍的总体把握和论述给人以高屋建瓴之感，它所选取的文化学、社会学、心理学、人文地理学、版本学、病理学、精神分析及接受美学等多重方法视角，让人思路开阔，耳目清新，字里行间充溢着当代文化意识和时代色彩，它的独立的研究构架、风格和文字间的理论思辨特色，著者的勇于提出、探索的学术眼光，都在说明他——宋永毅——这位新中国的同龄人所具有的研究者的勇气和修养。老舍研究已满花甲之年，它从分散、自发走向有组织和自觉，从封闭、单项走向开放、多元，从狭窄的单面评述走向多角度的审视，从微观走向宏观，由较浮泛的看取到切入内层面的理论阐释，一句话，老舍研究从一个较低层次水准线跨上研究的新阶梯，接近或达到同类学科的水平，宋永毅这部专著就是一个明显的标志和有代表性的成果。

如果再进一步具体说，我以为《老舍与中国文化观念》在老舍研究上的突破和超越至少表现在下述几个方面：

其一是研究者的宏阔视野和开拓性眼光。陈陈相因的研究构架和封闭眼光，曾经使新文学研究步履沉滞、成果单调而重复，文学研究一旦做了“套中人”，也就临近了末路。改革挽救了中国，改革更赋予了文学研究以新生命，研究者眼光的开拓和放眼环宇，洞开了研究的新天地，它使人感到研究的疆域原来是那么广阔，还有那么多那么丰富的宝藏等待我们去探取。宋永毅的眼光就既没停留在老舍及其作品自身的评析上，也没有只停在老舍个人生活的那个时代，而是越过时间和空间的界限，把老舍置于几千年的中国传统文化及世界大文化范围背景中加以审视，从而对老舍的特点——他的贡献与不足，他的吸收、摒弃与创造——做出了新颖而有说服力的论断。

中国近代以来文化圈内的人，都不仅属于他自身生活的那个时代社会，他既是传统延续在新历史阶段上的体现，又是域外文化思想浸入中国后中外交揉的文化载体，单纯的现实眼光或孤立的民族视点，都会偏离正确的结论。老舍像其他近现代文学、思想大家一样不是单纯的。宋永毅正是以广阔的视野搜捡到老舍的这一少有人接触开发的特点，而用大量的篇幅加以阐述，从而得出有说服力的结论。作者在该书引言中说："研究对象的性质决定了研究的视野和方法。对老舍这样一个'五四'新文学的著名大师，最杰出的小说家的研究，绝不能只囿于文学的一隅，必须把他放在动态的中国文化史和世界文化史的大背景下，进行大文化多学科多方位的审视，才能得出更全面更准确的研究结论来。"正是在这一体认的基石上，著者在他的大著的第一章《多重文化的冲撞、融合与老舍的文学世界》中，从满汉融合、中西冲撞、新旧交替三方面综论了老舍其人其作构成的大文化因素。接着从第二章到第六章，更详细地考察论述了西方文学、东方伦理、北平文化及中国古典文化、风俗、人生模式对老舍的影响及老舍的体认和超越。这是本书的主体，也是最见功力和特色的地方。作者不但在文化范围上表现了开阔的视野，在理论的层面上也具有多层次的穿透能力，比如，论著中就对老舍及其创作中所表现的价值观、伦理观、性爱观、生死观、审美观、社会观及民族学、历史学、文化学、经济学、病理学、心理学等都有涉及，论者在这些领域中显示着博学的优长。

我时时敬佩那些学识渊博的研究家。我常想，倘使研究主体的知识面具有或接近研究客体丰富性的条件，那研究一定会别开生面，可惜不少研究者达不到这一境界。说起来容易做起来难，人生有限，知识无涯，研究要开阔视野，谈何容易！因为它绝不是“假大空”，绝不是捡拾几个新名词吓唬人，其基础在于研究主体自身理论修养的提高和对无限的知识的贪婪占有。古今中外，纵放横收，深究探源，林立的学科，多重的知识领域——以有限的生命去追求如此无限的丰富，要求的是不懈毅力和永不吝惜的汗水。宋永毅这方面的优点和努力是值得祝贺和令人高兴的。

其二是新的文学观念和研究方法。研究中视野的开拓必然伴之以文学观念和方法的更新，这是文学研究自觉的标志。过去，我们的整个文学研究的路子几乎都捆在社会——政治学一条道上，越走越窄，那么多研究者常常重复着差不多的结论，以致由社会学而滑向庸俗社会学，濒临被“绞死”的局面。在老舍研究中，也囿于这种单一的视角和方法，难以得出更符合老舍自己特点贡献的结论来。新时期老舍研究在方法、视角上有了很大改观，因此洞开了研究的新天地，这在《老舍与中国文化观念》中体现相当充分。宋永毅在论作中试图用多种方法，从各种不同角度切入老舍这座艺术宝塔，比如用比较方法分析老舍与狄更斯等外国作家、老舍与鲁迅等中国作家的受影响因素和老舍的超越，从文化风俗学和思想的、民族学的角度剔析老舍创作的独特处，运用矛盾对立律审视老舍的多重色彩，运用考据学论证老舍作品的版本及修改，使用地理环境学分析老舍的少年文化构成，甚至从接受美学、病理学角度探索老舍作品人物的魅力等，都取得了新鲜结论，使人感到论者的运思的不同一般。但我感到最有成绩的当推论著中采用的弗洛伊德心理学分析方法，它确实打开了老舍人物世界的一个新侧面，一个别人不曾触及、然而的确是老舍创作中不可忽视的一个方面。

宋永毅将心理学方法运用于老舍研究当有一段思索过程。他在 1986 年第四期《民族文学研究》上发表过一篇题为《老舍研究的人文心理构想》文章，文中提出可以从“个性心理学”“职业心理学”“环境心理学”“宗教心理学”“年龄心理学”“性心理学”等六个方面来研究老舍及其作品。他的这一构想在这部论著中得到了实践。比如第三章《东方伦理和中国文化的变态情欲》，就专门对老舍作品中表现的民族的病态人格和病态性心理、祥子和虎妞性悲剧的内涵、老舍作品中性爱描写的主体探源，进行了深刻的分析和探讨。论题的提出绝不是故作新颖或标新立异、赶时髦，而是有老舍作品的客观存在做基础的。比如性变态，老舍不但公开声称过他的《大明湖》就是痛痛快快写“性欲问题”的，而且在《离婚》《月牙儿》《牺牲》《骆驼祥子》《也是三角》《阳光》《猫城记》等一系列作品中都涉及这一问题，有的作品的框架可以说就是以这一问题为中心构筑起来的。

假使文艺作品写性欲只限于性欲本身，那无异于展示动物的交媾；假使透过性欲的描写显示的是人类的或某一阶层人物泛文化意识，从而揭示某些人在他生活的社会环境中的地位或遭际，达到对那一社会的认识，就是文学创作的正当追求。老舍作品无疑属于后者。比如虎妞与祥子间的“性倒错”，一面是虎妞被社会环境扭曲的结果，一面也反映了祥子追求及思想意识中诸多传统的落后观念。《猫城记》中公使的兽欲，是对公使残忍的批判，而公使夫人的性压抑，以至将被压抑的能量施暴于被侮辱的十多岁的小妾，那是对封建伦理灭人欲的揭露。《月牙儿》中母女卖肉的惨剧，特别是女儿由躲避到渴望——把爱情献给一个骗子，到公开出卖自己，这样性扭曲的过程，又是对黑暗社会多么深刻的控诉！而《牺牲》中的毛博士，则更是半封建半殖民地中的一个怪胎，他的企慕资本主义的享乐欲望在性变态中暴露得淋漓尽致。诸如此类例子在老舍作品中还可寻找出不少来。如果孤立地看，就会把这种描写看作是作品甚至会批评它减弱或掩盖了作品的社会内容和价值，许杰在《论〈骆驼祥子〉》一文中谈到其中性描写就有从消极方面批评的倾向。而宋永毅的专著从这样的视角，运用心理分析的方法剖析老舍及其作品，甚至大胆提出在诸多人物的性心理描写中有着老舍个人的潜意识和心理素质因素，确实推倒了老舍研究中的禁区墙篱，令人不能不刮目相看。

方法、视角和文学观念的更新，给研究者提供了获得新结论的武器，宋永毅专著中诸多新鲜论点正是从这里做出的。正如书中所写，老舍作品的性描写，绝不在性本身渲染，“而是以社会世态穷形极相社会心态，又从性心理和人格心理的角度进一步考察这一心态将孕育出什么样的民族人格来”。由此可见，宋永毅对老舍作品性描写的分析，不是止于性心理的本身，而是看取研究客体的一种角度，心理学的探索与社会学的批评是交揉在一起的。宋永毅在进一步对老舍作品性描写做主体探源，提出“在潜意识的领域内他个人的性心理幻想作为一种强大的内驱力”，不期然而然地使他“写着他的自传和精神的自传”结论后，还以更深邃的目光注意到了老舍怎么样从性爱描写的角度，形象地对中国传统文化进行的反思——对整个民族精神与人格的根本缺陷的反思和批判，并且“进入了一个深广悠远的哲学深思境界”。正是在这样的探索里显示了研究者思考的深度和独创性。

宋著给我的第三个突出印象是研究构架的新颖及基于研究主体深刻思考的标题的魅力。全书共分十章和三项附录，所涵括的内容十分宽泛，包括对作家主体从生到死的描绘，对其创作的从人物、语言、思想到写作、修改、改编、研究及艺术成就的论析。论者在这部专著中显然无意对所选取的对象“求全”，但却锐意在脱开旧的研究路子和格局。它不是评传，故不重“述”的史实的累积和作家生活创作道路时序的进展；它也不是作品赏析，所以没有取作品评论的平排并列及微观镂析，甚至对一向被认为重点的作品也未多加青睐；自然它也没有一般论文集编的“散”及乏于系统性。它具有专著和论文集编兼备的优点。同时又克服了论文集编的“散”和专著中为“充数”凑起来的薄弱章节的弊病，而使得此书的各章都是充分的思考研究的结果，处处闪耀着论者智慧的火花及闪光的论点。提摄全书的核心线索无疑是如书名所标明的“老舍与中国文化观念”，因此专著从第一到第六章论述的都是这一核心内容。作者仿佛把老舍看成一个圆形的宝塔，他围着老舍时时试着从各个角度突进去探取内核。比如，他从正面谈老舍的成长，回过头来又从老舍之死反窥老舍一生；他从老舍自身寻绎老舍的贡献，又从古今中外相关的人与事及大文化气氛中突现老舍的独特光辉，还从以往研究中进一步加以辨析。他重在“论”，从已有材料基础上的进一步开发，而又绝不是空托宏论让人摸不着边际，请读读第七章《老舍作品的再版修改和中国文人的传统写作态度》，那是何等细致扎实的版本学的考据功夫！他选用了新的研究方法和审视角度，但又绝不搞新名词爆炸；如胡絜青及舒乙在序中所说，作者“能避开眼下的时髦病——‘绕着脖子说话’”，而将功夫下在研究对象身上。

作者新颖的构想和深邃的思考，即从章节的标题上也能反映出来。他运用了一系列相对或矛盾的概念，触眼就收到纲举目张、清新悦目、引人思索的效果，诸如“满汉融合”“中西冲撞”“新旧交替”“单一与综合”“影响与超越”“压抑与释放”“变态与自渎”“仕与隐”“城与乡”“食与礼”“底色与中介”“气节与风骨”“小说与现实”“自杀与评价”“避讳与推敲”“择取与变形”“逆导与剪裁”等，都是很有特色的标题。

宋著给人另一个突出印象是论辩色彩、哲理色彩很强。这是如浓雾笼罩大地样洋溢在全书所有章节和字里行间的一大特点，任谁一接触文字便可感到的。材料的整理和编织是一种发现，在原材料基础上剔析出新的涵蕴，并给予理性的阐释与总结，是又一种发现，或者说是更进一层的发现。从这个层次上看，《老舍与中国文化观念》在老舍研究社区内可毫无愧色地堪称是独步的，是一部“突破性的专著”，是老舍研究的别一洞天。这部专著的优点自然不止于上述各点，但我现在要说的就是这些。

像对任何完美事物都可寻出它某些方面的不足或缺点一样，自然我们也可找到《老舍与中国文化观念》一书的一些不足。比如，对老舍创作道路上的曲折，甚至失败的教训可否也从文化学的角度找一找原因呢？专著中几乎没有谈到；专著中各章都是一个新颖侧面，但并非在所有点上用力都是充分的，如第五章第一节谈到“北京味儿”——老舍小说观的形成，基本上还只是停留在提出问题层面上，未做更深入探讨；在词语使用上，宋永毅有个人的特色，但间或也有少数让人费解的地方，如“蕴奥”“异禀”之类；还有少数年代史实上的不确及论述中前后不甚一致及重复之点，这也是一眼便可看到的。但这一切，确确实实是属白璧微瑕。我们应当为老舍研究乃至现代文学专题研究中腾跃出这样有突破性、开拓性的成果而感到高兴，的确，我本人是“热烈的，诚心诚意的，由衷的”，“情不自禁地拍起手来”，欢迎这部有分量的专著，并期望宋永毅不断有新的研究成果贡献于世。

（原载《中国现代文学研究丛刊》1989 年第 2 期）

拓开老舍文学思想研究的荒原

——评《老舍文学思想的生成与发展》

作为小说家、剧作家和曲艺作家的老舍几乎是世人皆知的；从文学思想和理论家的角度切近老舍则有意无意地被人们忽略了，虽然包括笔者在内，曾有过几篇论及老舍文学思想理论的文字，但相对于老舍在这个领域中的建树成就，那显然很不够，或者说对老舍文学思想理论的研究还基本上是一片荒原。前不久，年轻的老舍研究者石兴泽推出他的第二部老舍研究专著《老舍文学思想的生成与发展》（山东文艺出版社 1993 年 10 月版，以下简称《生成》），在相当程度上弥补了这个缺憾。论著论述了老舍文学思想理论体系的形成、嬗变、发展及其方方面面的关联与原因，第一次较全面地描述了老舍作为文学思想理论家的形象，填补了老舍研究在一个方面的空白。论著从框架结构到具体问题的论述都表现了著者新颖独到的思考和见地，问题提出所表现的学术勇气和论述中的扎实和谨慎，都显示着作者研究的可喜进步和值得称赞的拼劲和治学精神。

两年前，我在读了石兴泽的第一部专著《老舍创作论》（与陈震文合著）后曾写过这样意思的话：要对一位像老舍这样有多方面成就的文学大家做出有水平的研究，研究者自身必须具有相当的文学修养和理论储备（见《中国现代文学研究丛刊》1992 年第 4 期）。而今，石兴泽独立完成的这部重在描述老舍文学思想理论家形象的专著，不必说，对研究者理论素质的要求更高，但那最初给人的稚嫩感却没有了。我想，这个进步的主要原因便在于研究对象主体所提供的选题与著者所学所具有的文学理论专长逐渐相吻合的结果。这种吻合，正如鱼得水，不但使他对老舍文学思想理论一触摸即感亲切，产生共振，易于得手切入，而且能钻进去，跳得出，将老舍的文学理论主张与古今中外文学理论思潮相比照，从而清晰地分理出在总的文学理论坐标系中老舍所具有的特色，以及他所达到的水平与不足。我想，这也是使《生成》这部专著获得一定理论深度的一个原因。

对一个文学家的文学思想理论阐发，一般在两个侧面上进行：一是析理他的文学思想理论的形成、嬗变、发展，重在“史”的描述其纵向发展脉络，并揭示它与历史沿革、思潮流变的方方面面的关联；二是集中泼墨在文学家思想理论本身，就构架体系之内的诸种元素，如人物、结构、景物、语言、风格、悲剧、喜剧、幽默……或者概括得更原则些，就典型问题，生活与创作，世界观与创作方法，作家主体与客观生活，艺术特质与社会需求，文学与群众与政治、宣传，等等，来阐发他的见解主张，评论其高下得失。显然，《生成》一书重在前者。它用半数篇章分论了老舍文学思想理论的生成发展与现当代文学思潮、外国文学观念、古代文学理论、通俗文学传统、左翼文学思潮及社会主义文学学说等的碰撞与接受、扬弃与融合、抵触与趋向的种种复杂微妙关系，又用半数的篇章历时性描绘了老舍文学思想理论的几个阶段：“学前期”的积累准备，20 世纪 30 年代的艺术本体论，40 年代的艺术与功利的双重追求，50 年代的人民本位与 60 年代初追求质量、向艺术的回归。以纵向描述为主，辅以横向展开，纵横结合，清楚而有力地描画出了作为文学思想理论家老舍的个性特点及其在这个领域里的贡献与缺欠。

《生成》对老舍文学思想生成、嬗变的描述并不是简单直线的，更不是片面或偏激的。那种抓住一点就生发出“个人见解”的做法其实是做学问的大忌。看得出，《生成》作者在描述老舍文学思想生成发展时，是力图更客观真实地揭示问题本质，还其本来面目，是怎样便是怎样，既不掺糠使水，也不随便抹掉本来存在的东西。比如，20 世纪 30 年代，老舍的文学思想理论已经成熟，他的理论主张，他那经验性实践性的特点都明显体现在理论著作《文学概论讲义》《老牛破车》及散见的论文、翻译论作中。这期间老舍突出的维护艺术女神，与西方文论接轨，与左翼文论抵牾，甚至表现了对中国古代文论创作的某些轻视，但他同时又坚持着现实主义创作方向，不但显示着鲜明的社会批判倾向，而且主张作家要接触社会、看人生、领略生命，甚至提出了作家“社会自觉”的口号。这种观点简直有点接近左翼文学理论。社会不单一，人是复杂的，思想矛盾、多元的老舍是真实的，单一化的老舍不存在。《生成》作者运用辩证法观点，充分注意了老舍与外力社会变革、思潮关联的微妙，从吸收与扬弃、批判与继承、隔膜与构建的对立统一中把握老舍，建立起自己的阐释框架，是符合老舍实际，也是可信而深刻的。

一部著作的理论深度，自然首先表现在对研究对象剀切的分析与解释中，但仅止于此仍难免一般化。它还应当给读者提供更多更宽广的东西，即由对论述对象的阐释，提出更具有启发性的论题，并做出自己一定的回答。《生成》一书在这个层面上也表现出一定力度。它在阐述老舍文学思想生成发展过程中，涉及和提出了许多超出老舍自身的问题而引人深思。比如老舍文学思想嬗变的外因机制，包括它与社会变革、文学思潮及各种中外文学理论体系的关系。这种外因机制又因了怎样条件变化，随时间推移在老舍身上投下怎样的阴影，而老舍本人又怎样在自觉接受了或接受又抛弃了，或鄙视又接受了；对这些问题的阐发不但使人能够更准确地把握老舍，了解他作为一代文学大家的艺术追求的曲折历程，而且有助于我们了解那个时代的文学现象，从中获得正负两方面的经验教训，在这个阐发过程中论作的理论深度和厚度也得到了提高和加强。

《生成》作者并没满足于对老舍文学思想发展自身及其与诸多外在致因机制关联的描述与探究，还将笔触伸向老舍的心理世界来索取答案，这就又使阐发进了一层。人们自然会想到，在同样时代社会思潮气候和环境下，不少文学家与老舍的思想理论追求并不相同，或者说他们没有经历老舍那样的曲折过程。这就不能不从老舍自身的文化构成及心理因素这个“内因”上寻求解释。

《生成》一书用了长达四十五页近四万字的尾论专门从文化心理结构方面探讨了老舍文学思想发展变化的深因与浅影。这是《生成》一书很有分量且相当精彩的一章。它指出，“五四”时期老舍的心理类型走向是“具有文化知识的平民型”，“务实的而非浪漫的，扎实的而非激进的，行动的而非思想的，实际的而非空想的”是其内容特点。在这种心理支配下决定了他对文学的态度：“无心弄文学却爱好文学，轻视文学却‘醉心于新文学’。”

20世纪20年代中期后，老舍步入文坛，文化心理与文学思想进入第二阶段，这时他的“平民意识迅速收缩，知识分子意识剧增猛长，强烈的文化自觉使他摆脱了形而下的纠缠和局限，飞跃到形而上的层面，执着地思考文化问题。其心理类型由平民——知识者的组接、整合转化成为知识分子的文化实体”。抗战引起老舍文化心理结构大调整，“国民意识增强与艺术家意识削弱，生存、生活意识剧增与精神文化追求意识淡薄，形而下的要求代替了形而上的追求”。在此心理支配下，“他开始以‘国民的资格效劳于国家’”，“陷入事务的沼泽地里”，“他的文化心理笼罩在传统文化的氛围之中，或者说走进传统知识分子的思想轨道”，他的文学思想也因此由“现代化”“外向型”的高峰“滑进传统理论观念的轨道”。

新中国成立后，老舍服膺于那时期知识分子共有的文化心理范型：个性意识泯灭与集体无意识剧增，“自我”失落与“忘我”的增强，独立性泯灭与依附性增强，批判精神锐减与歌颂意识剧增，怀疑意识顿减与盲从意识骤增，……在此心理机制下，老舍的“文化心理又回到平民知识者的层面上”，“裸露出文化意识上的弱智低能”。此种文化心理支配他的文学思想排斥西方观念，走进传统思想观念轨道。凡此种种，都是很新颖，很能引人思考的。

在谈到新中国成立后老舍的意识世界时，石兴泽大胆提出“四重意识”的看法，即“作为文化官员的意识形象，作为普通公民的意识形象，作为作家的意识形象，作为理论家的意识形象”的老舍，构成了复杂而又微妙的四重奏。虽然此种分法给人抽刀断水之感，在看法上也不无可商议之处，但我仍感到这是作者力图更客观真实理解老舍在新中国成立后的创作和思想理论的一种努力，一种切入腠理的方式。我们完全可以从作为文化官员、普通公民、作家、理论家，甚至社会活动家任何一个单一视角看老舍；当从任何一个侧面看老舍时，都可以讲出自己的见解。《生成》分论了四个老舍意识形象的不同表现，但一而四，四而一，老舍仍是一个独立的老舍，论作同时指出“四个老舍之说，只是强调老舍思想意识的矛盾性，多重性”。论作还进而探讨了老舍四重意识的主客观原因。这些论述，有的具体问题我并不同意，但是著者的学术勇气和勤于思考寻觅的探索精神是可佩服的，因为学术上的提出问题从来多于结论，而《生成》的论述又绝不仅仅是提出问题。

作为关于老舍文学思想论的一部专著，自然不会没有不可讨论的地方，一个明显欠缺就是它对老舍文学思想理论框架内的诸方面缺乏论述，因此人们会对老舍本有的关于文学理论的贡献建树无法由此得知更多。应当承认，老舍并没有完全做成一个理论家角色，他的重要方面是创作实践，正因此，我们还是有必要加强对其理论主张本身的论述和总结研究的。假如作者本书原意重点不在此，而在彼，如我们前面提到的，那么这方面的不足只好期待未来再弥补了。石兴泽参加过几届老舍学术讨论会，他似乎不娴于辞令，也拙于交往，但于文字劳作上的勤奋、刻苦则值得称道。他立志要完成老舍研究的“三部曲”，发下誓愿下一步要着手关于老舍性格建构及其文化内涵的研究，希望他的研究再谱新曲，再上一个新台阶。

（原载《聊城师范学院学报》1994 年第 2 期）

视界　观点　深度

——评《老舍研究：六十五年沧桑路》

老舍，这个说不尽的话题，自20世纪80年代以来成为各方人士及国内外专家学者注目的焦点人物。石兴泽继出版《老舍创作论》《老舍文学思想的生成与发展》两本书后，又推出专著《老舍研究：六十五年沧桑路》（山东文艺出版社1997年6月版），为老舍研究又增添了新篇章。

就目前老舍研究的水平线看，应当说已临近时代的大平台，方方面面的问题差不多都提到了论到了。然而，学无涯，研究似乎就更没有终点，如果再放开一下视界思考老舍，会感到已提到的话题不少都有待进一步深化，潜在的一些新的话题正等待着人们去发掘。老舍研究进展到临近新世纪到来之际，无疑难度大大增加了，但也因其如此，每一发现、每一成果才显得更可贵、更有分量和价值。石兴泽的专著正具有这样的特点。

这部著作除自序和后记外，共分两部分：第一部分内容即书名所标示的，是对老舍研究（包括国内外）六十五年（1929—1994）沧桑路的梳理、综述。第二部分为“附录”，主要是对于老舍性格心理的分析研究。以文字分量看，在目录中仅占了尾巴位置的“附录”，实实在在整占了该书的一半；而以内容的轻重、析理的新颖和深刻、独创来看，我的天平则向着后者倾斜。直说吧，笔者喜欢的，也是这部著作更显分量、价值和更见功力的不是如书名标出的“正文”，而是“附录”。为什么呢？没有问题，他俯瞰老舍研究六十五年沧桑路时的付出是巨大的、艰苦的，因为不对那样多的研究文章和专著进行阅读和梳理、研究和判断，那结论便没有来源。但显然，石兴泽为避免吃别人嚼过的馍，对别人评述较多的老舍研究状况，均采取了简缩的方式，如1977年以前的老舍研究以及国外研究部分就是如此。而加大分量评述的是目前还少有人评述的 1977 年后十六年的老舍研究，特别是 1985 年以后的部分，即该书第四章的内容，它在篇幅上占了整个综述部分的四分之三。著者的视界广、取材丰、概括精、观念新、理论思考的色彩浓等特点，均在这一部分中体现出来了。

1984 年中国老舍研究会的成立标志着中国的老舍研究有了一支独立的研究队伍，“老舍学”雏形初现，研究有了更自觉的特点。此书以此为界，将此前新时期的八年研究概括为“前自觉阶段的老舍研究”，而“1985 年以后的老舍研究与前相比，具有了明确的学术意识，系统的研究向度，宏观的文化视野，自觉的学术建构，以及辉煌的成就，多样的方法，等等”。专著进而从六个方面综括论证了其判断，这些分析与概括是合乎实际，也是非常精当的，它充分显示了著者的谨慎而具独创性的思考。

然而石兴泽并不满足这种概括，接下来他用了对老舍研究整个综述二分之一的篇幅，对自觉时期的老舍研究从文体研究和人本研究两个方面，条分缕析，旁征博引，客观而又处处显示着著者敏锐眼光和独立思考能力地进行了综述和论析。在这里著者是花费了大量心血的。为了使综述不仅仅停留在“综述”，他又特别对各个时期的老舍批评及研究怎样影响着老舍的创作运行，做了“结语”，表述了自己的看法。应当说这个“结语”是有分量的，它不但是对“综述”的一个小结，而且是在综述基础上的理论提升，这种升华包含了作者更深刻、更富理性的见解和学术勇气。

“综述”用力重点主要是前人对老舍的研究状况，而对老舍本身的分析自然受到限制。我以为，该书更深刻的学术理论价值更多的是体现在作为“附录”的关于老舍性格心理的研究中。它将笔锋由评述别人的研究而移向了老舍自身，而且直指研究中极少人问津的话题：老舍的性格心灵世界。这无疑显示着老舍研究的深化。

老舍是一位现代知识分子、现代大作家，他具有现代意识原是很自然的事情，但他的生活思想，他的创作确实又表明他具有很鲜明的传统观念。也许是受着转型期社会的制约影响，他吸纳着现代，又不时在排斥它；他接受传统，又对它批评反思。作为一种文化景观，这现代与传统究竟怎样统一又矛盾地培塑和作用着老舍的人格与创作？它在老舍身上的具体表存形态是什么？各自包含怎样的内容？本书在“附录”中做了探讨性的回答：一方面从时间向度上，纵向展示了老舍在各个历史时期性格心理上现代和传统交汇与交战矛盾运动的特点、得失；另一方面又从多方面多侧面切入，放谈了老舍心理意识中的传统观念与现代意识的诸多表现，尤其是关于老舍“传统观念”的表现形态的表述与剖析更为简洁与精彩。论作从“出世与入世”“气节”“义气”“孝”“文人习性”“审美情趣”等六个方面细致地理析了老舍身上传统性的突破表现，有说服力地回答了老舍之所以会被人误认为“是一个典型的中国文人”“纯民族作家”的观点。在此，充分表明了作者对老舍整体人格的全面把握和理论修养。

此外，在“附录”中关于老舍性格心理系统中的情感世界与理性制约的关系及其各自对老舍生活与创作的影响的分析也很有特色，处处闪烁着论者独立思考的光彩。比如，论作在一一分析了感情和理性各自如何在老舍身上发生作用后，认为二者“矛盾相伴着老舍的生活和创作，给他带来许多痛苦”，但也“正是这种矛盾决定了老舍性格心理的复杂性，且这管又管不住，冲又冲不脱状态下的创作，最见老舍的个性特色——他那含泪的笑，他那悲中有喜、喜中见悲的风格，他那讽刺中有同情，同情中又有不满的情调等，是老舍作品中最有魅力的地方”。石兴泽基于对老舍的整体把握，做出了自己的判断与分析，应当说是慧眼独具的。

自然，如果细细寻来，你可以找到该书中的某些纰漏或欠缺的地方，比如说老舍是在弗洛伊德性心理学说影响下创作的《大明湖》，说老舍“并没做成现代人，他是个现代作家，现代文人，这主要是时代概念”，还有如何看待老舍追赶时代及寻找开拓新的题材领域，以及在评判某些研究专著时过高的用语，等等，论断都未必恰当。但套用一个常用的字眼，对于整部著作来说，那真是白璧微瑕了，它实在掩不住一本真正学术著作闪现出的光辉与价值。

（原载《东岳论丛》1999 年第 3 期）

新时期新收获

——评《老舍新论》

近些年来，受各种因素冲击，中国现代文学研究呈现出萎缩的状态，沉寂感不断加重。但也有例外，如对现代文学大家老舍的研究虽表面看不像十年前那么火得让人激动，但内在热力依然不减，在一年多的时间里就有十来部研究专著问世，其中有代表性的是王晓琴的《老舍新论》（首都师范大学出版社 1999 年 2 月版），它堪称老舍研究的最新收获，而且是一颗沉甸甸的硕果。作者以扎实的学术态度、开放的眼光、复合式研究方法，紧密联系时代和历史文化背景，或综合或单体分析，前瞻回眸，以全身心的热情拥抱着研究对象，尽力以自己的感受和话语，把老舍生活思想及创作深层潜藏的独特情感模式和多元的审美形态突现出来，从而帮助中国和世界的读者在更广泛和更深层的审美层面上接受老舍，认知老舍。

《老舍新论》名之曰“新论”，在已有半个多世纪老舍研究、国内外出版老舍研究著作已达六十余部及数千篇研究文章的今天，这首先表现了一种学术勇气和自信。科学容不得虚假，新材料发现、新观点提出及新视野开拓更不容主观随想。毋庸讳言，近些年来，少数研究者的论作似乎主体意识过强了些，灵气有余而扎实不足，结果论题论点“新”是新了，但基础却空悬着，或建筑在沙滩上。王晓琴的《老舍新论》不属此类，它是在十年大学专题课中磨出来的。

教师面对几十名或者上百名学生如果没话说，如果仅仅满足于已有的结论，那不但自己心里发慌，也会被学生宣布为不受欢迎的人。王晓琴是下了真功夫的，备好课给学生讲，讲中获得新意就写成文章发表，发表了得到提高又回到课堂，这叫教学与科研相结合，反反复复十多年便磨出了这本书。不是吗？《老舍新论》中为使论点言之有据，单是直接引用材料就接近八百条。强烈的创新意识，以及资料室内的真功夫和课堂磨炼，是《老舍新论》获得新意和突破的基础。

学术上的创新开拓，一方面表现为在前人未及开垦的草莽荒原上披荆斩棘，每前进一步都有自己的血汗和收获；另一方面也表现为对已有人提出而未及展开和深究的课题做进一步论述，或者转换一个角度切入，使用一新方法继续朝论述的核心逼近。可以说，《老舍新论》在两个方面都有作为、有创新。科学的进步需要依赖前人成果的积累，作者有效地吸收了老舍研究的既有成果。她知道老舍研究到今天不可能到处都是未开垦的处女地，但是老舍研究毕竟只有几十年，这块沃土仍有冷僻角落，仍有未被认识的方面，仍有浅尝辄止、语焉不详的地方。从接受美学的角度看，时代变了，空间不同了，新的读者对象会从作品中读出前人未曾读出或无法读出的新意来。

《老舍新论》作者敏感地捕捉到老舍研究中不同方面的欠缺不足，既承接前人成果，又在此基础上前进发出新声。比如，近年刚刚发现了老舍改编的歌剧《拉郎配》，作者便立即由此入手提出并论述了老舍对新歌剧的贡献，从此开拓了此前学者未曾涉足的一个新领域。又如关于祥子的话语，研究者说的可谓多矣，但说尽了吗？没有，《老舍新论》独辟蹊径，将祥子与阿 Q 做比较论，以现实人生实际为驻足点，以几千年的文化传统为空间背景，既剖析了现代文学史上两大艺术典型的特点，又由此展现出两大典型对中国社会、文化深刻揭示的历史意义及不同特色，并进一步论述了老舍、鲁迅两位文学大师在审美选择、艺术心灵上的异同。不论从问题的提出还是立论的依据、论述的层面推进及最终的结论来看，都显示了作者开阔的视野、新颖的视角和相当深厚的理论修养。可以说，比较论述阿 Q 与祥子的《国民灵魂与人生模式》一章是《老舍新论》最精彩、最具功力的一章。

再如，《老舍新论》第 14 至 16 章论述老舍幽默风格与中国现代幽默思潮的关系，也是独具眼光和很有魅力的部分。老舍与幽默早就是一个热门话题，连专著都有，但《老舍新论》仍显出别出机杼的特点，它把老舍幽默与现代中国幽默思潮变迁联系起来考察，从而显出老舍的特点和贡献，既关注了曾被人误读为“闲适派”小品的老舍幽默文，结论为“雅俗共赏、开卷有趣、开卷有味……中国20世纪散文文苑中一朵瑰丽的奇葩”，又阐明了老舍创作的幽默风格，以及创作意识、理论认识如何走向成熟，从而为中国幽默艺术走向世界、走向现代化做出无可替代的贡献，论述既具体又有说服力。

此外，像关于老舍的忧患意识，关于老舍与中国共产党关系的论述等章节，也都显示出作者的宽广视野和实事求是的历史唯物主义观点。

新时期以来，许多学术著作新意迭出的一个重要原因，是作者吸纳使用了新方法，转换了角度和切入点。方法不是目的，而是达到目的的手段。我们有的论者在更新方法时往往缠绕在方法里出不来，方法“新”了，但就九九归一他要说的目标是什么，最后读者仍不明白。还有的论者更新了方法，而将过去虽单一但有效使用过的方法摒弃掉或说得一无是处，显然这都不可取。

《老舍新论》的作者完全没有这种弊端。她汲取美学、文化学、民俗学、比较文学，乃至接受美学等新的理论与方法，对老舍进行全方位的观照，使《老舍新论》创见迭出。但她仍然没有放弃过去使用最多，而现今仍不失为一种重要研究方法与视角的社会学、政治学。《老舍新论》不仅在一些以文化视角、宗教视角为主的章节中融合着社会学的分析，像论述老舍与共产党一章，仍然以社会学、政治学分析方法为主。我认为，《老舍新论》在方法论方面的开放眼光、全方位态势，大大有助它的新意创造和论述开掘。只要有利于达到预期目的，新的可以“拿来”，而过去使用过的也可以不放弃。那种非此即彼，为了创新一定要打倒别人的绝对化的思维模式，与墨守成规、排拒新事物的偏狭思想同样不可取。

一位很受同行专家尊敬的现代文学研究权威人士在私下表述过这样的意见：专著与论文相比较，他最欣赏单篇学术论文，因此对论文集他颇感兴趣，而对于专著则在其次。理由是论文集肯定是作者深思熟虑才写成的，而专著则往往为凑体系完整而凑写某些章节，这些章节就缺少深度与特色了。我完全同意他这个观点。

一个研究者面对的研究对象往往是博大精深难以穷尽的，即使你研究的只是一个人，如老舍，你能说对他的方方面面全深刻了解吗？你可能对他的小说感兴趣下过大力气，而对戏剧相对花精力少了；你花力气研读了作品，但对他的生活思想及品格可能停留在一般了解上，这样你想全面论述他，在某些方面的弱项就会露出来。我以为《老舍新论》也有这个短处，上面提到的章节是专著的强项，而关于老舍小说人物体系的论述及关于老舍话剧的论述就显得一般化了，甚至对老舍语言的论述也显得功夫不够。另外，关于几部研究老舍的著作的书评也作为《老舍新论》的章节编入似不合体例，理应是“附录”才合适。

（原载《盐城师范学院学报》2000年第3期）

评《老舍创作论》

当历史的脚步跨入20世纪90年代，老舍研究结束了半个世纪的自由散漫评述和十年自觉阶段的有意发掘和初步研究之后，人们有理由呼唤更系统、更有理论价值和深度的老舍研究成果出现。早在1944年胡风在祝贺老舍创作二十周年纪念会上就曾说，对于老舍来说，“最好的礼物当然是说出对于他的作品和创作路程的理解”。这句话不啻说至今仍不能说过时了。因为我们处在一个与20世纪40年代完全不同的环境中，面对的研究对象已不是未有人问津过的一片荆榛莽原，材料的工作也已基本准备就绪，而系统全面理解老舍作品及创作路程的工作却做得实在太少，以至于研究成果与老舍创作的成就还不成比例。甄别工作过去了，安魂曲奏完了，甚至桂冠也已戴了若干顶，唯一不够的地方恐怕就是勤勤恳恳、踏踏实实在作品上下些“理解”的工夫了。正是在这样期待的心情下，我读到了陈震文、石兴泽的专著《老舍创作论》（辽宁大学出版社1990年版）。

在近十年现代文学研究著作成果纷呈的局面下，《老舍创作论》应当说不属于那种在视角、方法、提出问题与理论阐述新鲜、深度上都能令人产生惊讶之感的著作。但是我想，那种带有爆炸性创新观点的著述诚然可佩，毕竟不多。一篇文章或一种著述，能在某个问题、某些方面比前人有所前进、有所发现也就很可贵了。陈、石二人的著述，在老舍研究领域内构筑了自己的理论框架，提出了自己的问题，给予了应有的回答与阐述，在老舍研究的路程和论述上有继承，具备自己的特点，从而丰富了老舍研究的收获，这是值得肯定的。

老舍的文学殿堂由多方面的原材料筑成。《老舍创作论》突出抓住了支撑这座殿堂的两大支柱——小说与戏剧，给予了微观和宏观相结合的论述，从而总结了老舍创作的基本成就，勾画出作为卓越小说家和杰出剧作家老舍的形象。分门别类的静观考察与综合流动的动态考察相结合方能最好显出事态的全貌。论作正是在这一思想方法指导下展开论述的。除了“绪论”和“结语”综述老舍创作道路和创作探源外，全书将老舍一生几乎是全部中长篇小说与戏剧作品，按时序分列在十五章中加以论述，既做到了对每部作品有静态的剖析，又把每部作品放在大时代环境和作为作家整个创作链上的一环加以评断，从而得出较为客观切实的结论。从这个角度看，《老舍创作论》毋宁说是一部有特点的老舍创作评传。

老舍是一位作家、艺术家。如果以政治家要求他，他在20世纪二三十年代里确实有点跟不上趟；若从思想家的角度看他，他又实在没有鲁迅等那样的睿智和敏锐。因此，从这两方面去评价老舍都很难不产生偏颇，也很难描绘出老舍真正的面貌来。只有以作家、艺术家的尺子去量他，才能更接近老舍价值的真实。陈、石二人的专著基本上是从还老舍文学家的面貌出发来论述老舍的。《老舍创作论》并未忽视政治、思想的影响及其在老舍思想行为中的地位，但对老舍在政治、思想上的把握得失，都是作为文学家的得失，而不是作为政治家、思想家创作了怎样的作品。比如，在老舍创作历程上，《猫城记》是一部社会意识和政治性很强的作品，《老舍创作论》在第二章《艰难的艺术探索》中谈到《猫城记》的失败，认为原因即在“他几乎完全忘却了文学自我，在强烈的社会意识的作用下走进他所陌生的领域”，“他是一个情感型的人，却要表现那属于深刻的思想家的重大命题……他本是一位艺术家，应该发挥其艺术的特长，以其独特的艺术方式把握社会，然而，他却抑制艺术家的才能，用公民的真诚的爱国心和崇高的使命感左右作家的艺术思维。因此，不仅思想上出现了偏差，也导致了艺术上的失误”。他的这种努力应当说是一种迷惘，“与艺术家的追求有一定的距离”。这一评断是公允的、客观的，也是易于被人接受的。因为不但《猫城记》的失败是作家远离艺术而受政治、思想支配的结果，老舍大部分成功之作如《离婚》《骆驼祥子》等又无不是因为“返归幽默”“救求北平”，亦即坚持艺术家的操守、“找回失去的自我”的结果。

老舍是作家，他曾经表示了对理论的某种轻视，但实际上他对理论并不隔膜。他在齐鲁大学教书时就开设过文学概论等课，并编有《文学概论讲义》和发表了谈创作的系列文章（后编成《老牛破车》出版）。理论与创作在一个作家那里有平衡、一致，也有反差或矛盾。老舍也是如此，在他四十年的创作历程上，可说是波折迭起，最大的一次是《大明湖》和《猫城记》的创作，对这次“低谷”反思之后，有《离婚》《骆驼祥子》这样创作的高峰出现。另一次较大波折就是在20世纪50年代末期以后写《红大院》等剧作，那情形有点重蹈《猫城记》创作的旧辙（当然不是指社会批判主题，而是指作家创作的思维意向）。这次波折，老舍尚未有理论上的反思，却有创作实践上的校正，表现在《神拳》和《正红旗下》的写作上。

《老舍创作论》没有忽视老舍理论上的反思对他的创作思想升华和创作实践上的自觉不自觉的指导意义。论作专辟第五章《积淀与反思》析理了老舍在20世纪30年代的理论探索，特别肯定了《文学概论讲义》的理论和实践价值。《文学概论讲义》用大量篇幅批评中国历代文论宣传的“文以载道”文艺观，中心点是树立和坚持文艺的本体论，强调感情对文艺的重要作用，强调作为艺术特质的美和想象在文艺创作上的不可或缺。《老舍创作论》指出老舍的这种理论是老舍“攀登创作高峰前的理论准备”，它不是“一般原理”，而是“创作经验的升华”。同时，论作又以老舍的创作实践印证了老舍的理论反思，从而说明老舍不完全是经验型的作家，而是“理论的积累和实践的升华提高了他的文学修养”，“他正是在理论的指导下沿着自己的道路攀登上文学高峰”，实现“创作道路上的重大飞跃”的。这一论证无疑有独到之处，也有益于人们正确理解老舍对理论说过的某些轻蔑的话。

对于老舍创作道路上第二次大波折，即20世纪50年代中后期以后的创作，《老舍创作论》既没有回避，也没有简单化断论为在“狂喜”中“大滑坡”，而是采取实事求是的态度，对成功的充分肯定成就，对失败的也不简单归之于现实，而是从时代社会思潮影响和作家的主观思维定式、“人格文化”、心理气质等诸多方面做冷静分析，得出老舍在新中国成立后创作道路是在“不断偏离和不断校正中”“坚持现实主义的路”前进的。这个结论，不必说也是符合实际的。

对作家创作的研究不但要求对作家作品的全面深刻理解，而且要求研究者有丰厚的中外文学、文化的知识，有鲜明而系统的马克思主义的理论观点和修养。从这方面论，作者有一定的积累，但也不时让人感到有准备不足之憾，因此论作虽有不少章节不乏新见解，而在总体的理论深度上总让人感到存在一些不足和欠缺。

（原载《中国现代文学研究丛刊》1992 年第 4 期）

小议《太平湖》

友人来信嘱为《戏剧评论》写篇关于《太平湖》的文章，我因只看过一次演出和《光明日报》在1986年8月至9月连载的剧本，修改了的第14稿演出本不曾看到，所以仅能写些直感，来反映一个观众的意见。

还在纪念老舍逝世二十周年的1986年8月，报纸就以醒目标题《请你瞩目〈太平湖〉》的报道向读者宣传此剧“引起首都文艺界瞩目”，同时宣布北京人艺接受排演，于是之扮演主角的消息。作为老舍的一个忠实读者和崇拜者，我几乎是天天在盼着它的公演。过了一年又五个月，才终于盼到这一天——难产啊！实在，它的每一个字都浸润和凝聚着苏叔阳及北京人艺同志们的心血！设若乱加挑剔不足，岂不太少人情味，太不懂创作的甘苦吗？

但是，创作中这样的矛盾现象是不乏其例的：作家一挥而就的作品，常常一炮打响，大出作者的意料；而他惨淡经营的作品，反而令人不能颔首。不幸，《太平湖》又提供了一个证明。我一直在想，《太平湖》一定会使我落泪（虽然它又叫《无泪的长歌》），会使我陷入深沉的思索，会在我面前竖起一个我仰慕已久的伟大人民艺术家的雕像，会使我得到艺术陶冶，感受到一个新的艺术创造的激动……但是我失望了。我没有落泪，甚至很少有激动的时刻。我向往中要得到的，似未能得到，那么剧作家想给予观众的东西，恐怕也没有实现。有人说，作为一个纪念性的戏，它完成了任务。我说，即使作为纪念性的戏，高层次的目标也很难说是达到了，因为剧作塑造的老舍形象，与人们心目中的老舍还有距离。老舍的形象立不起来，剧本的任务就很难说完成了。

在散场的时候，我旁边的一位观众说了这样一句话：“可惜了这一台演员！”他说时的语调和神情都很严肃，充满惋惜之情。我也有着同样的感觉，这句话肯定了演员们的才能，惋惜剧本不够成功是符合实际的。显然，如果剧本的框架已把演员说话与活动的天地限定了，即便他有回天的才力与表演技巧，又能如何呢？那么，剧本的毛病究竟出在什么地方？我说不清，但我的直感是有的。

最明显的一个直感是“教育”味太显露。一出好戏，实在应当熔审美、娱乐、认识、教育价值于一炉。单纯的“教育戏”，早已为那些配合中心任务的宣传戏证明不可取了。单纯的娱乐戏因为缺乏思想的内蕴力，也叫人感到没分量。只有让人能在审美感应上，不知不觉感受到认识、思想、情操启迪的，那才是好戏。在中国的话剧中，老舍的《茶馆》，曹禺的《雷雨》《日出》《原野》等都是这样的好戏。在这些戏中，内容与美的艺术形式得到和谐的结合，所以给人的是高层次的艺术享受与思想启迪，不是宣传戏式的看图景人物、听些抑邪扬正的宣传讲话。人物讲自己的话，不是替别人讲话。我以为《太平湖》没通达到这一标准。作家批评的意识似乎过急、过露，所以我们好像还没走进艺术的宫殿，已经在接受着分辨好人与恶人、天堂与地狱的劝诫了。

一切文艺作品都不能不有所劝诫、有所褒扬，但所褒所贬却应当做到是“艺术的”，而不是简单的仅仅借用脸谱式人物的讲演。我觉得，《太平湖》劝诫与对“文革”批判、对老舍的歌颂，都太直，过分急功近利。好人（渔翁、老舍等）坏人（娜浩仁等）实在太易分辨了，这对于20世纪80年代的观众来说是不适合的。剧作的人物安排使人感到在“教育人”。比如老舍，不但他的话经常有“教育味”，那行动，如带领儿子叩地狱的门，转到天堂去看望祥子、王利发们，设意都在指点观众去认识什么，而人们得到的艺术享受呢？——看戏如果总被理智的绳子牵着走，而不能调动观众的感情世界，那能得到理想的效果吗？

记得周恩来谈写戏，说一定得“像个戏”才行。怎样才算“像个戏”？有冲突、有情节可称有戏；没有情节、冲突，只要人物内心丰富，以人物心理活动世界为线索，使人物活起来了，也不能不算有“戏”。《太平湖》显然不是情节冲突丰富的戏，而是以展示老舍的内心世界为主的。所以在台上，我们时常看到老舍只身一人在口中念念有词，诉说着世界，倾诉着个人的郁闷与迷惑。当然，要求老舍的每一段台词都能激动人心或引起人思考是不实际的。但老舍那么多自白，却少有产生上述效果的名言，却不能不使人感到遗憾。

看过莎士比亚《李尔王》后，也许你早把剧情忘了，但那老国王在狂风暴雨黑夜中的呼唤声，却始终不绝于耳。而谁又不为郭沫若的《屈原》一剧中那展示屈原内心世界的《雷电颂》独白所震慑！《太平湖》缺少这样闪光的节段，它在揭示老舍心理世界上失之平淡、缺少进展，好像没能把老舍感情世界湖水的闸门打开，所以不能激起观众情感上的波澜，而演员的感情似乎也被限制住了。这样一来，老舍固有的高尚品格和独有的性格特点，仿佛都是模糊的，剩下的仅是一个忧郁、脚步蹒跚、几近萎缩的老人了。

《太平湖》在手法上是力图创新的，上阕用现实主义方法写活着的老舍及其周围世界；下阕写鬼魂世界，老舍的魂灵带儿子叩地狱门、到天堂访他笔下的人物及过忘忧河，属于浪漫主义，但实际上它是披了浪漫主义外衣的现实主义，它写的仍是现实，不过是借了“鬼”的身份。这也许算是“荒诞”手法？但我看了，并未感到新鲜。鬼魂戏，中外戏剧史上何其多！冤鬼、厉鬼、恶鬼、天神、菩萨、男鬼、女鬼的形象真是数不胜数了。今天再借用“鬼”的形象写戏当然无不可，问题是怎样超越、出新？《太平湖》中设置了一个鬼的世界，连看门的小鬼也披上一身哗啦哗啦作响的鬼衣活动在舞台上，如果算上老舍的魂灵，则满台是“鬼”了，但使人看了，觉得这些“鬼”对于表现老舍的人格与伟大作用并不大，实在只能起一点儿劝善惩恶的浅层次的作用。而戏中却花用了那么大场面和时间，以致使人感到下阕虽然人物世界改换了而“戏”并没向前发展。

还有，上阕王利发们挂牌子上台，下阕又围坐在舞台中央，只有对话和静场而无行动，都使戏显得设意浅露，表现的思想信息的容量不大，热闹有余而深刻不足。

对于娜浩仁，我也觉得他们横行霸道，纯然是一个观念的化身。对这种人的批判，留给子孙们去看，也许使人感兴趣；对于今人来说，仿佛就太简单化了。

总之，我感觉《太平湖》这个戏，没有完成再现老舍伟大形象的任务，再在原有的框架中修补润饰恐怕也很难有较大幅度的提高，它需要重新考虑框架。报载，电影制片厂又打算把《太平湖》搬上银幕，怎么搬法？希望不要被话剧的模子限制住，要立足于这个伟大艺术家的功绩与崇高人格，不要眈眈于“死”的思考。（1988 年 2 月 10 日）

（原载《戏剧评论》（北京）1988 年第 2 期）

1949年以前国内老舍研究的回顾

一

人们对一个作家的注意最初总是由他的作品开始的，初期的所谓作家研究一般都难以脱出对具体作品的分析评介；要脱离开这个框架进入更高层次的研究，应具备必要的时间距离和时代条件及研究者个人的准备。老舍研究当然也不例外，如果说今天的老舍研究已进入一个新阶段，那么20世纪三四十年代的老舍研究还只能算“拓荒”，但令人兴奋的是，在老舍研究的拓荒时期表现了并不寂寞的气氛，收获是随时可见的。从20世纪20年代后期《老张的哲学》问世，到40年代末《四世同堂》第一、二部出版，老舍的每一部（集）作品都在读者、评论家那里激起了反响。其中《离婚》的评论先后有吴联、窘羊、李长之、常风、李影心、赵少侯、尹雪曼、燕子、唐穆、吴伯箫等十余人的文章发表。其次，《猫城记》《牛天赐传》《骆驼祥子》等也有一些有分量的评介文章。

长期以来，人们谈论着马克・吐温、狄更斯、果戈理、谢德林等幽默文学大师的名字，而对老舍这样一个中国现代少有的杰出幽默文学艺术家却表现了不应有的冷淡。其实，老舍的幽默是伴随着他的第一部小说的问世就出了名。人们几乎是一开始接触到他的作品，就感触到了他的这一特色。赵少侯在《论老舍的幽默与写实艺术》[①]一文中专门谈了老舍幽默的产生和特点。他指出，老舍的幽默绝非低级趣味的笑话可比，他的小说“绝非如此的肤浅，他的幽默也不完全靠字句上的安排，他是能找到一些沉痛的故事作书的骨干的”。他以《离婚》为例，认为作者“看出了人生根本具有的幽默。所以他不必在字句上作工夫，全书已尽够

① 赵少侯：《论老舍的幽默与写实艺术》，《大公报》1935年9月30日。

幽默，并且是真正的幽默”，“他的长处乃是善于捉到人类的幽默而老老实实的写下来”。赵少侯从幽默与现实生活的关系上阐述了老舍幽默的产生及其与一般的集纳笑柄、逗笑等浮浅东西的区别，认为老舍的幽默常常是令人“微笑之后，继而悲苦的”。他在比较了《老张的哲学》和《离婚》两部作品后，感到了老舍在运用幽默上的发展和品格的提高。他说，“这笑（指《离婚》）与那笑不同：那是狂笑，这是微笑；那是欢呼的笑，这是噙着泪的苦笑”。这个比较说明，老舍初期的创作虽已显示出幽默特点，但确有失控而滑为笑话之处。

曾对老舍有过较多评论的毕树棠指出：“老舍自开始作小说就好弄幽默”，到写《牛天赐传》时，“玩弄的品级日见提高，便是已得幽默的旨趣”。他认为老舍的“幽默是仁者之心的笑”，“绝不是恶意的”，而是“现着慈善可亲”。[①]林荻认为，老舍的幽默“的确是含着苦。然而过后，便自然地感觉到有点悲伤，那出点真像是一只很锋的刺。这才是真正的幽默，所以与滑稽不同，同时也是严肃的攻击所做不到的”[②]。

幽默，实际上是作家的一种艺术禀赋，是他反映客观现实、对外界事物表态的一种特殊手段和能力。戏剧家凌鹤看到了这一点。他说，幽默是老舍憎恨丑恶现象的表现，但他的“愤恨不是以咒骂来表现而是以幽默的口吻博得哄堂大笑，这可见他的含蓄确实在我们朋辈间任何人之上”[③]。

老舍以幽默见长，他的讽刺也并不在他的幽默之下。本时期的批评家们清楚地看到了这一点。常风在《论老舍〈离婚〉》一文中说，老舍的“幽默的分量远不逮讽刺的。所以我们在他的作品中常遇到的不是幽默的含蓄而是讽刺的夸张……作者因喜用讽刺，所以他的文字愈磨炼，愈尖刻，愈轻快，因而欠缺精澈

① 毕树棠：《〈牛天赐传〉书评》，《宇宙风》1936 年第 27 期。
② 林荻：《评〈蛤藻集〉》，《中国文艺》1940 年 10 月第 3 卷 2 期。
③ 凌鹤：《老舍的风趣及其作品》，《扫荡报》1944 年 4 月 16 日。

的深度”[①]。尹雪曼也从同样的角度谈了他的意见，认为老舍的作品，与其说是“幽默的含蓄，倒不如说是讽刺的夸张”[②]。接近这种观点的还有李长之，他在《〈离婚〉（书评）》一文中用了整整一节文字“论老舍的幽默”。他认为，老舍的幽默是形式的，字面的，不过是为作讽刺用的一种“外衣”。他“对所有不顺眼的事，抑不住哭不得，笑不得的感伤……书味的，抽象的，概念的，郑重而玄虚的字样，都随了讽刺的笑声，一变而为形容的利器了”。

讽刺与幽默也是鲁迅创作的一个特点。李长之还把老舍与鲁迅做比较，认为两人所注意的目标相似，所不同的是表现风格。“鲁迅在尖刻浓烈之中，表现着他强有力的生命力。”比起老舍，“容或鲁迅更看得透彻，深入”；“老舍没有鲁迅那么转折、含蓄，也没有鲁迅那么有力量”，但“也极其敏感”，“更肯仔细”，“同是讽刺，鲁迅是挖苦，而老舍的乃是幽默。鲁迅能热骂，老舍却会俏皮”。[③]

幽默与讽刺在中国文学发展中是有悠久传统的，《儒林外史》在这方面就非常突出。老舍作品的最早评论者朱自清力图为老舍创作的幽默讽刺特点寻找一下文学的历史源头。朱自清非常赞赏鲁迅对《儒林外史》“感而能谐，婉而多讽”的评价，并认为讽刺的作品应“以‘含蓄蕴藉’为贵”，“本于自然的真实，而以精细的观察与微妙的机智为用”。朱自清说，纯粹“不涉游戏的严肃的讽刺，直到近来才有，鲁迅先生的《阿Q正传》可为代表”，而老舍的《老张的哲学》和《赵子曰》两部作品所显示的“讽刺情调”却不好一下归入哪一种。朱自清认为，从个性描写上看，老舍的小说近于《儒林外史》，但“从文笔论，与其说近于《儒林外史》，还不如说近于‘谴责小说’”，因为如写老张之流的可笑，就“太扩张了些”，有些“辞气浮露”。但朱自清又认为这两部小说绝不同于“谴责小说”，“它们不是杂集话柄而是性格的扩大描写。在这一点上，又有些像《阿Q正传》。”

---

① 常风：《论老舍〈离婚〉》，《大公报》1934年6月14日。

② 尹雪曼：《老舍及其〈离婚〉》，《文艺月刊》1936年第9卷1期。

③ 李长之：《〈离婚〉（书评）》，《文学季刊》1934年1月创刊号。

两部作品“都有一个严肃的悲惨的下场”，这“便异于‘谴责小说’而为现代作品了”。[①]

在中国现代文学的研究中，关于幽默文学的选题几乎是没有什么位置的。可以说，幽默，在中国现代很不走运，尤其在20世纪30年代左翼文艺运动高潮时期，幽默曾在一部分人心目中产生过很大误解，正如吴组缃在一篇文章中所说的：“那时看问题容易偏激，总以为幽默是英国绅士醉饱之余的玩意儿，相信鲁迅说的‘把屠夫的凶残化为一笑’的话，认定讽刺好，幽默不合当时国情。”[②]在这种情况下坚持幽默文学的创作实属不易；而批评家敢于肯定作家的这一特长，甚至挺身为其辩护和阐发其幽默风格的精义，也不能不说十分可贵。

二

初期的评论家们从作品实际出发，敏锐地注意到，老舍的作品以他那渗透着浓郁“北京味儿”的北京地方语言，表现北京市民社会生活，成功地塑造普通市民的性格，是在别的作家那里难以找见，也是同辈作家难以匹比的。

现代中国社会处在一个大波大澜的时代。郭沫若、茅盾以及一大批革命作家，善于从大时代的激烈冲突中选择描写的对象，刻画人物性格。而老舍则显然不同。常风在《论老舍〈离婚〉》中说，老舍的人物给读者带来了“一种特殊风味：不是天才的夸张，而是平庸的可爱而可怜的人”[③]。他所刻画的人物，“大多是具有平凡的性格；而这样的刻画，乃是属于成功的一方面”。他们指出，塑造平庸可怜可爱的市民性格是老舍“一贯的创作的法则”。[④]他写“灰色世界中灰色人物的嘴脸”确实“成功”。[⑤]他写北京大杂院居民的生活命运为“中国现代小说中所

① 朱自清：《〈老张的哲学〉与〈赵子曰〉》，《朱自清文集》，开明书店，1953。
② 吴组缃：《老舍幽默文集·序》，载《老舍幽默文集》，湖南人民出版社，1983。
③ 常风：《论老舍〈离婚〉》，《大公报》1934年6月14日。
④ 李影心：《老舍〈离婚〉的评价》，《大公报》1935年8月14日。
⑤ 李长之：《〈猫城记〉（书评）》，《国闻周报》1934年1月第11卷第2期。

罕见”。[①]

老舍对故都北京是充满感情的。当他以既是同情又是哀怨和批评的态度描写着他的人物的命运的时候，常常把关于北京的自然风物、人情世态，特别是节日风情的渲染糅合进去，因此散发出浓郁的“北京味儿”。毕树棠认为《骆驼祥子》这部作品第一个值得肯定的就在于它“写出了北平的真美”，“言语，风俗，习惯，气象，景物，所有色色形形的调子，无论美丑好坏，都是道地北平的”。“故事是北平的背景，自然正合适用北京话，而且是下层社会的土语，有着粗鲁，实在正是写真，也就是巧，美。”[②]

当《四世同堂》第一部刚刚问世，另一位评论家首先肯定的也是“作者对于北平风物描写的精致。作者生于北平，体验便特别深刻”。他还举出小说对于北京市民如何过中秋节的风俗描写为例，指出这种与本地人有着不可分离的血肉关系的风情再现，不但给人以深刻的印象，而且从心底引起人们的思乡之情。这位评论家还指出，小说在沦陷区恶劣的背景上所刻画的处于善恶两端和可善可恶的中间层的一些市民形象都是十分成功的。[③]

老舍的现实主义的特点常常表现为，从大时代冲击圈以外寻找他要刻画的人物，而这种人物又多是生长在旧北京的大杂院或窄狭的小胡同里，被生活的担子压变了形，或者悲惨地死去。一位署名爽齐的评论者曾援引美国驻中国大使馆新闻处总编辑华思对《骆驼祥子》的评价，指明了老舍的现实主义这一特点。他说：“故事产生在北平，老舍用妙笔写出北平的美与丑，北平的污浊与活力，北平的颜色与味道。‘他不单把普通中国人民表现得真实而且平易可解’，于是‘在朴素风格中，一个好人的形象，不朽的雕型出来了，一个伟大的民族和一个伟大城市的心灵被描绘出来了，一个阶级的悲剧忍受长期痛苦的勇敢，被表现出来了，

① 毕树棠：《读〈骆驼祥子〉》，《宇宙风》1939 年第 5 期。
② 毕树棠：《读〈骆驼祥子〉》，《宇宙风》1939 年第 5 期。
③ 堵述初：《读〈四世同堂〉》，《人民世纪》1946 年 4 月第 6 期。

一个动荡变乱的国家的狼狈之状，也被具体而细微地表现出来了’。这不是一个不正视现实的人所可能描绘出来的。”①

三

借着自己的社会经验，写出“反帝反封建的意思来”，通过倾诉“心中自幼儿积累下的委屈，反抗那压迫人的个人或国家”，这是老舍创作的出发点，也可以说是他在新中国成立前完成的作品的总主题。反帝，是他的民族感情和爱国主义的表现；反封建体现了他的民主思想。茅盾在纪念老舍创作二十周年时回忆他初读《赵子曰》时的感想说：“在老舍先生的嬉笑唾骂的笔墨后面，我感得了他对于生活的态度的严肃，他的正义感和温暖的心，以及对于祖国的挚爱和热望。”“对于老舍先生的这一认识在读到他的又一部长篇小说《二马》的时候，便觉得更清楚了。”② 李长之在读了《猫城记》后说：“我们一向看老舍的小说，便见他是很有国家思想的。所以在灰色的国里，不错是荒凉，但他爱着。在别的创作里，他没有明显地说明过，现在他把他的国家观念和爱国主义，给我们以清楚的轮廓了……他的爱国情绪，惹起我们的同情，明明在猫国里，他还幻想，或者说他还渴望一个不是猫国的国。”③

到抗战时期，老舍的爱国思想得到了升华。他作品中的爱国主义主题更加鲜明突出。凡评论老舍这期间的创作的人，无一不对老舍的爱国情操加以赞扬。老舍的第一个剧作《残雾》对于抗战中大后方的一些黑暗现象和人物做了有力鞭策。评论家们在该剧公演后便指出，从这个讽刺趣剧所写的一群可笑人物中，“我们却看出了一种严肃的事实，这就是：社会病态的存在，以及人类的残渣、废料、秽物，自觉或不自觉地散布在时代进步的当路在阻止社会前进，自觉或不自觉地

① 爽齐：《从〈骆驼祥子〉到〈四世同堂〉》，《大公报》1945 年 9 月 16 日。
② 茅盾：《光辉工作二十年的老舍先生》，《新华日报》1944 年 4 月 17 日。
③ 李长之：《〈猫城记〉（书评）》，《国闻周报》1934 年 1 月第 11 卷第 2 期。

危害着抗战的利益，甚或忽视和模糊了民族生存的前途！”[①]李长之在推荐小说集《贫血集》时指出，其中五篇作品都有益于抗战，它是对那个抗战现实的后方社会“可贵的病理上的解剖刀！”[②]

老舍不仅是一位热烈赤诚的爱国者，而且是一位出身庶民又始终站在普通劳动人民一边为他们倾诉衷肠的作家。旧社会压迫人、作践人，把人民置于禽兽不如的地位上，这不能不激起这位具有人道主义精神的作家对旧制度的极端愤慨。他的《骆驼祥子》《月牙儿》等作品都集中抨击了那个罪恶的旧世界。司徒珂在评《骆驼祥子》时指出：“与其说《骆驼祥子》是祥子一生的历史，不如说是影响祥子生活，左右祥子幸与不幸的社会的一个写照。”他还指出：“文学在人生上的伟大价值，就是因为它能赤裸裸地反映着现实的黑暗，痛苦与残酷。而且作者能热情地替万千个痛苦的人呐喊出不平的呼声，向万恶的，黑暗的势力予以痛击，现实就在这种挣扎兴奋的现象中不断地改进。”他认为《骆驼祥子》正是具有这种热情与价值的一部作品。[③]李影心说：“表现了对现行婚姻制度抨击的《离婚》，同时亦尽量地讽刺了现行的社会制度。”即如《猫城记》这部有分歧意见的作品，批评家们在肯定其对社会现实批判的主导倾向上，意见几乎完全一致，认为它是对一个将近没落的社会的深刻写照，是“藉了这想象中的猫国把我们中国现代社会挖苦得痛快淋漓，而作者始终保持一种冷肃的态度”[④]。短篇小说也不例外，以《樱海集》出版为标志，老舍在认识生活和对社会的批判能力与表现手段上都有了不小的进展。评论家看出了这一发展并及时指出，老舍在这部新作展示给我们的，还是这个社会里的各种色相和表现这些色相的现实生活中各角落里的人。

---

① 戈茅：《关于〈残雾〉》，《新华日报》1939 年 11 月 23 日。

② 李长之：《〈贫血集〉（书评）》，《时与潮文艺》1944 年 6 月 15 日第 3 卷 3 期。

③ 司徒珂：《评〈骆驼祥子〉》，《中国文艺》1940 年 2 月第 1 卷 6 期。

④ 谐庭：《〈猫城记〉（书评）》，《益世报》1933 年 9 月 23 日。

四

20 世纪五六十乃至 70 年代，老舍未能获得他应有的评价。我们习惯于以今天的高度去要求和衡量前人的创作，离开美学的和历史的批评，把一些作家从他应占的历史的位置上推开。老舍就受过这样不公平的待遇而委屈了多年。其实，在 40 年代，许多有眼光的批评家，从老舍最初二十年所提供的作品，就做过颇有分量而接近史实的评价，这种评价是在跨过了 50、60、70 年代，而在 80 年代才又被我们所承认。

郭沫若、邵力子等 29 人联名发表的《老舍先生创作生活二十年纪念缘起》中写道："中国新文艺的基础渐见奠定了，老舍便是我们新文艺的一座丰碑。先生的创作生活事实上是与中国新文艺同时发轫，也将与中国新文艺日益堂皇永垂不朽。先生在我们新文艺上划出了一个时代，他肥沃了我们的园地，丰饶了我们的收获。无论在小说、诗歌、戏剧、散文各方面，他都表现了特有的成绩，更诱发了我们的新军。"[①] 与此同时，党在国统区的机关报《新华日报》发表的专文《作家的生命——贺老舍先生创作生活二十年》中说，老舍先生"二十年来的工作对中国新文艺的发展的确是有他的独特的贡献的"。郭沫若曾用"笔摇五岳""文章入冠""文章一代宗"等词语高度赞扬老舍的成就。梅林认为，老舍"在中国整个新文学创作活动历程上，与其他有成绩的前辈作家一样，他是一个先进，一个老战士"[②]。胡风曾说，如果新文学的创作里没有《骆驼祥子》这样的作品，那就会降低了质量。[③] 秀沅则以为，像老舍的作品"这样生动，这样雅俗共赏，这样深入浅出，这样既普及又有艺术性的，二十年来还只有老舍先生一人"[④]。何容从语言发展的角度评价了老舍。他认为一个国家民族语言的成熟有赖于卓越的文学

---

① 郭沫若、邵力子等:《老舍先生创作生活二十年纪念缘起》,《新蜀报》1944 年 4 月 17 日。

② 梅林：《老舍先生二三事》，《华西日报》1944 年 5 月 17 日。

③ 胡风：《祝老舍先生创作二十年》，《新华日报》1944 年 4 月 17 日。

④ 秀沅：《老舍先生创作二十年》，《新蜀报》1944 年 4 月 13 日。

艺术家的实践，“中国语言的成熟有赖于施耐庵、曹雪芹、罗贯中、老残……诸人，如果不避嫌，我们可以说老舍也是其中之一”[①]。

以上评论，都是只就他前二十年的创作做出的。如果再加上他后二十年的创作，从《四世同堂》《鼓书艺人》，到《龙须沟》《茶馆》《正红旗下》等一大批传世之作，老舍为中国新文艺所提供的大量的名篇佳作，是理应得到更高的评价的。

文章同作者其人总是连在一起的。当评论家们认真研读他的作品时，同时也在注意这位作家。这时期的评论家不但从老舍的作品里看到一个爱国主义者和一个反封建愚昧的民主战士的形象，而且从其性格素质上赞美了老舍的崇高人格和坚韧的老牛般的毅力。阳翰笙指出，老舍很自谦地自比成一个“老牛”，可他拖着的“破车”里，“却为我们以及比我们还要年青的一代，满载着丰富的精神上的养料”，他“总跟中国人民站在一起”，“始终是热爱着中国人民的”。[②]以群称赞：“他的艺术创作，始终是为社会服务，如果为着时代的需要，他是不惜牺牲自己的偏好的。”[③]老舍的“坦白真诚的性格”——“对于生活的认真，对于朋友的挚爱，对于事业的公正，对于国家的忠贞”[④]，更获得了人们的一致赞扬。胡风认为，老舍为人的一个重要特点是“很真”，“但他的‘真”’不是憨直，不是忘形，而是被复杂的枝叶所衬托着的果子。[⑤]潘孑农称赞他“急公好义，团结的事情他最肯卖力气”[⑥]。任钧赞美他具有中国作家的“一股傻劲，或被称作‘韧性的战斗’的精神！”[⑦]柳倩、秀沅等无不极力赞扬老舍在新文学园地里坚持不懈、

① 何容：《语言的创造者》，《抗战文艺》1944 年 9 月。
② 阳翰笙：《一封向老舍先生致贺的信》，《新蜀报》1944 年 4 月 17 日。
③ 以群：《我所知道的老舍先生》，《华西日报》1944 年 4 月 17 日。
④ 郭沫若、邵力子等：《老舍先生创作生活二十年纪念缘起》，《新蜀报》1944 年 4 月 17 日。
⑤ 胡风：《祝老舍先生创作二十年》，《新华日报》1944 年 4 月 17 日。
⑥ 潘孑农：《老舍之歌》，《扫荡报》1944 年 4 月 22 日。
⑦ 任钧：《我的祝词》，《扫荡报》1944 年 4 月 17 日。

矢志耕耘的创作精神，认为“他所注意的是文艺界的整个问题”，他“以他的敏锐的观察力，以他的机智，以他的正义感，以他的文人的骨气，以他的清高的作风，支持着他的精神的活动”。[①]是的，一种伟大的精神，对国家、对人民热爱和负责的精神，支持着老舍从事伟大事业。他用毕生的血汗浇灌出的丰硕之果理应得到高度评价。

五

文学作品是一种复杂的精神现象，即它本身既是一个一般的历史的存在，又有着自身的独特性质。它要求批评家的是不但阐明作品所表现的积极意义，也要指出其存在的局限乃至错误，以为后人鉴。20世纪三四十年代的老舍研究家，虽然囿于时代和自身条件的限制，还不能全面地完成这个任务，但当他们审视自己的研究对象时，还是提出了老舍创作中的一些令人思考、值得讨论的问题。这主要表现在关于具有理想色彩的人物和“革命者”形象的塑造问题上。在老舍创造的庞大人物形象系列中，大致包括如下三组人物：一是善良、本分、平庸、命运遭受着旧社会摆布的中下层市民群，如洋车夫、娼妓、艺人、拳师、低等巡警、小商贩等，这是艺术成就最高、最能代表老舍风格的一组形象。二是市井流氓、恶棍、汉奸特务、小官吏等，从老张（《老张的哲学》）、小赵（《离婚》）到刘四（《骆驼祥子》）、大赤包和蓝东阳等都属于这一类。作为被压迫的一群人的对立面形象，这组人物也是成功的，给人留下了难忘的印象。三是一些爱国者、带理想色彩的人物及“革命者”形象。这是在作者笔下最少光泽的人物，或者说是老舍塑造人物的一个薄弱环节。这个弱点的所以产生，不是作家艺术功力不够，而是由老舍本人的思想认识和生活实践方面的不足造成的。

最早指出老舍所写“理想”人物思想浅薄的是朱自清。他在1929年初就说，作为《赵子曰》中一个“没有什么缺点”的“唯一的英雄”李景纯表现了“作者

① 柳倩、秀沅：《光辉的二十年》《老舍先生创作二十年》，《华西日报》1944年4月17日。

的理想的光辉”。“可是书中人物的思想都是很浅薄的；《老张的哲学》里不用说，便是李景纯，那学哲学的，也不过如此。大约有深一些的思想的人，也插不进这两部书里去吧？”[①] 朱自清并未做详尽的论述，但对老舍作为理想化身的人物塑造的思想局限看得是准确的。几乎是同一个模子的人物在《二马》中又出现了一个李子荣，他有实干精神，但缺少更高的信仰，思想行为里渗透着老舍式的改良思想和狭隘的市民意识的成分。这个弱点在《四世同堂》中祁瑞全身上也有明显的流露。

在对于所谓“革命者”性格刻画和对进步思潮的描写上，就更明显地表现出老舍思想认识的局限。他的不深入的观察和轻信一些谬误的社会舆论，使他对真正代表未来的进步力量的认识不准确，产生了与作家愿望相反的效果，因此受到批评家较为严厉的批评。

赵少侯评论《离婚》时就指出，那位因信仰马克司（思）而更名马克同的“革命者”就写得“过火”“浮浅”，“对母亲称‘妈同志’，听着似乎差点劲儿”。[②] 赵文虽没有从老舍对革命态度的高度上提出批评，却感到作品描写失当，既悖于生活真实，又在情节处理上多余。（即作者调马克同回家不过是为打破老李的桃色梦，既然他已和马少奶奶同寝，老李的诗意已被击碎，就不必再去写他的狂妄了。）

《猫城记》招致批评最多的也是关于革命情势和代表革命力量的形象的描写。李长之指出，老舍缺少一种“从中国各种的腐烂根里，建起新的生机”的“信念”。[③] 王淑明更直接批评《猫城记》不仅把“猫人”讽刺得过分，“认不清民众的力量”，而且作品“一味将它涂满了悲观的色调”，令人不能看到在黑暗的一

① 朱自清：《〈老张的哲学〉与〈赵子曰〉》《朱自清文集》，开明书店，1953。
② 赵少侯：《论老舍的幽默和现实主义》，《大公报》1935 年 9 月 30 日。
③ 李长之：《〈猫城记〉（书评）》，《国闻周报》1934 年第 11 卷第 2 期。

面后边“也别有其新生的一面”。[1] 对于这一问题的批评更坦率直接也更严厉的是1948年许杰写的长文《论〈骆驼祥子〉》，[2] 他批评这部作品叫人“看不见中国社会的一线光明和出路”“中国的新生运动的潜力，仅是被漠视被歪曲了”。

此外，许杰的文章还对祥子性格的塑造提出过较为严重的质疑。他认为《骆驼祥子》未能有力地揭示出祥子最后走上毁灭道路的原因，相反倒存在着作者“一定要祥子走上他所预定的路”的主观安排。许杰认为作者把性生活“几乎提高到成为祥子这个个人主义者之所以走上堕落之路的决定因素”了。

对一个作家、一部作品，人们往往从各个角度和方面去接近它，因此赞扬的同时，也时常提出这样那样的问题。时间会垫高人们对问题的理解和认识，一旦天窗大开，人们不约而同地充分理解了这一切，作家或作品在人们的心目中反而更受尊重和更被重视了。伟大的人民艺术家老舍和他的创作便为我们提供了这样一个范例。

从上面关于新中国成立前国内老舍研究情况的回顾中可以看出，这时期关于老舍的评论虽然未能脱离单部作品的较为孤立和封闭型的评论框子，但评论家们对老舍创作的成就、特点和一些问题还是较为准确地把握到，并做了一定论述的。他们开辟性的工作为后人对老舍的研究打下了良好基础。显然，所提出的问题，包括成就和特点，都还没有得到充分、系统地阐发论述，比如把老舍的创作，结合他的生活思想变化，置于时代的背景上加以综合分析研究，对其全人及作品做较全面考察，就还没来得及做。进入新时期以来，从宏观的综合研究，到微观的条分缕析，均已取得突破性的成果。我们相信，老舍研究必将有新的更大进展。

---

① 王淑明：《〈猫城记〉（书评）》，《现代》1934年1月1日第4卷第3期。

② 许杰：《论〈骆驼祥子〉》，《文艺新辑》1948年10月第1辑。

老舍研究在日本和南洋

一代文学巨子老舍，以他丰富而高品位的文学创作在中国和世界文化史上写下光辉的一页。他拥有最广大的中国读者，也赢得了大批外国读者和研究他的专家的爱心。在中国，自从1926年老舍在《小说月报》上连载他的第一部长篇小说《老张的哲学》开始，“老舍研究”也就同时起步了。至20世纪30年代，随着老舍创作的成熟期的到来，以评论《猫城记》《离婚》为中心，形成了老舍研究的第一个高潮。今天，它的发展速度和已取得的成绩表明：老舍研究已走向自觉阶段，中国已经建立起独立的“老舍学”。[①] 在国外呢，老舍研究（包括翻译、介绍和解读、研究）的开始自然滞后于中国。大体情况是，从20世纪30年代开始有人注意到老舍这个名字；40年代老舍的某些作品开始较多被翻译成外文传播；50年代到70年代，老舍的名字已响遍全世界，就认识老舍的价值和研究专著成果方面，甚至外国人走到了中国人的前面；[②] 从70年代末到80年代初开始，伴随着国内“老舍热”的兴起，国外对老舍的关注和研究投入也进一步加强。国际、国内老舍研究两股潮流相应和、相交流、相激励，形成一个国际性的老舍研究的洪

---

① 国内“老舍研究”之研究的论作有：宋永毅：《进入多维视野的老舍研究——近年来老舍研究述评》（《文学评论》1985年第1期）。曾广灿：《解放前国内老舍研究的回顾》（《齐鲁学刊》1987年第1期）。曾广灿：《老舍研究纵览》（天津古籍出版社1987年版）。宋永毅：《老舍与中国文化观念》第八章（学林出版社1988年版）。史承钧、宋永毅：《老舍研究的历史回顾（1928—1976）》（《中国现代文学研究丛刊》1988年第4期）。吴小美等：《开创“老舍世界”诠释与研究的新局面》（《中国现代文学研究丛刊》1995年第2期）。

② 在中国大陆没有一部老舍研究专著时，国外已出版有：〔捷〕斯乌普斯基：《一位现代中国作家的历程——老舍小说分析》（英文版，1966年）。〔苏联〕A·安琪波夫斯基：《老舍的早期创作：主题·形象·题材》（俄文版，1967年）。〔印度〕兰比尔·沃勒：《老舍与中国革命》（英文版，1974年）。

峰期，老舍研究成为世界汉学界的一个十分突出的内容和耀眼的亮点。

正像一切文学创作都无法不带有民族性、区域性、社会性和文化背景的影响一样，文学研究的时代意识、政治烙印和文化风俗传统的浸润是更为鲜明的。因此，我们放眼世界的老舍研究，在认识基本相同点的同时，也十分明显感到由于民族、地区、社会政治及文化背景的不同，在研究倾向、方式方法、视点视角及解读认感和思维模式等方面的差异。老舍属于中国，也属于世界。老舍研究也已经是世界性的，[①] 这里仅仅就个人所见材料，对日本和南洋——主要是新加坡的老舍研究略做综述。

一、日本：世界老舍研究大国

出于对自己国家的热爱和对军国主义的仇恨，老舍在他的创作中曾经以饱带感情的词句和大量篇幅抨击了日本军国主义的侵略罪行。除了 1965 年老舍奉命带领一个作家代表团出访过日本外，他似乎很少在其他文字中说过这个国家的好话。也许正是老舍的这种带“固执性”的感情起作用，日本的读者和学者对老舍却产生一种分外的兴趣和特殊感情。我曾经试着当面向一位日本汉学家提问：“日本人研究鲁迅的很多，很好理解，因为鲁迅曾留学日本，那里有他的师友、同学，鲁迅还有些文章发表在日本杂志上；而老舍的创作中，从长篇小说、短篇小说到剧本、诗歌、通俗作品、散文、杂谈等有大量是抨击日本侵略者的，日本学者为什么还那么倾心老舍？”她平静地回答：“爱国感情是相通的，要是我们处

① 请参阅这方面综述文章：舒济：《国外翻译和研究老舍文学作品概况》（见《老舍研究论文集》山东人民出版社 1983 年版）。曾广灿：《老舍研究纵览》第五章。宋水教：《老舍与中国文化观念》（学林出版社 1988 年版）第九章及“附录”部分。孙立川、王洪顺编《日本研究中国现当代文学论著索引（1919—1989）》（北京大学出版社 1991 年版）中老舍部分。高息：《老舍研究在前苏联》（《北京文学》1994 年第 8 期）。王润华：《老舍研究的新起点——从首届国际老舍研讨会谈起》（《书目季刊》1992 年 12 月第 26 卷第 3 期）。舒乙：《国际老舍学术讨论会漫记》（《香港文学》1993 年 2 月号）。

在老舍的位置我们也会那么做的。”这就是说，日本人民及学者超越军国主义制造的民族隔阂，而与老舍站到相同的立场上。确实，日本汉学家说，在日本，中国现代作家中，除了鲁迅，就是老舍最受重视，研究也最多。这话并不带水分，只要稍加梳理，把日本的老舍研究与其他国家老舍研究相比照，会立刻发现，日本的老舍研究占据着一连串“第一”。

日本翻译老舍作品最早、量最大。1939 年老舍的短篇小说《大悲寺外》被译成日文，第二年《小坡的生日》又被译成日文。到现在，老舍的绝大部分小说及大部分剧作及其他一些作品都有日文版本。其中最系统的是 1981 年到 1983 年由学研社出版的《老舍小说全集》（共 10 卷），这在世界上（包括中国）也是首家。而像《骆驼祥子》的日文版本达十种以上，这也是世界翻译史上罕见的。

日本研究老舍文章著作之多，除中国外没有任何国家可比。据日下恒夫、仓桥幸彦编《日本出版老舍研究文献目录》（1984 年）、《近十年来日本老舍研究简介》（1992 年）所提供的资料，加上近四年的有关资料，日本老舍研究论文、词条、小传、年表、访谈文章等，总数不下四百篇之多。这个数字远远大于除中国之外的世界各国评论老舍的文章的总和；比 1980 年前中国各类老舍研究文章的总数也相差无几。日本有不同作者的十种以上的老舍年谱出版这也是世界各国所没有的。而被学者们盛赞为老舍研究的“百科全书”（新加坡王润华教授、日本伊藤敬一教授等皆有此语）式的长达 702 页的大著《老舍事典》（中山时子主编，大修馆 1988 年版），在世界上也是独家所有。柴垣芳太郎先生编著的作为老舍全部著作目录提要一部分出版的《老舍与日中战争》（东方书店 1995 年版）也是一部资料翔实、独具特色和价值的著作。

1984 年 3 月，日本在名古屋宣布成立了世界上第一个全国性老舍研究机构——全日本老舍研究会（中国老舍研究会成立于 1984 年 4 月）。老一辈汉学家柴垣芳太郎被推举为第一任代表委员。以这一机构为核心，他们组建起包括老、中、青几代学人在内的老舍研究队伍，初建即达一百余人。从成立起，该组织每年有一次全国性的老舍研讨会，并出版有《老舍研究会会报》作为交流成果和通报信息的阵地。多年来，他们还以这一组织为中心，以老舍研修团、老舍爱好者访华团、老舍之旅等名称组团到中国搜集材料，参加学术会议等，先后达七八次之多。以研修一个作家的名义有如此举动，这在中外文化史上实在难找到第二家。日本老舍研究者不但遍访了老舍生活和工作过的地方，而且还专门沿着祥子拉洋车走过的大街小巷走过一趟。创作需要体验，研究是否也得找找感觉？日本学者在这样试验着。

从时序上看，日本重视研究老舍的历史也是比中国以外的国家长而更富有光彩的。综观起来，日本关注老舍有两个时段最突出：一次是20世纪50年代前半期，从1951年铃木择郎翻译《四世同堂》，到1955年前后《老张的哲学》《离婚》《龙须沟》等一大批小说、戏剧作品被译成日文出版，形成一股小小的“老舍热”。究其原因，一方面因为老舍沐浴在新中国的阳光雨露中，政治生命和创作生命都空前活跃，其人其创作代表着一个时代，无疑他是外国人窥见中国的适宜窗口；日本此时刚从战争污泥中拔出腿来，处在意识反省和经济极度破坏后的恢复时期，人们的贫困生活和思想苦闷与老舍所描写的底层人民的苦难遭遇和《四世同堂》对日本军国主义的抨击多有契合，读起来自然较适宜他们的口味；而老舍自身的不舍追求精神和如祥子的拼命为生存顽强拉车的精神无疑对他们也是一种吸引和精神支撑力量。另一次，也是日本真正的“老舍热”，是在80年代随着中日关系正常化后出现的。长期的积累和新的时代眼光，使日本学者在一个新的层面上认识了老舍的贡献和不容忽视的价值，因此他们的投入和做出的成绩无不令世界学人刮目相看。诚如王润华教授所指出的那样：“日本学人以一大群人来分工合作，精细地研究一个作家，这种以合资来搞企业的精神与管理方式来研究一个中国作家，实在给世界各国的学者带来很大的威胁。”王教授这里用了“威胁”一词实在不是贬义，相反倒是带着很大程度的夸赞和推崇。[①]因为的确，日本学人新时期以来的老舍研究举措、投入和成就令世人瞩目和佩服。

我曾经在拙著《老舍研究纵览》一书中肯定了日本老舍研究的成绩后说，“在日本还缺少更有分量的、能引起人们瞩目的老舍研究的专著”，这话是1986年写的，早该收回了。一者，专著固然是研究成就的重要标志，但有分量、有深度的论文其价值决不在平庸的专著之下，像藤井荣三郎论《牛天赐传》的论文，伊藤敬一解析《微神》的论文，杉本达夫关于“文协”和老舍与抗战的系列论文，杉野元子比较老舍与夏目漱石及老舍作品描写学潮的论文，日下恒夫论析老舍与圣经文学的论文等[②]，都是曾在研究界引起反响的很有特色的论作。因此，简单地以有没有专著做研究深浅衡量的尺度是不确当的，我那句话之后日本推出的几部著作，也足足宣布了那句话的“过时”。

《老舍事典》是中外老舍研究史上的一个创举，“简直就是一部有关老舍及其著作的百科全书”（王润华语）。它不但是一册外国人认识和学习老舍的工具书，而且对世界乃至中国人认识和学习中国文化传统、民俗风情，特别是了解北京人

---

① 见王润华《老舍研究的新起点》一文的第二部分末段。

② 伊藤敬一：《老舍的〈微神〉小论》，载《中国季刊》1986年第4期，译载中国《民族文学研究》1986年第4期。藤井荣三郎：《论从〈牛天赐传〉到〈骆驼祥子〉》，载1974年《八矢教授、小川教授退休纪念中国文学语学论集》。杉本达夫：《文协的财政与老舍》，载早稻田大学出版《中国文学研究》1985年12月第11期；《文协的分会》，载《中国文学研究》1986年第12期；《老舍的西北之行》，载1992年东方书店版《相浦果先生纪念中国文学论集》；《老舍的有声的呐喊与无声的呐喊》，载1993年早稻田大学版《文学研究纪要（38）·文学艺术编》，译载《中国现代文学研究丛刊》1993年第2期。杉野元子关于夏目漱石与老舍比较论的文章，载1989年《艺术研究》第55号、1991年日本比较文学会编《视角的比较文化——美·毁灭·异乡》；《老舍与学校风潮——以〈赵子曰〉为中心》，载《日本中国学会报》1991年第43集。日下恒夫：《老舍的〈猫城记〉与〈圣经〉》，载《关西大学中国文学纪要》1985年第9号，后经充实中文题为《老舍与西洋文化——从〈猫城记〉谈起》，载《复旦学报》1986年第6期。

的方方面面都会有很大帮助，它提供了诸多方面丰富的认知材料。主编中山时子是一位资深的汉学家，一位在日本御茶之水女子大学等校执教几十年、桃李满天下的知名教授。为完成此书她倾八年时光与心血，动员了包括日本与中国老舍研究者在内的近百人队伍，终于玉成了这一工程。

《老舍事典》分前后两编。前编内容主要解释老舍著作中涉及的北京街道、胡同、公园、河湖、古迹、交通、动植物和北京自清朝到当代各阶层人的职务、生活、社会、经济、风俗、宗教、教育等方面的知识。后编则主要是老舍传略、年表、家居生活、著作翻译情况、著作中方言土语诠释等。而在这两编的前面附有彩印 101 家旧北京各类店铺的“幌子”——招牌和七十二种京剧脸谱及老舍爱吃的点心与小吃的 32 幅照片。《老舍事典》末尾附有参考文献目录及条目索引和参加执笔者的名单。总之，《老舍事典》正如老舍夫人胡絜青在该书序中所说，它具有几大特点：第一，具有开创意义，这是世界上第一本关于老舍的事典；第二，《老舍事典》涉及范围广、内容丰富，不但包括文学、语言，而且包括大量的历史、地理、气候、祭祀、服饰、戏曲、宗教、食品、房舍、风俗习惯、交通、古迹、官职、生活用物等，是一本名副其实的“老舍百科大全”；第三，《老舍事典》吸收了当代世界老舍研究的最新成果，具有相当的学术价值，特别在资料和方法上可提供给人不少参考和借鉴；第四，本事典最具有实用价值，特别对于外国人及初识老舍者更具有指导意义和工具书价值。

《老舍与日中战争》是一本功夫、资料书。编著者柴垣芳太郎也是一位长年执教于大学的元老派汉学家。他在 20 世纪 50 年代初就有《老舍年谱》问世，80 年代后更醉心于老舍研究，被人称为日本的“老舍迷”，先后出版有《中国语基本语汇》《老舍著作年表》《老舍著作题名索引》《老舍著作题解》及一些评价老舍的单篇文章。日本老舍研究会的成立与发展，柴垣芳太郎功不可没，他因此被推为第一任会长，曾与中山时子一起多次率团访问中国。他个人更为搜求老舍资料倾尽心血，单是为编制《老舍著作题解》就枳累老舍著作原稿复印、手抄稿达千件，码在一起足有一米多高，因为他的“提要”要从原文出发，不借用第二手材料，这种严谨治学态度实在是令人钦佩。《老舍与日中战争》一书仅是他编制的老舍全部作品题解的一部分——抗战时期部分。编制方法是按年分章，每年一章，战时共九章；从1946年到1949年部分列为第十章。每篇作品分别列原文题目，发表年月、报刊及字数，体裁，文章内容梗概。每一章前有关于老舍在这一年中的主要活动情况及背景综述。因此，这部书实际上可作为老舍在抗战时期的传略或年表来读的，杉本达夫称之为“是一种以编年体著作目录为基础的老舍传”（1996年8月11日致笔者信），至为恰当。书前胡絜青和舒乙联名作序，给予柴垣芳太郎和是书以热情赞扬和高度评价。更令人感动的是柴垣芳太郎以古稀之年一直拖着长年慢性哮喘的身体来坚持他的研究的。正在我们期待他的全部《题解》工程完成有日时，天不假年，先生不幸于1996年7月4日辞世。“他本来准备接着写《老舍在新中国》，可是病魔到底不让他实现夙愿，真是可惜。”（杉本达夫致笔者信）

1995年，日本老舍研究界还有一本新颖著作问世，这就是由同学社出版的牛岛德次的《老舍〈骆驼祥子〉注释》本。牛岛德次也是日本元老派的汉学家，此书出版诚如杉本达夫给笔者信中所说，“这是牛岛德次几十年来爱读《骆驼祥子》、研究北京词汇而结出的硕果”。此书就《骆驼祥子》中的许多方言词汇加以注释，大大有利于日本读者正确深入理解这部名作。

日本老舍研究界还有一连串的名字值得介绍，如日本老舍研究会第二任会长、京都产业大学教授藤井荣三郎，少壮派的研究家、关西大学教授日下恒夫和他的学生、大阪产业大学教授仓桥幸彦，早稻田大学教授、在1996年举行的日本老舍研究会年会上被推举为学会第三任会长的杉本达夫和他的学生杉野元子，还有伊藤敬一、平松圭子、高桥由利子，等等，限于篇幅，在此只能从略了。

综观日本学者对老舍的研究，我们认为至少有如下特点值得重视：

一是虚少实多，注重名物训诂及实事考据，即朴学的功夫令人赞叹。事实材料的占有是研究的基础，日本学者为发掘、整理、考证研究的第一手材料，不惜时间精力和金钱遍访老舍生活和工作过的地方，查询、访问与老舍有关的人和事。为此他们走遍老舍在中国、新加坡及英国工作过的地方，每到一处都拍照、绘图及搜集所能搜集的有关材料。中山时子编著《老舍事典》，柴垣芳太郎搜求老舍所有文章的原发表文本，日下恒夫在上海的古旧书店里发现老舍在英国时期灌制录音的英文版本《言语声片》，杉本达夫关于老舍与“文协”及有关“文协”的成立、分会、财务等资料占有及高桥由利子对老舍赴英提供过帮助的两个英国神职人员艾温士（伊文斯）及利斯的考证等，都是这种功夫的见证，仅凭主观的推演或空托宏论的所谓研究是为大多数日本学者所不取的。他们所做的看起来有时显得琐碎，其实是表现了一种方法、一种态度、一种追求和精神，许多卓尔不群的新观点、新发现正是从这种功夫中产生出来的。

二是注重对作品的解读。日本老舍研究有一个很好的传统，即坚持老舍作品的研讨。他们有定期研讨会，时常预定读某篇作品，由一人主发言，大家参加讨论。由于研讨之细，也便有新见解不断出现。例如伊藤敬一论《微神》，对其中每一段的理解，每一种颜色、形象的象征意义都有新颖独到的看法。日下恒夫因为读《我这一辈子》细致，他能发现我们中国出版的一本现代文学史中引述这篇小说中的句子和复述情节有误而得出的不恰当结论。他读《正红旗下》，坚持说“正”应读一声，而不该读四声，因为他为研究老舍专门学习研究过满语，又注意研究过满族旗人的编制制度。小林康则就曾亲自告诉过我，他们每月一次读老舍作品会，就曾一段一段分析过《蜕》这部仅写了九万字的未完长篇。而日本能有十种以上《骆驼祥子》的不同译本，也完全因为他们在熟读该书时，发现一种一种版本都未能尽合原著有关。至今日本研读老舍的论文除了事实考订、一般介绍外，最多最有分量的是那些解读作品和论析语言的文章，这是一个值得肯定的传统。大而无当的论文在日本几乎没有，日本一位学者曾亲自对我说到对我国一本权威的文学研究杂志的文章他不感兴趣，他说那上面的文章埋论有的太玄虚，让人摸不着头脑。

三是在研究方法和视角方面，日本学者虽偏重考据功夫，但仍是多样化齐头并进、不拘一格的；虽较多注意微观，但宏观研究也时有新论，从比较学、心理学、结构学、宗教学、地理学、民俗学、语言学、修辞学，及至社会学等角度研究老舍，都有相当收获。比较学方面如杉野元子的博士课论文《夏目漱石与老舍——以两位文学家的英国体验为中心》就是一篇有特色有力度的论作。她把两位跨国界的作家并列一起，共同置于英国文化的背景上加以论述，并深入讨论了《我是猫》和《猫城记》两部作品内涵，不论是同点、异点都让人感到新颖、富有个性特色。她的另一篇被中国学者称之为“爆了一个大冷门”（舒乙语）的论文《老舍与学校风潮——以〈赵子曰〉为中心》，除以翔实资料考察了老舍小说与现实学潮的紧密关联外，也从比较角度论析了赵子曰与阿Q间的因缘。在1996年7月日本老舍研究会年会上，她又从老舍与萧乾二作家都与基督教有过深刻渊源做了题为《老舍与萧乾》的发言，也颇得好评。从宗教学角度研究老舍在20世纪80年代初就有高桥由利子、渡边安代两女士的论作。1996年7月，在日本老舍研究会学术会上，几位日本学者发言又不约而同地将论点集中在老舍与基督教话题上。[①] 此外，从语言学、修辞学、民族学方面研究老舍的成绩也十分突出。

总之，日本是名副其实的世界老舍研究大国，其成果及声势堪称“世界之冠”（王润华语），其研究队伍以少壮实力派为中坚，元老派组织和带领后来者，阵势十分可观。他们一代又一代的学人钟情于老舍的原因何在呢？我以为最根本的一点就在于他们较早深刻地认识了老舍的价值和地位。他们不但被老舍的高品位

① 1984年4月，在中国举行的第二次老舍学术讨论会上，渡边安代与高桥由利子合作了题为《老舍与基督教》的发言并提交了论文。高桥由利子：《老舍文学与基督教——〈赵子曰〉与二马》，载《上智大学外国语学部纪要》1985年第19号。1996年7月日本老舍研究会年会上藤井荣三郎就老舍的《大悲寺外》和《歪毛儿》两个短篇小说表现的老舍的基督教意识做了具体生动的发言。杉野元子详细比论了老舍与萧乾两作家生活作品的基督教思想态度表现。

的创作所吸引，而且对老舍的伟大人格表示由衷钦佩，正如日本名作家水上勉所赞美的那样："老舍毕生注视着中国民众的甘苦，他作为当今最高尚的人民作家而受人景仰是理所当然的。我们日本人对老舍文学也同样感到亲切，被它打动。"

二、老舍研究南洋结硕果

新加坡国立大学王润华教授，继《从沈从文到司空图》《鲁迅小说新论》等学术专著之后，又推出一部很有特色的著作《老舍小说新论》（台北东大图书公司 1995 年版）。这是国际汉学研究界关于老舍研究的一个重要收获，是老舍研究在南洋结出的第一颗硕果。

老舍之于南洋缘分的建立，自然首先因为他为了生活两度到新加坡：一次是 1924 年老舍赴英国伦敦大学东方学院任教时船过新加坡待了一天；另一次便是五年后结束在英伦的教书生涯回国，在新加坡华侨中学教书五个月。其次要归功于英国作家康拉德的诱引。老舍在 1935 年写的论文《一个近代最伟大的境界与人格的创造者——我最爱的作家康拉德》中说："康拉德在把我送到南洋以前，我已想从这位诗人偷学一些招数。"还说康拉德小说的"结构方法迷住了我"。他在《我怎样写〈小坡的生日〉》一文中又说："我久想看看南洋……为什么我想看看南洋呢？因为我想找写小说的材料，像康拉德的小说中那些材料。"这表明，老舍的在南洋落脚是与康拉德的作品魅力和影响分不开的。

但是，老舍与南洋的血肉联系，关键还在于老舍超越了康拉德，拥有一个自己独有的南洋世界。在上文中他强调他要写的南洋不像康拉德"著作中的主角多是白人；东方人是些配角"。他要写的小说"以中国人为主角，康拉德有时候把南洋写成白人的毒物——征服不了自然便被自然吞噬，我要写的恰与此相反，事实在那儿摆着呢：南洋的开发设若没有中国人行吗？中国人能忍受最大的苦处，中国人能抵抗一切疾痛……中国人不怕死……中国人不悲观"。在 1934 年写的散文《还想着它》中曾说："我要表扬中国人开发南洋的功绩：树是我们栽的，田是我们开的，房是我们盖的，路是我们修的，矿是我们开的……我们赤手空拳打出一座南洋来。我要写这个。我们伟大。”虽然后来由于时间、材料等各种原因，老舍没有实现预想的计划，只写了一部表现缩小了的南洋社会——新加坡有色人种儿童世界生活的小说《小坡的生日》，但老舍在这里吐露的心情，这股子代表了中华民族浩然正气的精神足令后人钦佩。大概正是受到这种精神的激发与鼓舞，当几十年后南洋学者涉足老舍创作的海洋时，一下就对老舍产生了浓厚兴趣，开始了对老舍的研究，王润华就是其中的杰出代表。

从 1979 年 12 月在《星州日报》上发表《老舍在〈小坡的生日〉中对今日新加坡的预言》开始，十多年中王润华一面经常带领作家学者，沿着老舍在新加坡的足迹观光访问（1996 年 4 月还带着舒乙及其夫人于滨一同寻访老舍旧踪），一面陆续在新加坡及中国刊物上发表了《从康拉德的热带丛林到老舍的北平社会——论老舍小说人物“被环境锁住不得不堕落”的主题结构》《〈骆驼祥子〉中〈黑暗的心〉的结构》《从李渔的望远镜到老舍的近视眼镜》《老舍在新加坡的生活与作品新探》《从康拉德偷学来的“一些招数”——〈二马〉解读》《老舍研究的新起点——从首届国际老舍研讨会谈起》等一系列论文。在王润华的影响和指导下，新加坡国立大学中文系的潘群、陈真华等分别完成了《从政治诠释到文学评析——〈骆驼祥子〉新探》《老舍长篇小说〈四世同堂〉研究》等硕士论文。另一名他的学生符传丰以《论老舍短篇小说的真善美》为题完成八万字的硕士论文。

当然，最能代表王润华老舍研究水平的还是他在诸多论文基础上充实起来的《老舍小说新论》。王润华早年毕业于台北的政治大学，后赴美留学业从周策纵，获美国威斯康星大学博士，此后，任教于新加坡。他是一位作家型的学者、学者型的作家，是新加坡作家协会的副会长，出版有多部诗、散文集作品，获有国家及地区级的多种奖项。而在学术方面也收获甚丰，除上列著作之外还有《中西文学关系研究》《司空图新论》《从新华文学到世界华文文学》《东南亚华文文学》《从艾略特“诗人批评家”看沈从文的文学批评》等著述，此外还翻译了康拉德的作品。王润华的视野和研究领域是相当宽广的，不但涉及古今，而且放眼世界。对于中国现代文学，鲁迅、沈从文、老舍的研究代表他的水平，而《老舍小说新论》无疑奠定了他在南洋的老舍研究的权威地位。

这部著作就本身体例看不是一部系统的老舍小说专论，实际是一本论文集。也正因为这一特点，使这部著作避免了系统专著常有的薄弱平庸章节，篇篇成为认真思考过的有见地、有深度的作品。全书除作为序的《老舍小说新论的出发点》和附录《老舍研究重要参考书目题解》外，共分十章。如果说第九章宏观论述老舍对现代小说的观念，在内容上还与书名相合，那么第十章则主要是对 1992 年在北京召开的第一届国际老舍研讨会的评述和感想。其余八章研读老舍小说的部分大体可分三组。第一组包括第一、二章，主要考订老舍在新加坡的生活和论析《小坡的生日》。这一部分作者运用地理学和考据学的方法，对老舍在新加坡的行踪和《小坡的生日》中人物、地名做了十分细致的考察、对照，从而说明老舍创作现实主义一个重要特点是常常运用真实的地名加强作品的真实性，令人倍增亲切感。书中还以翔实的材料说明了前南洋兄弟烟草公司新加坡分部经理“黄曼士打破当时人的思想框框，主张团结各籍贯的华人，联合各民族”的思想及南洋华侨中学学生革命思想对老舍写作《小坡的生日》的影响。

对于《小坡的生日》这部小说，论者认为至今国内外老舍研究者并没有真正“深入小说的核心去看问题”，其原因一是受了作者自评这部小说是“幻想与写实夹杂在一起，而成了四不像”的影响；二是因为他们“没有新加坡经验”，“对新加坡多元种族的社会教育问题完全陌生”。王润华认为，“只有爱吃新加坡和马来西亚盛产的，被称为热带水果之王的榴梿及欣赏咖喱饭的人，才配谈老舍的《小坡的生日》”。三是想从“中国人的文化、社会和价值观点”在这部小说中找“中国社会问题”，便只能“大失所望”。

《老舍小说新论》认为，必须“从新加坡的观点看《小坡的生日》”，你才会对老舍为“现代新加坡：花园城市的构想”而“感到惊讶”。在 1930 年，老舍就为“花园城市”绘制了蓝图，对照“现在新加坡被称为花园城市，完全实现了人民的愿望”，“今天的新加坡人，看了小说中花园的结构，一定会深深地佩服老舍的远见”。而老舍在小说中通过主人公小坡“向新加坡认同……而且接受多元种族主义的民主生活方式”，“老舍当时看出历史的方向”，“是极有政治远见”。《老舍小说新论》还分析了“新一代的新加坡人小坡”，认为1930年小坡约十岁，“那么小坡今年约五十岁。目前新加坡最能干的国家领袖中年长的一辈跟小坡是同代人”，老舍在当时就“看出许多小孩儿像小坡，会成长为新加坡多元种族国家的好领袖”。

《老舍小说新论》反对把《小坡的生日》只看作“表面的童话故事”，认为“你一旦考究到童话后面对新加坡今日社会的预言，你会由于预言的一一实现而沉迷其见解的”。对这部作品的价值，王润华认为，小说“对新加坡今日社会之预言，比写一本正面反映华人为开拓南洋而流血流泪的作品更有永恒的价值”。

《老舍小说新论》的第二部分内容包括三、四、七、八章。这四章突出运用了比较学和现代心理学的方法，剖析了《二马》和《骆驼祥子》两部作品与康拉德作品的关联：既指出“偷学”的“一些招数”，又“不是从遗传学的方法来研究康拉德对老舍的影响，主要还是借康拉德小说的一些特点来解读老舍的小说”。《老舍小说新论》颇具新意的地方在于打破老舍自己设立的“创作目的”（“比较中国人与英国人的不同处”）诠释法的限制，回到小说本体，“找寻新的意义”，从“探索中国人与全人类的精神病态”高度分析了小说人物和主题结构。“康拉德探索人类心灵的主题，很显然的曾影响老舍”。《老舍小说新论》在第三章《从康拉德的热带丛林到老舍的北平社会——论老舍小说人物“被环境锁住不得不堕落”的主题结构》和第七章《〈骆驼祥子〉中〈黑暗的心〉的结构》中做了有说服力的论述。认为康拉德作品把南洋环境写成白人毒物——征服不了自然被自然吞噬的结构主题深深影响了《骆驼祥子》，老舍笔下的“北平底层社会，就是等于康拉德小说中的南洋原始丛林”。祥子遭受的社会打击，更像康拉德手下的人失败后被自然毁掉，甚至连祥子的结局，也“完全像康拉德小说中缺德、自私、不择手段去剥削工人的《黑暗的心》中的克如智……最后死在黑暗的丛林里”。

《老舍小说新论》还进一步从康拉德作品的架构印证老舍小说的构成，从而论述了二位作家由揭示人性和道德沦亡主题的相一致而产生的相同的悲剧感和共同有的“走向人类心灵探险旅程”，认为《骆驼祥子》决不仅仅在暴露社会残酷，而是像《黑暗的心》显示康拉德“自我的内心，人类的心灵最长的一次探险旅程”，“也有类似的走向人类内心的旅程结构”。《黑暗的心》写白种人把文明带到非洲(内在是写“走进人类心灵去探险”的历程，揭露白人“甚至人类内心之黑暗”的历程)，主人公从欧洲大陆到刚果共经历了“三站”；《骆驼祥子》中写祥子从农村到北平追寻洋车的旅程也经历了“三个重要的站”（人和车厂、小福子们住的大杂院、白房子），而这“三站”实际也象征人类心灵探险历程。走进人和车厂，“他实际上走进被剥削者的灵魂里，以及从流氓变成剥削穷人的资本主义者的丑恶心灵”；当他走到西部，就是“走进了中国内乱的心灵意识世界里”；当他走进小福子住的大杂院，“其实是让祥子住进穷人家的内心世界里，去了解中国城市穷人的心灵世界”；祥子走进白房子，实际是走进了“中国现代城市心灵最黑暗的地方”。

总之，《老舍小说新论》认为，正像康拉德笔下的白人被热带丛林毁掉一样，“北平对祥子及其他中国人来说，它是促使人堕落的热带丛林，当你征服不了它，它会把你吞噬掉”。王润华翻译并研读过康拉德的不少作品，他从平行和类同比较和以康拉德作品的架构主题解读老舍作品，确实体会深刻，读出了不少新意。

《老舍小说新论》认为，《二马》是老舍早期作品的优秀之作，而《骆驼祥子》是体现“中国小说新方向的作品”，“富有现实性和现代感……它多变的结构，它的多义性，是中国现代小说中少有的”。小说所写的“祥子与北平，都不但属于中国，也是世界的”。无疑，这些看法进一步开辟了人们认识老舍作品价值的思路与空间。《老舍小说新论》第八章还运用现代心理学，特别是性心理学分析了《骆驼祥子》的人物，其中不少看法也是别人未言未道过的，如关于虎妞骗祥子餐桌上何以摆三只酒杯，刘四对女儿虎妞存在性占有，虎妞、祥子、夏先生及其姨太太等人的性变态分析，祥子在夏天暴雨烈日下拉车情节包括性欲在内的多层象征含意的分析及祥子为人和厂清扫地面也包含涤除心灵污点的象征意蕴的看法，还有认为老舍在《骆驼祥子》中不只对社会层面的批判，还“利用新发现的新心理学，又运用了求知神秘的，不可知的象征主义”（如祥子就不是一个典型的中国写实主义作家笔下的劳动工人，而是一个像康拉德《黑暗的心》中人物克如智式的“被环境锁住不得不堕落”的充满象征性的形象）等，这些看法与观点都是十分新颖，能引发人思考的论点。

《老舍小说新论》第三部分包括五、六章，虽然仅论析了老舍的两个短篇小说：《眼镜》和《断魂枪》，但因论者的方法和视角的脱俗，使得论作大获成功。书中《从李渔的望远镜到老舍的近视眼镜》的观点曾在 1992 年 8 月在北京举行的第一届老舍国际学术讨论会上发表过，当即得到与会者赞赏。王润华将清朝李渔的小说《夏宜楼》与老舍的小说《眼镜》比连一起，这本身就十分诱人。论者从跨时代的两篇作品中发现一个一般读者很难解读到的共同主题：“两个不同时代的作家，都在利用一种来自西洋的科学仪器，透视中国在走现代化，走向世界时，由于自己还被锁在病态的环境中，不得不堕落的悲剧”，很能启发我们的思路。论作还认为，向来不被人看好的小说《眼镜》是探讨“揭露人性的缺陷，抨击环境如何迫使人们走向自己精神道德的反面”主题的“佳作”。对于《断魂枪》的论析重点在提示这篇小说的含蓄的象征内涵：代表“自古以来，是统治中国最佳的武器”——五虎断魂枪——“现在已被西洋枪炮打得断了魂。它原本是使人断了魂的枪，现在自己却是断了魂的枪”。东方人的这个“大梦”，无论如何不能不惊醒了。

王润华的研究，在方法上先接受中国传统式一套，然后又接受西洋的熏陶；在学业知识上尽量扩展自己占有的空间，传统与西洋交融，研究、创作、翻译集于一身，又具有“诗人批评家”与专业批评家相结合的特点，这使他具备较多优势，也是他在老舍研究上屡获新意的重要原因所在。他在该书的序中为自己提出的任务，是通过解读老舍一小部分作品，“尝试为老舍小说研究寻找一条新途径。……希望对在探索老舍小说的新意义上，能有所启发”。我以为他的这一目标是实现了的。

见证新时期老舍研究的新发展

在全国上下隆重纪念改革开放三十周年的氛围中，我们迎来了人民艺术家老舍110周年诞辰，并且成功举行了纪念会和第五次国际老舍学术研讨会（合并举行第十届全国老舍学术研讨会）。

现在，我以一个有幸参加过历次全国老舍学术研讨会的老舍研究战线上老兵的资格讲几点感想。

每一次研讨会都是一次研究新成果、新成就的展示，都是对过去研究的检视和总结。我觉得，我们这次研讨会开得简短，内容充实，有声势，有前进和创新，不愧为老舍研究历程中的一个里程碑。站在今天的平台上，回溯既往，深感到我们的老舍研究有太多的理由使人高兴，令人欣慰，当然也存在不足和缺憾。

我们知道，1978年国内报刊开始重新发表老舍作品。1981年春老舍夫人胡絜青先生到山东寻访故居（陪同者有舒济、王行之、孟广来、张桂兴、曾广灿）。1982年3月由山东大学主办第一届全国老舍学术研讨会，两年后在青岛举行了第二届全国老舍学术研讨会，随后成立了中国老舍研究会，从此伴随整个中国的改革开放步伐，中国的老舍研究结束了散兵游勇式的盲目，告别冷寂，迅速升温。学者们拓展研究领域，拓展思路和方法，时至今日，虽有起伏，但势头不减。

三十年改革开放给曾经沉重的中国带来了一个全新变化。中国新时期的老舍研究与中国的改革开放同步展开、同步发展，取得了不可小觑的成绩。

第一，老舍作品和老舍研究对外开放的大门已完全打开。这次研讨会有十几个国家的近四十名代表到会，它超过了历次研讨会，会上他们提交的论文数量也为历届研讨会所不能企及的。

回想1982年3月第一届研讨会在济南召开时，中山时子、柴垣芳太郎所率领的日本老舍爱好者访华团仅以列席资格参会；美国斯坦福大学一位美籍华裔女研究生到中国搜集老舍资料，她从香港到北京，到天津，到济南，希望参加听会，会议主办方也为之多方努力，最后仍被拒之门外。像这样樊篱阻隔的事情在今天还会发生吗？显然不会，老舍研究应当没有国界。我们坦诚张开双臂热烈欢迎世界各国文化使者加入老舍研究队伍中来。

第二，我们已经拥有一支接近“而立”之年的老舍研究队伍。这次研讨会中外代表达一百八十人之多，在规模上与1984年在青岛举行的全国第二次研讨会相当。但那次会议因地点选在美丽的海滨之城，临时客串参加者显著增加；而此次研讨会无论从研究成果，或参会人员素质看都绝对超过那次。尤为重要的是，二十年过去，我们看到一批又一批带着青春朝气的年轻人不断加入老舍研究者的行列。在改革开放中成长的这支文化新军是一支有理论修养，有专业实力，能与时俱进的老舍研究的梯队。这当中既有长期执着坚守阵地的老一代研究者，更有中青年的骨干及大批的硕士、博士等新生力量。进入21世纪以来每年都有相当数量的硕士和博士研究生以老舍作为毕业论文的选题，世界范围内以老舍做博士论文的年轻学者从20世纪七八十年代开始，也逐年有加。大学里老舍研究专题课，从20世纪80年代就在众多的大学里开设，至今有增无减，它吸引了众多青年学子。

我们深信，老舍作品魅力无穷，老舍的读者遍及全世界，老舍研究队伍也必将像一棵引人注目的常青树长久屹立在中国文化研究的团队当中。

第三，我们的研究硕果累累，推动老舍研究跃上新台阶。此次大会收到研究论文达一百几十篇，这又是历次研讨会所没有的。改革开放以来，老舍研究的论文及记述老舍的文字数以千计，短短二十多年中，研究专著也已达百部以上；老舍著作的各种版本及译本品种也数以百计问世。凡此景象，无不显示着老舍研究的巨大进步和成绩。回想在改革开放初期，老舍研究刚起步时的艰难实在令人感慨。那时在内地所有图书馆里找不到一册专著，有质量的论义也没有几篇，研究资料贫乏可怜，仅有一本百余页的资料小册子《老舍研究资料汇编》。后来老舍的许多作品、论文研究资料等，愣是被研究者包括家属，从几十年的庞杂的报刊中，一期期一页页翻拣出来。如今，经过多方努力，我们的局面已完全改观，我想用“巨大”，用“翻天覆地”等字眼形容这种变化都不为过。

所有这些进步和辉煌的原因自不简单：其一是因为老舍及其作品魅力无穷，吸引了一代又一代读者，而且超越国界。其二是有赖于改革开放的时代环境，可以说没有改革开放的大环境和机遇，就不会有老舍研究的今天。其三是我们有一个可信赖、做实事、负责任的老舍研究会。她虽然没有钱、组织上有些松散，但她有老舍主持过的抗战“文协”的作风和品格，因此在组织和引领老舍研究队伍，在联络世界老舍研究力量和文化交流，特别是中日文化交流上，在提出老舍研究论题及推动老舍研究学术发展上，都发挥了无可替代的重要作用。

对应历史长河来说，二十年、三十年的老舍研究毕竟是弹指瞬间。回顾历史，仅仅以彰显数字显示成绩当然很是不够。在此基础上我们需要更进一步地深切感悟与思考，历史地科学地看待过去，实事求是地探讨和分析成就与缺欠。我们应当培养老舍自称为“牛”的一种牛劲牛精神，以严肃的态度探讨规律，明确思路，以铺垫更坚实的基础。

老舍作品的出版工作，老舍作品在民间在国内与国外的传播推广，老舍作品的多种形式如电影、连续剧的改编，老舍研究层面的开拓创新、思路观点创新、方式方法创新，老舍研究资料的整理与使用，等等，还有太多的理论要探讨，太多的题目等待我们去完成。

新世纪，新起点。我们对改革开放充满信心，对未来充满信心，对老舍研究充满信心。我们坚信，在我国改革开放的时代环境中，老舍研究一定会在既有平台上，以更坚实的步伐走下去，将更丰硕的成果呈现给世人。

老舍笔名辨释

随着现代文学研究的进展，鉴别作家用笔名、别名发表文章的问题，越来越引起人们的重视了。对鲁迅、郭沫若、茅盾、巴金等人的研究都已提出了这个问题。方兴未艾的老舍研究也不例外。1981 年 6 月 18 日《文学报》第 12 期刊登的王欣荣的文章《老舍的第一篇作品》，把 1918 年上海交通图书馆出版发行的《菊部丛刊》中“舍予”署名的《斧风室谐话》《胡琴浅说》等四篇文章，断言为老舍在 1917 年或 1918 年师范毕业前后写的，并云“扉页有十位撰稿人的相片，在一帧着对襟衫、长圆脸的青年照片下，注有‘舒舍予’字样，足证四篇佚文为老舍所撰无疑”。老舍家属索看了这帧照片，怎么也发现不了这位长圆脸青年与老舍有什么相似之处！老舍似乎也不会拉胡琴，怎么作《胡琴浅说》的文章呢？经过查对，原来“斧风室”原是当时另一名“舒舍予”者的雅号，是经常写些谈戏短文的戏评家。这就提出了一个问题，鉴别老舍的笔名对于研究老舍生平和著作，实在是一个重要的问题。

老舍一生使用过多少名字？据个人所知，截至现在，老舍用过的名字，总共不过十来个，下面做一简单介绍：

舒庆春——老舍是满族正红旗，姓舒，庆春是父亲替他取的大名。老舍降生那天是阴历腊月二十三，俗称“小年”，第二天是立春，故取名以表示庆贺新春之意。新中国成立后老舍曾回忆说：“立春是一年中的头一个节气。可以想象到，当初我的父母必是这么看：有子名春，来头必大，定会增光耀祖”，“还可以想象到：‘春’字向来是个吉祥字，父母当然希望儿女美似春花，一生吉祥，万事亨通”。老舍从上小学到在社会上做事、在英国任教及开始发表第一部长篇小说《老张的哲学》，都是使用的这个名字。自 1926 年《小说月报》第 17 卷第 8 号续载长篇小说，就改署“老舍”了，此后发表作品就很少再署大名。

舒舍予、舍予——“舍予”系“舒”字的拆写，是老舍给自己起的“字”。估计在北京师范学校上学时这个“字”便叫开了。据舒乙访问所得材料：当时学生人人有号，互称号，不叫名（大号）；当时的老同学后来都一直叫他为“舍予”，不叫“庆春”，也不叫“老舍”。“舒舍予”三字公开见诸报刊上是他翻译的一篇关于基督教的文章，即刊载于1922年12月《生命》杂志上的《基督教的大同主义》一文。而使用“舍予”二字发表文章，则还早一年多，即1921年4月1日和5月15日先后在《海外新声》杂志上发表的新诗《海外新声》（舍予来稿）和小小说《她的失败》。此后，他在北京缸瓦市基督教会任职，参加活动和发表有关宗教活动的文章，主要使用“舒舍予”三字。而到20世纪30年代最初几年，老舍在济南齐鲁大学任教，兼编《齐大月刊》，在该刊连续发表译文、散文、小品等，大多署名“舍予”。再后，单用这两个字的文章就不多见了；而署名“舒舍予”的文章和签名就较常见。一是，比较严肃的社会活动或讲话需署名时，使用“舒舍予”。如1938年3月27日《中华全国文艺界抗敌协会发起趣旨》签名，1940年6月5日，重庆奖助金管理委员会推荐老舍筹办抗战文艺作品展览的报道，以至1949年以后老舍作为人民代表的活动、发言等，都用“舒舍予”。二是，同期刊物载两文时，一文常署“舒舍予”。如1938年7月9日《抗战文艺》第1卷12期，小说《敌与友》署名“老舍”，而论文《保卫武汉与文艺工作》则署名“舒舍予”。又如1939年2月，《文艺月刊·军歌特辑》中，一首署名“老舍”，又一首则署名“舒舍予”。还有，朋友间通信，以“舍予兄”“舒舍予先生”称呼的也经常有。

老舍——取其“字”的第一个字，亦即“舒”字的偏旁冠以“老”字用作笔名，这是北方人的一种习惯。自1926年8月号《小说月报》连载《老张的哲学》署名“老舍”，此后大量作品，多用此名，是作者使用最多的一个笔名。美国一位译者将其译为“老房子”，显系望文生义；而国内有人从《汉书》中索句——《好施不舍》解释“老舍”，是否合乎老舍本人原意？倒值得重视。

絜青——这本是夫人胡絜青的名字，老舍用来做自己的笔名，主要是为避免在同期刊物上他一人写的文章太多，都署一个名恐效果不好。1931年10月10日《齐大月刊》第2卷1期的译文《学者》，及同刊2卷4期上的译诗《我发明的死》，2卷7期、8期上的《几封信》均署此名。此外未见再用。

絜予——这是把夫人的名字与自己名字中各取一个字合成的一个笔名。1932年6月，《齐大月刊》第2卷第8期上发表的新诗《微笑》署此名，以后未发现再用这个笔名。

鸿来——未详其含意。1931年10月10日《齐大月刊》第2卷1期发表小说《五九》用此名。除此而外未见再用。

舍——1932年12月16日出版的《论语》半月刊第7期，载《济南专电》（慢电代邮）一文署此名。又，给友人函中亦有只署一“舍”字的，如1933年9月2日《申报·自由谈》上发表《励友人书》即是。其他发表小说、戏剧、论文、诗等尚未见署此名。

非我——恐系从“舍予”——“忘我”之意演绎而来。现只发现1936年12月《谈风》半月刊第4期上发表《搬家》一文用过此名，此外未再见用。

胡春——这是与夫人胡絜青通信时使用过的一个化名。1937年11月，老舍离济南，赴武汉，后转重庆；胡絜青也于次年携三个子女回到沦陷的老家北平。此后天南地北，一别六载，老舍自大后方给夫人寄到北平的信件，多署这一化名。胡，取夫人的姓；春，当来自他原来的名字。但在公开发表的文字中，还没见使用过这个名字。

舒柯林——据伦敦大学东方学院院长致舒庆春信称：“……我能理解您希望用Colin C.Shu代替您的中文名字‘庆春’的愿望。”[①] 可见在伦敦时老舍曾考虑使

① 《老舍在伦敦的档案资料》，《中国现代文学研究丛刊》1996年第1期。

用英文名（译为舒柯林）。但至目前尚未发现另有文字材料证明老舍用过此名。

还有，老舍在北京师范读书期间曾起字“醒痴”。走入社会之后未见使用过此名。舒乙曾解释道：“醒痴两字，既有写实成分，也有一点自勉、自谦的成分。”他三岁还不会说话和走步，“可谓痴”。

此外，还有评论者称老舍为“舒老舍”的。如1934年10月《读书顾问》第1卷第3期一篇评论的题目即为《幽默作家舒老舍》；罗常培在《老舍在云南》一文中也有“梅月涵月下访友，舒老舍酒后聊天”的诗句。但老舍自己发表文章，似从没有“老舍”前面再冠一“舒”字的。

在老舍使用的上述名字中，最值得注意的是“舍予”和“舒舍予”。上述《文学报》的错误并非偶然。现已发现，从“五四”时期至抗战时期确实除老舍外还有用“舍予”或“舒舍予”的名字发表文章的，而且恰恰有一个戏评家、摄影家的“舒舍予”屡屡见诸报刊，这就使人容易弄错。兹就所见略举数例于后，以期共同鉴别。

其一，20世纪20年代初，即在老舍结婚约前十年，鸳鸯蝴蝶派的刊物《半月》杂志，就曾刊登过“舒舍予君之子女玉照”（见合订本第3卷），并刊载过署名“舒舍予”谈摄影的文章。这个“舒舍予”当然不是老舍。同时期，这个“舒舍予”还是《申报·自由谈》的老投稿者，用老式文调写些剧评、游记和戏片语。

其二，1925年12月30日，鸳鸯蝴蝶派的另一刊物《紫罗兰》第1卷第2号，刊有一首署名“舒舍予”的打油诗，标题为《也是新体诗》，全文如下：

与三五友人噱谈，有述一旧笑话者，形容轿夫四人口气，人各四字，颇似近来新体诗录如下。

（其一）扬扬得意。

（其二）不敢放屁。

（其三）昏天黑地。

（其四）毫无主意。

这是不是老舍所作呢？不像。此时老舍已离开中国大陆一年半，远在英国的老舍，受当时交通及文化交流状况限制，不大可能随时见到中国的新诗作品，所谓“颇似近来新体诗”，如不了解诗坛面貌，从何说起？而从侨居遥远的异国寄出这样一首不负责任的“诗”，似不是老舍所能为。

其三，1926 年，上海《太平洋画报》第 1 卷第 1 期，载有三位该刊编辑者的名字，头一个就是“舒舍予”。并且在该期画报里面还载有“舍予”署名的《雷峰塔拍照记》一文，及作者拍摄的雷峰塔耸立和倒塌的照片。老舍是爱画的，并且从 20 世纪 30 年代一直到新中国成立后，写过不少欣赏画的文章；他同一些画刊（报）也有较密切的关系，一些小说、杂文、随笔就发表在画报上，还和一位叫梁得所的主持画报出版、编辑的人有过交往。但这期《太平洋画报》的编者和文章的作者显然不是老舍。理由有三：老舍远在英国，并且他当时还没有作品发表，没成名，怎么可能在一个刊物上挂一虚名呢？出身贫苦的老舍无力摆弄照相机一类的玩意儿。雷峰塔于 1924 年 9 月倒坍，这时老舍刚到伦敦，而且我们知道，他是在 1930 年春天才回到中国大陆的，中间并无回国机会，怎么能跑到杭州拍下雷峰塔倒塌的照片？其中的文章是用文言写的，从《小铃儿》起，老舍是很少用文言写文章的。并且据文中所记，说他拍照片的前十年中，“年必一往，置身湖上”，观景拍照，这对于穷困难以养家的老舍怎么可能呢？人们知道，老舍到英国去以前，只有他做小学校长时到江苏考察过一次教育。

其四，1934 年，天津的《南开初中》第 1 卷第 8 期有一首署名“舍予”的词，标题为《八声甘州（无题）》。因为老舍在南开中学教过书，最早的小说《小铃儿》又发表在该校出版的《南开季刊》上，且署名“舍予”，所以虽时间又过了十年，看到“舍予”二字仍不能不与老舍联系起来。但我以为，一是从未发现老舍填过词，二是这首词内容和词汇都较陈旧，似不是老舍的手笔。为便于鉴别，现抄在下面。

八声甘州·无题

舍　予

泛金樽美酒映灯明，叹莺儿老去，当年旖旎，付与谁家。自古朱颜薄命，揽镜望空嗟。醒转缠绵梦，月照梨花。 收拾歌衫舞袖，怕绣帏动处，檀板红牙。念潇湘路隔，烟水滞归。拥罗衾中宵盼晓，待从今洗却旧铅华。回头想，红残翠减，芳草天涯。

其五，1937 年 6 月 10 日，《半月戏剧》创刊号刊登一篇署名“舒舍予”谈京剧的三百来字的短文，标题是《胖了戏剧》。老舍是喜欢京剧的，并且会唱两句。但这时老舍在青岛专事创作，接触京剧机会不多，我怀疑不是老舍所作。后请教胡絜青及舒济，他们也认为这篇短文出自另一个“搞戏剧的评论家”。

其六，1937 年 11 月 9 日，韬奋主编的《抵抗》（三日刊）第 25 号载有《抗战实践中的教训》一文，署名“舍予”，文末记写作时间：“一九三七年，十，二十一于前方转回时。”内容记述作者 9 月初奉命去前方的所见所感，他担任的业务是“无线电”。奉命去前线及执行“无线电”业务，这与老舍风马牛不相及，足证这个“舍予”是另一个人。

其七，1945 年 4 月 19 日，重庆一些报纸因“黄金案”发，曾登载了一批私购黄金者的名单，其中有“舒舍予等五户共一百五十两”一条，因此曾引起一些人对老舍的误解，也有些不怀好意者借机中伤老舍。其实，这个“舒舍予”根本与老舍无关。当时重庆有多少个“舒舍予”？据与老舍经常接触的肖伯青说，他亲听老舍说过有六个“舒舍予”。老舍夫人胡絜青说，当时重庆，报馆、银行、中学教师中都有叫“舒舍予”的。在报载“舒舍予”购黄金的第二天，即 4 月 20 日，共产党在国统区的机关报《新华日报》就发表专讯，以“中华全国文艺界抗敌协会”负责人谈话方式，严正声明：“黄金案中的‘舒舍予’与老舍无关”，“老舍仍然在乡下度着贫作家的生活，靠着卖心血及衣服维持全家衣食，与黄金案中之舒舍予其人，毫无关联之处”。紧接着，该报又于次日再一次正面揭载报道，指明购黄金的“舒舍予”系江苏人，与某银行经理是知友，与某外国银行副经理有密切来往，从而为老舍洗去了不白之冤。1945年5月5日重庆《大公报》也曾报道，在5月4日文艺界纪念“文协”七周年和第一届文艺节盛会上，老舍本人在报告会务时，除“郑重声明该会绝未私购黄金舞弊，该会款项均有账目清单，欢迎随时查核”外，又“曾以幽默口吻说明，名舒舍予者，据渠所知已有十一人，并亲见其中七人之照片云”。

其八，1944年上海《中华日报》社出版《文坛史料》（杨之华编）一书中，收有署名庆余写的《记老舍》一文，文章说“舒舍予”是《申报·自由谈》在“民国九，十，十一年间的老投稿者”，“专写文言短稿”，“他写些什么呢？戏片语（当时留声机片正风行一时），游记和剧评”。文章作者并断言：“十二年后，跟着张天翼、宋春舫（他在异国九、十年间在欧洲为《自由谈》写维也纳通讯）之后，从旧文章里翻身，一跃而蹬中国新文坛，被林语堂称为‘中国最佳的幽默讽刺作家’，就是这个‘戏迷’舒舍予——老舍。”

我以为，这个说法是错误的。他把20世纪20年代初一位名叫“舒舍予”，经常写些戏评、游记之类文言短文的人与老舍混为一人了。老舍生活在北京，而另一名“舒舍予”则活动在南方。当这个“戏迷”、游记家的“舒舍予”在南方活跃时，老舍在北京正默默无闻、专心致志地做小学校长和劝学员，热心教育工作并没开始文笔生涯。不错，1919年冬天，老舍曾和其他几个小学校长到江苏考察过一个月的小学教育，但此行除联名（署舒庆春）在北京的教育刊物上发表了一个考察报告外，并无其他稿件发表。只是到了20世纪30年代初期，老舍才与由黎烈文主持的《申报·自由谈》发生关系，接受约稿，连续发表了《老舍来信说》《教授》《辞工》等近十篇诗文，一律用笔名“老舍”。我推想，《记老舍》一文中说的“舒舍予”，倒很像在《半月》等鸳鸯蝴蝶派刊物上发文和刊登子女玉照的“舒舍予”。至于是否与那位《太平洋画报》的编辑“舒舍予”也是一人？尚待进一步考证。

此外，据《万象》周刊报道，1943年四川省有过一次甄审合格县长的事，在公布的名单中，竟有一位也名叫“舒舍予”，因此曾引起该报编者的猜测：“是老舍吗？”——当然与老舍无涉！

“黄金案”中老舍蒙垢，《记老舍》一文及《文学报》上张冠李戴，还有一位名叫江陵的于1972年1月在香港的刊物上发表《老舍之斧风室谐话及其他》的短文，也把在《礼拜六》刊物上发表戏剧谐谈的“舒舍予”认定为是老舍，凡此种种，都足以促使我们警惕：当老舍研究开展起来，原作的发掘工作提到日程上来时，这个辨伪工作是必须及时严肃对待的！